Johann Paul Kaltenbaeck

Mariensagen in Oesterreich

Anatiposi

Johann Paul Kaltenbaeck

Mariensagen in Oesterreich

Unveränderter Nachdruck der Originalausgabe von 1845.

1. Auflage 2023 | ISBN: 978-3-38260-047-1

Anatiposi Verlag ist ein Imprint der Outlook Verlagsgesellschaft mbH.

Verlag: Outlook Verlag GmbH, Zeilweg 44, 60439 Frankfurt, Deutschland
Vertretungsberechtigt: E. Roepke, Zeilweg 44, 60439 Frankfurt, Deutschland
Druck: Books on Demand GmbH, In de Tarpen 42, 22848 Norderstedt, Deutschland

In demselben Verlage ist ganz neu erschienen und in allen Buchhandlungen zu haben:

Austria,

oder

Oesterr. Universal=Kalende

(6ter) für das Jahr 1845. (Jahrgang.)

Redigirt und mit Beiträgen von **Jos. Salomon**, Profess am k. k. polytechnischen Institute, und **J. P. Kaltenbaec** Mitgliede mehrerer historischer Vereine, u. m. A.

Im bequemen und beliebten Groß=Octav=Formate, 467 Druckseit stark.

Mit einer Karte des Oesterr. Kaiserthum und einem Tagebuche und Notizenblatte (a 1 1/2 Bogen feinem weißen Schreibpapier) durchschossen.

Preis: In gefärbtem Umschlage elegant ste gebunden nur 1 fl. 20 kr. CM.

Von dem abermals sehr reichhaltigen Inhal erlauben wir uns hier nur auf den (zu den Marien sagen in Oesterreich in nächster Beziehun stehenden) Artikel:

Die berühmtesten Wallfahrtorte und Gnadenbilde im österreich. Kaiserstaate,

(Eine chronologische Uebersicht von J. P. Kalten baeck) aufmerksam zu machen.

Dieser Artikel enthält die Ursprungsbericht aller bis zum Jahre 1650 entstandenen Wal fahrtorte und Gnadenbilder; die Fortsetzun hievon wird der nächste Jahrgang der Austri (1846) darbiethen.

Mariensagen

in

Oesterreich.

Gesammelt und herausgegeben

von

J. P. Kaltenbaeck.

Wien, 1845.

Verlag von Ignaz Klang, Buchhändler.

Vorwort.

Wie Sagen und Legenden, andeutend und weiterführend, selbst für die Geschichtforschung im strengeren Sinne von unberechenbaren Nutzen, ist oft genug nachgewiesen worden; aber auch davon abgesehen, eröffnen sie dem tieferen Beobachter eine unerschöpfliche Fundgrube zu Resultaten, die auf anderm Wege kaum zu gewinnen, und in vielfacher Beziehung von hoher Bedeutsamkeit sind. Kennen wir die Zeit ihrer Entstehung, so bieten sie uns ein lebendiges Bild der religiösen, sittlichen und geistigen Richtung, und wären wir noch im Stande, ihre Fortbildung, die dadurch nothwendig entstandenen Zusätze und Abänderungen zu verfolgen, so würden wir, mit ihnen wandernd, auch die Kreuz- und Querwege näher würdigen lernen, welche unser Volk in seinem Entwicklungsgange durchgemacht hat. Jedes Jahrhundert hat, wie im Leben und Wirken überhaupt, auch in der Sage und Legende sein bestimmtes Gepräge: tritt in dem einen der religiöse, tiefgläubige Sinn als herrschend hervor, so stellt sich in dem andern entweder die sittliche oder die politische Richtung überwiegend heraus; in allen Fällen aber ist die Sage sowohl als die Legende ein heiliges Denkmal, das mit Ehrfurcht und Liebe gepflegt, und unter keiner Bedingung angetastet werden soll. Sie sind zumindest Blumen und Blüten, an denen sich die Väter erfreut und erquickt haben, und die spätesten Enkel mögen darüber wie immer denken, sie müssen fort erhalten werden, wie frommer Sinn und echte Sohnesliebe sie uns überliefert haben.

Es hat eine Zeit gegeben, in welcher Zerstörung —Bewegung hieß; und wieder eine andere, die geglaubt hat, die Gegenwart in die Vergangenheit hineintragen zu müssen: der ersteren war die Größe des historischen Bewußtseyns verloren gegangen; der letzteren blieb das Gefühl für Recht und Poesie verschlossen! Beide haben noch immer ihre Anhänger, wenigstens unter den Schriftstellern und Schriftgelehrten, und zunächst im Gebiete der Sage und Legende glaubt jeder sich berufen, zu rütteln und zu schütteln, wie es seiner verkehrten Phantasie eben zusagt. Der E i n e erfindet Sagen d. h. er dichtet bekannten Orten sagenähnliche Begebenheiten an — Ruinen im neunzehnten Jahr hunderte gebaut, und auf Stellen, die allerdings einer faustrechtlichen Zeit entsprechen mögen. Wen aber hat der Geist der Lüge, der aus solchen Abnormitäten wie ein Pesthauch fährt, nicht im Innersten verletzt; wen hat nicht der Hohn erbittert, den sie jedem historischen Gefühle entgegen schleudern, und wer fürchtet nicht endlich, daß über sie im Verlaufe der Zeit auch die Beziehung und Bedeutsamkeit der echten Ueberreste einer schönen Ahnenwelt zusammen falle? Solche Bestrebungen bedürfen wohl keiner weiteren Zurechtweisung; der Keim der Vernichtung, den sie säen, ergreift sie selbst, und sie stürzen in ihr altes Nichts zurück. An Allem und Jedem rächt der Genius der Geschichte seine Verläugnung.

Weit gefährlicher aber, als diese offenen Feinde, sind die scheinbaren Freunde, die nach Stoff und Materie jagen, den Geist aber nicht nur nicht begreifen, sondern geradezu tödten. Hier will die Pointe nicht behagen, dort sind die Beigaben veraltet oder zu arm; man schmelzt jene um und setzt für diese andere, die kühnen kräftigen Spitzbögen der Vorhalle werden niedergerissen, und ein kaltes, zeitgemäßes Quadratsälchen tritt an ihre Stelle; die ehrwürdige Verzierung des gothischen Kirchleins muß dem neuen Geschmacke zum Opfer es nicht Wenige geben wird, welche verwerfen ohne zu prüfen. Ich enthalte mich mit Vorsa jeder Äußerung über das religiöse Element de selben, über Glauben und Nichtglauben, einerseits weil der Gläubige meiner Ansicht nicht bedarf un der Nichtgläubige keine zuläßt; andererseits, un unangefochten den Standpunkt festhalten zu kön nen, von dem ich ausging, als ich sie zu sammel begann.

Bei Forschungen zu einer Kultur- und Sitten geschichte Österreichs, in welcher das religiöse un kirchliche Leben nach allen Seiten hin betrachte werden sollte, mußte wohl die Aufmerksamkeit vor zugsweise auch jenen Orten zugewendet werden nach welchen Tausende strömten, um Schutz un Rettung, Trost und Beruhigung zu finden. Bal nach den Kreuzzügen beginnen ihre historische Monumente; die Ursachen des besonderen Ver trauens durften nicht unbeachtet bleiben. Jede Gnadenort hat seine Entstehungs-Legende; diese wenn nicht in ihrer ersten, doch in ihrer älteste Form aufzufinden, war von Wichtigkeit, und ich bin bei vielen so glücklich gewesen, zu dem ge wünschten Resultate zu gelangen*). Wie ich si

*) Bei einigen war es mir unmöglich, alte und bewährt Quellen aufzufinden. So mußte ich denn mehrere berühmte

nun gefunden habe, gebe ich sie wieder, in der Überzeugung, daß vielen Lesern schon das Thatsächliche Freude machen, andern aber auch die höhere Bedeutsamkeit nicht entgehen werde. Für diese habe ich sie chronologisch geordnet, — eine Arbeit, die nicht so leicht war, Übersicht und Verständniß jedoch ungemein erleichtert. Dabei an eine geographische Gruppirung zu denken, lag nicht ferne; ich konnte sie aus guten Gründen nicht durchführen. Sie wird sich jedoch aus den literarischen Angaben, die am Ende des Buches stehen, leicht herstellen lassen, um so — das Verwandte selbst in entgegengesetzten Theilen der österreichischen Monarchie herauszufinden, und zu verbinden. Die Literatur der Wallfahrtsorte und Gnadenbilder, welche mit sehr wenigen Ausnahmen erst um die Mitte des siebenzehnten Jahrhunderts beginnt, ist bisher ganz unbeachtet geblieben; aber mit großem Unrechte. Nicht bloß der Historiker, dem es um treue Darstellung der religiösen und sittlichen Zustände seines Volkes zu thun ist, wird reiche Ausbeute machen; sogar der Arzt, der nach den vorherrschenden Krankheiten einzelner Zeiträume sich umsehen, der etwa die Wir-

Gnadenorte, wie: Adelwang, Maria-Pletrowhicz, Maria-Rast, u. s. w. übergehen.

Beistand fleht: das Gewitter schweigt, er land und in kurzer Zeit erhebt sich an derselben Ste eine Kapelle zur Verherrlichung Mariens.

Später — vom zwölften bis zum vierzehnte Jahrhunderte — will sie in unwirthbaren Gegende auf hohen Bergen und in dichten Wäldern verehr seyn. Auch dahin soll Kultur und Gesittung kom men; auch die einsamen Wald- und Bergbewohne sollen einen Vereinigungspunkt zur gemeinsame Andacht haben! Sie erscheint dem verirrten Edlen den die Jagdlust zu weit getrieben und der aus Er müdung und Verzweiflung eingeschlummert, im Traume, und verspricht ihm glückliche Heimkehr, sobald er gelobe, an dieser Stelle ihr eine Kapelle zu erbauen. — Den kranken Fürsten ermahnt sie, sich aufzumachen, und nach den fernen Bergen zu wallen, wo ihr Bildniß noch unbekannt in einer schlechten, hölzernen Kapelle hängt. Der Fürst eil dahin, wird gesund und erbaut eine Kirche mit reich- lichen Stiftungen zum Dienste des Herrn. — Eine Gemeinde ist entschlossen, der Gottesmutter in der Nähe ihres Dorfes eine Kapelle zu errichten; während der Nacht tragen Engel das Baumateriale auf entfernte Berge, in einsame Thäler oder das Gnadenbild verschwindet dahin — und die Gemein- de folgt dem höheren Rufe.

Als im fünfzehnten Jahrhunderte die Hussitenstürme beginnen, und in den Tagen des Lutherthums, bleibt das Gnadenbild unversehrt bei allen Versuchen, es zu vernichten. Die Flammen verzehren es nicht, Schwert und Beil versagen den Dienst, und der ruchlose Bilderstürmer findet seine Strafe.

So tritt Maria in ihren Gnadenbildern siegend in die Zeit herüber, welche sich dem alten Glauben wieder zuwendet und ist bei dem namenlosen Unglücke, das die langen Kriege herbeigeführt haben, die Hülfe in der Noth (Mariahülf!), die Zuflucht der Kranken, die Tröſterin der Betrübten, die da Thränen vergießt über das Elend der Menschen, und Todesbläſſe im Angesichte zeigt bei dem Nahen des Ungerechten! —

Die Erscheinung nun, daß Tausende und wieder Tausende nach einem berühmten Wallfahrtorte ziehen, kann und darf der Geschichtschreiber nicht übersehen; aber auch eben so wenig, wie schon bemerkt, die nächste Veranlassung zu derselben unbeachtet lassen. Es ist allerdings viel leichter und bequemer, mit beliebten Machtsprüchen das Ganze abzuthun, als die innere Nothwendigkeit desselben nachzuweisen, und den Werth und die Wichtigkeit der Ursachen und Wirkungen festzustellen. Ich habe es versucht, das äußere Verhältniß der Legende

zu ihrer Zeit anzudeuten; ein näheres Eingehen m
ich mir auf eine andere Gelegenheit, auf meine K
'tur- und Sittengeschichte versparen. Daß al
schon mit dem Verständnisse des äußeren Verhä
nisses für den Historiker viel gewonnen ist, w
Niemand in Abrede stellen wollen, und somit glau
ich durch die Zusammenstellung an u
für sich, so wie durch die chronologisc
Anordnung keine unnütze Arbeit unternomm
zu haben. Dies aber war der ganz einfache Stan
punkt, von dem ich ausging, als ich zu samm
begann.

Wien, im März 1844.

Die

Mariensagen in Oesterreich.

einen der religiöse, tiefgläubige Sinn als herrschend hervor, so stellt sich in dem andern entweder die sittliche oder die politische Richtung überwiegend heraus; in allen Fällen aber ist die Sage sowohl als die Legende ein heiliges Denkmal, das mit Ehrfurcht und Liebe gepflegt, und unter keiner Bedingung angetastet werden soll. Sie sind zumindest Blumen und Blüten, an denen sich die Väter erfreut und erquickt haben, und die spätesten Enkel mögen darüber wie immer denken, sie müssen fort erhalten werden, wie frommer Sinn und echte Sohnesliebe sie uns überliefert haben.

Es hat eine Zeit gegeben, in welcher Zerstörung — Bewegung hieß; und wieder eine andere, die geglaubt hat, die Gegenwart in die Vergangenheit hineintragen zu müssen: der ersteren war die Größe des historischen Bewußtseyns verloren gegangen; der letzteren blieb das Gefühl für Recht und Poesie verschlossen! Beide haben noch immer ihre Anhänger, wenigstens unter den Schriftstellern und Schriftgelehrten, und zunächst im Gebiete der Sage und Legende glaubt jeder sich berufen, zu rütteln und zu schütteln, wie es seiner verkehrten Phantasie eben zusagt. Der E i n e erfindet Sagen, d. h. er dichtet bekannten Orten sagenähnliche Begebenheiten an — Ruinen im neunzehnten Jahr hunderte gebaut, und auf Stellen, die allerdings einer faustrechtlichen Zeit entsprechen mögen. Wen aber hat der Geist der Lüge, der aus solchen Abnormitäten wie ein Pesthauch fährt, nicht im Innersten verletzt; wen hat nicht der Hohn erbittert, den sie jedem historischen Gefühle entgegen schleudern, und wer fürchtet nicht endlich, daß über sie im Verlaufe der Zeit auch die Beziehung und Bedeutsamkeit der echten Ueberreste einer schönen Ahnenwelt zusammen falle? Solche Bestrebungen bedürfen wohl keiner weiteren Zurechtweisung; der Keim der Vernichtung, den sie säen, ergreift sie selbst, und sie stürzen in ihr altes Nichts zurück. An Allem und Jedem rächt der Genius der Geschichte seine Verläugnung.

Weit gefährlicher aber, als diese *offenen Feinde*, sind die *scheinbaren Freunde*, die nach Stoff und Materie jagen, den Geist aber nicht nur nicht begreifen, sondern geradezu tödten. Hier will die Pointe nicht behagen, dort sind die Beigaben veraltet oder zu arm; man schmelzt jene um und setzt für diese andere, die kühnen kräftigen Spitzbögen der Vorhalle werden niedergerissen, und ein kaltes, zeitgemäßes Quadratfälchen tritt an ihre Stelle; die ehrwürdige Verzierung des gothischen Kirchleins muß dem neuen Geschmacke zum Opfer es nicht Wenige geben wird, welche verwerfen ohne zu prüfen. Ich enthalte mich mit Vorsa jeder Äußerung über das religiöse Element der selben, über Glauben und Nichtglauben, einerseits weil der Gläubige meiner Ansicht nicht bedarf un der Nichtgläubige keine zuläßt; andererseits, un unangefochten den Standpunkt festhalten zu kön nen, von dem ich ausging, als ich sie zu sammel begann.

Bei Forschungen zu einer Kultur- und Sitten geschichte Österreichs, in welcher das religiöse un kirchliche Leben nach allen Seiten hin betrachte werden sollte, mußte wohl die Aufmerksamkeit vor zugsweise auch jenen Orten zugewendet werden, nach welchen Tausende strömten, um Schutz und Rettung, Trost und Beruhigung zu finden. Bald nach den Kreuzzügen beginnen ihre historischen Monumente; die Ursachen des besonderen Ver trauens durften nicht unbeachtet bleiben. Jeder Gnadenort hat seine Entstehungs-Legende; diese, wenn nicht in ihrer ersten, doch in ihrer ältesten Form aufzufinden, war von Wichtigkeit, und ich bin bei vielen so glücklich gewesen, zu dem ge wünschten Resultate zu gelangen*). Wie ich sie

*) Bei einigen war es mir unmöglich, alte und bewährte Quellen aufzufinden. So mußte ich denn mehrere berühmte

nun gefunden habe, gebe ich sie wieder, in der Überzeugung, daß vielen Lesern schon das Thatsächliche Freude machen, andern aber auch die höhere Bedeutsamkeit nicht entgehen werde. Für diese habe ich sie chronologisch geordnet, — eine Arbeit, die nicht so leicht war, Übersicht und Verständniß jedoch ungemein erleichtert. Dabei an eine geographische Gruppirung zu denken, lag nicht ferne; ich konnte sie aus guten Gründen nicht durchführen. Sie wird sich jedoch aus den literarischen Angaben, die am Ende des Buches stehen, leicht herstellen lassen, um so — das Verwandte selbst in entgegengesetzten Theilen der österreichischen Monarchie herauszufinden, und zu verbinden. Die Literatur der Wallfahrtsorte und Gnadenbilder, welche mit sehr wenigen Ausnahmen erst um die Mitte des siebenzehnten Jahrhunderts beginnt, ist bisher ganz unbeachtet geblieben; aber mit großem Unrechte. Nicht bloß der Historiker, dem es um treue Darstellung der religiösen und sittlichen Zustände seines Volkes zu thun ist, wird reiche Ausbeute machen; sogar der Arzt, der nach den vorherrschenden Krankheiten einzelner Zeiträume sich umsehen, der etwa die Wir-

---

Gnadenorte, wie: Adelwang, Maria-Pletrovhicz, Maria-Rast, u. s. w. übergehen.

Beistand fleht: das Gewitter schweigt, er land(et) und in kurzer Zeit erhebt sich an derselben Ste(lle) eine Kapelle zur Verherrlichung Mariens.

Später — vom zwölften bis zum vierzehnt(en) Jahrhunderte — will sie in unwirthbaren Gegende(n) auf hohen Bergen und in dichten Wäldern vereh(rt) seyn. Auch dahin soll Kultur und Gesittung kon(m)men; auch die einsamen Wald- und Bergbewohne(r) sollen einen Vereinigungspunkt zur gemeinsame(n) Andacht haben! Sie erscheint dem verirrten Edlen den die Jagdlust zu weit getrieben und der aus Er(-)müdung und Verzweiflung eingeschlummert, in Traume, und verspricht ihm glückliche Heimkehr, sobald er gelobe, an dieser Stelle ihr eine Kapell(e) zu erbauen. — Den kranken Fürsten ermahnt sie, sich aufzumachen, und nach den fernen Bergen zu wallen, wo ihr Bildniß noch unbekannt in eine(r) schlechten, hölzernen Kapelle hängt. Der Fürst eil(t) dahin, wird gesund und erbaut eine Kirche mit reich(-)lichen Stiftungen zum Dienste des Herrn. — Ein(e) Gemeinde ist entschlossen, der Gottesmutter in de(r) Nähe ihres Dorfes eine Kapelle zu errichten; während der Nacht tragen Engel das Baumaterial(e) auf entfernte Berge, in einsame Thäler oder da(s) Gnadenbild verschwindet dahin — und die Gemein(-)de folgt dem höheren Rufe.

Als im fünfzehnten Jahrhunderte die Hussitenstürme beginnen, und in den Tagen des Lutherthums, bleibt das Gnadenbild unversehrt bei allen Versuchen, es zu vernichten. Die Flammen verzehren es nicht, Schwert und Beil versagen den Dienst, und der ruchlose Bilderstürmer findet seine Strafe.

So tritt Maria in ihren Gnadenbildern siegend in die Zeit herüber, welche sich dem alten Glauben wieder zuwendet und ist bei dem namenlosen Unglücke, das die langen Kriege herbeigeführt haben, die Hülfe in der Noth (Mariahülf!), die Zuflucht der Kranken, die Trösterin der Betrübten, die da Thränen vergießt über das Elend der Menschen, und Todesblässe im Angesichte zeigt bei dem Nahen des Ungerechten! —

Die Erscheinung nun, daß Tausende und wieder Tausende nach einem berühmten Wallfahrtorte ziehen, kann und darf der Geschichtschreiber nicht übersehen; aber auch eben so wenig, wie schon bemerkt, die nächste Veranlassung zu derselben unbeachtet lassen. Es ist allerdings viel leichter und bequemer, mit beliebten Machtsprüchen das Ganze abzuthun, als die innere Nothwendigkeit desselben nachzuweisen, und den Werth und die Wichtigkeit der Ursachen und Wirkungen festzustellen. Ich habe es versucht, das äußere Verhältniß der Legende

zu ihrer Zeit anzudeuten; ein näheres Eingehen n
ich mir auf eine andere Gelegenheit, auf meine K
'tur- und Sittengeschichte versparen. Daß a
schon mit dem Verständnisse des äußeren Verh
nisses für den Historiker viel gewonnen ist, n
Niemand in Abrede stellen wollen, und somit gla
ich durch die Zusammenstellung an u
für sich, so wie durch die chronologis
Anordnung keine unnütze Arbeit unternomn
zu haben. Dies aber war der ganz einfache Sta
punkt, von dem ich ausging, als ich zu samm
begann.

Wien, im März 1844.

Die
Mariensagen in Oesterreich.

1.

Der Drache bei Ragusa.

Es kam im Jahre unseres Heiles 789 auf einem Hügel, acht Meilen weit von Ragusa entlegen, ein entsetzlicher Drache zum Vorschein, der unter selbem Volke und in derselben Gegend bei dreizehn Jahre eine so grausame Niederlage angerichtet, daß die Ragusaner, weil sie sich weder zu helfen noch zu rathen mehr wußten, fast schon entschlossen waren, hinweg zu ziehen und eine andere Wohnstätte zu suchen.

Nachdem nun Gott der Herr sie, ihrer Sünden und Missethaten wegen, so lange Zeit abgestraft, erbarmte er sich endlich ihrer und schickte ihnen gar aus dem Oriente her einen ehrwürdigen, heiligen Alten. Dieser ließ sich bei Breno, etwa sechs Meilen von Ragusa entfernt, nieder, trug an einem Tag einen großen Steinhaufen zusammen, woraus er sich nachgehends eine Wohnung gemacht, und selbe mit dürrem Holz und Gesträuche bedeckt, so da ganz leicht angezündet und in Brand konnte gesteckt werden. Die Einwohner der umliegenden Dörfer, als sie so unvermuthet und plötzlich allda ein Häuslein aufgebaut sahen, und vermeinten, es müsse etwa einem Fischer oder Schiffsmanne zugehören der entweder nicht landeskundig oder gar zu unbehutsam wäre, gingen sogleich dahin, um ihn der augenscheinlich bevorstehenden Gefahr wegen zu ermahnen. Da sie aber einen so ernsthaften und heiligen, lieben Alten erblickten, erzeigten sie ihm alle Ehrfurcht und boten ihm ihre Wohnungen und Behausungen an, und erzählten ihm zugleich, welch großen Schaden besagter Drache schon eine so lange Zeit in dieser Gegend angestellt habe. Der gute, alte, heilige Eremit erwiederte ihnen mit einem ganz fröhlichen Gesichte: „Ich fürchte mich nicht das Mindeste, weder vor dieser Schlange, noch vor allem Andern, was die Hölle wider mich heraufschicken könnte; geht nur hin nach Ragusa, und sagt den dortigen Einwohnern ganz frei und rund heraus, es sey da ein Mann angekommen, der sagt, er wolle diesen Drachen umbringen, wenn sie sich Gott ergeben und seinen gerechten und heiligen Geboten gehorsamen und an selben unverbrüchlich halten wollten."

So viel redete dieser heilige, alte Einsiedler. Einige von den Zuhörern aber verwunderten sich darüber, andere lachten ihn aus; einige hielten ihn für gar zu einfältig, andere für zu vermessen; und weil er gesagt, er brauche ihre Wohnungen nicht, sondern wolle da verbleiben, und auf sie warten, so ließen sie ihn auch da, um zu sehen, was die Sache für einen Ausgang nehmen werde, und kehrte jeder nach seinem Hause zurück. Da sie des andern Tages wieder kamen, ihn auch ganz gesund und frisch antrafen, änderten sie ihre vorgefaßte Meinung und fingen an, ihm Glauben beizumessen. Er wiederholte noch einmal, sie sollten sogleich den Ragusanern verkünden, was er ihnen gesagt hätte; sie machten ihm darauf eine große Reverenz und gelobten, es unverzüglich zu verrichten, wie solches auch geschehen. Da sie zu Ragusa angelangt, legten sie beim Magistrate die ihnen aufgetragene Botschaft ab, erklärten auch, was dieses für ein Mann wäre, der ihnen solches anbefohlen: wie ehrwürdig, wie tugendsam, wie heiligmäßig. Der wohlweise und kluge Magistrat, nachdem er selbes angehört, schickte etwelche fromme Leute mit drei aus dem vornehmen Adel, als Abgesandte an den Einsiedler ab, ihn zu sich in die Stadt einzuladen. Diese machten sich zu dem Einsiedler hin, erzählten ihm das große Unglück, welches Ragusa und die ganze Gegend schon so lange Jahre her von diesem Drachen erlitten und befragten ihn, wer er wäre, woher er käme und aus welchen Ursachen er hieher gekommen? Sie baten ihn auch, er möchte ihnen doch Rath und Hülfe verschaffen, so gut er vermöchte, wider ein so großes Übel und Elend. Die Antwort war, er heiße Hilarion und führe ein Eremitenleben, und Christus Jesus habe ihn aus dem Oriente zu

ihnen geschickt, um sie, wenn sie sich dem heiligen, we
ren katholischen Glauben Christi Jesu ergeben wollt
von dem so großen Uebel des Drachen zu erledig
„Sind wir doch schon vorher Christen," antworte
diese. „Es ist wahr, ihr seyd Christen," sagte der E
mit, „wenn ihr mir aber nicht versprecht, alles das
thun, was ich euch sagen werde, so werdet ihr v
diesem Drachen nicht befreiet werden." „Wir," antw
teten sie, „versprechen alles, und wollen darauf schw
ren, daß alles geschehen soll."

Darauf kehrten sie nach ihrer Stadt zurück, h
terbrachten alles fleißig dem Magistrate, und setz
ebenfalls vieles von der Heiligkeit dieses lieben, al
Eremiten bei. Da der Magistrat dieses vernomm
schickte man noch einmal vier vornehme Personen an i
ab, sammt einer Geleitschaft von tausend Bürgern,
im Namen der ganzen Stadt ihm versprechen mußt
alles zu vollziehen, was er ihnen auferlegen würde.

Darauf hielt er ihnen eine zwar kurze, aber kr
tige Ermahnung und stellte ihnen vor, was für ei
schädliche, verdammte Aberglauben unter ihnen
Schwunge wären, was sie für verkehrte, böse u
schlimme Sitten hätten, und verlangte von ihnen B
serung, die dann Alle einstimmig versprachen. Er ha
zwei Hölzer bei sich in Bereitschaft, aus denen er
Kreuz hatte machen lassen. Nachher kniete er mit al

Anwesenden nieder vor demselben, und schrie mit lauter Stimme dreimal um Barmherzigkeit zum Himmel hinauf; betete hierauf mit ihnen wechselweise das Vaterunser und Ave Maria, und gab ihnen zu verstehen, daß sie auf die Vorbitte der göttlichen Mutter bei Gott von diesem so ungeheueren Übel müßten erledigt werden. Wendete darauf seine Augen gegen Himmel und bat mit lebhafter, inbrünstiger Andacht also: „O seligste Jungfrau und Mutter Gottes Maria, du hast der höllischen Schlange den Kopf zertreten; ach, springe auch diesem Volke bei, das seine Zuflucht zu dir nimmt. Du vermagst alles bei Gott, verschaffe doch, daß dieses Thier umkomme und dadurch das Leben der Bewohner dieses Landes herum in Sicherheit gestellt werde!"

Nach diesem Gebete nahm er in die eine Hand das Kreuz, und in die andere seinen Stock, und machte sich mit vier Schiffern in einem Schiffe nach dem Orte zu, wo der Drache in einer Höhle seinen Aufenthalt hatte. Er stieg allein aus dem Schiffe; die andern aber verblieben darin, mit nicht geringerem Entsetzen als Erstaunen, daß sich der liebe, alte, heilige Eremit so beherzt und unerschrocken geraden Weges zur besagten Höhle hinangemacht. Allda hielt er das Kreuz in die Höhe und rief mit lauter Stimme, also, daß es die im Schiffe Verbliebenen gar wohl vernehmen konnten: „Höre, du Bestie der Hölle, ich befehle dir im

Namen Jesu Christi, daß du sogleich, ohne Verzu
und ohne Jemand, wer es immer sey, einen Schad
zuzufügen, heraus zu mir kommst, der ich ein dem
thiger Diener des wahren, lebendigen und allein gr
ßen Gottes bin.“ Auf diesen Befehl kam der Drache s
gleich hervor, und legte sich dieses, vordem so entsetzlic
Thier nicht anders, wie ein Lamm, zu den Füßen d
frommen, heiligen Eremiten; dieser warf ihm hiera
einen langen Strick um den Hals, und zog ihn so g
bunden nach sich, band ihn hernach an den hinter
Theil des Schiffes, nicht ohne Schrecken derer, so i
Schiffe waren. Sie faßten jedoch Muth und Vertrau
auf die große Tugend des Eremiten und schleppten il
also mit hinter sich her bis an das Gestade, wo ei
große Menge Volkes schon begierigst wartete. Der Erem
löſ'te da den Strick vom Schiffe, stieg an's Land, u
zog den Drachen aus dem Wasser, der ganz demüth
und furchtsam mit sich umgehen ließ. Dann sperrte
ihn in das neuaufgerichtete Häuslein, zündete selb
an, und verbrannte ihn darin zur Asche unter unau
sprechlicher Freude der Ragusaner und Aller, die zu diese
Spektakel haufenweise hergelaufen waren, und es ge
hen hatten.

Darauf stellte sich Hilarion auf einen erhöht
Ort, fing an zu reden und das Volk auf's Neue
ermahnen und schloß mit den Worten: „Saget G

Dank, durch dessen Kraft, saget Dank der Himmelskönigin Maria, durch deren Fürbitte ihr erlös't worden seyd!" So hat er mit guter Unterweisung und ernstlicher Ermahnung die Stadt Ragusa und die umliegenden Lande in tugendhaften Wandel verändert. Damit aber dieser ganze Verlauf bei den Nachkommen nicht in Vergessenheit gestellt werde, ist durch gemeine Hülfe der Mutter Gottes eine Kirche erbaut und darin ein schon damals altes, und allezeit in Ehren gehaltenes Marienbild gesetzt worden, welches noch heutiges Tages wegen der Wunderwerke von ganz Dalmatien stark besucht wird.

2.

Maria auf der Haide, oder Maria Lanzendorf.

Es ist nicht ohne Grund zu schließen, daß hier schon ein Kirchlein gestanden, als noch die römischen, heidnischen Kaiser herrschten, und die alten Christen unter der Erde wohnten. Man hat bei Erbauung des Kalvarienberges verschiedene große Höhlen gefunden, viele Todtengebeine, wunderseltsame Lanzen, einen Riesenzahn und dergleichen mehr.

Als im Jahre des Heils 508 der tapfere Prinz Arthur von Britannien hinzog, wo er Krieg fand und viele große Thaten verrichtete, kam er auch hierhe nach Pannonien und erschlug auf dieser Haide zehntau send Heidenfeinde, worunter er mit eigener Hand 21 l getödtet, und noch dazu einen mächtigen Riesen. D fand er einen Malstein, auf welchem geschrieben stand „Allhier auf diesem Platze predigte St. Lukas den Chri sten das Evangelium;“ die Jahrzahl mochte man nich mehr kennen. Und weil sich die Christen bei dem Strei te so tapfer gehalten, bauete ihnen Arthur ein Bet haus und viele Hütten. Im dritten Monate des Jahres am 8. Tage, da man geschrieben 509, weihte der Erz bischof zu Lorch diese Kapelle ein, Gott und St. Lukas zu Ehren.

*

Als Carolus Magnus zu Lorch am Enns- flusse die Avaren schlug, wandelte er weiter fort gegen Faviana (Wien), und da er seine Kriegshaufen muster- te, ließ er auch durch seinen geistlichen Opfersmann alle seine Kriegswaffen segnen; saß sechzig Tage allhier auf diesem Platze im Lager, und baute in gar schneller Eile gegenwärtige Kapelle, wo er dabei auf seine Feinde lauerte. Er zog darnach mit seinem Heere gegen Un- garn, und setzte seine schmerzhafte Kriegs- mutter, die er allezeit mit sich in den Krieg nahm, mit eigener Hand in's Gehäuse und gab sie daher zu ewigen Erinnerung und Verehrung, und das ist geschehen, da von Christi Geburt vergangen 791 Jahre.

*

Eine leichte Frau, die vom sechzehnten Jahre an mit ihrer Ehre um viele böse Pfennige handelte, und als die Gnadenmutter in dem Jahre 1012 von den frommen Christen zum siebenten Male geflüchtet worden und nicht gegenwärtig war, ermahnte sie ein frommer Mann, von dem muftigen Leben abzustehen, und zu dem Frauenkirchlein Maria auf der Haide Gelübde zu thun. Höret! Diese leichte Magd gab zur Antwort: „Die Mutter Gottes ist mit den Heiden geflohen, und der Steinhaufen kann nicht Wunder machen.“ Darauf aber ließ sie alle Glieder sinken, weinte und „stunke“ ein ganzes Jahr, bis fromme Priester der Sünderin zur Buße gegeben, das zerbrochene Kirchlein vom Steinschutte und allem heidnischen Unflathe zu reinigen. Sie wurde gesund und führte ein gar frommes Leben.

*

Als der tapfere gnädige Fürst, Herr Leupold zu Oesterreich, von Eroberung der Stadt Ptolemais kam, baute er Gott und der Gnadenmutter allhier ein Haus, und stiftete einen ehrwürdigen Priester, der wöchentlich drei heilige Messen las, und ließ auch durch seinen obersten Kriegshauptmann Rausch sein mit Blut bedecktes Kleid und seine Lanze hierher verehren. Dieser

fromme Kriegshauptmann Rausch aber stiftete 10
Pfund Silberpfennige zur Kapelle Maria auf der Haid
und stellte darüber folgende Urkunde aus: „Ich Luka
Ulrich Kilian Rausch, des erlauchten gnädigen Fürste
und Herrn, Herzog Leupold von Oesterreich, vorde
ster Hauptmann seines Kriegsheeres der weißen Ge
sellschaft, mache allen frommen Christen kund, wi
daß ich der Gnadenmutter Maria auf der Haide —
Gelübde habe gemacht zu der Jahreszeit Christi, d
man geschrieben hat 1191, als ich mit meinem gnä
digen Fürsten in das heilige Land zog, die Stadt Pto
lemais zu belagern, und hatte auch mit Gunst der anwe
senden Könige und Fürsten den Vorzug, am ersten Sturm
den Wallstigl zu erklettern; weil aber König Richar
seiner treuen Hand fast nicht genug thun mochte un
zurück ging, so kamen wir auf dem Walle mit unser
Reisigen sammt dem Herzoge in große Lebensnoth, un
brannte das Feuer der Heiden in voller Allmacht wider uns
Da rief der Herzog: „Erhebe deine Augen zum Him
mel,“ und ging meine Andacht fürbaß zu Maria. Dar
auf schlug sich mein gnädiger Fürst mit seinen künstliche
Schwertstreichen mitten unter die Barbaren, fuhr übe
sie hin, daß sein weißes Kriegswamms völlig mit Fein
desblut gefärbet war, da wurden die Heiden flüchti
und mußten uns lassen den Weg, die mächtige Festun
zu erobern.“

„Weil mir nun Gott durch die Fürbitte der wunderbaren Kriegsmutter Maria in so blutigem Kriegshandel das Leben gelassen, so will ich zur großmüthigen Danksagung mit treuem Willen aus meinem Säckel gestiftet haben hundert Pfund Silberschlags, welche zu drei Pfund Zins auf meinem Schloß zu Brunn ewig haften und nicht aufgehoben werden sollen, in die Kapelle Maria auf der Haide, allwo die schmerzhafte und gnadenvolle Mutter schon über vier hundert Jahre rastet.“

„Dann will ich auch, daß nach meinem Tode mein Kriegsgürtel mit Gold beschlagen, sammt dem in Silber gefaßten Seitenschwerte in das Frauen- Schatzkammerl, allwo auch meines gnädigen Fürsten Leupold sein mit Blut gefärbtes Kriegswamms und Lanze zum Gedächtnisse aufbehalten ist, soll überbracht werden.“

3.

Die Zuflucht der Schiffenden.

Es ist dieses wunderthätige Marienbild im Jahre Christi 828 den 25. September in die Schloßkirche zu Ragusa eingeliefert worden von einer Prozession, in der sich fast Alles wider gemeinen Gebrauch befunden. Im Bedenken ich nicht glaube, daß ein Kreuz sey vorgetragen worden, wie ich dann auch nicht gedenken-kann, daß ein Priester oder anderer Geistlicher sey hernach gefolgt; das Übrige hat so weit seine Ordnung gehabt, als es hat seyn mögen, Alle sind in gleicher Livrei aufgezogen, d. i. allein mit dem Hemde bekleidet gewesen. Statt der Musik war ein Trauergeschrei, so doch zu Zeiten mit Freudenzähren untersetzt. Mit einem Worte, ist letztlich dieses heilige Bild von dem Meerhafen in die Kirche begleitet und mit verlobten hundert Kronen, daraus eine Kirche zu erbauen, verehrt worden. Nun hat die erzählte Geschichte nichts hinter sich, was einen des Meeres Erfahrenen zu lachen bewegte; denn daß die Prozession sich ohne Kreuz und Priester eingefunden, kommt demjenigen nicht seltsam vor, welchem der Meerleute Frömmigkeit bekannt ist, und daß sie ihren Aufzug im Hemde allein haben angeordnet, weis't aus, daß sie einen Schiffbruch erlitten, oder zum wenigsten sich dazu gerichtet. Im Bedenken dieses venetianische Schiff von Osten her seinen Lauf heimzu hatte, und zu allem Glücke hatten sie dieses heilige Bild, in Griechenland gemalt, bei sich. Alsdann, da das ungeheure Meer mit einem wilden Wetter den Tod vor Augen stellte, haben sie mit heilsamen Gedanken beschlossen, im Falle sie das Land erreichten, was das immer für eines wäre, das heilige Bild allda zu lassen, sammt Verehrung von hundert Kronen, mit denen ein Kirchlein möchte erbaut werden. Alsbald haben sich die Wollen verzehrt, die Wasserwellen zerbrochen, die Winde vernichtet und alles war gut, ausgenommen, daß sie nicht wußten, wohin bei der Finsterniß das Schiff seinen Lauf hätte; haben sie sich gleichwol Morgens unter dem Schlosse zu Ragusa befunden und doch alles Versprechens vergessen. Und weil Wind und Meer gut, also segelten sie wieder in die Weite auf Venedig zu. Aber auf den glücklichen Tag folgte eine noch traurigere Nacht, als die vorige gewesen, im Bedenken, daß ich anderer Sachen geschweige, so das wilde Wesen pflegt an Schiffen oder Schiffern zu erweisen, hat ihnen der Wind den Mastbaum sammt dem Segel überschwenk gemacht und abgebrochen: also sind sie gefahren, nicht, wohin sie wollten, sondern wohin sie der Wind trieb, mit geringer Hoffnung, so lange zu leben, bis man sich in den Tod mit Geduld ergeben möchte.

Das Beste war, daß ihnen das nicht erfüllte Gelübde zu Sinne gekommen. Sie verhießen es daher auf ein neues, und das hatte Gott gewollt, auch, daß es sein Wille, in dem erklärt, daß sich das Wetter alsbald gelegt und sie sich Morgens eben wieder unter dem Schlosse zu Ragusa befunden. Sind daher ohne Verzug, gleich in den Hemden, wie sie sich befunden, ausgestiegen, und haben in obgemeldeter Ordnung das heilige Bild der Kirche zugetragen. Mit den hundert Kronen ist alsbald ein Kirchlein an dem Gestade angefangen worden zu erbauen, dabei den Abgang der Geldmittel die gemei ne Stadt Ragusa ersetzte.

Die Kirche steht noch heutiges Tages, und nimm je und allezeit die verlobten Verehrungen auf, so di verzweifelten und beinahe versunkenen Schiffer ganz freu dig allher bringen.

4.

Die Gründung des Klosters Gurk.

Nachdem die heilige Hemma, aus wahrer Got tesliebe, ihrem Heiland alle ihre zeitlichen Güter zu geeignet und sich gänzlich vorgenommen, der heilige Gottesgebärerin zu Ehren eine Kirche sammt einen Frauenkloster, nebst einer Wohnung für die Chorherre des heiligen Augustin aufzubauen, stand sie nur nod an, welche Gegend auch dem höchsten Gotte gefälli seyn würde, diesen seinen Herd anzulegen. Weßwege sie den Befehl ertheilte, ein Paar Ochsen in einen Wagen, auf welchen das Bildniß unserer lieben Fraue gelegt war, anzuspannen, und also diese Thier ganz allein, ohne alles Verwehren und Treiben, for wandern zu lassen, dieses beifügend, daß, wo si stille stehen würden, und der Wagen ruhen, da Stift allda erbaut werden sollte. Da dann die Ochse an demjenigen Orte, wo jetzt die Kirche befindlich ist,

[illegible]

[illegible]

5.

Das Frauenbild zu Traunkirchen.

[illegible]

Ottocarus und Luitpold, Markgrafen in Österreich und Steiermark, haben diesen Ort, allwo ein Götzentempel gestanden, jetzt aber Sankt Nikolai Kirche ist, mit gewaffneter Hand der Mutter Gottes zugeeignet, in dem Jahre Christi 990. Es hielten sich allda heidnische Räuber in großer Anzahl auf, welche die Nachbarn beunruhigten und alles verheerten. Sie konnten auch mit einer schlechten Macht nicht gedämmet werden; denn der Ort, in dem sie wohnten, war sowohl von Natur, als durch Kunst fest und schwer zu überwältigen. Diesen haben die Markgrafen mit Macht belagert, aber umsonst; deßwegen sie sich entschlossen, die Belagerung aufzuheben und des andern Tages abzuziehen. Aber in der Nacht hat man unsere liebe Fr ob der Kirche gesehen, welche ein Ende des Krieg und den Sieg versprochen. Die beiden Markgrafen h ben sich daher mit Sonnenaufgang gestellet, als ob die Flucht nähmen, sind jedoch mit Ordnung abgezoge die Feinde eilten nach, und als sie ohne Ordnung auf t Ebene hinausgekommen, haben sich die Unsern gewe det, den Feind erlegt und ein Ende des Krieges, d noch lange gedauert hätte, mit Rath und Hülfe d Mutter Gottes gemacht.

Die Markgrafen haben, statt des eingenommen Schlosses auf der Höhe, so man jetzo Sankt Johann berg nennt, zu Ehren unserer lieben Frauen Himm fahrt eine Kirche und ein Jungfrauenkloster Sankt B nedikti Ordens gebaut und die erste Äbtissin war Ith des Markgrafen Ottokar liebe und eigene Schwest welche als ihr Heirathgut viele umliegende Güter de Kloster zugebracht, gleich wie auch die Salzberge. unseren Zeiten haben die Ketzer Kirche und Kloster verhe und verdorben und also ist das Kloster schier auf hundert Jahre mit der Andacht zu der Mutter Gott verlassen gewesen, bis auf Anhalten Kaiser Ferd nand's II. Ihre päpstliche Heiligkeit solches dem C legium der Gesellschaft Jesu in Passau übergeben. Al bald ist eine neue Kirche vom Grunde aus aufgefüh und die Andacht zu der Mutter Gottes wieder eingeführet worden.

6.

Maria im Dornen zu Turas.

Mähren.

Um das Jahr Christi 1650 ging ein frommer, ehrbarer Bauersmann, Namens Horak, von seinem Tagwerk nach Chirlitz, welcher Ort eine kleine Meile von Brünn, und etwa eine Viertelstunde von Turas entfernt ist. Als er schon bei hereinbrechender Nacht gegen denselben Ort kam, wo jetzt die Kirche zu Turas steht, bemerkte er nicht ferne vom Wege, und in einem Dornstrauch ein ungewöhnliches Licht ohne Vorschein des Feuers, ohne Rauch und ohne Flammen.

Er tritt näher hinzu und findet mitten im Strahlenkranze ein schönes, von Holz geschnitztes Bildniß unserer lieben Frau, fällt alsogleich auf die Knie, begrüßt Maria, und nach vollendetem Gebete erhebt er das Bild und trägt es als einen besonderen Haussegen heim.

Sobald er nach Hause kam, rief er alle die Seinigen, erzählte ihnen, was ihm auf dem Wege widerfahren, und ermahnte sie zu einer eifrigen Andacht, welche auch lang in die Nacht gedauert, theils durch Sing theils durch Beten, bis endlich der Wirth ihnen bef len, mit Trost sich zur Ruhe zu begeben.

Nachdem der fromme Horak des anderen Tages s früh aufgestanden, wollte er sogleich die seligste Mut Gottes in dem Gnadenbilde verehren; aber das B war nicht mehr vorhanden. Als das Hausgesinde a gestanden war, wollte es ebenfalls die Mutter Got begrüßen, fand sie aber auch nicht mehr an dem Or auf den das Gnadenbild hingestellt worden war, u durchsuchte vergebens alle Winkel des Hauses. D Wirth nahm nun etliche von den Seinen, um ihnen Stelle zu zeigen, an welcher er das Gnadenbild gef den, und siehe, als er mit diesen hinkam, fand er ab mals das Gnadenbild. Er umfaßte es mit größ Freude, legte es auf seinen Arm und trug es wie nach Hause. Hier setzte er es auf ein Hausaltärle welches sein Weib aufgerichtet hatte; aber des ande Morgens war es wieder verschwunden und in den Do strauch von neuem versetzt. Ohne weiteres Beden lief Horak mit etlichen Nachbarn dahin: sie nahm das Kleinod zum dritten Male nach Hause, und ba flehentlich, es wolle sie doch die allerseligste Jungfr mit diesem ihrem Bildnisse begnaden und bei ihnen v bleiben. Auf diese inständige Bitte blieb das Gnad bild eine Zeitlang bei ihnen, nicht ohne besonderen Trost für ihr gewährtes Verlangen.

*

Nachdem hierauf die Geschichte des Wunders unter dem Volke verbreitet worden war, und Jedermann davon zu erzählen wußte, haben sich die Nachbarn, groß und klein, in dem Hause des frommen Horak und bei dem Bilde Mariens gar fleißig eingefunden, und sich daselbst vielfältige, große Gnaden erbeten und erhalten. In der Meinung, es werde nunmehr das Bild zu Chirlitz für immer verbleiben, und um demselben einen standhaften Sitz zu machen, haben sich die Bewohner des Ortes entschlossen, mit einer freiwilligen, und fast über ihr Vermögen gestellten Anlage ein Kirchlein aufzubauen und das Gnadenbild dahin zu versetzen. Sogleich wurden Holz und Steine sammt anderem Baugeräthe herbeigeschafft; der Grund ward gegraben und der Bau begonnen. Aber der seligsten Mutter Gottes beliebte kein anderer Ort, als unter dem Dornstrauch; denn was man beim Tage zugeführt, war während der Nacht wieder verschwunden, und bei dem Dornstrauche gefunden. Dieses schien Anfangs den Chirlitzern verdächtig: sie ließen den Ort bewachen, fanden aber auch darnach noch, daß alles, was sie während des Tages zusammengetragen, des anderen Morgens nicht mehr vorhanden war. Ja, das Gnadenbild selbst hatte seine

Herberge auf's neue im Dornstrauch genommen, au welchem wiederholten Wunder die Bewohner endlich gemerkt, es beliebe der allerseligsten Jungfrau, ihr Wohnung daselbst zu nehmen und allda Wunder zu wirken. So ist auch mit einhelligem Beschlusse an der Stelle auf welcher der Dornstrauch gestanden, die Kirche auf gebaut, und in Chirlitz ein Kreuz von schwarzem Marmor errichtet worden.

7.

Unsere liebe Frau zur Linde.

(Tirol).

Rathold, ein edler Jüngling aus Baiern, verließ heimlich seiner Ältern und Geschwister Haus, allem entsagend, was die Welt hoch schätzt, und flüchtete in's rauhe Stallenthal, das einsam und schauerlich in's Kalkgebirge eingewühlt, sich nordwestlich von Stans ausstreckt. Er ließ sich daselbst in einer Felsengrotte nieder, die von einem gewaltigen Lindenbaum beschattet war, zog später nach Rom und Compostella um an diesen berühmten Wallfahrtstätten die rechte Einsiedlerweihe zu schöpfen, und stellte heimgekehrt das wundervolle Bild der heiligen Jungfrau unter der Linde auf, daher die Benamung: „Unsere liebe Frau zu

Linde.“ Die geheimnißreiche Nähe der Gottesmutter leuchtete bald mit unzähligen Wundern, alles Volk der Umgegend strömte in's Gebirge zur Gnadenreichen; Kranke an Leib und Seele fanden Genesung und Trost in allen Wehen des irdischen Lebens. Ubald, Rathold's Bruder kam aus Zufall als lustiger Jagdgeselle in's Gebirge der Lindenjungfrau, erkannte im abgezehrten Hüter des Heiligthums seinen lange vermißten Blutsverwandten, und gelobte zerknirscht und erschüttert den Bau einer Kapelle und Einsiedlerbehausung zur größeren Bequemlichkeit des pilgernden Volkes. Die Edlen von Freundsberg, Schlitters und Säben schlossen sich fromm gesinnt dem Bauunternehmen an; man bestimmte die Burghöhe ob Stans in herrlicher Landschaft zur Stelle des gelobten Gebäudes, die Bauleute legten Hand an's Werk, aber zu ihrem Nachtheile: ein Unfall folgte dem andern, besonders fielen häufige Verwundungen vor. Die Vögel des Himmels, Deuter der göttlichen Bauansicht, trugen die blutgefärbten Holzabfälle und Splitter auf einen hohen Felsen tiefer in's Thal; man gehorchte der höheren Mahnung, und vollendete leicht und schnell unter dem Walten der mithelfenden Gnade, was irdischem Beginnen nicht gelingen wollte. So entstand die Kirche der schmerzhaften Jungfrau auf Georgenberg mit des Einsiedlers Rathold Behausung. Doch nicht lange blieb dieser allein; Edeljünglinge, von seinem Beispiele angezogen, wurden seine Schüler; der Verein wuchs in gesonderten Zellen um die Gnadenstätte der Lindenjungfrau zu einer Klausnergemeinde unter Rathold's Leitung und Aufsicht, von Rom aus mit einer Reliquie des heiligen Georg, von freigebigen Edelherrn mit Gut und Habe beschenkt, durch reichliche Opfer der von weiten Gegenden zusammenströmenden Pilgrime unterhalten. Auf diese Weise erweiterte sich der Verein auch nach Rathold's Tode ungemein, und reifte zu einem geschlossenen Kloster heran. Im Jahre 1125 bestieg Regimbert, Benediktinermönch in Admont, später Benediktinerabt zu St. Peter in Salzburg, den bischöflichen Stuhl von Brixen. Dieser verband die Einsiedler von Georgenberg durch die Regel des heil. Benedikt zu einer geregelten Gemeinde, und bestellte denselben den Abt Eberhard zum Vorstande.

8.

Kuttenberg's Entdeckung.

Der Böhmen Bischof Daniel, im Rufe seines Amtes nach dem Mährerlande hinziehend, hatte im dichten Forst am Kuttenberge Weg und Pfad verloren. Ihn überfiel die Nacht. — Der Diener mußte die Rosse entzäumen, den Sattel nahm der Bischof zum Pfühl seines Hauptes und entschlief im Mondenschein.

Der Traum zeigte ihm inmitten des Waldes ein prächtiges Gotteshaus. Zahllose Lichter schimmerten durch die hohen Fensterbogen, Chorgesang und Orgelton hallte wieder an den Wänden. Ein Zug von Priestern paarweis, mit Kerzen in den Händen, zog aus dem nahen Kloster, zum Portale der Kirche hinein, — in welcher er die himmlische Gnadenmutter und St. Adalbert, Böhmens und Polens Apostel erblickte, so herrlich, daß, als der Bischof wieder erwachte und das nächtliche Gesicht ihm klar geworden, er darin den Willen des Herrn des Himmels und der Erde erkannte und ihn unverzüglich in's Werk richtete, das neue Kloster, von seines Hauptes Kissen, dem Sattel, Sedletz benennend.

loster Sedletz stand noch kein Jahrhundert, als ein frommer Mönch desselben, Namens Antonius, sich im nahen Walde erging, um dort zu lesen und zu beten. Er hatte solches durch viele Stunden eifrig gethan. Indeß brach immer heißer, immer drückender die Mittagssonne herein. Der fromme Mönch ermattete und entschlief im wohlthätig kühlenden Schatten einer alten, weitverzweigten Buche. Er erwachte spät und sah an seiner Seite drei plötzlich empor gequollene Blumen von gediegenem Silber; sie wuchsen stolz aus dem grünen Moose. Vorher hatte er aber nicht dergleichen gesehen. Also hatte ein ungewöhnlicher Trieb der Erdkräfte dieses Wundergewächs erzeugt. Der Mönch Antonius deckte, um den Ort leichter wieder zu finden, seine Kappe über die Blumen, und meldete die Begebenheit dem Abte. Nach wenigem Graben stieß man auf reiche Silberadern, und es wurden sodann ordentliche Gänge und Stollen hergerichtet, daher schreibt es sich auch, daß die Kuttenberger Bergknappen, bis auf des großen Ottokar's Zeit, Mönchskappen trugen.

9.
Mariazell.

Besorgt für das Seelenheil der zerstreut liegenden Unterthanen seines Stiftes, faßte Otto, der siebente Abt von St. Lambrecht, den schönen Gedanken, einige Priester in entferntere Gegenden zu senden, um das Wort Gottes auch dort zu lehren. So kamen fünf fromme Mönche in das Avelenzthal, und von diesen wurde wieder einer gewählt, welcher ausschließend denjenigen Theil des Thales, den seit Jahrhunderten das wunderherrliche Mariazell ziert, in seine geistliche Obhut nahm. Es war am St. Thomastage, im Jahre des Heils 1157, als er hier anlangte. Eine von Bretern zusammengeschlagene Hütte war seine Wohnung und zugleich die Kirche; seine ganze Habe aber bestand in einer Statue der Gottesmutter, welche aus Lindenholz geschnitzt, schon im Kloster der Gegenstand seiner besonderen Verehrung war. Er setzte sie auf einen abgehauenen Baumstamm und verrichtete bei ihr seine tägliche Andacht.

Einige Zeit nachher wurden Wladislaw, der Markgraf von Mähren, und seine Gemalin Agnes von einem schweren körperlichen Übel befallen, das beide geraume Zeit auf das Krankenbett warf, und endlich den Ärzten unheilbar schien. Da ermunterte sie ein Traumgesicht, Vertrauen zu der Fürbitte der seligsten Jungfrau zu haben und als Zeichen der Dankbarkeit nach erhaltener Gesundheit, zur Beförderung ihrer Verehrung, in einem noch wenig bekannten Thale der oberen Steiermark die dort schon errichtete Kapelle zu vergrößern. Den gleichen Traum sich gegenseitig erzählend, erkannten sie in demselben den Wink eines höheren Wesens; schnell war daher das angedeutete Gelübde gemacht, schnell die Genesung erfolgt, und eben so schnell, in Begleitung vieler Personen, die Reise angetreten. Aber wie war in den rauhen, unwirthbaren Gegenden der ersehnte Ort zu finden? Da erschien ihnen unbemerkt ein Wegweiser, der heilige Wenzeslaus, und führte sie zu unserer Zelle. Gerührt brachten nun die Genesenen der Helferin aller Kranken ihr Dankgebet dar; ließen mit großen Unkosten eine steinerne Kapelle aufführen, und kehrten dann voll Verehrung und Andacht in ihr Land zurück.

Seit dieser Zeit nahm die Zahl der Pilgrime hieher mächtig zu, und der Ruf des gnadenreichen Bildnisses unserer lieben Frau in Zell verbreitete sich in alle Lande.

*

Als der Türke *) Ungarn zu verheeren und in seine Gewalt zu bringen vermeint, hat sich allda der alte, unüberwindliche König Ludovicus erhoben, und ist mit 20.000 Reitern und Knechten dem türkischen Heere entgegen gezogen. Da er aber die große Zahl der Feinde wahrnahm — deren ihrer mehr als in die achtzig tausend waren — hat er sich entsetzt und geglaubt, sein und der Seinigen Leben mit der Flucht erhalten zu müssen. In dieser Traurigkeit überfiel ihn der Schlaf, und es kam ihm vor, was er von Vielen zuvor gehört, wie nämlich die seligste Jungfrau Maria zu Zell mit gar großen Mirakeln und Wunderzeichen geziert sey. Darauf ist ihm die allerwürdigste Jungfrau selbst erschienen und hat ihr Bildniß auf seine Brust gelegt, und ihm befohlen, er solle den Feind beherzt angreifen, und mit ihm eine Schlacht thun.

Als nun König Ludwig erwachte und das Bildniß unserer lieben Frau auf seiner Brust gefunden, hat er

*) Lithauer oder Bosnier.

sogleich die Sache seinen Gefährten erzählt, welche hocherfreut und gestärkt mit ihm einen Angriff auf den Feind gethan, und glücklich mit ihm den Sieg erlangt haben. Dann hat sich König Ludwig mit seinem ganzen Kriegsheere aufgemacht und ist, wie er gelobt, gegen Zell zu unserer lieben Frau gezogen. Und da hier das Kirchlein gar zu enge und nicht zum besten gebaut war, hat er schnell dasselbe abbrechen und den herrlichen Tempel, welchen wir jetzt vor Augen haben, mit eigenen Kosten aufbauen lassen. Auch hat er damals das Bildniß unserer lieben Frau, das auf seiner Brust gelegen, mit Gold und Edelsteinen geziert, der Kirche geopfert.

*

Als im Jahre 1529 der Türke die Hauptstadt Wien mit einer großen Macht belagert, haben sich etliche Scharen unterstanden, gar bis nach Zell hineinzusetzen, der Meinung, sich dort einen großen Kirchenraub zu holen; als sie aber zu derjenigen Säule, welche gleich außerhalb des Marktes auf der Wienerstraße liegt, gekommen, und der Türken Anführer mit großer Gewalt auf unser lieben Frauen Bild, so auf selber Säule gestanden, losgerennt, um es herabzustürzen, hat er zweimal zurückweichen müssen. Endlich, wie er zum dritten Male mit noch größerer Gewalt angesetzt, ist er verblendet worden und von dem Rosse zu Boden gefallen, daß die übrigen Türken, hierüber erschreckt, wieder zurückgewichen sind. Zur selben Zeit hat man eine schö ne, glänzende Krone ober der Kirche gesehen.

Es ist aber bei diesem noch nicht verblieben, son dern des andern Tages sind noch größere Scharen de Türken angekommen, welche den Markt Zell in Bran gesteckt, und in die Asche gelegt haben, und obwohl si mit brennenden Pfeilen in das Kirchendach geschossen hat doch nichts verfangen wollen, sondern allein di Pfeile sind verbronnen, das Dach aber sammt der Kir che ist unversehrt geblieben. Diese Türken sind hernac zur wohlverdienten Strafe im Neuwalde von den Chri sten geschlagen, und alle erlegt worden.

10.

Maria Sal.

Der heilige Virgilius, Erzbischof zu Salzburg, hat im Jahre Christi 745 den heiligen Modestus als Bischof nac Kärnthen geschickt, um dort den christlichen, katholische Glauben zu predigen; welcher es in kurzer Zeit so wei gebracht, daß der Herzog Chitomarus viele Kirche erbauen lassen, unter denen die vornehmste war, so er z Ehren der Mutter Gottes auf ein lustiges Berglein ge setzt und jetzt Saalfelden genannt wird, nahe bei de gewesenen Hauptstadt Liburnia, welche im Jahre 45 zerstört, und dem Boden gleich gemacht worden. I dieser Kirche ist der heilige Modestus nach seinem Hinscheiden von dem Herzoge Chitomarus in einen steinernen Sarg an der Wand ob der Erde gelegt worden, welcher Sarg mit dem heiligen Leibe allgemach von der Mauer je länger je mehr zu dem Altare, so gegenüber, sich begibt, also, daß man an dem Pflaster nicht den geringsten Schaden spürt: und ist schon so weit bei Mannsgedenken von der Mauer gewichen, daß zwischen dem Sarge und der Mauer zwei Männer bequem zugleich durchgehen können, was alles mehr als tausend Personen mit einem Eide bezeugen können. Wo aber das Mutter Gottes Bild, so der heilige Modestus in diese Kirche gebracht, hingekommen, kann man nicht wissen; dasjenige, so man noch sieht und verehrt, kommt aus Böheim. Solches haben zwei vom Adel von dem heiligen Adalbertus bekommen, und wollten es nach Recanat im Wälschland bringen. Als sie nach Villach, einer Stadt in Kärnthen, nicht lange nach Absterben des heiligen Modestus, gekommen, ist beiden die Mutter Gottes im Traume erschienen und hat ihnen befohlen, sie sollen nicht nach Wälschland reisen, sondern das Bild nach Saalfelden, so vier Meilen von Villach, bringen: alldort wolle sie in diesem Bilde geehrt werden. Die zwei vom Adel hielten nichts auf den Traum, luden das Bild auf und wollten ihren Weg weiter ziehen; aber man konnte die Pferde keineswegs

fortbringen, dadurch denn die vom Adel bewegt wor-
den, dem Traum Glauben zu geben. Sie reisten mi
den willigen Pferden auf Saalfelden zu und lieferter
hier das Bild ab.

Also haben die benachbarten Kroaten, Ungarn,
Oesterreicher, Steirer und Krainer angefangen, dieses
Bild zu verehren: ist dritthalb Ellenbogen hoch, au
der rechten Hand sitzt das Kindlein, ist von weißpolir-
tem Marmor, so glänzend und glatt, wie ein Spiegel
hat unter den Füßen den Mondschein und nebenzu zwe
Engel. Es sind Vornehme, die mit einem Eide bezeu-
get, daß es zu Zeiten das Gesicht geändert, bisweilen
fröhlich, bisweilen traurig ausgesehen; und wieder
Viele, die nicht in dem Sinne gehabt, zu beichten, als
sie in die Kirche gegangen; aber nachdem sie ein ernst-
haftes Gesicht an dem Bilde vermerkt, sind sie beweg
worden, daß sie ihre, in andern Beichten verschwiegenen
Sünden allda abgelegt und gebeichtet haben.

Diesem Orte haben die Ungarn einen gewaltigen
Ruhm, Namen und Ansehen gemacht, welche im Jahr
1482 ganze Städte, Schlösser und Flecken verheert
dieser Kirche aber, auch nach einer dreitägigen Belage-
rung, nicht zukommen konnten. Noch heutiges Tages
sieht man die Pfeile, so sie darauf geschossen, in den glä-
sernen Scheiben hangen, nicht anders, als wenn sie i
eine weiche Materie geschossen worden wären, welche

Wunder die Feinde von der Belagerung abgetrieben. Man läßt sie also hangen, gleichsam zu einem ewigen Gedächtniß.

11.

Mariabrunn zu Spital.

(Am Semering.)

Wo sich der hohe Berg Semering theilt und das ebene Land zeigt, nahm seinen Anfang ein dickfinsterer, den Räubern und bösen Leuten sehr tauglicher Wald, Zerrwald genannt. In diesem wüthete das böse Gesindel also, daß fast Niemand aus Oesterreich in die Steiermark auf dieser Straße wandern konnte; die Hirten allein, bei welchen nicht viel zu erhaschen, waren sicher. Da nun die Hirten einmal in diesem Walde arbeiteten, erblickten sie eine Frauenstatue, so etwa die Räuber den Reisenden abgenommen, oder aus einer Kirche entfremdet und versteckt hatten. Die Schriften des uralten Gotteshauses Maria im Mürzthal aber melden, daß diese Kirche von den Räubern bestohlen, ein Gnadenbild entführt, die Kirche eine Zeit lang verwüstet und öde verblieben. Diese Kirche ward im Jahre 1040 erbaut oder erneuert; nach vielen Jahren wurde aber statt derselben eine andere der heiligen Mutter Anna eingeweiht, welche noch heut zu Tage in Marein steht.

Die Hirten voll Freuden wegen des gefundene Bildes, setzten es zu ihrer Verehrung an dem Rande ei nes kalten und hellen Brunnens aus, welcher, von sel ber Zeit an, vielen Kranken und Preßhaften geholfen.

Unterdessen trat Ottokar V., der Stifter vo Seiz und Vorau die Regierung an, und wollte nicht al lein die Sicherheit dieses Ortes, sondern auch die Ver ehrung der Mutter Gottes Maria erheben. Er baut also eine Kapelle, und neben derselben ein Spital fü Arme und Pilgrime. Nach einiger Zeit, als der Zu lauf groß wurde, baute er eine vollkommene Kirche un vor seinem Tode schenkte er dieser Kirche und dem Spi tale das Gut Harde. Diese Stiftung geschah im Jahr 1160 und wurde von Eberhard, dem Erzbischof zu Salzburg, bestätigt.

12.

Das Frauenbild zu Altbunzlau.

Die Statue der seligsten Jungfrau in der prächtige Marienkirche zu Altbunzlau ist seit Jahrhunderten be rühmt. Man weiß eigentlich nicht, aus welchem Me talle sie gegossen, und wie und wann sie nach Böhme gekommen. Einige halten dafür, der heilige Cyrillu habe sie nach Böhmen gebracht und der heiligen Lud milla, als diese sich taufen ließ, verehrt; andere sin der Meinung, die heilige Ludmilla habe ihre Hauk göttin Krosina, nachdem sie den christlichen Glauben angenommen, nebst vielen andern, von Erz gegossenen Götzenbildern zusammenschmelzen und daraus dieses Marienbild verfertigen lassen. Kurz vor ihrem Tode schenkte sie es ihrem Enkel Wenzel, welcher es stets bei sich trug. Nachdem er aber von seinem Bruder ermordet worden, soll es sein treuer Diener Podiwin zu sich genommen und an eben dieser Stelle, auf welcher jetzt die Kirche steht, vergraben haben.

Im Jahre 1160, unter der Regierung des Königs Wladislaw in Böhmen, als ein Bauer in dieser Gegend seinen Acker pflügte und die Pferde an jenen Ort des Ackers kamen, wo jetzt der hohe Altar steht, fielen sie nieder und beugten sich und konnten auch mit größter Gewalt nicht von dannen getrieben werden. Der Bauer sah sich sehr ernstlich um, und fand vor ihnen ein überaus schönes Bildniß der seligsten Jungfrau sammt dem holdseligsten Jesukindlein. Er hob dasselbe mit größter Freude auf und brachte es den Chorherren zu Bunzlau. Diese haben Anfangs an jenem Orte ein Kirchlein gebaut und das wundervolle Bild hineingetragen, so mittlerzeit durch eingebrachtes Almosen der frommen Wallfahrer in eine schöne ansehnliche Kirche erwachsen ist. Bald darauf hat diesen Ort der gütige Gott mit überaus großen Wunderzeichen geziert und geheiliget, welche bis jetzt nicht nachlassen, sondern

gleichsam das ganze, weite Böhmerland und König
reich dahin zu wallfahrten bewegen.

13.
Das Frauenbild von Lacroma.

Im Jahre 1160 hat König Ludwig aus Engellan sammt seiner Gemalin nach dem heiligen Land und Gra Christi eine Kirchfahrt angestellt, und auf der Rückrei auch in Italien etliche heilige Orte besuchen wollen. Al sie in das adriatische oder venedische Meer gekommer hat sie ein gefährliches Ungewitter angestoßen, also, da das königliche Schiff in großer Gefahr nirgends konn anlanden. Sind also der König und die Königin z der Mutter Gottes geflohen, und haben derselben zw Kirchen zu bauen verlobt, eine an dem Orte, allw sie glücklich aussteigen würden, die andere, wann s nach Hause kämen, in Engelland. Dazu haben sie zwe mal hundert tausend Dukaten bestimmt, darauf sich da Ungewitter alsbald gelegt, und ist das Schiff von de Winden ganz sanft an einen Felsen, so man Lacron nennt, auf die tausend Schritte von Ragusa getriebe worden. Und wo die königlichen Personen an das Lar gestiegen, haben sie alsbald einen Ort für die versproche Kirche ausersehen.

Die von Ragusa, sobald sie des Königs Ankur vernommen, haben solche sogleich durch zwölf vom At eingeladen, und mit herrlicher Wohnung versehen. Da man wegen Erbauung der Kirche gehandelt, haben die Ragusaner dafür gehalten, es würde der Stadt eine große Zierde seyn, wenn die Kirche in der Stadt stände, und deßwegen den König gebeten; was auch der König verwilligte, doch unter dieser Bedingung, daß sie an dem Orte, so er zuvor auserſehen, eine andere Kirche sammt einem Kloster aufbauen sollten. Und allda ist das wunderthätige Bildniß, von dem wir reden; auch werden hier, auf Befehl des Königs, alle Festtage der Mutter Gottes Messen gelesen für die Könige in Engelland. Die Kirche aber in der Stadt hat man, nach Abreisen des Königs, alsbald herrlich angefangen aufzuführen, aber erst nach vier und vierzig Jahren, nämlich im Jahre 1169 vollendet. Ist jetzt die Domkirche, hat achtzig tausend Dukaten gekostet, die übrigen zwanzigtausend hat man auf die Ornate und Kirchenzierden verwendet. Es ist auch in dieser Domkirche ein Mutter Gottes Bild, welchem jährlich am Festtage des heiligen Blasius, so der Stadt Patron und Schutzherr ist, mit besonderer Feierlichkeit ein Dankfest angestellt wird, indem von der Herrschaft Ragusa ein zierlich gemachter Drache mit Trompeten und Heerpauken geopfert wird, weil an dem Orte, Breno genannt, allwo auch eine Mutter Gottes Kirche, ein heiliger Einsiedler den Drachen vertrieben, welcher solche Ungelegenheit gemacht daß man schon gedacht das Vaterland zu verlassen.

14.

Zu unserer Frauen Tritt.

Von Wirflach, dem Laufe eines kleinen Bache entlang, kommt man in ein enges, schönes, von ho hen Abhängen geschlossenes Thal, das sich in eine dü stere Felsenklause verengt, die, bald den Wellen de kleinen Baches Raum gebend, so enge wird, daß ma die an beiden Seiten thurmhohen Steinwände mit aus gespannten Armen erreichen kann. Endlich gelangt ma zu einer von der Natur gebildeten kleinen Höhle. Zu Rechten in dem Felsen sind zwei Fußtritte zu bemerken der eine bei 9 Zoll lang, der andere in der Größe e nes gewöhnlichen, weiblichen Fußes. Die Sage läß hier die heilige Jungfrau Maria mit ihrem Kinde au der Flucht nach Egypten ausruhen, und gibt der Höh die Benennung: „Zu unserer Frauen Tritt.

15.

Das Frauenbild zu Warta.

Um das Jahr Christi 1200 ist die Mutter Gottes e nem betenden Jünglinge aus Böhmen erschienen, und h ihm dieses Wunderbild eingehändigt, sprechend: „Sohn deine Mutter! Dieses Bild wird wunderthätig werden, wenn man es wird in Ehren halten.“ Einer vom Adel, als er durch Anrufung Mariens bei diesem Bilde seinen abgebrochenen Schenkel, ohne Zuthun eines Arztes, geheilt gefunden, hat eine Kapelle von Holz erbaut, und bald hernach eine Kirche aus Stein, welche bis heute die böhmische Kirche genannt wird. Es liegt diese Kirche an einem hohen Berge, bei dem zu unterst ein Dorf ist, dem Cisterzienserkloster von Kemnat zugehörig, gewiß an einem solchen Orte, welcher von der Natur selbst zur Landeshut verordnet worden; denn weil er an Böhmen, Schlesien, Mähren und Lausitz gränzt, mag er wohl der Länder Mittelpunkt genannt werden. Die Veste, so von der Himmelskönigin dem heiligen Orte ertheilt worden, hat sich im Jahre 1240 erwiesen, da nämlich fünf hundert tausend Tataren sich an den umliegenden Orten niedergesetzt, auch eine geraume Zeit aufgehalten, gleichwohl über Warta hinaus nicht weiter gegangen sind.

Zu Anfang des Jahres 1400 ist ein Weheklagen und Weinen zu Warta gehört worden, darüber die Leute erschrocken und dem Berge zugelaufen, woher sie es zu hören vermeinten. Siehe! da finden sie auf der Spitze des Berges die allerseligste Himmelskönigin sitzend und weinend, und vernehmen mit Entsetzen ihre Prophezeiung. Darauf ist sie unter dem lauten Gebete der

Gläubigen wieder in den Himmel gefahren, damit sie ihre Warte und das ganze Vaterland von dem Zorne Gottes losbitten möge. Allein im Jahre 1415 sind die Hussiten gekommen, haben die Kirche erstlich ausgeplündert, hernach mit Feuer angesteckt, und in Asche gelegt. Das wunderthätige Bildniß aber ist in den Flammen unverletzt geblieben und so von frommen Männern wieder gefunden worden.

Der Stein, auf dem sich die Mutter Gottes hatte sehen lassen, hat ihre heiligen Fußstapfen bis auf das Jahr Christi 1600 sichtbar erhalten; weil sie aber von der großen Menge der Pilger so lange Jahre berührt worden, haben sie sich zuletzt ganz verloren. Damit jedoch die Sache nicht in Vergessenheit gerathe, hat Carolus, Erzherzog zu Österreich, Ferdinandi des andern Herr Bruder, Bischof von Breslau, im Jahre 1617 eine zierliche Kapelle erbaut, in welcher eben an dem Orte der gemeldeten Fußstapfen der Hochaltar steht. Zu dieser Kapelle kommt man auf drei verschiedenen Straßen, die auch ihre besonderen Namen haben, denn einer heißt der Warter oder der deutsche Weg, der andere der böhmische, der dritte der Polen Weg, welche nicht selten den Berg hinan auf den Knien gehen.

Merkwürdig ist, daß die Warter niemals von dem wahren Glauben abgefallen sind, obschon aus ihrem Dorfe im ganzen Umkreis nicht ein Ort mag gesehen werden, welcher sich bei dem alten Glauben allezeit erhalten hätte. Diese Beständigkeit hat wohl verdient, daß im Jahre 1598, (obschon das heilige Bild wegen der Bilderstürmer geflüchtet war), als sich ein Stück von dem Berge losgerissen und die vorüberfließende Neiße also verstopft, daß nunmehr das Wasser das ganze Dorf überlaufen sollte, dieses doch seiner Natur vergessen und die Warter als Diener Mariä verschont hat, welche alle ihre unschuldigen Kinder dem Strome entgegen gestellt. Diese mußten mit ihrem Geschrei zu der Himmelskönigin, wie ein Damm das Dorf und ihre Ältern erreten, wie dann auch geschehen, maßen der volle Strom, obschon er die Fläche des Landes nicht wenig überstiegen, so lange innegehalten, bis er auf Befehl Mariens einen andern Ausweg gefunden.

16.
Unserer lieben Frauen Schlägel.

Caliogus von Falkenstein, am linken Donauufer des Landes ob der Enns vielbegütert, ist einst von seiner Burg weg der Jagd nachgezogen, und hat sich in dem nahen, finsteren und unwegsamen Walde solcher Gestalt verirret, daß er keinen Ausgang mehr finden konnte. Er mußte daher bei einfallender Nacht in dem Orte, wo jetzt das Kloster Schlägel steht, verbleiben, und von Angst und Anstrengung ganz ermüdet, daselbst auf bloßer Erde seine Ruhe nehmen. Statt des Kopfkissen diente ihm ein zufällig vorhandener Holzschlägel und auf diesem unangenehmen Lager erschien ihm die allerseligste und übergebenedeite Jungfrau und Mutter Gottes Maria, in schneeweißer Kleidung, und von ihm gar liebreich verlangend, daß er ihr zu Ehren auf dieser Stätte eine Kirche aufbaue, dann wolle sie ihm aus dieser Wildniß sicher nach Hause verhelfen. Worauf Caliogus sich diesen Kirchenbau gleich kräftigst vorgenommen und solches sein Gelübde, nachdem er glücklich und ohne Anstoß nach Hause gelangt war, eifrigst erfüllet hat. Um das Jahr 1200 war das noch stehende Kirchlein mit wenigen Wohnungen für die grauen Brüder vollendet und zur Erinnerung „Unserer lieben Frauen Schlägel“ geheißen. Auch wurde lange Zeit von den Geistlichen ein altes Liedlein gesungen, das in folgender Weise die Geschichte der Gründung erzählt:

Caliogus von Falkenstein
Reit in seinen Wald hinein,
Begegnet ihm eine junge Mayd,
Gar kühnlich sie zu ihm saydt:

Seyd ihr der Herr von Falkenstein,
Und dieses Orts ein Herre?
So gebt mir euren Gefangnen heraus,
Der aller Jungfrauen ein Ehre.

Da sprach Caliogus von Falkenstein:
Das kann ich fürwahr nicht thain,
Zu Falkenstein unter den Mauern,
Da mögt ihr ihn vertrauern.

Caliogus verreit sich in dem Wald,
Daraus er nicht kommen möcht sobald,
Die Nacht auf einem Schlägel ruht,
Es traumet ihm also gut:

Er soll zu Ehren unsrer lieben Frauen
Ein Gott'shaus an diesem Orte bauen,
So wird er kommen aus diesem Wald,
Und alles geschehen so bald.

Da bauet er das Kloster bei dem Schlägel
Mit seiner eignen Hände Nägel,
Den ersten Stein selbst zugetragen;
Alldorten lieget er begraben.

17.

Zur Himmelspförtnerin.

Unter den heiligen Frauen des Klösterleins in der Traibotenstraße zu Wien, war eine junge, bildschöne Nonne. Sie war darin auferzogen und daher mit der Welt und ihren eitlen Freuden unbekannt.

Jahre kamen und Jahre vergingen, da übergab ihr die Oberin das Pförtneramt, und der Böse, welcher niemals ruht, sann, über den Ruf ihrer Frömmigkeit ergrimmt, auf arge List, die Braut des Himmels in den Pfuhl seiner Verdammniß zu stürzen. Einst, als sie vom Wachen des Tages ermüdet, gegen ihre Gewohnheit vergaß, das ihr so theuere Gnadenbild der göttlichen Jungfrau zu besuchen und mit frischen Blumen zu schmücken, senkte sich ein bleierner Schlaf über ihre Augenlieder, und unsichtbar schlich der Böse in ihre Zelle und gaukelte ihr einen Traum vor, aller irdischen Freuden voll. Sie saß plötzlich unter riesengroßen Bäumen von zarten Reben umschlungen, in einer üppigen, in weiter Ferne von silbergrauen Bergen umschlossenen Landschaft, über die sich des Himmels heiteres, mit Rosenwölkchen besäetes Blau wölbte. Muntere Herden weideten auf dem mannigfaltigen Grün der blumenreichen Wiesen, und ein stolzer Fluß wogte und rauschte durch das Land. Fischerkähne schaukelten fröhlich auf demselben, und von seinen blühenden Auen herüber drang die betäubende Würze von Blumen und Blüten, und tausendstimmiger Vögelgesang, und die Nachtigall schlug und die Turtel girrte — und flammenroth erwachte die Nonne, und aus war es mit ihrem Seelenfrieden: ein unwiderstehlicher Hang nach der Welt hatte sich ihrer bemächtigt. Trübe schlich sie ihrem Berufe nach und vermochte nicht zu beten; den ganzen Tag starrte sie beim Fensterlein und Pfortengitter sprachlos in den Himmel hinaus, in die ziehenden Wolken, auf die flatternden Vöglein, meinend, sie winkten ihr nachzukommen, und sie verstände Silben und Worte aus ihrem Zwitschern, sie solle mit ihnen fliegen über der Menschen und Städte Länder hin!

Und die Nacht sank abermals auf die Welt und wieder verfolgte sie der Böse mit seinen Träumen. Sie war auf einer Garteninsel, in einer Rosenlaube, welche Wellen von purem Silber umflossen, in die des Vollmondes goldene Scheibe, milde, zitternde Lichtstreifen goß. In den ferneren Büschen schlug die Nachtigall hell und laut durch die stille Nacht, und ganz nah ihr girrte die Turtel, und wie sie sich umsah, streckte ein herrlicher Jüngling Arme der Sehnsucht nach ihr aus — und sie erwachte und ging noch viel trüber ihrem Berufe nach. Eine Kohle schien ihr die wunde Brust, und unaufhörlich zogen die Wolken wie Boten, die kamen und gingen, ihr heimlich und dringend etwas zu sagen, und ohne Aufhören zwitscherte der Vogel.

Tag und Nacht gingen, wie seit alten Zeiten, den alten Gang, und sie vergaß zum dritten Male des Gnadenbildes, und der Böse schickte wieder seine Träume über sie. Sie sah sich als heißgeliebte Gattin des schönen Jünglings, als frohe Mutter einer munteren Kinderschaar und wieder schlug die Nachtigall, und die Turtel girrte. — Plötzlich wach, raffte sie sich vom Lager empor, nahm die Schlüssel der Pforte und legte sie unter einem Strome von Thränen vor das Gnadenbild, rufend: „Himmlische! deine Dienerin hat sich der Welt zugewendet, so nimm hin die Schlüssel, und bewahre du dein Heiligthum!“ Sodann stürzte sie zur Pforte hinaus, in die warme Nacht, in die weite Welt.

*

Sieben Jahre waren verstrichen. Die Sünderin hatte alle Freuden und Leiden der Welt verkostet. Betrogene Liebe riß endlich den Schleier von den verblendeten Augen, drückte ihr alle Stacheln demüthiger Erkenntniß und bitterer Reue, über ihr großes Vergehen, in den kranken Busen. Das Herz brannte ihr vor Sehnsucht nach dem friedlichen Kloster, zu dem Gnadenbilde, dessen sie jeden Tag seit ihrer Flucht mit Schmerzen gedacht, zurückzukehren und hart zu büßen bis an ihren Tod.

Und gleich ergriff sie den Pilgerstab und Muschelhut, und trat die Reise an, barfuß im härenen Bußgewande. Hundert und hundert Meilen hatte sie zu wandern, und spitzer Stein und stachelnder Dorn zerfleischten den zarten Fuß, und brennender Sonnenstrahl sengte ihr Antlitz.

Nach unsäglichen Mühen und Leiden kam sie endlich zum Kloster, in stürmischer, stockfinsterer Nacht und ermattet sank sie nieder auf die Stufen der Pforte und klingelte — und heraustrat die Mutter aller Gnaden mit dem Jesukind, vom Himmelsglanz umflossen, die Strahlenkrone auf dem Haupte, half der tödtlich Ermüdeten auf, aus deren Herzen Demuth und Liebe nie gewichen. Sie überreichte ihr die Pfortenschlüssel wieder, die ihr das Weltkind vor sieben Jahren zu Füßen gelegt, und kehrte schweigend zur Kapelle in ihre Blende zurück. — Die Nonne aber, die sich sehr krank fühlte, berief die Oberin und ihre Mitschwestern zu sich und beichtete öffentlich ihr Vergehen.

Das Erstaunen Aller war übergroß. Niemand hatte sie vermißt. Jede hatte sie täglich gesehen. Die göttliche Jungfrau hatte die ganze Zeit über ihr Amt vertreten und der Pforte gewartet! Die Nonne erhielt den Ablaß und fiel gleich darauf in einen festen Schlummer, aus dem sie nicht wieder erwachte.

Die Oberin aber schrieb das Wunder nach Rom, dem heiligen Vater. Der befahl das Kloster: „Zur Himmelspförtnerin“ zu nennen, und so hieß es auch über ein halbes Jahrtausend, bis es aufgehoben ward und die Klosterfrauen alle in die weite Welt hinaus mußten. Das Gnadenbild aber kam in den weitberühmten Dom von St. Stephan.

18.
Maria Schein.

(Böhmen.)

Mehr als vor vierhundert Jahren, und wie Einige wollen, am Tage der Geburt Mariä, ging eine Dienstmagd aus dem Städtlein Graupen aus, in den benachbarten Gründen Gras zu holen, und weil sie wußte, daß in dem Revier, da jetzt die Kirche steht, und sonderlich um das Brünnlein herum, das schönste Gras wachse, begibt sie sich dahin, setzt Hand und Sichel an und fängt eifrig an zu grasen. Aber siehe, während der Arbeit springt ihr eine giftige Schlange an den Arm, wickelt sich um selben und fängt an, mit in die Höhe gehobenem Kopfe auf eine gegenüberstehende, und vom Alter ausgehöhlte Linde heftig zu zischen und zu pfeifen; ließ sich auch von dem jämmerlichen Geschrei der erschrockenen Dienstmagd nicht irren. Nach langem Zischen und Pfeifen wickelt sich die Schlange wieder ab, und ohne alle Verletzung springt sie vom Arme auf den Erdboden und ist weiter nicht gesehen worden.

Die vor Furcht und Schrecken halbtodte Magd lauft eilends dem Städtlein zu, und erzählt ihrem Herrn alles, was sich im Grasen mit ihr begeben hatte. Nichts nahm der Bürger mehr in Acht, als der Schlange Zischen gegen den Baum, denkt der Sachen nach und muthmaßt, es müßte etwa ein Schatz im besagten Baume verborgen liegen. Er unterredet sich im Geheim mit einem seiner Mitbürger, und gehen beide den Baum zu besichtigen. Nachdem sie zu demselben gekommen, steigt einer hinauf, räumt das abgefallene Laub und die Ästlein bei Seite, und findet zwar nicht einen reichen Goldschatz, wie er sich eingebildet hatte, sondern das gnadenreiche Bildniß der schmerzhaften Mutter Gottes, einen reichen Seelenschatz, von welchem nicht allein die Einwohner dieses Königreiches, sondern auch andere ausländische fromme Seelen genommen, und annoch reichlich zu nehmen haben.

Nachdem obgemeldeter Bürger das heilige Bildniß gewahr worden, ist er von einer heiligen Furcht ergriffen worden, hat sich auch dasselbe anzurühren nicht vermessen wollen, sondern hat sich mit seinem Mitbürger in die Stadt zu dem Pfarrherrn verfügt, ihm ordentlich alles erzählt, was sich mit seiner Dienstmagd, auch mit ihm selbst in dem graupischen Thale bei Findung des Bildes zugetragen.

Der Pfarrherr, nachdem er sattsammen Bericht eingenommen, läßt durch ein gemeines Glockenzeichen das Volk in die Kirche rufen, verkündigt ihm, was er von oft bemeldetem Bürger verstanden, läßt Kreuz und Fahnen vortragen, und geht mit dem gesammten Volke in größter Andacht dem hohlen Lindenbaume zu.

Sobald er des heiligen Bildes ansichtig geworden, hat er dasselbe mit inniger Andacht verehrt, mit tiefster Reverenz und Demuth erhoben, dem umstehenden Volke gezeigt und nach allgemeinem Rath mit fröhlichem Gesang, Gottes und Mariä Lob in Begleitung des Volkes, in die Stadtpfarrkirche getragen, daselbst es an einen besonderen Ort gesetzt und aufbehalten, erwartend mit größter Begierde, was Gott mit diesem so wunderbar gefundenen Bilde schaffen und anordnen werde.

Das eifrige Völklein konnte kaum das Tageslicht erwarten; es eilte des andern Tages sehr früh in die Kirche, Maria, die reiche Mitbürgerin zu begrüßen, und ihr in ihrer neuen Residenz das erste Ave zu sagen. Aber weder Graupen, die Stadt, noch die Stadtkirche war der auserwählte Ort, in welchem die Himmelskönigin residiren wollte. Der reiche Himmelsgast wurde von dem andächtigen Volke an dem, ihm gestern zugewiesenen Quartiere nicht gefunden. Man suchte auf allen Altären, in allen Winkeln der Kirche, aber alles umsonst: Mariä Bildniß (ohne Zweifel durch der heiligen Engel-Dienst) hatte noch dieselbe Nacht ihre alte Stelle in der hohlen Linde wieder bezogen. Und es wird zum andern, auch zum dritten Male aus der Linde gehoben und in die Pfarrkirche getragen, aber zum andern und dritten Male wieder in die Linde versetzt.

Wie solches die andächtigen Bürger vermerkt, haben sie Gott nicht versuchen, sondern in ihrer großen Andacht und Liebe gegen die Mutter Gottes zum wenigsten aus abgebrochenen grünen Ästen und Zweigen dem heiligen Bildniß ein kleines Hüttlein, nahe bei der Linde aufbauen und in demselben es täglich verehren wollen. Diese Andacht hat der Himmelskönigin so wohl gefallen, daß sie bald angefangen, ihre Himmelsschätze den eifrigen Dienern reichlich auszutheilen, und sie mit unverhofften, doch gewünschten Gaben an Leib und Seele zu beschenken. Da erhielten die Blinden das verlorne Augenlicht, und viele andere kranke und preßhafte Menschen die vorige Gesundheit wieder. Und diese Gütthaten waren gleichsam die Posaunen, welche Mariens Freigebigkeit allenthalben ausgeblasen.

19.

Mariabrunn in Krain.

Herzog Bernhard von Kärnthen gelobte, der seligsten Jungfrau zu Ehren auch in Krain, wie seine Vorfahrer früher in Kärnthen gethan hatten, ein Cisterzienserkloster zu bauen, wenn er in dem Kriege gegen den Bischof von Bamberg Sieger bleiben würde. Bald darauf stieß er im Lavantthale mit seinen Haufen auf jene des Bischofs: ein hitziger Kampf begann, die

Feinde ergriffen die Flucht, und der Bischof selbst gerieth in Gefangenschaft.

Voll dankbaren Herzens über diesen Sieg zog Herzog Bernhard mit seiner Gemalin allsogleich nach seinen Besitzungen in Krain, und setzte die Schenkungen für das neue Kloster fest; doch war er noch uneinig mit sich über die Stelle, auf welcher das Gotteshaus zu Ehren der Himmelskönigin emporsteigen sollte. Da ging er eines Tages mit seinen Getreuen auf die Jagd, verirrte sich und schlief ermüdet unter einem Baume ein. Und siehe, im Traume erschien ihm Maria die Gebenedeite, in einem blendend weißen Kleide und wunderherrlichen Angesichts, und ermahnte ihn, einige Schritte abwärts zu steigen. „Da wirst du," fuhr sie fort, „eine Quelle sehen, und bei derselben einen alten Holzhauer, welcher dir die geeignete Stelle für das neue Kloster anzeigen wird."

Erwacht überlegte Herzog Bernhard nicht lange, sondern folgte der Weisung, die ihm während des Schlafes geworden war. Bald erblickte er auch die Quelle und den Holzhauer, welcher, nach einigen freundlichen Worten des Herzogs, dafür hielt, daß an diesem Orte selbst, obschon er bisher nur wilden Thieren zum Aufenthalte gedient, das Kloster und die Kirche der seligsten Jungfrau sich erheben sollten. Mittlerweile kamen die Jäger des Herzogs herbei — da war aber plötzli der Greis verschwunden. — Nun zweifelte der Herzog nicht länger über die Stelle. Er erfüllte sein Gelübde, nannte die neue Stiftung „Mariabrunn," und gab ihr einen alten Mann in das Siegel.

20.

Frauenhof zu Wranau.

(Mähren.)

Im Jahre 1240, als Gregor IX. Christi Statthalter auf Erden war, erschien dem Landmarschall von Mähren, Wilhelm von Rosenberg, der schon mehrere Jahre blind war, und umsonst alle Ärzte zu Rathe gezogen hatte, die gebenedeite Jungfrau Maria, ihn also freundlich ansprechend: „Willst du gesund werden?" Herr Wilhelm fragte hingegen: „Wer bist du, so mit mir redet?" Darauf die allerseligste Jungfrau geantwortet: „Ich bin diejenige, die von keinem sündlichen Beibett weiß." Der Marschall: „O Mutter der schönen Liebe, lehre mich dich recht und vom Herzen lieben, liebend dich und deinen Sohn fürchten, fürchtend erkennen, damit also erkennend ich würdig befunden werde, das Licht meiner Augen wieder zu erlangen." Die Jungfrau sprach: „Insofern dir dein Gesicht wieder soll zugestellt werden, erbaue meinem Sohne und mir auf dem Wranauer Hügel eine Kirche!"

Solches zu thun gelobte alsobald **Wilhelmus** und ließ auch den folgenden Tag den Anfang machen. Aber siehe, als das nöthige Holz gefällt, und ohne Verzug auf dem, zur Kirche bestimmten Orte zusammengeführt war, verschwand es wieder während der nächsten Nacht, und man fand es auf dem gegenüberstehenden Berge, rings um zwei Eichen aufgeschichtet. Heilige Engel hatten es hierher getragen, denn zwischen den beiden Eichen strahlte verborgen das alte, gnadenreiche Bildniß Mariä. In tiefster Bewunderung und dankbarster Ehrfurcht wurde nun hier die Kirche mit großem Eifer zu bauen angefangen und vollendet; **Wilhelm** aber, der Landmarschall, mit der Gesundheit seiner Augen begnadet.

*

Auch ferner hat sich die Mutter Gottes allda gutthätig erzeigt und sind viele Mirakel geschehen, so aber hernach die Ketzerei alles hintertrieben, damit es nicht in der Nachkommen Hände komme; da hat sich ein schönes Wunder begeben. Es war allda eine Stiftung oder Fundation, daß täglich das Officium oder der Kursus unserer lieben Frauen sollte gebetet werden. Diesen guten Brauch wollten die Ketzer nicht lassen abkommen, nicht die Mutter Gottes dadurch zu verehren, sondern mit dieser reichen Stiftung ihr Beutel zu spicken. Sie haben deßwegen auf katho lische Art solchen Kurs chorweise gesungen. Eines Tages kam ein blinder Kroat hinein, hörte den Gesang und bat Gott um sein Gesicht. Die vermeinten Chorherrn fingen an zu lachen, andere schafften ihn aus der Kirche; einer wies ihm den Weg mit dem Stocke. Dieser aber war alsobald mit der Blindheit gestraft; der Kroat hingegen hatte wieder das Gesicht. Den neugemachten Blinden führte sein Sohn mit Schrecken und Trauern nach Hause, war von Gott erleuchtet, daß er den katholischen Glauben angenommen und seinen, an Seele und Leib blinden Vater verließ. Er hat vielen mit seinem Exempel genützt.

21.

Maria-Eich.

(Oesterreich ob der Enns.)

Zwischen dem Marktflecken Aurolzmünster und Ried steht in einem schattigen Haine, an der Heerstraße, eine einsame Kapelle, welche über dem Strunke einer dickstämmigen Eiche, daran ein gnadenreiches Madonnenbild hängt, erbaut ist, und deßhalb „Maria-Eich" genannt wird.

Ein Graf Hunt, der in der Gegend von Orth ein Bergschloß hatte, besuchte einst seinen Jugendfreund, den Abt von Admont, in der Steiermark. Dieser besaß ein gnadenreiches Madonnenbild in Spiegelrahmen gefaßt, und machte seinem Gaste damit ein Geschenk, mit dem Wunsche, daß es sich auch in dessen Heimath für gläubige Seelen eben so huldvoll und segenreich bewähren möge, wie an den Ufern der Enns. Graf Hunt kehrte nach Hause, das heilige Bildniß auf der Brust tragend. An der Stelle aber, wo jetzt jene Kapelle steht, begegnet ihm der böse Feind als schwarzgeharnischter Ritter und begehrt, daß er entweder das Bildniß von sich werfe, oder sich mit ihm schlage. Der fromme Graf, welcher lieber seinen Schild entbehrt, als das hochgeweihte Gemälde, nimmt dieses als seinen Schild, und macht sich bereit zum Zweikampfe, bei sich im Stillen gelobend, daß er hier der seligsten Jungfrau ein Kirchlein erbauen wolle, falls er mit ihrem Schutze den Gegner, in dem er wohl den Bösen geahnt haben mochte, überwinden würde. Der schwarze Ritter spornt seinen Rappen, und rennt mit vorgestreckter Lanze gegen ihn an; da schlägt Graf Hunt ein Kreuz mit dem Schwerte und in demselben Augenblicke bricht auch die Sonne durch die dichten Gezweige und wirft ihre Strahlen auf das glänzende Bildniß der Gottesmutter. Wie vom Wiederscheine geblendet, bäumt sich der Rappe und stürmt mit dem Bösen davon. Der fromme Sieger aber erfüllte allsobald sein Gelübde.

22.

Maria Stiegen in Wien.

Die Stadt Wien prangt absonderlich mit schönen Tempeln und Gotteshäusern, deren sehr viele dem Namen der Mutter Gottes gewidmet sind. Unter andern ist eine uralte Kirche zu Wien, welche den Namen führt Maria Stiegen; deßgleichen auch eine zu Rom ist, welche da stehet unter dem Schutze der Mutter Gottes, und insgemein Scala coeli, unserer Frau Himmels-Stiegen genannt wird. Der Ursprung dieses Namens ist dieser:

Der heilige Bernhardus hatte unweit von seinem Kloster eine absonderliche Andacht zu einer Kirche, in welcher ein uraltes Marienbild stand, das aber durch saumselige Verehrung ohne Titel und Namen war. Bei diesem alten Gnadenbilde hat er einst eine Messe gelesen für einen verstorbenen, gar getreuen Freund. Nach vollendetem Meßopfer sieht er durch göttliche Offenbarung eine Leiter oder Stiegen von dem Fegfeuer bis gegen Himmel, und nimmt beinebens wahr, wie auf dieser Stiegen die Seele seines besten Freundes hinaufsteigt in die allsättliche Glorie, schlägt hernach vor lauter Freude die Hände zusammen, und nennt dasselbe Marienbild, vor dem er andächtig celebriret, Scala coeli, unserer Frau Himmels-Stiegen.

23.

Die Jungfrau im finstern Walde.

(Landeck in Tirol.)

Im Jahre 1265 lebte auf Trams, östlich von Landeck, ein frommes Ehepaar, Heinrich und Eva. Heimgekehrt vom Felde fanden sie eines Tages ihre zurückgelassenen zwei Kinder nicht daheim. Sie eilten bestürzt zur Jungfrau im finstern Walde, dem hochverehrten Marienbilde an der Stelle, auf welcher sich die heutige Kirche von Landeck erhebt. Hier flehten sie laut um Hülfe, und siehe! ein Bär und ein Wolf kommen menschenfreundlich herbei, die Kindlein im Rachen, legen diese unversehrt und gesund zu den Füßen der Ältern nieder und entweichen wieder in den Wald. Zum Denkmale an diese Begebenheit erstand die erste Kirche im Jahre 1270, häufig besucht von Pilgrimen, und später mehrere Male erneuert.

24.

Das Bildniß unserer lieben Frau ob dem heiligen Berge in Böhmen.

In der Gegend von Przibram, der einst silberreichsten Bergstadt Böhmens, hatte sich ein adelicher Herr etwas tiefer in die Wälder hinein auf die Jagd begeben; da waren ihm unversehens Räuber aufgestoßen, und nachdem sie all sein mitgehabtes Gesinde flüchtig gemacht, hatten sie ihm mit voller Macht nachgesetzt. Weil er dann weder zu entrinnen vermochte, noch sich ihrer mächtig zu werden getraut, ist er vom Pferde herabgesprungen, auf die Knie niedergefallen und hat zu der gütigsten Mutter Gottes geseufzt, daß sie die äußerste Noth, in welcher er stecke, gnädig ersehen und bei dieser Gefahr ihn nicht umkommen lassen wolle. Würde sie ihn retten, so gelobe er zu einer ewigen Erinnerung, ihr und ihrem heiligen Nahmen zu Ehren auf diesem Orte eine Kirche zu erbauen. Solches Gelübde hat die mildeste Mutter Gottes alsobald beliebet, und die Augen der Räuber alsobald inne gehalten, daß, ungeachtet sie haufenweise um den Verfolgten herumgeirrt, und ihn fast mit den Händen tasten und fassen, gleichwohl so wenig ersehen können, als ob er gänzlich aus den Augen verschwunden wäre. Deßwegen hat er zum ewigschuldigsten Dank] der seligsten Mutter Gottes auf jenem Berge bereits vor vielen Jahrhunderten eine Kirche erbaut, und ist der großen Wunderthat wegen dieser Berg von aller Nachbarschaft ein heiliger Berg genannt worden.

Andere erzählen: „Als Przibram noch volkreicher gewesen, und aus königlichen Gnaden zu einer Bergstadt erhoben worden, hätte gleich Anfangs die Bürgerschaft einen Ort ausersehen, wo den Malefizpersonen ihr Recht von dem Scharfrichter exequirt werden möchte. Weil sie aber hiezu den Berg, so nunmehr der heilige genannt wird, am bequemsten erachtet, haben sie eines Tages Holz, Steine und dergleichen Materialien hinaufführen lassen; solche Materialien hätten sich über Nacht verloren und auf einem anderen Hügel, wo bis heute das Gericht stehet, finden lassen. Und weil dieses nicht nur ein-, sondern mehrmalen geschehen, als hat man der göttlichen Anweisung gemäß jenseits die Justiz aufgerichtet, diesen Berg aber für einen heiligen Berg erkannt und benannt. Darauf hat nach langen Jahren, nämlich zu Kaiser Karls IV. Regierung, Ernestus, der erste Erzbischof zu Prag, zu mehrerer Beförderung desselben die heilige Kapelle erbaut.

25.

Unserer lieben Frauen Bild von dem Hirschen.

Zwischen Salomo, König in Ungarn und seines Oheims Kindern, den Gebrüdern Geisa und Ladislaus, entstand Zwietracht, also, daß sie beiderseits zu den Waffen griffen. Salomo war weit stärker; Geisa verlobt unserer lieben Frau eine Kirche, wenn sie ihm den Sieg mittheile, denn er die Mutter Gottes sonderbar zu verehren pflegte. Er hat den Sieg erhalten, den Salomo erlegt, und ob zwar Ladislaus wie ein Engel vom Himmel herab seinem Bruder Geisa die Krone aufgesetzt, hat doch Geisa, wie er dieses vernommen, mit gebogenen Knien der Mutter Gottes Dank gesagt und dem Volke die Wahl eines Königs freigelassen. Er und sein Bruder wollten sich unter der Gemeinde aufhalten; das Volk aber hat Geisa zum König erwählt. Deßwegen dann seine erste Sorge war, einen Ort zu erkiesen, auf dem er die Kirche der Mutter Gottes erbauen könnte; und als er mit seinem Bruder, am Gestade der Donau spazirend, darüber Rücksprache hielt, haben sie einen Hirschen ersehen, der auf allen Zinken des Geweihes scheinende Lichter gehabt, sie angesehen und in aller Eile die Flucht durch die Donau genommen und verschwunden. Ladislaus hielt ihn für einen Engel, der in Gestalt eines Hirschen hat anzeigen wollen, daß man an dem Orte, wo er erschienen, die Kirche hinbauen soll, was auch Geisa, nachdem er gekrönt worden, gethan und die Kirche mit großen Schätzen begabt hat. Geisa ist der siebente König in Ungarn, Dalmatien und Kroatien nach dem heiligen Stephan gewesen, und ihm Ladislaus, sein Bruder, im Reiche nachgefolgt.

26.

Kaltenbrunn.

(Tirol.)

Am rechten Innufer, zwei Stunden von Prutz, liegt Kaltenbrunn, so genannt von einem Wasser, welches, eine Viertelstunde oberhalb der Kirche, im Walde plötzlich aus dem Boden hervorspringt. In uralter Zeit stand hier in einem Gestäude an einem großen Steine ein hochverehrtes Marienbild, das reisende Pilger und Liebhaber der Einsamkeit eifrig besuchten. Im Jahre 1272 erschien in Prutz ein Herr von Schenkenberg, welcher auf seinen Kriegszügen in Italien einen Menschen ermordet hatte, mit dreizehn Dienern und vier Pferden, entschlossen, den vollbrachten Mord durch strenge Buße zu sühnen. Er wählte, nachdem er sich alles zeitlichen Gepränges herzhaft entschlagen hatte, Kaltenbrunn zum Wohnsitze, baute über dem Marienbilde eine kleine Kapelle, und lebte daselbst in niedriger Hütte bis zum Ende seines Lebens. Ihm folgte nun ein ständiger Einsiedler an Ort und Stelle zur Hut des Heiligthums. Unzählige Pilger suchten in der einsamen Gottesnähe Ruhe und Erquickung, und erhöhten die Berühmtheit des Ortes ungemein. Ein Brand, im Jahre 1438 durch eine Wachskerze entzündet, war nicht im Stande, das wunderbare Frauenbild zu verletzen: es ging unversehrt aus Rauch und Glut hervor, und stieg nun in der andächtigen Meinung des Volkes noch höher. Der Einsiedler Johannes Stab, vom Fürstbischofe zu Brixen begünstigt, baute durch das Almosen der Gläubigen die Kapelle von neuem auf, und hohe Häupter nahmen sich der verlassenen Andachtsstelle an, darunter besonders Erzherzog Sigismund, der Landesherr von Tirol. Er wollte ein Kloster daselbst bauen und mit Mönchen aus Stamms dasselbe besetzen. Die fromme Absicht scheiterte jedoch an unbesieglichen Hindernissen. Dagegen erstand die jetzige Kirche allmälig aus großmüthigen Beiträgen der tirolischen Landesfürsten, und wurde im Jahre 1592 mit einem eigenen Priester ausgestiftet.

*

Eine ältere Überlieferung erzählt: „Da, wo jetzt die kleine Kapelle steht, war vordem ein Gestaudach; allda auf einem Stein, darauf jetzt der Altar der Kapelle steht, war unserer lieben Frau Maria Bild, daselbst die Leute in ihrem Vorübergehen jederzeit ihr Gebet aus Andacht gesprochen. Auf demselben Steine ist um das Bild Roggen und Weizen gewachsen, dem das Vieh, welches man daselbst täglich hütete, keinen Schaden that."

Um dieselbe Zeit war ein Pilgrim, der zu Zeiten zu dem alten Tärling in's Kammerthal ging und acht

Tage bei ihm verblieb; aber alle Tage herauskam an den Ort, um vor dem Bilde zu beten. Deßwegen ihn der alte Tärling gestraft und gesagt, er soll gegen Kaums hinausgehen in die Kirche zu beten; darüber der Pilgrim sagte, allhier sei eine heilige Stätte und gehe eine Leiter auf gegen Himmel, werde auch noch dazu kommen, daß an diesem Orte viele Messen gelesen und gesungen, und viele große Kirchenfahrten und Zeichen geschehen werden.

Nach dem ist gekommen ein Bruder mit Namen Macarius, ein gelehrter Mann, der sah allhier eine Leiter aufgehen zum Himmel und sagte auch, daß noch große Kirchenfahrten und Zeichen allhier geschehen, und viele Gottesdienste werden gehalten werden. Derselbe ließ eine hölzerne Kapelle und ein Häuslein allda machen und sagte, daß noch Einer kommen werde, der dem Gotteshause viel Gutes stiften werde, und durch einen Andern sollte der Gottesdienst erstehen und gemehrt werden.

Nachmals war ein Edelmann, mit Namen Schenkenberger, der einen andern Edelmann zu Mailand im Thurm umgebracht hatte, und andere Laster mehr begangen; aber die Jungfrau und Mutter Gottes Maria mit Andacht verehrt und angerufen, daß sie ihm einen Ort weise, allda er sein Lebetag seyn und seine Sünden büßen möchte. Darüber ist ihm im Schlafe fürgekommen, er soll in das Innthal reiten und nach Kaltenbrunn fragen. Darauf ist er mit vier Pferden gegen Prutz gekommen und fragt, wo Kaltenbrunn sey? Also sind etliche Nachbarn mit ihm gegangen und haben ihm den Ort gezeigt. Als er diesen beschauet, ist er wieder gegen Prutz gegangen, hat seinen Knechten Urlaub gegeben, seine Pferde verkauft und die Kapelle angefangen zu bauen. Und als er sein Leben hier verzehrt, ist er zu Kauns begraben worden. Dieser Edelmann sammt andern Nachbarn hat bekannt, daß sie englische Stimmen an diesem Orte gehört; als aber sein Knecht, Urban genannt, diese nicht gehört, haben sie durch Fürbitte der Himmelskönigin erlangt, daß er sie auch zu hören würdig geworden.

Weiteres, als einmal etliche Nachbarn im Holze gegen Kaltenbrunn über gewesen, haben sie beim Tage eine große Prozession, in welcher Alle weiße Kleider anhatten, mit einem rothen Fähnlein, in obbemeldte Kapelle gehen gesehen. Wie sie zu Nachts hingekommen, haben sie gefragt, wer des Tages mit dem Kreuze sey gegen Kaltenbrunn gegangen, hat Niemand darum gewußt.

Wiederum hat auch eine glaubhafte Mannsperson bekannt, und darum oft geschworen, daß ihr eine Stimme allhier zugerufen, und sie um ihre Sünden gestraft; sie aber Niemand gesehen.

Eine ehrbare Frau, nachdem sie im Schlafe durch eine Stimme ermahnt worden, hat allhier unsere liebe Frau gebeten um ein Kind, und darauf, als sie sonst sieben Jahre mit ihrem Manne gehaust und kein Kind hatte, einen Sohn bekommen, der Priester geworden, und die erste und andere Messe zu Weihnachten allhier gehalten, da sonst zuvor allhier nie eine Messe an diesem Tage gehalten worden. Dieser ist viele Zeit allhier Kapellan gewesen, und hat der hochgelobten Jungfrau und Mutter Gottes Hülfe in vielen Nöthen erlangt. Seine Mutter hat nach ihm kein Kind mehr bekommen.

Item, so sind zwei fürnehme Männer, die sich wider die Stiftung allhier gesetzt, armselig zu Grunde gegangen. Man hat auch hier brennende Lichter gesehen und als im Jahre 1438 die Kapelle verbronnen, ist das Frauenbild anderwärtig wohin getragen, aber den andern Tag Morgens wieder allhier gefunden worden.

Als im Jahre 1633 die Pest im Kaunerthale, hinter Kaltenbrunn, angefangen, und die erste Person, so allda in besagter Seuche gestorben, nach Kauns zu dem geweihten Erdreich getragen worden, begegnete der besagten Leiche in der Gegend von Kaltenbrunn ein Knecht, der bei dem wohlgeachteten Herrn Wilhelm Payr zu Ried diensthaft, auf einem Pferde beritten, Willens, das Pferd in die, hinter Kaltenbrunn liegende Alm zu reiten. Indem er aber zur bemeldeten Leiche gekommen, stieg er vom Pferde herab, fällt dem christlichen Gebrauche nach nieder auf seine Knie, für die verstorbene Leiche zu beten.

Siehe, da fällt das Pferd, in der Nähe von Kaltenbrunn, auch nieder auf die Knie, und bleibt so lange auf der Erde, bis bemeldete Leiche vorüber und der Knecht aufgestanden.

27.

Die Mutter Gottes von Slavonien.

Corigliano, eine Stadt in Kalabrien, liegt am Meere, ist ganz unsicher wegen der Seeräuber und Mörder; daher müssen gemeiniglich die jungen starken Leute etliche Jahre die Wache versehen, so sie untereinander austheilen, und ganze Nächte an dem großen breiten Gestade und Ufer des Meeres auf- und abreiten. Unter diesen war einer, Antonio mit Namen, welcher zu Nacht etliche wenige Schritte von dem Gestade ein großes Licht ersehen, demselben unerschrocken zugeritten und gesehen die Mutter Gottes auf einem Throne sitzen, so ihn also angeredet: „Ich bin die Mutter Gottes von Slavonien und will haben, daß man in dieser Form ein Bild mache, gleich wie du mich hier siehst, und diesem Bilde eine Kirche auferbaue.“ Die

Erscheinung ist dem Antonio zum zweiten Male begegnet; darauf er die Sache dem Erzbischof angezeigt, einen Maler berufen, dem er, was er gesehen, angegeben, und nicht lange hernach ist der Grund zu einer großen Kirche gelegt worden. Daß sich aber die Mutter Gottes von Slavonien genannt, kommt daher. Es wird gegen Corigliano über das adriatische Meer an einem Orte in Slavonien ein uraltes Mutter Gottes Bild verehrt, welches nicht von dem Orte, da es ist, sondern von dem ganzen Lande Slavonien den Namen behält, und das die aus Kalabrien mit Mühe und Gefahr auf dem Meere zu besuchen pflegten. Solche Andacht wollte die Mutter Gottes wieder vergelten, und die Kirchfahrten von den Gefahren des ungestümen Meeres erretten; hat also dem Antonio das Bild, wie es in Slavonien ist und sie ihm erschienen, machen zu lassen anbefohlen. Was alles vor vielen Jahren geschehen, rechtmäßiger Weise erkundigt und approbirt worden.

28.

Das heilige Haus zu Tersatto.

Hoch über der Hafenstadt Fiume erhebt sich ein steiler Felsen, auf welchem das uralte Stammschloß der Frangipani, Tersact oder Tersatto ruht. Die steilste unfruchtbare Absenkung des Felsen umfließt in einem Halbkreise malerisch die Fiumara. An das Schloß stoßt ein kleiner Bergflecken und diesen begränzt ein Franziskanerkloster mit einer vielbesuchten Wallfahrtkapelle, Maria Loretto geheißen.

In diesem Kloster lebte im Jahre 1291 ein frommer Priester, Namens Alexander, welcher krank lag und Gott und die Heiligen um Linderung seiner Schmerzen anflehte. In der Nacht vom 10. Mai fühlte er sich ganz genesen, und eine Offenbarung zeigte ihm, wie das heilige Haus der gebenedeiten Gottes Mutter, das die Apostel zu einer Kirche umgestaltet, von Nazareth hinweg und auf den Berg Tersatto versetzt sey. Und siehe, als er aus seiner Zelle ins Freie trat, da stand der kleine, heilige Tempel da, hergetragen von den Engeln auf den Flügeln der Morgenröthe, bei klarem Himmel, bei tiefer Meeresstille. Einfach und schlicht war das Haus, vierzig Schuh lang, zwanzig breit, achtundzwanzig hoch. Die Thür war mitternachtwärts gerichtet, und das einzige Fenster gegen Niedergang. Das Dach trug ein kleines Glockenthürmchen, das Gewölbe zierten goldene Sterne. Der Altar war mit Tüchern belegt, und das Antipendium war himmelblau. Köstliche Schnitzbilder der heiligsten Personen dienten zur Altarzier; sie waren aus dem feinsten Cederuholz, dergleichen die Mönche auf dem Kloster des Libanon verfertigen.

Der fromme Priester Alexander breitete nach allen Seiten hin das Wunderereigniß aus, und zahlloses Volk strömte herbei, Gläubige und Ungläubige, und es geschahen große Wunder.

Damals residirte Nikolaus, Graf von Frangipani, Ban in Dalmatien, Kroatien und Slavonien in der Stadt Modrus, die jetzt ein Dorf ist. Dieser reis'te alsbald, wie er die Kunde vernahm, daß die Engel das Haus der heiligsten Jungfrau gen Tersatto getragen, nach seinem Stammschlosse, und sendete den Priester Alexander mit noch drei andern glaubwürdigen Personen nach Nazareth, um zu erforschen, ob auch in der That das Haus dort fehle. Nach vier Monaten kehrten die Pilger heim, und beschworen, daß sie in Nazareth das Haus nicht gefunden, und daß es wahrhaftig zu Tersatto stehe.

Doch nicht immer sollte Tersatto dieses heilige Haus besitzen. Nach einem Zeitraume von 3 Jahren 7 Monaten und 4 Tagen verschwand es, an einem Sonnabende, am 10. des Christmonats 1294, in der Mitternachtstunde, und die Engel setzten es unweit Ancona in Italien auf einem Hügel des recanatischen Waldes nieder. Dessen Eigenthümer waren zwei Brüder, die stritten sich, wem das Haus gehören sollte;

da ward es abermals aufgehoben und in einem Gehölz, das einer Edelfrau, Namens Lauretta gehörte, mitten auf der Landstraße niedergelassen. Dort steht es noch heute, reich, ja überreich begabt und wohlberühmt.

Voll Trauer über den großen Verlust, der nicht minder wunderbar war, wie die frühere Begabung, ließ Herr Nikolaus von Frangipani dem betrübten Volke eine der vorigen im Äußeren ganz gleiche Kapelle erbauen, und Papst Urban sendete ein Bild der Mutter Gottes nach Tersatto, das der Evangelist Lukas eigenhändig auf eine Tafel von Cedernholz gemalt, und begnadigte die Kapelle mit großem Ablaß. Papst Nikolaus V. gestattete die Erbauung einer Kirche und eines Franziskanerklosters. Später erbaute man auch noch mehrere andere Kapellen an dem Wunderorte, zu dem alljährlich viele Tausende wallfahren.

29.

Frauenthal.

(Michelstätten in Krain.)

Um das Jahr 1297 ist der Anfang des Jungfrauen Klosters Michelstätten in Krain gemacht worden. Die Dokumente dieses Klosters haben zu dem Jahre 1300 Folgendes aufgezeichnet, daß ein Pfarrer des Dorfes Michelstätten, welcher auf der Jagd gewesen, einen Schall aus dem nächstgelegenen Walde vernommen, und

dergleichen die Mönche auf dem Kloster

verfertigen.

Der fromme Priester Alexander brei

Seiten hin das Wunderereigniß aus,

Volk strömte herbei, Gläubige und Ungl

geschahen große Wunder.

Damals residirte Nikolaus, G

gipani, Ban in Dalmatien, Kroatien

in der Stadt Modrus, die jetzt ein D

reis'te alsbald, wie er die Kunde ver

Engel das Haus der heiligsten Jungfr

getragen, nach seinem Stammschlosse,

Priester Alexander mit noch drei an

digen Personen nach Nazareth, um zu

auch in der That das Haus dort fehle.

naten kehrten die Pilger heim, und be

sie in Nazareth das Haus nicht gefunden

wahrhaftig zu Tersatto stehe.

Doch nicht immer sollte Tersatto dieses

besitzen. Nach einem Zeitraume von 3 Ja

naten und 4 Tagen verschwand es, an e

abende, am 10. des Christmonats 129

Mitternachtstunde, und die Engel setzten

Ancona in Italien auf einem Hügel des re

Waldes nieder. Dessen Eigenthümer waren

die stritten sich, wem das Haus gehör

d war es abermals aufgehoben [illegible]

... einer Edelfrau, Namens [illegible]

... auf der Landstraße nieder[illegible]

... reich, ja überreich [illegible]

... Jammer über den [illegible]

... wunderbar war, [illegible]

... Herr Nikolaus von [illegible]

... Besitz eine der [illegible]

Kapelle erbauen, und [illegible]

... der Mutter Gottes [illegible]

Lukas eigenhändig [illegible]

..., und begnadigte [illegible]

Papst Nikolaus V. [illegible]

Kirche und eines [illegible]

... auch noch mehrere [illegible]

...mente, zu dem [illegible]

Frauenstein

[illegible]

Um das Jahr 128[illegible] [illegible]

Klosters [illegible]

Dokumente dieses Klosters [illegible]

folgendes aufgezeichnet, daß [illegible]

[illegible], welcher auf [illegible]

Schall aus dem nächstgelegenen [illegible]

... ebet exstruxi ... d. i. Allhier ... werden! ... ß seine Augen ... mand erblicken. ... zu folgen. Da ... Worte [illegible] ... auf welchem er ... [illegible] dem Jahre ... an dem Orte, wo ... [illegible] als er demselben nachgegangen, sey er zu einer Fichte gelangt, von welcher die Stimme heraus gehallt. Als die Fichte gefällt, hat man ein ellenlanges Bildniß der Jungfrau Maria gefunden, so das süße Jesukindlein auf den Armen gehalten. Hiervon ist dieser Ort unser lieben Frauen Thal benannt, und eine Kirche der Jungfrau Maria allda aufgerichtet worden.

Nachmals ist dieses Jungfrauenkloster aus einem schlechten Anfange erwachsen, indem solches von verschiedenen Jungfrauen, die Habe und Gut beigetragen, und beisammen zu leben sich entschlossen, angefangen, denen sich stätig andere beigesellt und ihre Brautschätze zugestoßen; bis es endlich zu einem von den köstlichsten Klöstern in Krain geworden.

Diesem Berichte füge ich *) einen andern bei, so ich gleichfalls aus einem alten Verzeichniß entlehnt, der aber in etlichen Stücken von dem vorigen abgeht: wie daß nämlich dieses Frauenkloster im Jahre 1257 den Anfang genommen, indem ein gar andächtiger Pfarrer bei St. Margarethen zu Michelstätten Morgens und Abends in dem nächst daran stoßenden Wäldlein sich zu erlustigen, auch darin zugleich seine zu betenden Horas abzustatten pflegte. Einst aber hörte er, mitten unter seinem eifrigen Gebete, einen Schall, welcher diese

*) Valvasor., Ehre des Herzogthums Krain, III. 265.

Worte ganz deutlich ausdrückte: „**Hic debet exstrui monasterium Dominicanarum!**“ — d. i. Allhier soll ein Dominikaner Frauenkloster erbaut werden!

Der Pfarer erstaunte hierüber, ließ seine Augen hier und dahin schießen, konnte aber Niemand erblicken. Endlich entschließt er sich der Stimme zu folgen. Da er dann zum dritten Male obgemeldete Worte angehört und zu einem hohen Baume gelangt, auf welchem er das Bildniß unserer lieben Frauen sammt dem Jesukindlein erblickt, und war der Baum an dem Orte, wo jetzt der große Altar in der Kirche steht, befindlich. Dieses Begebniß berichtete er bei seiner Rückkehr dem Patriarchen zu Aquileja, dem Kardinal Albrecht nebst einigen Andern; da es dann das tausendzüngige Gerücht allenthalben kundbar gemacht, und zur Erbauung und Unterhaltung des Klosters gutherzige Menschen angelockt. Wie dann erstgemeldeter Patriarch zu Aquileja nebst dem Herzoge Otto von Österreich und Albrecht Abt zu Oberburg ein Großes beigetragen; wie nicht weniger auch ein Bischof aus Deutschland gethan, dem die drei Pfarren, als die Pfarre bei St. Margarethen zu Michelstätten, die Pfarre zu Zirklach und die Pfarre zu St. Georg zuständig gewesen, welche drei Pfarren er aber diesem Frauenkloster geschenkt, mit der Erlaubniß, zu ihrer Gelegenheit und Nothdurft die Pfarren und deren Einkommen einzuziehen, auch Kapelläne statt der Pfarrherren zu halten. Welches sie auch werkstellig gemacht, und die einheimische Pfarre Michelstätten alsobald, von den zwei andern aber die besten Zehenten eingezogen, und dem Kloster zugewendet.

Den Anfang aber zu dem Kloster haben gemacht Agnes, Herzog Otto's von Österreich, und Margareth, des Patriarchen von Aquileja, Schwestern, beide des Ordens des heiligen Dominikus, welche das Ihrige dazu gewidmet, und vielen andern vornehmen Personen durch ihren guten Vorgang Ursache zur Nachfolge gegeben. Wie denn auch im Jahre 1380 die Gräfin von Ortenburg, Frangipanischer Linie, eine Klosterfrau in diesem Kloster geworden und dasselbe reichlich beschenkt hat.

So viel habe ich aus einigen von den glaubwürdigsten Verzeichnissen, deren ich können habhaft werden, entlehnt, womit die andern fast in allem übereinstimmen, nur daß in einer ganz alten Urkunde der Anfang dieses Klosters in das Jahr 1221 gesetzt ist.

Nun wollen wir auch einen Blick auf das Wunderbild werfen, welches zu dem Kloster den Grund gelegt. Es wird selbes in dem Hochaltare verwahrt und ist ein gemaltes Bild fürgezogen. Das Haupt der allerreinsten Gottesgebärerin nebst dem Jesukindlein hat keine menschliche Hand ausgearbeitet, sondern die Natur auf dem Baume also ausgebildet. Der Überrest aber ist durch Kunst aus dem Baume geschnitzt und mit vergoldeten Kleidern angethan. An der Stirne dieser von der Natur abgebildeten Gottesmutter ist eine kleine Narbe von dem Gewächs zu sehen, welche man öfter mit Farben zu bedecken bemüht gewesen, aber vergebens, indem am folgenden Tage die Farbe sich verloren und die Narbe von neuem sich geäußert.

Und das Jesuhäuptlein, so aus dem Stocke gewachsen, siehet aus, als ob es aus der Brust des Frauenbildes hervorgewachsen wäre. Dieses Gnadenbild ist in Folge der Zeit von verschiedenen Päpsten mit großen Ablässen und Freiheiten begabt worden, welche die Andacht zu demselben vergrößert. Wie denn auch verschiedene Wunderwerke es desto wunderwürdiger gemacht; daher es heut zu Tage im höchsten Werth, und an großen Festtagen, wie auch an den ersten Sonntagen jedes Monats mit einem Umgang begleitet und umgetragen wird. Wann der gemeinen Sage Glauben beizulegen, soll, so oft ein ungestümes Donnerwetter an dem Himmel zu sehen, und die Wolken, vom Hagel schwanger, auf- und loseilen, dieses Wunderbild kräftigste Gegenhülfe leisten, indem, wenn die Wolken damit in Gestalt des Kreuzes bezeichnet werden, sie sich auf den Befehl des Höchsten straks zertrennen, und anderwärts hinziehen, so daß über das 36. Jahr da herum der

Schauer und Hagel dem Lande keinen Schaden zugefügt.

30.

Das Frauenbild zu Haindorf.

(Schlesien.)

In dem Herzogthume Friedland hat das Dorf Haindorf von undenklichen Jahren her, einen starken Zulauf gehabt, wegen eines wunderthätigen Marienbildes. In gar alten Briefen findet man, daß die Kirche hat zweimal müssen erweitert werden. Zur Zeit Kaiser Rudolph's II. hat der Ort eine unkatholische Herrschaft bekommen, welche die Andacht ausgetilgt, aber das Mutter Gottes Bild, was sich zu verwundern, unversehrt gelassen hat. Zur Zeit Ferdinand des Andern ist die katholische Religion und alte Verehrung der Mutter Gottes wieder eingeführt worden. Es ist eine beständige und auch vom Notar bestätigte Aussage, daß vor uralten Zeiten, wie die Vorältern erzählten, ein armer Mensch in einem dicken Walde unter einem Lindenbaume entschlafen, da sey ihm die Mutter Gottes erschienen und habe ihm befohlen, er soll ihr Bildniß kaufen und an dieser Linde aufmachen, so er gethan. Dann hat er sein krankes Weib und seine kranken Kinder hinzu, und frisch und gesund wieder nach Hause geführt, welches der erste Anfang der Verehrung dieses Bildes gewesen.

31.

Ossiach.

Als im Jahre 1390 der heilige Werner II., Abt zu Ossiach, für die armen gebrechlichen Leute — absonderlich die Vernunftlosen, die Blinden und Tauben, deren es in dieser Gegend gar viele gibt — Gott den Allmächtigen und unsere liebe Frau gebeten, sind ihm unter dem Celebriren bei dem Altare unserer lieben Frauen drei Kugeln, viel klarer, dann krystallene, auf das Korporale von unserer lieben Frauen gelegt, und als man eine davon etliche Male auf Arnoldstein übertragen, ist dieselbe doch wiederum zu Ossiach gefunden worden. Nachdem aber einmal der Patriarch von Aglarn zu Arnoldstein gewesen, habe er diese Kugel in ein eisernes Trühelein gethan, selbes mit seiner Petschaft, neben etlichen dabei Gewesenen vom Adel versiegelt; da ist aber die Kugel aus dem eisernen Trühelein verschwunden, und vor allen Leuten zu Ossiach auf dem Altare unserer lieben Frauen wieder erschienen: letztlich aber gar unsichtbar und von selber Zeit nimmer gesehen worden. Die andere, welche so groß wie eine Pomeranze und noch vorhanden, ist schön und klar, einem Diamanten nicht

Erscheinung ist dem Antonio zum zweiten Male begegnet; darauf er die Sache dem Erzbischof angezeigt, einen Maler berufen, dem er, was er gesehen, angegeben, und nicht lange hernach ist der Grund zu einer großen Kirche gelegt worden. Daß sich aber die Mutter Gottes von Slavonien genannt, kommt daher. Es wird gegen Corigliano über das adriatische Meer an einem Orte in Slavonien ein uraltes Mutter Gottes Bild verehrt, welches nicht von dem Orte, da es ist, sondern von dem ganzen Lande Slavonien den Namen behält, und das die aus Kalabrien mit Mühe und Gefahr auf dem Meere zu besuchen pflegten. Solche Andacht wollte die Mutter Gottes wieder vergelten, und die Kirchfahrten von den Gefahren des ungestümen Meeres erretten; hat also dem Antonio das Bild, wie es in Slavonien ist und sie ihm erschienen, machen zu lassen anbefohlen. Was alles vor vielen Jahren geschehen, rechtmäßiger Weise erkundigt und approbirt worden.

28.

Das heilige Haus zu Tersatto.

Hoch über der Hafenstadt Fiume erhebt sich ein steiler Felsen, auf welchem das uralte Stammschloß der Frangipani, Tersact oder Tersatto ruht. Die steilste, unfruchtbare Absenkung des Felsen umfließt in einem Halbkreise malerisch die Fiumara. An das Schloß stoßt ein kleiner Bergflecken und diesen begränzt ein Franziskanerkloster mit einer vielbesuchten Wallfahrtkapelle, Maria Loretto geheißen.

In diesem Kloster lebte im Jahre 1291 ein frommer Priester, Namens Alexander, welcher krank lag und Gott und die Heiligen um Linderung seiner Schmerzen anflehte. In der Nacht vom 10. Mai fühlte er sich ganz genesen, und eine Offenbarung zeigte ihm, wie das heilige Haus der gebenedeiten Gottes Mutter, das die Apostel zu einer Kirche umgestaltet, von Nazareth hinweg und auf den Berg Tersatto versetzt sey. Und siehe, als er aus seiner Zelle ins Freie trat, da stand der kleine, heilige Tempel da, hergetragen von den Engeln auf den Flügeln der Morgenröthe, bei klarem Himmel, bei tiefer Meeresstille. Einfach und schlicht war das Haus, vierzig Schuh lang, zwanzig breit, achtundzwanzig hoch. Die Thür war mitternachtwärts gerichtet, und das einzige Fenster gegen Niedergang. Das Dach trug ein kleines Glockenthürmchen, das Gewölbe zierten goldene Sterne. Der Altar war mit Tüchern belegt, und das Antipendium war himmelblau. Köstliche Schnitzbilder der heiligsten Personen dienten zur Altarzier; sie waren aus dem feinsten Cedernholz, dergleichen die Mönche auf dem Kloster des Libanon verfertigen.

Der fromme Priester Alexander breitete nach allen Seiten hin das Wunderereigniß aus, und zahlloses Volk strömte herbei, Gläubige und Ungläubige, und es geschahen große Wunder.

Damals residirte Nikolaus, Graf von Frangipani, Ban in Dalmatien, Kroatien und Slavonien in der Stadt Modrus, die jetzt ein Dorf ist. Dieser reis'te alsbald, wie er die Kunde vernahm, daß die Engel das Haus der heiligsten Jungfrau gen Tersatto getragen, nach seinem Stammschlosse, und sendete den Priester Alexander mit noch drei andern glaubwürdigen Personen nach Nazareth, um zu erforschen, ob auch in der That das Haus dort fehle. Nach vier Monaten kehrten die Pilger heim, und beschworen, daß sie in Nazareth das Haus nicht gefunden, und daß es wahrhaftig zu Tersatto stehe.

Doch nicht immer sollte Tersatto dieses heilige Haus besitzen. Nach einem Zeitraume von 3 Jahren 7 Monaten und 4 Tagen verschwand es, an einem Sonnabende, am 10. des Christmonats 1294, in der Mitternachtstunde, und die Engel setzten es unweit Ancona in Italien auf einem Hügel des recanatischen Waldes nieder. Dessen Eigenthümer waren zwei Brüder, die stritten sich, wem das Haus gehören sollte;

da ward es abermals aufgehoben und in einem Gehölz, das einer Edelfrau, Namens Lauretta gehörte, mitten auf der Landstraße niedergelassen. Dort steht es noch heute, reich, ja überreich begabt und wohlberühmt.

Voll Trauer über den großen Verlust, der nicht minder wunderbar war, wie die frühere Begabung, ließ Herr Nikolaus von Frangipani dem betrübten Volke eine der vorigen im Äußeren ganz gleiche Kapelle erbauen, und Papst Urban sendete ein Bild der Mutter Gottes nach Tersatto, das der Evangelist Lukas eigenhändig auf eine Tafel von Cedernholz gemalt, und begnadigte die Kapelle mit großem Ablaß. Papst Nikolaus V. gestattete die Erbauung einer Kirche und eines Franziskanerklosters. Später erbaute man auch noch mehrere andere Kapellen an dem Wunderorte, zu dem alljährlich viele Tausende wallfahren.

29.

Frauenthal.

(Michelstätten in Krain.)

Um das Jahr 1297 ist der Anfang des Jungfrauen Klosters Michelstätten in Krain gemacht worden. Die Dokumente dieses Klosters haben zu dem Jahre 1300 Folgendes aufgezeichnet, daß ein Pfarrer des Dorfes Michelstätten, welcher auf der Jagd gewesen, einen Schall aus dem nächstgelegenen Walde vernommen, und als er demselben nachgegangen, sey er zu einer Fichte gelangt, von welcher die Stimme heraus gehallt. Als die Fichte gefällt, hat man ein ellenlanges Bildniß der Jungfrau Maria gefunden, so das süße Jesukindlein auf den Armen gehalten. Hiervon ist dieser Ort unser lieben Frauen Thal benannt, und eine Kirche der Jungfrau Maria allda aufgerichtet worden.

Nachmals ist dieses Jungfrauenkloster aus einem schlechten Anfange erwachsen, indem solches von verschiedenen Jungfrauen, die Habe und Gut beigetragen, und beisammen zu leben sich entschlossen, angefangen, denen sich stätig andere beigesellt und ihre Brautschätze zugestoßen; bis es endlich zu einem von den köstlichsten Klöstern in Krain geworden.

Diesem Berichte füge ich *) einen andern bei, so ich gleichfalls aus einem alten Verzeichniß entlehnt, der aber in etlichen Stücken von dem vorigen abgeht: wie daß nämlich dieses Frauenkloster im Jahre 1257 den Anfang genommen, indem ein gar andächtiger Pfarrer bei St. Margarethen zu Michelstätten Morgens und Abends in dem nächst daran stoßenden Wäldlein sich zu erlustigen, auch darin zugleich seine zu betenden Horas abzustatten pflegte. Einst aber hörte er, mitten unter seinem eifrigen Gebete, einen Schall, welcher diese

*) Valvasor., Ehre des Herzogthums Krain, III. 265.

Worte ganz deutlich ausdrückte: „**Hic debet exstrui monasterium Dominicanarum!**“ — d. i. Allhier soll ein Dominikaner Frauenkloster erbaut werden!

Der Pfarer erstaunte hierüber, ließ seine Augen hier und dahin schießen, konnte aber Niemand erblicken. Endlich entschließt er sich der Stimme zu folgen. Da er dann zum dritten Male obgemeldete Worte angehört und zu einem hohen Baume gelangt, auf welchem er das Bildniß unserer lieben Frauen sammt dem Jesukindlein erblickt, und war der Baum an dem Orte, wo jetzt der große Altar in der Kirche steht, befindlich. Dieses Begebniß berichtete er bei seiner Rückkehr dem Patriarchen zu Aquileja, dem Kardinal Albrecht nebst einigen Andern; da es dann das tausendzüngige Gerücht allenthalben kundbar gemacht, und zur Erbauung und Unterhaltung des Klosters gutherzige Menschen angelockt. Wie dann erstgemeldeter Patriarch zu Aquileja nebst dem Herzoge Otto von Österreich und Albrecht Abt zu Oberburg ein Großes beigetragen; wie nicht weniger auch ein Bischof aus Deutschland gethan, dem die drei Pfarren, als die Pfarre bei St. Margarethen zu Michelstätten, die Pfarre zu Zirklach und die Pfarre zu St. Georg zuständig gewesen, welche drei Pfarren er aber diesem Frauenkloster geschenkt, mit der Erlaubniß, zu ihrer Gelegenheit und Nothdurft die Pfarren und deren Einkommen einzuziehen, auch Kapelläne statt der Pfarrherren zu halten. Welches sie auch werkstellig gemacht, und die einheimische Pfarre Michelstätten alsobald, von den zwei andern aber die besten Zehenten eingezogen, und dem Kloster zugewendet.

Den Anfang aber zu dem Kloster haben gemacht Agnes, Herzog Otto's von Österreich, und Margareth, des Patriarchen von Aquileja, Schwestern, beide des Ordens des heiligen Dominikus, welche das Ihrige dazu gewidmet, und vielen andern vornehmen Personen durch ihren guten Vorgang Ursache zur Nachfolge gegeben. Wie denn auch im Jahre 1380 die Gräfin von Ortenburg, Frangipanischer Linie, eine Klosterfrau in diesem Kloster geworden und dasselbe reichlich beschenkt hat.

So viel habe ich aus einigen von den glaubwürdigsten Verzeichnissen, deren ich können habhaft werden, entlehnt, womit die andern fast in allem übereinstimmen, nur daß in einer ganz alten Urkunde der Anfang dieses Klosters in das Jahr 1221 gesetzt ist.

Nun wollen wir auch einen Blick auf das Wunderbild werfen, welches zu dem Kloster den Grund gelegt. Es wird selbes in dem Hochaltare verwahrt und ist ein gemaltes Bild fürgezogen. Das Haupt der allerreinsten Gottesgebärerin nebst dem Jesukindlein hat keine menschliche Hand ausgearbeitet, sondern die Natur auf dem Baume also ausgebildet. Der Überrest aber ist durch Kunst aus dem Baume geschnitzt und mit vergoldeten Kleidern angethan. An der Stirne dieser von der Natur abgebildeten Gottesmutter ist eine kleine Narbe von dem Gewächs zu sehen, welche man öfter mit Farben zu bedecken bemüht gewesen, aber vergebens, indem am folgenden Tage die Farbe sich verloren und die Narbe von neuem sich geäußert.

Und das Jesuhäuptlein, so aus dem Stocke gewachsen, siehet aus, als ob es aus der Brust des Frauenbildes hervorgewachsen wäre. Dieses Gnadenbild ist in Folge der Zeit von verschiedenen Päpsten mit großen Ablässen und Freiheiten begabt worden, welche die Andacht zu demselben vergrößert. Wie denn auch verschiedene Wunderwerke es desto wunderwürdiger gemacht; daher es heut zu Tage im höchsten Werth, und an großen Festtagen, wie auch an den ersten Sonntagen jedes Monats mit einem Umgang begleitet und umgetragen wird. Wann der gemeinen Sage Glauben beizulegen, soll, so oft ein ungestümes Donnerwetter an dem Himmel zu sehen, und die Wolken, vom Hagel schwanger, auf- und loseilen, dieses Wunderbild kräftigste Gegenhülfe leisten, indem, wenn die Wolken damit in Gestalt des Kreuzes bezeichnet werden, sie sich auf den Befehl des Höchsten straks zertrennen, und anderwärts hinziehen, so daß über das 36. Jahr da herum der

Schauer und Hagel dem Lande keinen Schaden zugefügt.

30.

Das Frauenbild zu Haindorf.

(Schlesien.)

In dem Herzogthume Friedland hat das Dorf Haindorf von undenklichen Jahren her, einen starken Zulauf gehabt, wegen eines wunderthätigen Marienbildes. In gar alten Briefen findet man, daß die Kirche hat zweimal müssen erweitert werden. Zur Zeit Kaiser Rudolph's II. hat der Ort eine unkatholische Herrschaft bekommen, welche die Andacht ausgetilgt, aber das Mutter Gottes Bild, was sich zu verwundern, unversehrt gelassen hat. Zur Zeit Ferdinand des Andern ist die katholische Religion und alte Verehrung der Mutter Gottes wieder eingeführt worden. Es ist eine beständige und auch vom Notar bestätigte Aussage, daß vor uralten Zeiten, wie die Vorältern erzählten, ein armer Mensch in einem dicken Walde unter einem Lindenbaume entschlafen, da sey ihm die Mutter Gottes erschienen und habe ihm befohlen, er soll ihr Bildniß kaufen und an dieser Linde aufmachen, so er gethan. Dann hat er sein krankes Weib und seine kranken Kinder hinzu, und frisch und gesund wieder nach Hause geführt, welches der erste Anfang der Verehrung dieses Bildes gewesen.

31.

Ossiach.

Als im Jahre 1390 der heilige Werner II., Abt zu Ossiach, für die armen gebrechlichen Leute — absonderlich die Vernunftlosen, die Blinden und Tauben, deren es in dieser Gegend gar viele gibt — Gott den Allmächtigen und unsere liebe Frau gebeten, sind ihm unter dem Celebriren bei dem Altare unserer lieben Frauen drei Kugeln, viel klarer, dann krystallene, auf das Korporale von unserer lieben Frauen gelegt, und als man eine davon etliche Male auf Arnoldstein übertragen, ist dieselbe doch wiederum zu Ossiach gefunden worden. Nachdem aber einmal der Patriarch von Aglarn zu Arnoldstein gewesen, habe er diese Kugel in ein eisernes Trühelein gethan, selbes mit seiner Petschaft, neben etlichen dabei Gewesenen vom Adel versiegelt; da ist aber die Kugel aus dem eisernen Trühelein verschwunden, und vor allen Leuten zu Ossiach auf dem Altare unserer lieben Frauen wieder erschienen: letztlich aber gar unsichtbar und von selber Zeit nimmer gesehen worden. Die andere, welche so groß wie eine Pomeranze und noch vorhanden, ist schön und klar, einem Diamanten nicht ungleich: in der Mitte sieht man unserer lieben Frauen Bild, mit einem Sonnenschein umgeben. Diese Kugel wird für die, vom bösen Geiste besessenen Personen gebraucht, wie auch für die Unsinnigen, Tobsüchtigen, Stummen, Blinden und für den inkurablen Kopfschmerz. Maßen ich es Anno 1680 selbst gesehen, da sich der Kranke in einen Stuhl gesetzt und vor der Kirche, an der Sonne, angebunden worden. Hernach hat ein Pater dieses Klosters, welcher schon weiß die Kranken mit dieser Kugel zu brennen, dieselbe so gehalten, daß die Sonne dem Kranken auf den Kopf durchgeschienen, und damit denselben so lang gebrannt, bis er geschrien. Alsdann hat er ihn wieder los und ledig gemacht; darauf den Kranken, wie gemeiniglich zu geschehen pflegt, ein süßer Schlaf überfallen; nachmals aber, als er erwacht, ist er wieder gesund worden. Und dieses geschieht ohne einige Ceremonien, nur allein, daß man zuvor und nachher betet. Die dritte Kugel war auch so groß, als die erste; davon ist aber nur die Hälfte vorhanden, denn sie ist von einem besessenen Menschen dem Geistlichen aus der Hand geschlagen, und weil die Hälfte davon in viele Stücklein gesprungen, sind diese in andere Kirchen verschickt worden. Die andere Hälfte aber wurde in ein vergoldetes silbernes Kapsel, darauf unserer lieben Frau Bildniß gestochen, eingefaßt.

32.

Unsere liebe Frau zu Schnals.

(Tirol.)

Im Schnalserthale erscheint schon um das Jahr 1303 eine Kapelle der heiligen Jungfrau, die aus uralter Zeit ein vorzüglicher Gegenstand der Volksandacht war. Die heilige Sage erzählt, zwei Pilgrime seyen in's Thal gekommen, und hätten einsam auf dem Hügel betend, das Wunderbild im verwilderten Gestäude gefunden, eine Madonna mit dem Jesukinde auf einem Stocke sitzend, und aus Holz nicht ohne Kunst geschnitzt. Man trug dasselbe hinunter in ein Bauernhaus, aber bald war es aus dem unlieben Orte an die alte Stelle verschwunden. Und als die hartnäckigen Bauern die Kirche durchaus in die Tiefe bauen wollten, so nöthigten sie wiederholte Unglücksfälle dem Himmelswinke und den Vögeln zu folgen, welche die blutigen Hobelspäne auf den Hügel emportrugen. So erstand die vielbesuchte Wallfahrtkirche, zu welcher der Zudrang durch mehrere Jahrhunderte so groß war, daß noch im sechzehnten Jahrhunderte das jährliche Opfergeld 400—500 Gulden betrug.

33.

Das Frauenbild zu Strega.

(Böhmen.)

In dem Frauenkloster des heiligen Benedicti Ordens zu Strega ist dieses unserer lieben Frauen Bild schon vor vierhundert Jahren verehrt worden; die Urkunden des Anfanges und der Andacht zu demselben haben die Feinde sammt dem Kloster verbrannt. Der Alten Sage nach, die es von ihren Vorältern her haben, sey das Bild der Kriegsläufe wegen in eine Mauer verschlossen und Anno 1303 durch Anzeige eines Sternes, der ein ganzes Jahr in und außer der Kirche geleuchtet haben soll, und von dem Niemand gewußt, was er bedeute, gefunden worden. Zur Zeit der hussitischen Unruhen hat man es abermals in eine Mauer verborgen, und obschon man nicht gewußt, wohin es gekommen, ist doch die Andacht der Benachbarten, so mit Kreuz und Fahnen genahet, nicht verborgen geblieben. Man hat auch Nachricht, daß vor vielen Jahren ein alter Mann, so von seinen Ältern her Wissenschaft gehabt, die Klosterfrauen angetrieben, sie sollen in der Mauer an einem gewissen Orte suchen, so auch geschehen, und ist das heilige Bild gefunden und mit Freuden dem Volke vorgestellt worden. Das gemeine

Geschrei ist, wenn die Gefahr eines vorstehenden Krieges vorhanden, so bewege sich der Scepter, oder es werden die Einwohner auf andere Weise von diesem heiligen Bilde vorgemahnt.

34.

Das königliche Frauenbild in Ungarn.

Zu den Zeiten des französischen Kindes Karl hatte des Königs in Ungarn Bruder den Brauch, daß er nie zu Tische gegessen oder zu dem Essen gegangen, er hatte denn zuvor den Kurs oder die Tagzeiten unserer lieben Frau, der er besonders zugethan gewesen, gebetet. Dieser hat in einer schweren Krankheit der Mutter Gottes die Keuschheit versprochen, darauf die Kammer, in der er lag, zu einem Wahrzeichen, daß es der allerreinsten Jungfrau angenehm, mit himmlischem Lichte erleuchtet worden. Aber nachdem der König, sein Bruder, ohne Erben aus diesem Leben abgeschieden, haben die Stände zur Erhaltung des Friedens für die höchste Noth gehalten, daß er als einziger Erbe des Königreichs sich verheirathen solle, Kinder und Erben zu bekommen. Deßwegen er dann von dem Bande des Gelübdes entbunden und ihm um eine wohlwürdige Braut umgesehen worden. Nachdem nun alles zu der königli=

chen Hochzeit bereitet und fertig, ist man, der gewöhnlichen Ceremonie der Zusammengebung beizuwohnen, mit königlichem Pompe in die Kirche gegangen und während die Musici zuvor sich mit allerlei Stimmen und Instrumenten hören ließen, hat der neue König und Bräutigam das gewöhnliche Officium unserer lieben Frau gebetet. Da erscheint ihm unsere liebe Frau auf dem Altare und spricht zu ihm: „Wann ich schön und hübsch bin, wie du sagst, warum hast du mich verlassen und eine andere Braut genommen?“ Darauf er geantwortet: „Was willst du, o Jungfrau, daß ich thue?“ Die Jungfrau erwiederte: „Wenn du die irdische Braut um meinetwillen verlassest, wirst du mich im Himmel zu einer Braut haben, und wenn du das Fest meiner Empfängniß jährlich feiern und halten wirst, so wirst du mit mir im Reiche meines eingebornen Sohnes gekrönt werden.“ — Darauf der König sich davon gemacht, die Braut und das Königreich verlassen, und sich gegen Aquileja begeben. Hier hat er sich bei dem nächsten Felsen ein Hüttlein gebaut, und ein heiliges Einsiedlerleben geführt. Er konnte aber nicht lange verborgen bleiben. Denn als man sich zu Aquileja um einen neuen Patriarchen umsah, hat man ihn theils wegen seiner Heiligkeit und Geschicklichkeit, theils wegen seines Herkommens, das er so viele Jahre geheim gehalten, und anderer Gaben willen dazu erkoren. Er hat hernach das Fest unserer lieben Frauen Empfängniß eingesetzt.

35.

Das erste Servitenkloster in Prag.

Nachdem der berühmte Kaiser Karl IV. nach zweimaligem Witwerstande im Jahre 1353 zur dritten Ehe mit Anna, Herzogs Heinrich zu Jauer Tochter, getreten, ist ihm zwar diejenige zu Theil geworden, bei welcher Schönheit, Tugend und hohes Geblüt um den Vorzug gestritten. Gleichwie aber der höllische Feind sich jederzeit auf alle mögliche Weise bemüht, das Band der Liebe unter Eheleuten zu zertrennen, so fing er auch hier an, über diese zwei hohen Personen seine Fallstricke auszubreiten. Damit es ihm aber desto besser gelingen sollte, machte er den Anfang bei dem schwachen, weiblichen Geschlechte und entzündete das Herz der Kaiserin, entweder mit gar zu großer Liebe, oder vielmehr mit Eifersucht also heftig, daß sie von einer ganz ungemeinen Herzensbetrübniß ergriffen und bei Tag und Nacht durch unterschiedliche, argwöhnische Gedanken auf das äußerste gequält worden. Als nun solches heimliche Anliegen einige von den Frauen ihres Hofstaates vermerkt, und endlich nach langem Forschen dessen Ursache vernommen hatten, erbot sich eine derselben, sie wollte einen so köstlichen Liebestrank zurichten, daß, wenn die Kaiserin denselben ihrem Ehegemal würde beibringen, er mit so heftiger Liebe gegen sie würde entzündet werden, daß sie forthin bei ihm von keiner fremden Liebe etwas würde zu besorgen haben.

Anna, oder wie etwelche wollen, Agnes, die zu leichtgläubige Kaiserin, nimmt nicht allein dieses Versprechen, sondern auch bald darauf den zubereiteten Liebestrank an, und spielt solchen in die Hände des unschuldigen Kaisers. Sobald aber dieser ihn getrunken, hat sich alsobald das vermischte Gift dergestalt ausgegossen, daß Karl an dem ganzen Leibe zu zittern, an allen Gliedern zu ermatten, und endlich gleichsam von allen Sinnen verlassen zu werden angefangen; und obgleich bei solchem Zufalle die Arzneierfahrnen nichts an ihrem Fleiße ermangeln ließen, so gingen doch alle ihre Mittel fruchtlos ab. Als daher der fromme Kaiser, der sich zuweilen in etwas erholt, die augenscheinliche Todesgefahr beherzigt hatte, kam ihm unversehens zu Gedanken das wunderthätige Bildniß Mariä Verkündigung zu Florenz, das er alldort bei seiner Reise durch Wälschland gesehen und verehrt hatte. Auf dieses säumte er denn nicht, sondern machte alsobald ein Gelübde, daß, wofern er durch die Fürbitte der Himmelskönigin Maria genesen, und zur vorigen Gesundheit gelangen würde, er nicht allein dieses große Gnadenbild abmahlen, und für selbes zu Prag eine Kirche erbauen, sondern auch dazu ein Kloster für jene Geistliche stiften wolle, so die Diener Mariä genannt werden, und die besagtes Gnadenbild wunderbar erhalten haben. Ueberdieß versprach er zu Ehren Mariä allen denjenigen, die durch Darreichung des Giftes Ursache dieser seiner Krankheit wären, vom Herzen zu verzeihen und diese That der beleidigten kaiserlichen Majestät keineswegs zu strafen, oder zu rächen.

Und siehe, kaum hatte der gottesfürchtige Kaiser dieses Gelübde in seinem Herzen gefaßt und beschlossen, ist er zugleich durch die Mutter der himmlischen Gnaden gnädig erhört und mit der erwünschten Gesundheit, gleich als ob er aus einem tiefen Schlafe erwachte, alsobald ganz vollständig begabt worden. Als aber dieses augenscheinliche Wunder die Kaiserin gesehen, ist sie eilends ihrem Herrn und Gemal zu Füßen gefallen, und hat alldort öffentlich bekannt, daß an allem, was geschehen, Niemand anderer, als ihre unmäßige Liebe Ursache gewesen, bittet deßhalb, die unschuldigen Diener, von denen zwei aus Verdacht in Verhaft genommen worden, aus ihrem Gefängnisse zu entlassen, und den rechtmäßigen Zorn allein auf sie, als die Schuldige, zu wenden. Da aber der fromme Kaiser seines Gelübdes gar wohl eingedenk war, hob er die betrübte und ängstvolle Kaiserin ganz liebreich von der Erde auf, un nachdem er ihr zu verstehen gegeben, daß seine, alleze aufrichtige Liebe und Treue eines solchen Unternehmer nicht bedurft hätte, versicherte er sie zugleich, daß il nicht nur alles verziehen sey, sondern sie auch hinführ wie vorhin, seine treue, geliebte Gemalin verbleiben wü de. Deßgleichen ließ er die unschuldig verhafteten Di ner alsogleich frei machen und neben reichlicher Begna digung in ihre alten Ämter wieder einsetzen. Damit ab auch das übrige Gelübde ehestens erfüllt würde, bega sich der fromme Kaiser im Jahre 1360 am Vorabend der Verkündigung Mariä in eigener Person an eine Ort unter dem Schlosse Wischehrad gelegen, allwo nicht allein nach dem Beispiele Konstantin's mi seinen kaiserlichen Händen zwölf Körbe voll Erde ausge schöpft und auf seinen Schultern fortgetragen, sonder auch selbst den ersten Stein gelegt und zugleich so herr liche Mittel herbeigeschafft hat, daß durch selbe di Kirche sammt dem Kloster für die Diener Mariä er baut und mit reichlicher Ausstattung versehen worden ist.

36.

Maria Kulm.

Die böhmischen Gränzgebirge, gegen das Voigt land hin, tragen eine Kirche und eine Kapelle, ge nannt: „Maria im Haselstrauche", oder „in der Haselstaude," oder auch „Maria Kulm," und darunter liegt ein Städtlein, gegründet von Bergleuten, welches gleichfalls Kulm genannt wird.

Die Kirche hat Heinrich Reusengrüner im Jahre 1383 gestiftet und die geistliche Aufsicht ist den Kreuzherrn mit dem rothen Stern übergeben, die dort eine Pfarre errichteten.

Die Entdeckung des Marienbildes, welches in jener Kirche verehrt wird, war einem Metzger vorbehalten, der nach Vieh ausging in der dortigen Gegend. Es war ein heißer Tag und eine noch heißere Mittagsstunde, als er sich unter einem grünen Haselstrauche niederlegte und sanft entschlummerte. Da hörte er im Schlafe sich dreimal bei seinem Namen rufen, und von äußerer Gewalt endlich stark ergriffen und geschüttelt, wachte er auf. Siehe da, in dem Haselstrauche stand ein Marienbild vor seinen Augen. „Was ist das?" fragte er sich selbst, und ergriffen von der göttlichen Allgewalt, sank er nieder vor der lieblichen Trösterin. Freundlich nickte das Bild ihm zu, und er, gestärkt und ermuntert, nahm dasselbe in seine Arme, und trug es fort nach Falkenau, wo er wohnte, und verwahrte dasselbe in seinem Hause in einer schönen Kammer gar wohl.

Bald aber war das Bild aus seinem Hause wieder verschwunden. Ganz bestürzt und verlegen ging der

Metzger zu dem Haselstrauche, und fand das Bild dor wieder. Da merkte er wohl, es wolle dasselbe nicht vor der Stelle weichen, und habe seinen Sitz erwählt da, wo er es fand. Also ließ er ein Hüttlein bauen, und machte darüber ein Dächlein, so daß das Bild gar wohl dort stand, und von Jedermann verehrt werden konnte. Es geschah aber, daß mit der Zeit das Dach zusammenstürzte, als der Metzger gestorben war, und des guten Bildes Verehrung und die erwählte Stätte kamen in Vergessenheit.

Da begab es sich, daß ein wandernder Faßbindergesell sich gleichfalls wieder an einem heißen Sommertage unter dem Haselstrauche niederlegte und entschlief. Da erschien ihm im Schlafe Maria, die holde Himmelskönigin, ermahnte ihn zur Buße, und entdeckte ihm, daß während seiner Wanderschaft seine Ältern verstorben wären; zugleich verpflichtete sie ihn, von seiner Erbschaft ihr eine Kapelle zu bauen.

Er gedachte dieser Worte, beichtete einem Priester seine Sünden, und erbaute dem Marienbilde eine Kapelle. Seitdem erhielt das Bild den Namen Maria Kulm, entweder von dem Zunamen des Erbauers, welcher Kulm hieß, oder von dem lateinischen Worte culmen, eine Anhöhe, ein Gipfel, weil die Kapelle in culmine montis erbaut wurde.

Es stand aber diese Kapelle allen Andächtigen

stets offen. Rings um dieselbe herum erwuchs dichtes, wildes Gesträuch, und allenthalben gaben tiefe Kluften vielen Büßenden, die sich der menschlichen Gesellschaft entziehen wollten, einen gewünschten, erbaulichen Aufenthalt. Bald aber wurden diese Höhlen, (besonders in den Zeiten des Faustrechtes und der ewigen Befehdungen) Schlupfwinkel geldgieriger und blutdürstender Räuber und Mörder. Da wurde es dort ganz unsicher, und kein Reisender wollte sich mehr in jene Gegenden begeben. Die Räuber aber benutzten ihre verabscheute Sicherheit und errichteten sich, die Nähe der holden Gnadengeberin nicht achtend, dort bleibende Wohnungen. Köstlich gekleidet erschienen die Räuber, kühn und keck, nicht selten bei öffentlichen Jagden, Festgelagen, öffentlichen Tänzen, und kamen ungeladen zu mancher glänzenden Vermählungsfeier. Da raubten sie heimlich, was sie ergreifen konnten, führten Mädchen davon, schleppten sie in ihre Höhlen, und trieben gar schändliche Werke. Viele Menschen wurden gemordet, ihres Eigenthums beraubt, und entseelt in die tiefen Bergschluchten hinabgestürzt. Dieses Beginnen und diese frevelhaften Unthaten verbreiteten in der ganzen Gegend allgemeine Bestürzung, und alles, was man dagegen thun konnte und wollte, verminderte das Unglück nicht im geringsten.

Da begab es sich, daß Ritter von Katzengrün

einst von Falkenau aus nach seinem nahgelegenen Schlosse zog; vorher aber verrichtete er sein Gebet bei der Kapelle. Als er nun auf sein Schloß kam, bemerkte er, daß er bei der Kapelle sein Bretspiel vergessen hatte, welches er zu seinem Zeitvertreib mit sich zu führen pflegte. Da aber dieses Bretspiel sehr kostbar und mit Edelsteinen fein besetzt und ausgelegt war, erschrack er gar sehr, und mochte dasselbe nicht gerne vermissen.

Er befahl daher einem seiner Knappen aufzusitzen, nach der Kapelle zu eilen, und das kostbare Bretspiel zurückzubringen. Es war eine sehr dunkle, rauhe Winternacht, und der Knappe fürchtete sich zu vollziehen, was sein Herr ihm gebot. Das hörte eine der Schloßmägde, schalt den Knappen aus, seiner Zaghaftigkeit wegen, und erbot sich das Bretspiel zu holen. Dem Ritter gefiel der Muth des Mädchens, und er versprach ihr eine schöne Belohnung, würde sie das verlorne Bretspiel ihm zurückbringen.

Muthvoll und fest entschlossen, ihr Vorhaben zu vollbringen, eilte das beherzte Mädchen fort, und kam zu der Kapelle. Eben war es um Mitternacht, und hell warf der Mond seine Silberstrahlen durch das dichte Gebüsch. Als das Mädchen eben in die Kapelle trat, bemerkte sie in der Nähe ein starkes Geräusch, und verbarg sich erschrocken in einem Winkel. Was sah sie? Ein Mann, der ein Weib am Arme führte, kam zur Kapelle, hieß sie eintreten, und befahl ihr drohend ihr Bündlein abzulegen, niederzuknien und sich zum Tode zu bereiten. Er hatte sie, als ihr vorgeblicher Geliebter, entführt, und ihr versprochen, sie zur Frau zu nehmen. Sie, erschrocken, als sie diese Zumuthung vernahm, warf sich auf die Knie, und bat gar flehentlich um ihr Leben. Der Räuber aber kehrte sich nicht an ihr Bitten, achtete nicht ihres Angstgeschrei's, nicht der Nähe der allerheiligsten Jungfrau, der Helferin, und schleppte die Flehende, die er mit Liebe bethört und verführt hatte, bei Seite, den Mord zu vollführen. Da trat das beherzte Mädchen aus ihrem Schlupfwinkel hervor, ergriff eilig das Bretspiel ihres Herrn zugleich mit dem Bündlein der Unglücklichen, welche gemordet werden sollte, und eilte rasch davon.

Indessen kam der Räuber, nach verübtem Morde, in die Kapelle zurück, seine Beute abzuholen, und fand sie nicht. Ueberall blickte er umher, und entdeckte im Schnee die Fußtritte des entflohenen Mädchens. Er eilte ihr nach, und schon war er ihr auf den Füßen, als er sie nahe am Schloßthore sah, welches ihr eben geöffnet wurde. Außer sich, kam sie im Schlosse an, und erzählte, was sie gesehen hatte, und was in der Kapelle geschehen war.

Ihr Herr befahl ihr die Sache geheim zu halten, und traf Anstalten, die Räuber in seine Gewalt zu bekommen. Er ließ öffentlich bekannt machen, er werde seinen Geburtstag durch ein glänzendes Fest feiern; dazu ließ er einladen alle diejenigen, welche die Freude liebten in der ganzen Gegend. Es kamen der Gäste gar viele zusammen, und unter denselben auch die Räuber, gar stattlich und vornehm gekleidet, als einsprechende Gäste vom Adel. Unter diesen war auch jener uns bekannte Räuber, der das entführte Mädchen ermordet hatte, seines stattlichen Aufzuges wegen aber unerkannt von dem beherzten Mädchen, welche das Bretspiel in der Kapelle holte. Der Bösewicht machte sich an sie, that gar schön mit ihr, und suchte auch sie dahin zu locken, wohin er jene gelockt hatte, welche er so unbarmherzig ermordete. Er gab sich für den Sohn eines reichen Edelmannes aus, und versprach, die Leichtgläubige als seine Braut auf sein Schloß zu führen. Wirklich brachte er es endlich durch seine glatten und schönen Worte dahin, daß sie denselben Gehör gab, und ihm folgte. Als sie an die Kapelle kamen, riß er ihr die Kleider vom Leibe, und schleppte sie, um sie zu ermorden, ihres Bittens und Flehens ungeachtet, nach einer Höhle zu. Schon hatte er den Dolch gegen ihre Brust gehoben, schon hatte die Arme beinahe kein Leben mehr, als plötzlich der Ritter, ihr Herr, der das Vorhaben des schändlichen Mörders heimlich erlauscht hatte, mit vielen Bewaffneten erschien, den Todesstoß von dem kaum noch athmenden Mädchen abwendete, und den Räuber in seine Gewalt bekam. Gefesselt wurde er nach dem Schlosse abgeführt, wo man ihn in einen finsteren Kerker warf und auf die Folter spannte. Hier endeckte er seine begangenen Verbrechen, gab seine Mitgesellen an, und bezeichnete ihre Räuberhöhlen. Alsobald wurden diese durch Bewaffnete umzingelt, die Räuber nach muthiger Gegenwehr ergriffen, und ihrer fünf und zwanzig gefesselt dem peinlichen Gerichte überliefert. Insgesammt wurden sie hingerichtet. In den Bergschluchten aber fand man die geraubten Kostbarkeiten und so viele Leichen und Gerippe, daß man dortherum kaum Platz fand, sie alle zu begraben, weßhalb denn viele in den Höhlen und Klüften liegen blieben.

Von den Kostbarkeiten, von denen man die Eigenthümer nicht ausfindig machen konnte, wurden viele an die Armen vertheilt, die andern aber zur Erbauung einer Kirche verwendet. Das beherzte Mädchen aber wurde wohl ausgestattet, und erhielt viel Lob in der ganzen Gegend.

Die Zeugnisse zweier Priester aus der Gesellschaft Jesu, und mehrere alte Handschriften bestätigen die Wahrheit dieser Geschichte.

Als nun die Kirche über das Marienbild erbaut worden war, fanden sich sehr Viele ein, welche dahin wallfahreten, ihre Andacht dort verrichteten und ihre

Opfer darbrachten. Viele ließen sich auch dorthin begraben, und man fand daselbst mehrere Leichensteine mit Inschriften und Wappen geziert, unter denen sich noch auf einem derselben die Jahreszahl 1422 lesen ließ. Es sind noch viele Indulgenzbriefe vorhanden, und die Kirche hatte bereits große Begünstigungen erhalten, als man sah, daß der Raum zu klein war, alle die Andächtigen aufzunehmen, welche dahin pilgerten. Daher wurde 1499 eine neue Kapelle erbaut und den heiligen drei Königen geweiht. Und als im Jahre 1647 Kaiser Ferdinand mit seinem Kriegsheere in diese Gegend rückte, wurde alles noch weit mehr verbessert und verschönert.

Das Bild der heiligen Jungfrau, welches damals auch neu ausgeziert wurde, ist aus Lindenholz geschnitzt, sitzend auf einem Sessel, etwa vier Spannen hoch. Das Jesukindlein sitzt auf ihrem Schooße, und hält in der rechten Hand einen Apfel; es steht in einer Halle, und hat die Inschrift: Hujus Ecclesiae prima haec est Imago Virginis Mariae. (Dies ist das erste Bildniß der Jungfrau Maria in dieser Kirche).

Die Kirche, nebst den angebauten Kapellen, nimmt sich gar schön aus, und wird noch täglich von vielen frommen Seelen besucht, welche dahin wallfahren.

In die ehemalige Mördergrube steigt man auf fünfzehn Stufen hinunter. In derselben steht eine Kapelle, in welcher sich ein Gemälde befindet, welches das jüngste Gericht darstellt. In der Wölbung der Höhle selbst aber sieht man in Freskobildern die Mordscenen der verruchten Räuberbande, von Elias Dolhopf gemalt.

37.

Das Gnadenbild aus dem Lerchenstocke zu Waldrast.

(Tirol.)

Südöstlich von dem Badeorte Mieders in einem Fichtenwalde, auf dem nordöstlichen Abhange der Serlesspitze und von zackigen, unfruchtbaren Felsen umstarrt, liegt Waldrast, das schon zur Zeit des dreißigjährigen Krieges der Jesuit Balde in einer herrlichen Ode besungen hat. Im Jahre 1392 schickte „das große Weib im Himmel“ einen Engel auf die Waldrast. Dieser sprach im Namen der Gottesmutter einen hohlen Lerchenstock also an: „Du sollst der Frauen im Himmel Bild fruchten, denn bald wird da eine Kirchfahrt aufkommen.“ Das Bild wuchs nun im Stocke, und wurde im Jahre 1407 von zwei frommen Hirten erblickt. Sie benachrichtigten ihre Bauern von der Wunderschau. Das Bild ward aus dem Stocke geschnitten, und nach Matrey gebracht. Es stellt die Mutter Gottes vor, die in der einen Hand einen Apfel, in der andern das Jesukindlein hält, sitzend auf einem Stocke, der durch die Säge sehr uneben abgeschnitten worden. Um die Mitte des Leibes ist der Lerchenstamm noch roh und unausgebildet, und rückwärts mit einem Beile vom Hauptstocke herunter gespalten. Der arme Holzhacker Jakob Lusch zu Matrey, durch nächtliche Gesichte zum Baue einer Kapelle auf der Waldrast genöthiget, sammelte im Jahre 1421, vom Ordinariate in Brixen durch briefliche Zeugnisse unterstützt, die nöthigen Gelder, und gründete 1429 die anbefohlene Kapelle, die im Jahre 1465 eingeweiht wurde. Wallfahrer strömten von allen Seiten auf den heiligen Berg und bereicherten die Gottesmutter mit ihren Opfergaben. Erzherzog Sigismund stiftete im Jahre 1473 eine ewige Messe mit einem neugebauten Hause für den Priester, welcher das Recht erhielt, die Pilgrime um mäßigen Lohn zu bewirthen und zu beherbergen. Am Ende des sechzehnten Jahrhundertes kamen zwei Gehülfen an die Seite des ursprünglichen Seelsorgers, und alle drei konnten dem Volksandrange kaum genügen. Deßhalb gründete der Erzherzog Leopold von Österreich in den Jahren 1621 — 1624 ein Servitenkloster zur Befriedigung der Pilger, das unter der Erzherzogin Klaudia vollendet wurde. Es wurde Sitte der tirolischen Landesfürsten, zum heiligen Bilde zu wallen, und demselben reiche Opfer zu spenden. Fürstliche Haarlocken, Brautröcke in Meßkleider umgewandelt, Kronen mit Perlen und Rosen von Schmelz geziert, Silber- und Goldgeschmeide aus türkischen Münzen gearbeitet, silberne Brustbilder, fünf Pfund zehn Loth schwer, Kelche mit großen guten Perlen, Meßkleider von Drahtgold im blauen Grunde mit baumhoher Goldstickerei und Juwelen geziert, und andere Kostbarkeiten häuften sich im Heiligthume der Jungfrau unter fortwährender Zuneigung andächtiger Pilgrime aus allen Ständen. Kaiser Joseph II. hob das Kloster im Jahre 1785 auf, und im Herbst des nämlichen Jahres wurde das altverehrte Wunderbild nach Mieders übersetzt. Doch ziehen noch immer die Andächtigen hinauf zur verödeten Stätte, und mit ihnen die Freunde der Natur, um sich an den Bildern einer Aussicht zu erfreuen, die ihresgleichen in der ganzen Gegend vergebens sucht.

*

Nach einer älteren Quelle lautet die Legende schöner in folgender Weise:

Im Jahre 1392 sandte die große Frau im Himmel einen Engel aus nach Tirol in die Waldrast auf dem Serlesberg. Der trat vor einen hohlen Lerchenstock und sprach zu ihm im Namen der Gottesmutter: „Du Stock sollst der Frauen im Himmel Bild fruchten!“ Das Bild wuchs nun im Stock und zwei fromme Hirtenknaben, Hänsle und Peterle, aus dem Dorfe Mizens, gewahrten sein zuerst im Jahre 1407. Verwundert liefen sie hinab zu den Bauern und erzählten: „Sehet auf das Gebirg, da steht etwas Wunderbarliches im hohlen Stock, wir trauten uns nicht es anzurühren.“ Das heilige Bild wurde nun erkannt, mit einer Säge aus dem Stocke geschnitten und einstweilen nach Matrey gebracht. Da stand es, bis daß ihm eine eigene Kirche zur Waldrast selbst gebauet wurde, dazu bediente sich U. L. F. eines armen Holzhackers, Namens Lusch, gesessen zu Matrey. Als der eines Pfingsttages Nacht in seinem Bette lag und schlief, kam eine Stimme, redete zu dreimalen und sprach: „Schläfst du oder wachst du?“ Und beim dritten Male erwachte er und frug: „Wer bist du oder was willst du?“ Die Stimme sprach: „Du sollst aufbringen eine Kapelle in der Ehre U. L. F. auf der Waldrast.“ Da sprach der Holzhauer: „Das will ich nit thun.“ Aber die Stimme kehrte wieder zu der andern Pfingsttagnacht und redete mit ihm in der Maß als zuvor. Da sprach er: „Ich bin zu arm dazu.“ Da kam die Stimme zu der dritten Pfingsttagnacht abermal an sein Bett und redete als zuvor. Also hatte er dreier Nacht keine vor Sorgen geschlafen und antwortete der Stimme: „Wie meinest du's, daß du nicht von mir willst lassen?“ Da sprach die Stimme: „Du sollst es thun.“ Da sprach er: „Ich will sein nicht thun!“ Da nahm es ihn und hob ihn gerad auf in die Höhe und sagte: „Du sollst es nun thun, berathe dich darum!“ Da gedachte er: „O ich armer Mann, was rath' ich, daß ich's recht thue?“ und sprach, er wollte es thun, wo er nur die rechte Stätte wüßte. Die Stimme sprach: „Im Walde ist ein grüner Fleck im Moose, da leg' dich nieder und raste, so wird dir wohl kund gethan die rechte Stätte!“ Der Holzhauer machte sich auf, legte sich hin auf das Moos und rastete, (davon heißt der Ort: die Rast im Walde, Waldrast.) Wie er entschlafen war, hörte er im Schlafe zwei Glöckel. Da wachte er auf und sah vor sich auf dem Flecken, da jetzund die Kirche stehet, eine Frau in weißen Kleidern und hätte ein Kind am Arm, deß ward ihm nur ein Blick *). Da gedachte er: Allmächtiger Gott, das ist freilich die rechte Statt! und ging auf die Statt, da er das Bild gesehen hatte, und merkts aus, nach dem als er vermeinte eine Kirche zu machen, und die Glöckel klungen, bis er ausgemerkt hatte, hernach hörte er sie nicht mehr. Da sprach er: „Lieber Gott, wie soll ich's verbringen? ich bin arm und habe kein Gut, da ich solchen Bau mit verbringen möge.“ Da sprach wiederum die Stimme: „So gehe zu frommen Leuten, die geben dir wohl alsoviel, daß du es verbringst. Und wann es beschiehet, daß man es

*) d. h. er sah die Erscheinung nur einen Augenblick.

weihen soll, da wird es stillstehen 36 Jahre, darnach wird es fürgäng und werden große Zeichen da geschehen zu ewigen Zeiten.“ Und da er die Kapelle anfangen wollte zu machen, ging er zu seinem Beichtvater und thät ihm das kund. Da schuf er ihn vor den Bischof Ulrich von Brixen, da ging er zu fünfmalen gen Brixen, daß ihm der Bischof den Bau und die Kapelle zu machen erlaubte. Das thät der Bischof und ist geschehen am Erchtag (Dienstag) vor S. Pancratius im Jahr 1409.

38.

Das Frauenbild zu Boskow.

(Böhmen.)

Zu Rostock, nicht weit von Boskow, wollte man, weil es gar gelegen, eine Kirche bauen und war alles, was vonnöthen, schon zur Hand gebracht. Inzwischen ist zu Boskow im hohen Sommer ein Schnee gefallen, in Form und Gestalt einer Kirche, deßwegen man dafür gehalten, Gott wolle die Kirche allhier zu Boskow haben, vornehmlich, weil alle Materialien des Nachts auf eine übernatürliche Weise von Rostock hierher gebracht worden sind. Zudem hat man eben an diesem Orte ein Mutter Gottes Bild gefunden, daher dann auch die Kirche ihr zugeeignet worden ist. Die Andacht dazu hat bis auf die Zeiten der Hussiten gewährt, und hat solche die Mutter Gottes nicht unbelohnt gelassen; denn bald ist ein schöner, klarer, heilsamer Brunnen entsprungen, der viele Krankheiten vertrieben. Die Kirche haben hernach die Hussiten zerstört, und haben die, fast auf die fünfzig Jahre lang währenden Kriege gemacht, daß die Andacht nicht hat können fortgesetzt werden. Welches alles vier achtzigjährige Männer mit Siegel und Brief bezeuget. Im Jahre 1655, wie auch in den nachfolgenden, haben sich auf die viertausend Kirchfahrter allda eingefunden; das fürnehmste Fest hält man allhier an Mariä Geburtstag und ist der Brunnen noch immer Vielen heilsam.

39.

Das Frauenbild auf der Insel Brazza.

Auf der dalmatinischen Insel Brazza ist eine uralte Mutter Gottes Kirche und daran eine neue angebaut. In dieser befindet sich eine Kapelle der heiligen Martyrer Fabian und Sebastian, und ob deren Eingang auf der Mauer ein altes Gemälde, so unkennbar, als wenn es mit einer Wolke überzogen wäre. Aber am Festtage der Heiligen, Fabian und Sebastian, wenn das heilige Hochamt gesungen wird, unter dem Gloria, sobald es aus unbekannten Ursachen da nicht geschieht, wenn man die heilige Hostie aufhebt, sieht man ein unerhörtes Mirakel, denn allgemach, als wenn das Wölklein nach und nach verschwände, läßt sich schön und klar der Heiland sitzend sehen, zur Rechten die Mutter Gottes und zur Linken der heilige Johannes der Täufer, sammt den beigeschriebenen Namen derselben und der Zahl 400, die vielleicht das Jahr bedeutet. Dann schwitzen auch die Mauern an der alten Kirche, welchen Schweiß man mit Baumwolle auffängt und in den Krankheiten braucht, fürnehmlich diejenigen, so Schmerzen an den Augen haben. Nach einem oder zwei Tagen hört dieser Schweiß auf, und das Wölklein überzieht und bedeckt das Bild wieder, wie zuvor. Vor Zeiten haben auch die Glocken von selbst geläutet. Wenn aber an anderen Tagen des Jahres sich das Bild also sehen läßt, bedeutet es allezeit nichts Gutes, denn es entweder ein großes und ungewöhnliches Ungewitter zu Meer und Land, oder böse Seuchen, oder Theuerung und Hunger, oder Krieg und der Türken Einfall anzeigt.

40.

Das Frauenbild bei den Franziskanern zu Prag.

In der Kirche der ehrwürdigen Väter Franziskaner, so man Konventualen nennt, ist ein altes schmerzhaftes Mutter Gottes Bild, das über dreihundert Jahre schon in Ehren gewesen seyn soll. Im Jahre 1400 hat sich ein Dieb, den die Edelsteine in die Augen gestochen, in der Kirche verborgen, und bei nächtlicher Weile die Hand angelegt, in Meinung, die Kleinode hinwegzunehmen; aber das heil. Bild hat den Dieb bei der Hand gehalten, bis daß es Tag geworden. Als die Obrigkeit dazu gekommen, hat das Bild den Dieb losgelassen, und weil man nichts Gestohlenes bei ihm gefunden, hat das Gericht ihm durch den Scharfrichter die Hand abhauen, und ihn laufen lassen. Die Hand hängt noch an einer eisernen Kette an der Mauer bei dem Altare. Das heil. Bild ist gar stattlich mit Edelsteinen geziert, was ein Anzeichen großer, empfangener Gnaden.

41.

Das Gnadenbild zu Budweis.

Zu Budweis in Böhmen, in dem Kloster unserer Frauen, ist ein sehr schönes Bild der Gottesmutter mit deutscher Unterschrift zu sehen, durch welches den Stummen die Rede, den Blinden das Gesicht wieder gegeben und mehr dergleichen Zeichen geschehen. Daß aber gedachtes Bild anfänglich in dem Mailändischen Gebiet gewesen und um das Jahr 1418 nach Budweis gekommen, ist gewiß und gar nicht zweifelhaft.

Es hanget eine weiße Rose vor dem Bild, davon brach die Herzogin von Mailand einen Theil ab und verschloß ihn wohl in ihrem Pallaste; des Morgens aber war die Rose wieder an der Stelle, davon man sie gebrochen hatte.

Auch lag Einer gefangen in einer Stadt bei Mailand, der war verurtheilt und rief in unserer lieben Frauen Ehren das Bild an; da mochten ihm die Züchtiger nichts thun; also wurde er ledig und opferte sich dem Bilde zu Ehren unserer lieben Frauen im Jahre Christi 1410.

Wenzel Institor, seines Standes ein Bürger in Budweis, aber aus wälschem Geschlechte, brachte das Bild der Gnaden um das Jahr 1418 nach Budweis und verehrte es in die Predigerkirche, allwo es am fünften Pfeiler auf einen Altar gesetzt worden, um welchen ein starkes, eisernes Gitter, sechs Ellen hoch, bis an den letzten Pfeiler gegen Niedergang, gemacht gewesen, und hat man diesen also geschlossenen Ort die Kapelle unserer Frauen genannt. Das Gitter war von dem andächtigen Volke voll mit Opfern von Wachs behangen, deßgleichen sah man um das Bild Geschenke von Gold und Edelsteinen, woraus denn abzunehmen, daß die Andacht zu dem heiligen Bilde von jeher groß gewesen. Daher man bald nach Überkommung des Bildes das Kloster und die Kirche bei unserer Frauen ein Gnadenbild genannt, woraus denn zu vermuthen, daß es bald mit Gnaden und Wundern geleuchtet. Dieses ist auch aus einer alten Votivtafel zu sehen, auf welcher ein Ritter mit drei Mühlsteinen vor dem Bilde kniet.

42.

Das Frauenbild zu Zaras.

(Böhmen.)

Der wegen seiner Gottlosigkeit und Tyrannei wohlbekannte Klosterstürmer und Verwüster Ziska, als er im Jahre 1421 neben dem Jungfrauenkloster, Zaras genannt, mit seinem Kriegsvolke das Lager geschlagen, hat er von den Seinigen die Kirchenthür aufbrechen, sieben Jungfrauen des Ordens der heiligen Maria Magdalena vor dem Altare ganz jämmerlich und erbärmlich martern und umbringen lassen: darauf sich ein dieses Ortes ungewöhnliches Erdbeben erhoben. Es hat auch unserer lieben Frauen Bildniß mit dem Jesukinde auf dem Arm den Kopf bewegt, und die Mörder also angeredet: „Meine Freunde, was thut ihr?“ Ja, das Kindlein Jesus selbst hat das Händlein aufgehoben, und das Fingerlein auf den Mund gelegt, als ob es, gleich wie man den Kindern zu drohen pflegt, den gottlosen Gesellen drohete, und ist also noch heutiges Tages solches auf diese Weise zu sehen.

43.

Bei dem heiligen Blute.

Es ist schon (im Jahre 1665) zweihundert Jahre, daß dieser Ort den Titel zu dem heiligen Blute hat; wie lange aber das Bild der gebenedeiten Jungfrau vorher in der Kirche gewesen, ist nicht bekannt. Es ist von Holz und schlechter, alter Arbeit gemacht, hat ein schmerzhaftes und trauriges Angesicht, nicht aus der Kunst also geschnitten, sondern übernatürlicher Weise. Es ist bei zweihundert Jahre, daß ein böhmischer Ketzer allda in die Kirche gekommen, und dieses Bildniß unserer lieben Frau ersehen; hat sie angefangen zu lästern und zu schmähen, reißt sie von dem Altare hinweg, wirft sie in den Brunnen; das Bild kommt wieder auf den Altar. Der Ketzer verwunderte sich, doch voll Zorn wirft er es zum anderen Male in den Brunnen, das Bild kommt wieder; er wirft es zum dritten Male hinein, das Bildniß ist zum dritten Male vorhanden. Deßwegen der Ketzer voll Zorn, greift nach dem Säbel, und haut dem heiligen Bilde eine Wunde in den Kopf, nicht ohne Blutvergießen und Veränderung des Angesichts in traurige Gestalt, neben einer ernsthaften Majestät und Andacht, welches kein Bildhauer also hätte formiren können. Der Thäter ist durch göttliche Kraft erstarrt, hat weder die Füße rühren, noch den Arm mit dem Säbel zurückziehen können, so lang, bis er seine Missethat beweint, die Ketzerei zu verlassen, und jährlich diesen Ort zu besuchen, verlobt; welches er denn auch treulich verrichtet. Es geschehen noch heutiges Tages große und viele Wunderwerke allda.

44.

Das Frauenkirchlein zu Lavant.

(Tirol.)

In der Pfarrkirche von Lavant zeigt man ein Horn, womit man einst statt der Glocken das Volk zum Gottesdienste zusammen gerufen haben soll. Die andächtigen Pilger, welche hier zusammenströmen, die heilige Jungfrau zu verehren, beten rings umwandelnd an jeder Ecke ein bestimmtes Standgebet, um unzählbare Fülle des Ablasses zu gewinnen. Man erzählt nämlich, der einweihende Bischof habe an jeder Ecke einen Hut voll Sand ausgeschüttet, mit der Erklärung, die Anzahl Sandkörner bestimmen die Anzahl der Jahre für die Dauer des Ablasses. Bedeutend höher liegt das eigentliche Heiligthum, eine kleine Kirche, mit dem Wunderbilde der heiligen Jungfrau. Dieses wurde in einem Gebüsche von Hirten entdeckt. Die Schafe und Lämmer, welche es zuerst entdeckten, ließen sich rings um das Gestäude auf ihre Vorderfüße nieder, um dem Mirakelbilde ihre Huldigung zu bezeigen. Das machte die Hirten aufmerksam auf den verborgenen Schatz. Die Kirche selbst erstand aus dem Schlosse Altburgstall, dem Sitze der Herren von Trottenbrin, Dienstmannen der Grafen von Görtz. Zwischen dem Hügel, worauf es stand, und dem steilen Felsgebirge gegen Süden klafft eine unermeßliche Schlucht, wo sich das Auge schwindelnd niedersenkt in's Steinbett eines Wetterbaches, welcher Dorf und Feld mit seinen regellosen Wassern unaufhörlich bedroht. In diese Schlucht rutschte Altburgstall hinunter, und ließ nur die alte Schloßkapelle der frommen Andacht zurück.

45.

Maria vom guten Rathe.

(In der Augustinerkirche auf der Landstraße zu Wien.)

Dieses marianische Gnadenbildniß war ehevor zu Scutari in Albanien auf der bloßen Mauer einer Kirche gemalt; als aber Albanien von den Türken eingenommen und verwüstet worden, diese auch aus der Christenkirche eine Moschee zu machen gesonnen waren, ist das Gnadenbild wunderbar von der Mauer abgeschält worden, und alsobald in den Wolken erschienen, gleich einem schönen Regenbogen, der an dem Bildnisse zu sehen, wobei sich noch Nachts eine feurige bei Tage aber eine hellleuchtende Wolkensäule hat sehen lassen, um den beiden Geschwistern Giorgi und Sclavis, welche das Wunderbildniß zu begleiten und dieser Uebertragung nachzufolgen von Maria erleuchtet worden, den rechten Weg zu zeigen.

Als sie bei dem adriatischen Meere angekommen,

sind sie, gleich als wäre das Wasser in harten Marmorstein verwandelt worden, mit trockenem Fuße hinübergegangen, und endlich durch verschiedene Umwege mit ihrem fliegenden Bilde nahe bei Rom angekommen, allwo die geheimnißvolle Säule und das anmuthige Bildniß verschwunden.

Eben zur Stunde, als dieses hochschätzbare Kleinod sich ihren Augen, aber nicht auch ihren Herzen entzogen, nämlich zur Zeit der Vesper, den 25. Tag des Monats April 1467, ist selbes, in der, kurz vorher von der seligen Petruccia, des dritten Ordens des heiligen Augustin, mit Verwendung all ihres Vermögens neu erbauten, und der Obsorge der Augustiner übergebenen Kirche an der noch rohen Mauer erschienen, wo sich nachfolgende Wunder zugetragen.

Erstens haben bei seiner Erscheinung alle Glocken von selbst geläutet; zweitens ist das Gnadenbild, ohne an der Mauer fest zu seyn, frei in der Luft hängen geblieben, wie noch heut zu Tage mit Erstaunen zu sehen, und drittens sind die Reisegefährten dieses Heiligthums, innerlich erleuchtet, eilig diesem Orte zugelaufen, wo sie auch ihr Gnadenbild mit Freuden angetroffen, selbes andächtig verehrt, dem versammelten Volke die wundervolle Begebenheit erzählt, und zu diesem himmlischen Schatze tausend Glück gewünscht haben.

46.

Das Frauenbild zu Bärneck.

(Steiermark.)

Bärneck ist ein Dorf in Obersteier eine Stunde von Bruck an der Mur gelegen; allda vornehmlich an unserer lieben Frauen Himmelfahrt ein Mutter Gottes Bild verehrt wird, dessen Anfang unbewußt. In den Fenstern steht die Jahreszahl 1461, an der Wand unter den angemalten Wunderwerken das Jahr 1476, das hölzerne Bild hält Jesus auf dem Arme. Allen und Jeden, die in die Kirche gehen, kommt der Mutter Gottes Bild unbeständig vor; denn es bisweilen bleich und traurig, bisweilen roth und fröhlich, ein andermal weinend, ein andermal ernsthaft scheint; je länger aber man es ansieht, desto lieblicher und angenehmer wird es. Einige wollten es, ihrem Sinne nach, lassen anstreichen und malen, aber umsonst. Auch wollte einer dem Bilde eine silberne Krone aufsetzen, hat aber selbes nicht in's Werk können bringen, bis daß er eine rechte Reue seiner Sünden erweckt.

47.

Mariabrunn.

Zu den lustbaren und angenehmen Orten, welche um die weltberühmte kaiserliche Residenzstadt Wien sich befinden, ist billig die schöne Gegend zu zählen, in welcher die Kirche zu Mariabrunn liegt. Diese so freundliche Gegend ist mit allen umliegenden Orten, Schlössern, Märkten und Dörfern, Kirchen, Pfarren und Höfen vor etlichen hundert Jahren von den Tempelherren besessen worden, welche aber 1312 in einer Nacht und gleichsam in einer Stunde unter Papst Clemens V. vernichtet und vertilgt worden sind. Es ist mehr als wahrscheinlich, daß in eine dieser Kirchen das Bildniß, das jetzt zu Mariabrunn verehrt wird, schon die Templer gesetzt haben, wo es auch unverrückt bis zum Jahre 1485 geblieben ist. In diesem Jahre aber fiel Mathias Corvinus wieder in Oesterreich ein, nahm Wien mit Sturm weg und brachte das ganze Land in seine Gewalt. Da hausten die Ungarn mit Verheerung und Verwüstung: viele schöne Kirchen wurden zerstört und unter den vielen heiligen Bildern mußte auch die liebreiche Statue unserer lieben Frau der Wuth der Soldaten unterliegen. Sie wurde von ihrer Stätte genommen, und in den Brunnen geworfen, in dem sie hernach gefunden worden ist, und welcher noch jetzt neben der Kirche steht.

Was aber die Gottlosen vermeint, der Vergessenheit zu übergeben, ist allererst an das Tageslicht gekommen, und der Christenheit bekannt geworden. Als im Jahre 1490 Mathias Corvinus mit Tod abgegangen, hat der Erzherzog von Oesterreich Maximilianus einen eifrigen Antrieb in seinem Gemüthe empfangen, Oesterreich von dem Joche der Ungarn zu erledigen, setzte deßhalb sein einziges Vertrauen zu Gott dem Allmächtigen und der übergebenedeiten Jungfrau Maria und bat inniglich, diese wolle ihm von ihrem liebsten Sohne den verlangten Sieg erwirken. Und da er solches Werk überdachte, und wie ein vorsichtiger Feldherr die Mittel dazu überlegte, verfiel er allgemach in einen Schlaf. Im Traume erschien ihm die allerseligste Mutter Gottes und Jungfrau Maria in der Gestalt, wie das Gnadenbild von Mariabrunn zu sehen, deutete ihm an, daß sein Gebet erhöret worden, er solle nur mit seinem Kriegsheere wider die Ungarn ziehen, denn er werde solche glücklich überwinden und in die Flucht jagen. Zum Zeichen dieser wahrhaften Erscheinung werde er ihr Bildniß in ihrer gegenwärtigen Gestalt unweit Wien in einem Brunnen finden, welches er herausnehmen und verehren lassen soll.

Maximilian machte beim Erwachen sogleich alle Anstalten zum Feldzuge, schickte sein Kriegsheer voran und folgte mit seinen Edlen und Dienern voll des Trostes, voll der Freuden wegen des versprochenen Sieges; doch auch voll Verlangen und Sorgen, das liebreiche Bildniß Maria bald zu finden. Auf dem ganzen Wege war Niemand, welcher sich mehr umsah und so emsig

alles ausforschte, alle Umstände der Gegend betrachtete, als Maximilianus. Endlich kam er in den Wienerwald, welcher ihm wegen seines so dicken Gesträuches wenig Hoffnung machte, den angedeuteten Brunnen zu finden. Es geschah aber, daß einer von seinen Dienern, von der Reise ermattet, etwas zurückblieb, und weil er, um seinen großen Durst zu löschen, nach Wasser suchte, von der Straße seitwärts gerieth: siehe, da fand er einen Brunnen, mit hellem, klaren Wasser gefüllt, und wie er zum Trinken schöpfen wollte, erblickte er ein schönes, glänzendes Antlitz, gleichwie von einem lebenden Menschen. Er streckte seine Arme aus, und griff in den Brunnen; da fand er, daß es ein Bildniß unserer lieben Frau sey. Voll Verwunderung, wie dieses schöne Bildniß in diese Einöde, in diesen Brunnen gekommen, setzte er sich wieder zu Pferde, eilte durch Busch und Gesträuch seinen Gefährten nach, und da er sie endlich erreichte, erzählte er ihnen die ihm zugestoßene Begebenheit. Die Geschichte ging schnell von Mund zu Munde; endlich kam sie auch vor den Erzherzog, welcher sogleich den Diener kommen ließ, die Wahrheit zu erfahren; und da er nun versichert war, daß der angedeutete Brunnen gefunden, und das Bildniß, das versprochene Zeichen des Sieges, war er voll Freude und Frohlocken. Er kehrte mit seinem ganzen Hofstatte zurück, ließ die Statue der heiligsten Jungfrau und Gottesmutter aus dem Brunnen nehmen und begleitete sie mit höchster Berehrung in die nahgelegene Pfarrkirche zu Weidling in der Aue, wo er sie indessen aufheben und verwahren ließ. Dann vollzog er glücklich seine Reise nach Wien, bemächtigte sich der Stadt, eroberte wieder ganz Österreich, und bestritt viele Orte mit großem Ruhm und großer Tapferkeit. — Damit aber das gnadenreiche Bildniß nicht weit von dem Brunnen zur Berehrung ausgesetzt würde, ließ er bei seiner Zurückkunft wegen Kürze der Zeit nahe dabei eine hölzerne, dann eine steinerne Kapelle erbauen, in welche das Gnadenbild gebracht wurde. Der Zulauf der andächtigen Seelen war gleich Anfangs ungemein groß und er wuchs von Tag zu Tag; deßwegen es bald als nothwendig erschien, den heiligen Ort mit mehreren Priestern zu versehen. Im Jahre 1636 übergab ihn der Bischof von Passau, Erzherzog Leopold Wilhelm, den Augustiner Baarfüßern, welche sich dort ein Kloster erbauten und von 1639—1655 eine große, herrliche Kirche herstellten.

48.

Unserer lieben Frauen Kapelle in der St. Nikolauskirche zu Hall.

Unserer lieben Frauen Kapelle in der St. Nikolaus Pfarrkirche zu Hall im Innthale hat im Jahre

1495 Herr Florian Waldauf von Waldenstein gebaut und mit heiligen, alten, raren Reliquien in großer Menge geziert. Dazu gemeldeten Herrn Anlaß gegeben die große, ausgestandene Gefahr auf dem hohen Meere, auf welchem das Schiff einst unverhofft eingefroren, indem er mit Ihrer Majestät Maximilian I. und wenigen anderen Herren eilend nach Harlem gefahren, bis das Eis durch das hitzige und eifrige Gebet und gethane Gelübde glücklich zerschmolzen und das Schiff an dem Gestade gelandet. Alsdann Herr Florian, um dem, was er Gott und dessen werthester Mutter angelobt, alsobald nachzukommen, diese heilige Kapelle zu Ehren Gottes und der gebenedeitesten Gebärerin Gottes Maria aufgerichtet, mit Prediger und zwei Herrn Kaplänen zu des Nächsten Heil und Nutzen versehen, darauf eine herrliche Prozession von Rottenberg, seinem Schlosse angestellt hat, in welcher neben infulirten Prälaten und der ehrwürdigen Priesterschaft des ganzen Landes, so die heiligen Reliquien getragen, zwei und dreißig tausend, siebenhundert und zwei und achtzig Manns- und Weibspersonen sich eingestellt, und die gemeldeten Heiligthümer in der heiligen Kapelle beigesetzt haben. Wohin hernach lange Zeit die andächtigen Pilger von mehr als 40 bis 50 Meilen Weges gewallfahret, und nach Verehrung der Heiligen, abgelegtem Gebete und Opfer, und erlangter Seele- und

Leibeswohlfahrt nach Hause gekehrt sind. Auch hat Kaiser Maximilianus unter dem ewigen Schutze des römischen Reiches alle diejenigen Kirchenfahrer an- und aufgenommen, welche diese heilige Kapelle besuchen. Wer einem solchen Wallfahrer an Person oder am Gute, auf der Straße oder zu Hause, während der Kirchenfahrt, einigen Eingriff oder eine Gewalt angethan, soll als ein Verletzer der höchst kaiserlichen Majestät abgestraft werden.

49.

Maria vom Gestade.

Zu Windpassing an dem Flusse Leitha in Oesterreich (Ungarn) haben die Einwohner 1496 am Gestade ein Mutter Gottes Bild gefunden, ist noch auf diese Zeit unbekannt, wie es dahin gekommen, und ist zu Ehren der Mutter Gottes eine Kapelle gebaut und das Bild hineingestellt worden. Als hierauf 1529 der türkische Kaiser Wien belagert, hat ein Türk diesem Bilde den Kopf abgehauen, welchen aber sein Obrister oder Pascha billiger Maßen gezüchtigt, der auch das Bild mit sich in die Türkei genommen. Unterwegs stoßt ihn jedoch unversehens eine unbekannte Krankheit an, wußte auch Niemand ein Mittel dawider zu brauchen, bis ihn ein Christ ermahnt, er solle das Bild wieder an den Ort, wo er es genommen, zurückschicken, so werde er unfehlbar die Gesundheit wieder erlangen; was er denn auch gethan, indem er das Bild durch einen Hirten wieder an seinen Ort hat zurückstellen lassen. Als dieses durch Oesterreich ruchbar geworden, hat Jedermann das geköpfte Bild sehen und verehren wollen, und sind viele besondere Wunder dabei geschehen, also, daß aus der Kapelle eine Kirche und ein Kloster geworden. Unter dem Bilde entspringt auch ein Brunnen, aus welchem nicht allein die Pilgrime, sondern auch andere Preßhafte in Oesterreich trinken zu ihrer Gesundheit.

50.

Die Schmerzhafte.

(Rehkogel in Steiermark.)

Die Kirche der Mutter Gottes zu Rehkogel steht, wie schon der Name anzeigt, auf einem hohen Berge und ist eine Filiale von St. Lorenz, dessen Pfarrherr lange Zeit gewesen der ehrwürdige Herr Johann Fux, zu dessen Zeiten das Buch, in dem der Ursprung und Anfang der Frauenkirche beschrieben gewesen, zu Grunde gegangen. Herr Marx Steiner aber, ein zwei und neunzigjähriger Greis und gewesener Propst der Kirche zu St. Lorenz hat mit einem Eide bezeugt, daß er in diesem uralten Buche gelesen habe, wie vor Zeiten drei Bauern, Namens Schwamberger, Drumer und Gruber, auf dieses Berges Ebene zusammengekommen, um Gott zu bitten, daß an diesem schönen, lustigen Orte einmal eine Kirche gebaut würde, damit sie nicht so weit in die Pfarre hinabgehen müßten.

Einst, an einem Sonntage, kam der Gruber an diesen Ort, seinem Gebrauche nach das Gebet zu verrichten; da erblickt er plötzlich auf der Erde ein schmerzhaftes Mutter Gottes Bild, aus Holz gar sauber geschnitzt, und daneben ein Rehböcklein ruhend, welches, sobald es den Bauer ersehen, entflohen. Nach verrichtetem Gebete erzählte der Bauer den Andern, was er gesehen, welche auch sogleich an den Ort gegangen und das Bild sammt dem dabei grasenden Rehböcklein gefunden haben. Sie erachten, Gott wolle dadurch etwas haben und andeuten, machen es in dem Dorfe kundbar, zeigen es dem Pfarrherrn an und begehren einhellig die Erlaubniß, eine Kapelle zu erbauen, und das Vesperbild darein zu setzen. Der Pfarrherr willigt zwar in das Begehren, hält es aber nicht für rathsam, die Kirche so hoch auf den Berg hinauf zu bauen und trägt daher das heilige Bild in Prozession nach dem nächsten Dorfe Grasnitz. Dieses ist aber nicht allein den folgenden Tag, sondern das neunte Mal allezeit an diesem Orte auf der Höhe neben dem dabei liegenden

Rehböcklein gefunden worden. Deßwegen dann der Pfarrherr den göttlichen Willen erkannt, ließ an diesem Orte oben auf dem Berge nach uraltem, katholischem Gebrauche Anfangs ein Kreuz aufrichten, dabei man einen von unbekannter Hand geschriebenen Zettel gefunden, auf welchem angedeutet worden: „Die Mutter Gottes will an diesem Orte eine Kapelle haben,“ welche die Bauern ohne Verzug verfertigt, Anno 1497, wie an der Wand zu sehen. Und weil die seligste Jungfrau sich allda gnadenreich hernach erzeigt, so ist diese ihre Kapelle von dem umliegenden Lande häufig besucht, und allererst 1618 zu einer großen, herrlichen Kirche erhoben worden.

51.

Maria Scharten.

(Oesterreich ob der Enns.)

Dieses wunderthätige Bild hatte eine Kirche, die vor Alter sehr baufällig, aber mit Reichthum von den Opfern der Pilgrime wohl versehen war, also, daß man gedacht, eine ganz neue Kirche zu erbauen. Man konnte jedoch nicht übereinkommen, ob sie auf die Höhe oder in die Ebene zu bauen; aber den Streit hat die Mutter Gottes aufgehoben, denn es haben sich auf der Höhe des Bühels bei Scharten auf vier Bäumen vier Lichter vor Etlichen sehen lassen, welche solches mit einem Eidschwur ihrem Herrn, dem Grafen von Schaumburg bezeuget. Dieser hat sich das Werk, weil es auf seinem Grund und Boden, angelegen seyn lassen, und ist das Bild in die neue Kirche gestellt worden. Aber weil des gemeldeten Grafen Sohn, der letzte seines Stammes, von dem wahren Glauben abgefallen, hat sich auch die Zierde der Kirche sammt der Unterthanen Andacht verloren. Demungeachtet sind Pilgrime immerfort in großer Anzahl aus Böhmen gekommen, welche die alte Andacht sammt ihrer Gesundheit mitten unter den Ketzern wunderthätiger Weise erhalten und hinweggetragen. Hoch ist zu verwundern, daß, obschon die Ketzer alle Altäre aus der Kirche gethan, sie dennoch jenen mit dem Bilde stehen gelassen, da doch viele Jahre die Lutherischen, hernach die Kalvinisten, und letzlich die Flaccianer, so alle Bilderstürmer, darin gepredigt und dem Bilde den alten Namen der schönen Maria gelassen, weil derselben und des Kindleins Angesicht von keiner Mücke oder sonst besudelt worden. Und dieses hat schier hundert Jahre gedauert, bis der siegreiche Ferdinandus der Andere die katholische Religion wieder eingeführt; alsdann ist das Bild auf einen neuen Altar gestellt worden und hat die alte Andacht wieder zugenommen.

52.

Maria Fernitz.

Dieses heilige Bild ist vor fünfhundert Jahren in der Pfarrkirche zu Fernitz gestanden; jetzt aber hat es eine Viertelmeile Weges davon eine eigene Kirche an der Landstraße, derweil es dreimal aus der Pfarrkirche an diesen Ort in die Dornstaude sich begeben, ob es schon allezeit in die Pfarrkirche gebracht worden. Die gebenedeite Jungfrau hat also auch von den Vorüberreisenden verehrt werden wollen. Die Herrn von Prang haben Anfangs eine Kapelle gebaut; die Erzherzoge aber hernach die obgemeldete Kirche, und ist die Andacht der Stadt Grätz, so zwei Stunden davon, so groß, daß, komme Einer zu einer Zeit da er wolle, er fast allezeit einen Bürger aus derselben Stadt antreffen wird.

53.

Unsere liebe Frau zu Motta.

In Friaul ist ein Städtlein, Motta genannt. Allda war im Jahre 1509 ein Bürger, Johannes Ligano, ein in seinen Sachen emsiger, zugleich auch tugendsamer und gottesfürchtiger Mann. Dieser ging in aller Frühe im Monate März aus, einen fleißigen Arbeiter zu suchen, der ihm sein Gärtlein zurichtete. Unterwegs begab er sich, seinem Brauche nach, in die Kirche, und verehrte die Mutter Gottes mit seinem Gebete. Daß dieses derselben angenehm gewesen, erscheint aus Folgendem. Kaum war er aus der Kirche getreten, ist sie ihm in schöner, majestätischer Gestalt erschienen. Er fällt ihr zu Füßen, und bittet um Verzeihung, wenn er sie nicht der Schuldigkeit nach verehrte. Sie aber hat ihn freundlich gegrüßt, und ihm gutes Muthes zu seyn befohlen: „Es werde über eine kurze Zeit diese Kirche, in der er erst gewesen, wegen der Gnaden, so sie allda erzeigen wolle, berühmt werden, denn sie das Mottische Gebiet unter ihren Schutz und Schirm genommen.“ Auch hat sie gesagt, aber nicht befohlen, daß man ein Franciskanerkloster werde allda erbauen, und ist also wiederum verschwunden. Johannes, nachdem er Gott und seiner Mutter für diese Gnade gedankt, hat er die gute Zeitung in dem Städtlein lassen auskommen. Die Gelehrten achteten diese Erscheinung nicht, weil sie von einem einfältigen Manne herkam; das gemeine Volk aber eilte in die Kirche, befahl der Mutter Gottes sein Anliegen, und erhielt, was es begehrte. Daher dann der Zuweg und die Andacht so groß geworden, daß man für nothwendig erachtet, zur Erhaltung der Andacht, aus den Opfern den Franciskanern allda ein Kloster zu erbauen, mit großem Nutzen und Trost der Stadt Motta.

54.

Maria Schnee.

(Kärnthen.)

Im Jahre 1513 waren auf einem Felde in der Luggau die Weizenähren so groß gewachsen, daß seit Menschengedenken nichts ähnliches gesehen worden. Zu derselben Zeit hatte sich ein armes Weib, mit Namen Helena, das alles Zeitlichen entblößt, die nothwendige Nahrung mit dem Bettelstabe suchen mußte, am genannten Felde kaum niedergelassen, um etwas auszuruhen, als sich ihm — Maria die Schmerzensmutter mit dem göttlichen Sohne sichtbar vor die halbgeschlossenen Augen stellte, und befahl, zu ihren Ehren daselbst eine Kirche zu bauen. Und hatte die in der Mitte des Feldes aufgestellte Kerze, ohne von der Wuth der dort beständigen Nordwinde ausgeblasen zu werden, drei Tage und Nächte fortgebrannt.

Um nun den Auftrag desto leichter zu vollziehen, kaufte sich Helena ein Bildniß mit der schmerzhaften Gottesmutter, in der Hoffnung, der in seiner Mutter Schooß liegende Erlöser werde die Herzen seines Volkes eher erweichen. Allein ihr angewendeter Fleiß kam ihr so übel zu statten, daß man sie nicht nur mit leeren Händen abgewiesen, sondern auch eine ehrlose Traumdichterin gescholten, die unter dem

Scheine angenommener Heiligkeit eine gehabte Erscheinung vorwende, um desto füglicher ein ungerechtes Allmosen zu erhaschen. Ja, man wußte die Unschuldige mit solchen Anklagen zu belegen, daß sie ohne weiters in den Kerker wandern mußte, um bei Wasser und Brot eine Thorheit auszunüchtern, welche vor Gott die höchste Weisheit ist.

Wie aber die Wege der Vorsehung wunderbar sind, also haben auch eben diejenigen, welche vor kurzem ihre Ankläger waren, sie für unschuldig erklärt: sie selbst trugen ihr allen Vorschub an, und schafften, da ihnen von dem Glücke freigebiger zu seyn nicht vergönnt war, so viel des Bauholzes herbei, daß eine kleine Kapelle, welche vier Männer auf ihren Schultern zu tragen vermochten, auf dem genannten Weizenfelde gezimmert werden konnte. David hat nicht so freudig auf der Harfe gespielt, da er die Bundeslade aus dem Hause des Obededom nach Jerusalem übertragen, als Helena, da sie ihr Marianisches Bildniß in diese kleine Kapelle gesetzt; und doch war ihr frommer Eifer damit noch nicht zufrieden. Sie konnte es nicht mit gleichgültigem Auge sehen, daß Maria, die jungfräuliche Bundeslade, in einem so unachtsamen Hause von Holz wohnen sollte; sie eilte daher nach dem Schlosse Pittersberg, um den wohlbestellten Pfleger des regierenden Grafen Gabriel von Ortenburg, Herrn von Manndorff, den ganzen Verlauf zu berichten und dessen Beistand zu erflehen. Dieser, frommen Gemüthes wie er war, setzte sich behende zu Pferde, die Beschaffenheit der Sache persönlich in Augenschein zu nehmen, und zeichnete selbst nach reifer Ueberlegung das Erdreich zu einer mittelmäßigen Kirche aus. Zu gleicher Zeit trug er, vermög herrschaftlicher Gewalt, den Unterthanen auf, die erforderlichen Zugehörungen herbeizuführen. Dem widerstrebte jedoch die gesammte Nachbarschaft, indem sie alle Verleumdungen wider Helena wiederholte und ganz insbesondere den Lästerungen beistimmte, welche der Besitzer des Feldes in reichem Maße erhob. Da mußte Herr von Manndorff dem Ungestüme der Bauern nachgeben, und ohne weitere Verfügungen nach Hause ziehen.

Allein der Herr läßt sich in seinen Rathschlüssen nicht irre machen; denn kaum hatte Herr von Manndorff den halben Theil des Weges zurückgelegt, als ihn sein Pferd aus dem Sattel warf, und ganz unbändig bei dem einen Fuße, der in dem Steigbügel hängen geblieben, nach sich schleifte. In dieser großen Noth gelobte er, nach erlangter Freiheit sogleich in die Luggau zurückzukehren und mit vollem Ernste an das aufgehobene Werk die Hand zu legen. Da wurde plötzlich das wilde Pferd so sanft, daß es der Gestürzte ohne Widerstand bestieg, schnell nach Luggau umkehrte und neue Bauanordnungen machte, denen zu widerstehen gleichwol Ambrosi von St. Lorenz und Wilhelm Mayrhofer von der Trisen nicht nachließen, ja sogar der letztere zu sagen sich erfrechte: „Sofern an diesem Orte eine Kirche erbaut, und das heilige Meßopfer verrichtet werde, wolle er seinen weißen Hund, (den er eben bei sich hatte) zu einem Meßner bestellen.“ Die Strafe Gottes aber ist beiden auf dem Fuße nachgefolgt: Ambrosi ist im Venediger-Gebiete mit seinem ganzen Hause in den Flammen umgekommen, und Wilhelm von derselben Stunde an durch eine dreijährige, schmerzliche Krankheit an das Bett geheftet worden.

So wundersame Begebenheiten haben den Herrn von Manndorff dermaßen angetrieben, daß er weder Mühe noch Fleiß gespart, bis der angefangene Kirchenbau vollendet worden. Da aber die häufigen Wunder eine solche Menge des Volkes von allen Seiten herbeigezogen, daß die Kirche kaum den geringsten Theil desselben fassen konnte, wurde sie nach Verlauf von zwei Jahren wieder abgebrochen, und in der gegenwärtigen Größe erbaut. Dazu legte man, wie es Urkunden beglaubigen, im Jahre 1515 den Grundstein, und durch die freigebigen Opfer der fast unzähligen Wallfahrer ging das Werk so glücklich von statten, daß am 20. August 1536 die Kirche unter dem Titel „Maria Schnee," weil in diesen Orten der Schnee viel und anhaltend zu seyn pflegt, von dem hochwürdigsten Bischofe Daniel von Rubeis und dem Cardinal Marinus Grimani eingeweiht werden konnte. Und damit die blühende Andacht nicht aus Mangel an geistlichen Arbeitern ersticke, hat im Jahre 1593 der Graf von Ortenburg angefangen, dabei ein Kloster für den Orden des heiligen Franciscus zu bauen, welcher es jedoch nur bis zum Jahre 1627 besessen hat. Die verlassene Stätte übernahmen 1635 die Serviten.

55.

Maria Hietzing.

Schon viele Jahrhunderte ist die seligste Jungfrau in ihrem Bildnisse zu Hietzing den Gläubigen gnädig; vor allen Andern aber haben ihre mächtige Hülfe und Fürbitte vier Männer erfahren, welche im Jahre 1529, als Solymann die Stadt Wien eng belagerte, von den Türken gefangen, und nächst dem Kirchlein an einen Baum mit eisernen Banden und Ketten festgebunden worden sind. In dieser großen Gefahr, entweder durch das Feindesschwert das Leben zu verlieren, oder in die unerträgliche Sklaverei fortgeschleppt zu werden;

von wem war den Unglücklichen Hülfe zu hoffen? Sie sahen sich allenthalben um, sie jammerten und riefen; doch alles war vergebens: es ließ sich Niemand sehen, der zu ihrer Befreiung hätte die Hand anlegen wollen. Da wurden sie unter einander eins, ein festes Vertrauen auf die allgemeine Hülfe der Christen, auf die Mutter der Barmherzigkeit, auf Maria zu setzen, und sie anzurufen, und die Gnadenreiche ließ sich nicht lange bitten. Die finstere Nacht war bereits hereingebrochen; da sahen plötzlich die Gefangenen den Baum erleuchtet und das Gnadenbild, das in höchster Eile, um von dem Erbfeinde nicht verunehrt zu werden, unter den Ästen und Blättern verborgen worden war, mit ungemein hellem Glanze umgeben. Dabei hörten sie wiederholt die Trostworte: „Hits euch, hits euch!“ und diese waren von solcher Kraft und Wirkung, daß zu gleicher Zeit die eisernen Bande und Ketten von Hals und Füssen fielen. Sie machten sich nun mit frohlockendem Gemüthe eilend davon, und langten nicht allein glücklich bei den Ihrigen zu Hause an, sondern suchten noch größere Sicherheit, und haben sie auch gefunden. Sobald aber Solymann mit großem Verluste Wien und Österreich wieder verlassen, sind sie mit dankbarem Munde und Herzen nach Hietzing gezogen und haben allda die ihnen erwiesene Wohlthat laut angerühmt und durch einen leiblichen Eid bestätigt. Es ist nicht zu zweifeln, daß in ihren Herzen, so lange sie lebten, die Worte: „Hits euch, hits euch!“ zur heilsamen Lehre fortgeklungen haben, nämlich von allen Sünden und Beleidigungen Gottes, wenn sie ferner bei der Gottesmutter Hülfe und Zuflucht finden wollen.

56.

Der heilige Berg bei Görz.

Nördlich von Görz liegt der heilige Berg, früher Skauniza — Wasserbär genannt, und nun seit Jahren viel besucht und berühmt wegen der Gnaden, welche den Gläubigen die seligste Jungfrau hier ertheilt. Es war im Jahre 1539, als auf demselben Berge die Mutter Gottes einer Hirtin erschien, und zu ihr sprach: „Gehe hin und sage dem Volke, daß es mir ein Haus erbaue, und mich hier verehre!“ Die Botin, Marien gehorsam, fand jedoch nicht nur keinen Glauben, sondern wurde noch überdieß mit Zustimmung des Volkes in den Kerker geworfen. Da aber wider den Rathschluß des Herrn nichts geschieht, ward sie auf übernatürliche Weise von den Fesseln befreit, und ihre Verfolger fanden sie betend auf dem Berge Skauniza. Dies änderte den Sinn des Volkes: der Bau des verlangten Hauses wurde beschlossen, und bald waren zahlreiche Arbeiter beschäftigt, den Boden zu ebnen und die Felsen zu sprengen. Siehe, da fanden sie eine Marmorplatte, von hellgelber Farbe, auf welcher der englische Gruß in hieroglyphischen Zeichen eingegraben stand.

57.

Das Bildniß der Lorenzerinnen.

In dem Klosterchore zu St. Lorenz in Wien befand sich ein aus Holz geschnitztes Bildniß der seligsten Jungfrau, das von jeher von den geistlichen Bewohnerinnen in sehr hohen Ehren gehalten wurde. Als jedoch eines Tages im Kloster Feuer ausbrach, waren wohl alle eifrigst beflissen, den verzehrenden Flammen zu entreißen, was sie konnten; keine indessen war darauf bedacht, das holdselige Marienbild in Sicherheit zu bringen. So wurde es denn von dem Feuer ergriffen; aber siehe, als auf der Schneckenstiege, welche zu dem Zimmer der Frau Oberin führte, eine Chorfrau das Bildniß fand, waren nur die Sohlen der beiden Füßlein des Jesukindes und die unter die Füße der Gottesmutter herabhangende Kleidung verletzt! — Wer es vom Chore hieher getragen, Niemand wußte davon, allein die gebenedeite Jungfrau sprach zu der Nonne: „Tochter, alles sucht man zu retten, nur mich nicht!“

Darauf diese das Bildniß auf ihren Arm genommen und in vollkommene Sicherheit gebracht.

Nach gedämpfter Feuersbrunst war man sogleich daran, die verletzten Theile des Bildnisses mit Salz, Essig und andern Mitteln zu reinigen, aber vergebens: die Rauchflecken sind von derselben Zeit nicht wieder verschwunden.

58.

Das Gnadenbild auf dem Hradschin in Prag.

Dieses Gnadenbild bei den Kapuzinern auf dem Hradschin ist um das Jahr 1550 von den Kalvinisten zu Rottenburg am Neckar in das Feuer geworfen, zwölf Stunden lang unverletzt darin erhalten und nach zehn Jahren einem kaiserlichen Bedienten geschenkt worden. Als dieser es den Kapuzinern verehrt, und dasselbe mit vielen Zeichen und Wundern leuchtete, ließ es Kaiser Rudolph den Kapuzinern abnehmen und in seiner Hofkapelle aufstellen. In der folgenden Nacht, als die wohlerwürdigen Kapuziner zur Mette läuteten, kam das heilige Bild selbst zu dem Kloster, läutete stark an der Pforte, und wurde von den andächtigen Vätern mit Freuden empfangen, und an seinen vorigen Ort gestellt. Der Kaiser ließ es zwar wieder abnehmen und in seiner

Kunstkammer verschließen; es kam aber in der folgenden Nacht auf vorige Weise wieder, und wurde noch mit viel größerer Freude empfangen. Es leuchtet mit vielen Mirakeln, veränderte vielmal seine Gestalt und gab manchem Gläubigen sein zukünftiges Glück oder Unglück zu erkennen.

59.

Der Marienberg zu Rankweil.

Unweit von Feldkirch, so ein Gränzort des Schwabenlandes ist, liegt mitten in dem Flecken Rankweil ein schöner grüner Bühel oder Berg, der Marienberg genannt, wegen der Kirche, so daran steht. Der alten und beständigen Aussage nach, soll sich der Ursprung derselben also befinden. Man hat nämlich vor alten Zeiten zu unterst des Berges die Kirche bauen wollen, das Fundament dazu gelegt und schon des andern Tages die Mauern darauf führen wollen; die Nacht zuvor aber haben die heiligen Engel, des Baumeisters Grundriß nach, oben auf dem Berge einen solchen Grund gegraben, alle Steine, so in das untere Fundament gelegt worden, in das obere gebracht und also gerichtet, daß man des andern Tages darauf bauen können, weil alle Materialien zugleich von den Engeln dieselbe Nacht hinauf gebracht worden. Das wunderthätige Bild ist in großen Ehren; aus vielen Wunderwerken sind i zehn Jahren zweihundert in ein Buch zusammen ge schrieben worden.

60.

Weissenstein in Tirol.

Fünf Stunden von der Handelsstadt Botzen in Tirol liegt Weissenstein auf einem hohen Felsen an de Etsch. Herunten im Thale ist ein Landgut, von dem sich ein guter, frommer und einfältiger Herr geschrieben, nämlich Leonhard von Weissenstein. Dieser ist in eine schwere Krankheit gerathen, drei Jahre bettlägerig gewesen, und zuletzt von den Sinnen gekommen, also, daß man ihn an Ketten hat legen müssen. Jedermann hatte Mitleiden mit dem guten Manne. Die Mutter der Barmherzigkeit gab dem Betrübten zu Zeiten Trost, erschien ihm, nannte ihm den Ort, an welchem sie wolle, daß er ihr eine Kirche auferbauen sollte, welche mit der Zeit durch großen Zulauf und Wunderwerke berühmt seyn würde. Sobald aber die Mutter Gottes verschwunden, ist Leonhard allezeit wieder in seine gewöhnliche Sinnlosigkeit verfallen. Seine Leute hatten auf ihn große Obsicht; aber eines Tages hat er sie betrogen, sich von den Ketten losgemacht und ist in den nächsten Wald, der kaum eine Viertelstunde von dem

Gute entfernt war, geflohen, da auf die Spitze des Berges gerathen und von derselben tief, doch ohne Schaden, hinunter gefallen. Er kommt zu sich, sitzt auf einem Steine ganz traurig, und indem er sich umsieht, auf welchem Wege er wieder nach Hause kommen könne, erscheint ihm die Mutter Gottes abermals, tröstet ihn und verspricht ihm völlige und beständige Gesundheit, sagt ihm auch, nach neun Tagen werden ihn seine Leute an diesem Orte finden, und er werde bis dahin ohne Speise leben, und an den Kräften des Leibes nicht abnehmen. Hat ihn also voll Trostes verlassen.

Inzwischen wird der verlorne Leonhard allenthalben gesucht und am neunten Tage frisch und gesund von den Seinigen in dem Thale gefunden, die ihn mit Freuden nach Hause begleiten, indem er ihnen nach der Länge erzählt, wie er von der Mutter Gottes getröstet worden, und die Kapelle aufzubauen mit einem Gelübde sich verbunden. Weil aber die drei Jahre hindurch, so er krank gewesen, auch die Haushaltung darnieder gelegen, und man die Äcker und Weinberge hat veröden lassen, hat er sich darum also angenommen, daß er des Gelübdes, die Kapelle zu bauen, vergessen: ist jedoch von der Krankheit, die er auf's neue leiden müssen, wieder daran erinnert worden. Er wird daher an den Ort, wo er herabgefallen, geführt, nimmt eine Haue in die Hand, und will das Fundament oder den Grund zu der Kapelle anfangen. Kaum hat er aber etliche wenige Hieb gethan, so findet er ein, von Stein schön gemachtes Marienbild, welches das Kindlein auf dem Schooße hält: wie es an diesen Ort gekommen, hat man nicht erfahren können.

Herr Leonhard hat das Werk fortgesetzt, und auch vollendet, das Bild auf den Altar gethan, allwo man es auch noch heutiges Tages sieht sammt einer kleinen Glocke, mit welcher er den Leuten das Zeichen in die Kirche gegeben. Zuletzt, nachdem er sich der weltlichen Sachen abgethan, Gott und der Mutter Gottes treulich gedient, ist er in dem Herrn entschlafen. Nach seinem Tode hat wider alles Vermuthen die Andacht mehr und mehr zugenommen, indem man aus den Thälern und von den Bergen haufenweise wallfahren gekommen, also, daß die Kapelle zu eng geworden. Man hat statt derselben im Jahre 1561 eine neue, große Kirche bauen müssen, die doch auch zu klein geworden, und da hat man eine andere, noch größere aufgerichtet, welche erst 1654 vollendet worden.

61.

Das Frauenbild zu Csik-Somlyó.

(Siebenbürgen.)

Die Szekler von Csik sind unter allen Verhältnissen und Stürmen dem alten Glauben treu geblieben.

Der König Johann Sigismund Zapolya der Jüngere, als er von diesem wahren Glauben durch den Unterricht des Georg Blandrata abgefallen, ist dahin verleitet worden, daß vor ihm Niemand Ehre hatte, der nicht ein Verläugner der allerheiligsten Dreifaltigkeit war. Er erließ sogar gegen das Ende Novembers 1566 eine Verordnung, daß alle Bewohner Siebenbürgens von Georg Blandrata abhängen und den von ihm erwählten Lehren anhängen, jene aber, die diese verletzen würden, gleich Ungläubigen bestraft werden sollen. Nach dieser Verordnung wollten sich die Szekler von Csik nicht richten. Der König versuchte zuerst Verheißungen, dann Drohungen; aber alles war vergebens. Darüber ergrimmt, schickte er im folgenden Jahre, 1567, eine zahlreiche Abtheilung seiner Bewaffneten aus, mit dem Befehle, die widerspenstigen Szekler von ihrem alten Glauben mit Gewalt abzuwenden.

Damals lebte ein eifriger und gottesfürchtiger Seelsorger zu Absalu, Namens Stephan. Dieser munterte das ohnehin beherzte Volk noch mehr zur Standhaftigkeit auf, und die guten Stände waren Eines Sinnes mit ihm: entschlossen, Habe und Gut, ja das Leben selbst für die Vertheidigung des alten Glaubens aufzuopfern, und lieber den Tod zu leiden, als davon zu weichen. Sie besprachen sich darüber und beschlossen, daß in dieser äußersten Gefahr das ganze Volk aufftehen, Jung und Alt ihre Häuser und Besitzungen verlassen und im Kloster der Franziskaner sich vor der Statue der seligsten Jungfrau versammeln sollen; hier wollten sie mit vereintem Herzen zu Gott flehen, daß er sie, wegen der Verdienste der Mutter Jesu, in dieser großen Noth nicht verlassen wolle.

Dieses geschah — indessen erscholl der Ruf, die königlichen Truppen seyen, von der Seite des Udvarhelyer Stuhles her, im Anrücken begriffen. Nun sonderten sich diejenigen ab, die waffenfähig waren, und stellten sich auf dem dortigen, ausgedehnten Felde in Ordnung auf; den Weibern aber, den Greisen und den Kindern befahlen sie, so lange von der Kirche sich nicht zu entfernen, so lange sie abwesend wären; inzwischen sollen sie aber dort ohne Unterlaß Gott bitten, daß er ihnen seinen Beistand nicht versage. Hierauf begannen die Weiber und Mädchen, die Greise und Kinder aus allen Kräften neuerdings zu beten; die bewaffnete Menge aber rückte betend der Streitmacht des Königs entgegen. Zwischen Csik und Udvarhely liegt ein großer Wald; dort kam es zum Treffen. Gott verließ die gerechte Sache nicht. Die Csiker behaupteten die Oberhand; der rechte Flügel des königlichen Heeres ward geschlagen, die übrigen liefen über Hals und Kopf davon. Hierauf kehrten die Csiker zurück, und als sie sich dem Kloster näherten, eilte ihnen die zurückgebliebene Menge entgegen, und eine unbeschreibliche Freude bemächtigte sich Aller. Sie strömten zur Kirche und dankten dort vor dem Bildnisse der seligsten Jungfrau Gott dem Herrn, daß er sie von den Verfolgern des Glaubens befreit. Dieses geschah am Sonnabend vor Pfingsten im genannten Jahre 1567. Daher kommen noch alljährlich zu Pfingsten Tausende von Wallfahrern nach Csik-Somlyó, selbst fernher, aus Ungarn und der Moldau.

62.

Die Hausmutter.

Im Jahre 1586 zürnte der Himmel so heftig über die Wienstadt, daß die leidige Seuche der Pest den größten Theil ihrer Einwohner aufzehrte, und in dem Stifte zur Himmelspforte so sehr wüthete, daß alle darin befindlichen Klosterfrauen bis auf eine einzige davon hingerafft worden; mithin war dieses Stift schon wieder fast gänzlich begraben. So nahe aber der endliche Einsturz war, so eilfertig war die Hand, welche dieses Stift wieder unterstützte. Der durchlauchtigste Erzherzog Ernst, und der hochwürdigste damalige Bischof von Wien, Kaspar Neuböck, reichten dem schon einstürzenden Gebäude die Hand, und besetzten das fast ganz ausgestorbene Kloster mit neuen Dienerinnen Gottes, nämlich sie beriefen aus dem regulirten Chorfrauenstifte zu St. Jakob in Wien einige derselben, und übersetzten sie in das Stift zur Himmelspforte, von welchen es wieder zu blühen anfing.

Diese gedachten Chorfrauen, als sie das Kloster zur Himmelspforte bezogen, fanden in einem abseitigen Kasten ein aus Holz geschnitztes Bildniß Mariä, welches so dunkel und finster war, daß es sein Alterthum überflüssig verrieth. Wie die von der Pest noch übrig gebliebene Klosterfrau bezeugte, war es in einer Feuersbrunst von der Gewalt der Flammen ergriffen worden, und ihm also diese Schwärze und Entfärbung davon geblieben.

Das sichtbare Alterthum des Bildnisses, die Ungewöhnlichkeit des Zufalls, die erwünschte Gelegenheit, ihre zärtliche Andacht, so sie in ihrem Herzen gegen Maria trugen, wieder äußerlich in ihrem Bezirke bezeugen zu können, waren für diese Frommen die Beweggründe, daß sie sich einmüthig vereinten, Maria in diesem Bildnisse künftig als ihre Hausmutter zu erwählen. Deßwegen haben sie dasselbe in ihre Hauskapelle getragen, mit allem möglichen Zierrathe versehen und angefangen, bei der gebenedeiten Jungfrau Tag und Nacht, wie Kinder bei ihrer Mutter, einzelne und allgemeine Angelegenheiten vorzutragen. Und dieses kindliche Vertrauen zu Maria war nicht fruchtlos; denn es gefiel dem Allerhöchsten, diese Frommen, ihrer besonderen Andacht wegen, zu einer Zeit von dem Strafgerichte auszunehmen, als die meisten Einwohner Wien's darunter verschmachteten.

Im Jahre 1679, da die leidige Seuche, die Pest, wieder in Wien gräulich wüthete, und wenige Häuser von dem tödtlichen Gifte ganz befreit waren, blieb dieses jungfräuliche Stift bei diesem so verheerenden Übel so unversehrt, daß nicht nur keine Einwohnerin desselben an der Pest starb, sondern nicht einmal eine von diesem Übel angehaucht wurde — eine Wirkung der göttlichen Barmherzigkeit, die das zärtliche Vertrauen auf ihre Hausmutter und die mächtige Fürbitte Mariens für ihre Getreuen nicht ohne Grund annehmen läßt.

63.

Maria Major im Königskloster zu Wien.

Der heilige Franz von Borgias erhielt aus sonderbarer Andacht, welche er zu dem schönen Gnadenbilde Maria Major trug, von päpstlicher Heiligkeit die Erlaubniß, mehrere Kopien davon nehmen zu dürfen, damit die Gottesmutter in diesem Bildnisse an mehreren Orten verehrt werden könnte. Diese Kopien hat hierauf der heilige Mann verschiedenen königlichen Personen zum Geschenke gemacht.

Auf solche Weise ist eine nach Frankreich gekommen, welche hernach die gottselige Königin Elisabeth, Kaiser Maximilian's II. Tochter, und Karl's IX. von Frankreich hinterlassene Witwe, im Jahre 1578 mit sich nach Wien gebracht, und jederzeit mit inniger Andacht verehrt hat. In allen ihren Betrübnissen suchte sie bei diesem Bildnisse die Hülfe der Mutter der Gnaden und Barmherzigkeit, und hat sie auch stets mit großem Troste erfahren, absonderlich, als sie vernommen, daß ihr Bruder, Erzherzog Maximilian, im Jahre 1588 durch heimliche Verrätherei in Polen gefangen worden sey.

In dieser großen Angst flehte sie mit ganz besonderem Eifer und großem Vertrauen um Erledigung ihres Bruders, und nachdem sie eine gute Zeit unter vielen Thränen im Gebete verharrt, wollte die Mutter der Gnaden ihre eifrige Dienerin nicht ohne Trost von sich lassen. Die gebenedeite Jungfrau streckte plötzlich von der Statue die rechte Hand aus, legte solche auf das Haupt der betenden Königin und sprach: „Sey getrost, meine Tochter, dein Bruder wird frei und erledigt werden!“ Worauf die gottselige Königin mit einer so großen, innerlichen Freude erfüllet worden, daß sie es nicht genugsam erklären konnte; wie selbe es dann hernach dem P. Peter Luck, aus dem Orden des heil. Franciscus, als ihrem vertrauten Beichtvater geoffenbart, mit dem ernstlichen Ersuchen, solches, so lange sie leben würde, keinem Menschen mitzutheilen, weil sie besorgt, man möchte sie für fromm halten, und deßwegen in ihrem Kloster weniger für sie beten.

Erzherzog Maximilianus ist auch bald darauf wunderbarer Weise erledigt worden, und den 9. März 1588 in Wien angekommen, welches die gottselige Königin nicht wenig erfreut und in der Andacht und dem Vertrauen zu der Mutter Gottes mächtig gestärkt; doch hat sie ihm nichts merken lassen, was sich seinetwegen mit ihr zugetragen. Sie befahl aber, daß dieses Bild gleich nach ihrem Tode in das von ihr gestiftete Kloster soll gegeben werden, und ersuchte ihren Beichtvater, den Klosterfrauen in ihrem Namen anzudeuten, daß sie dieses Bild allezeit in großen Ehren halten, dieweil sie es ihnen als eine sichere Zuflucht in allen Nöthen aus mütterlichem Herzen hinterließe. Dem zu Folge ist dieses Bildniß im Jahre 1592, den 23. Jänner, aus der Kammer der abgelebten gottseligen Königin in das Kloster übertragen worden.

Hierauf hat der Pater Luck geoffenbart, was sich wegen Erledigung des Erzherzogs bei diesem Bilde zugetragen, und da solches Ihre Durchlaucht vernommen, haben Sie es aus schuldigster Dankbarkeit in einen schönen, reich mit Silber verzierten Altar einfassen lassen. Und wird bis auf den heutigen Tag wunderbar gespürt, daß sich die Mutter Gottes in diesem Bilde als eine sonderbare Mutter des durchlauchtigsten Erzhauses von Oesterreich erzeiget; denn wenn bei demselben ein Todfall oder sonst großes Unglück geschehen soll, verändert es die Farbe und wird ganz bleich; auch erscheinen die Augen, als wären sie stark geschwollen; da es doch sonst eine so lebhafte und angenehme Gestalt hat, daß solche von keinem Maler kann getroffen werden.

64.

Das Frauenbild auf dem Wischehrad.

In der Altstadt zu Prag, allwo vor Zeiten der königliche Sitz war, ist eine Kirche, in der ein Mutter Gottes Bild verehrt und wegen der Kunst gelobt wird. Es ist auf die alte, oder griechische Manier und Weise gemalt, daher man es für des heiligen Lukas Hand halten will. Ist in des Kaisers Rudolph Schatzkammer gewesen und nicht bekannt, wann und unter welchem Kaiser solches nach Prag gekommen. Dieses hat der wohlgeborne Herr Andreas Hannewald, kaiserlicher geheimer Rath 2c., von gemeldetem Kaiser Rudolph erhalten und in diese Kirche verehrt, zu dem die von Prag großes Vertrauen setzen, auch die

Gunst der Mutter Gottes öfters erfahren haben; vornemlich, wenn man das Bild in öffentlicher Prozession herumgetragen, hat man nothdürftigen Regen erhalten.

65.

Mariahülf bei den Minoriten zu Grätz.

Ferdinand der Zweite, römischer Kaiser, ist der Urheber dieses Gotteshauses, dazu er bereits im Jahre 1595 den ersten Grundstein gelegt. Vier Jahre nach Erbauung der Kirche stand der Hauptaltar noch ohne Hauptbildniß, in welchem nach gefaßtem, allgemeinem Beschlusse die Gottesmutter sollte vorgestellt werden. Doch wie? in welcher Gestalt? Wie vormals dem Könige David den ganzen Abriß des Tempels von Jerusalem, also hat Gott dem derzeitigen Oberen des neuen, geistlichen Hauses, Namens Cornelius Tortella, in einem Gesichte oder Traume diese Form und Gestalt des Bildnisses Mariä geoffenbart, in welcher wir selbes jetzt sehen und verehren. Sonach wurde mit dem, zu jener Zeit kunstreichsten Maler, Petrus von Pomis, nach allen Rechten der Vertrag abgeschlossen, dieses Frauenbild auf gemeldete, von Gott eingegebene Art zu entwerfen. Er legte die Hand an die

Zeichnung, welche ihm gleich Anfangs so trefflich gelungen, daß, da er es in andern seinen Werken allen Künstlern zuvorgethan, er in diesem Bilde seine eigene Kunst und Wissenschaft zu übertreffen schien. Allein Geld- und Ehrgeiz haben hierauf seine Gemüthsart verblendet: er wollte entweder wider allen rechtsvollen Vertrag mehr Geldlohn; oder seine über alle Meinung so kunstreich ausfallende Arbeit sich eigen machen, um selbe in besserem Werthe zu verhandeln. Der Armselige dachte nicht, daß er nicht um sein, sondern um göttlicher Hände Werk handle. Die hochwürdigen Väter des neuen Klosters hatten ihm mit gut meinender, und Gottes Strafe drohender Gewalt zugesetzt, er wolle den rechtmäßigen Vertrag wider Recht nicht brechen; allein erhärtet war sein Herz, wie jenes Pharao's bei den Ermahnungen des Moses. Er mußte denn auch die Strafe Gottes, wie König Pharao, empfinden.

Der geizvolle Pomis erblindete in einer Nacht mit so dicker Finsterniß, daß solche Pharao in Ägypten fast nicht erlitten. Pomis aber war glückseliger, als Pharao; denn dieser hat niemals, jener jedoch ernstlich die strafende Hand Gottes mit Reue erkannt und geseufzt: „Maria hilf! Maria hilf!" Merke, von diesem Umstande hat auch jener der erste diesem Gnadenbilde den Namen gegeben: Mariahülf. Und also, wie Gott ihn zum Werkmeister dieses Wunderbildes gemacht, ist er selbst zum ersten Wunderwerke desselben geworden! Am zweiten Tage, nach verrichteter Beicht und Kommunion, erhielt der Künstler das Augenlicht wieder, und wie er sehend zum ersten Male sein gezeichnetes Bildniß wieder beschaut, erblickt er mit Erstaunen sowohl das Antlitz des göttlichen Kindes, als jenes der hochgepriesenen Mutter schon vollkommen und auf das schönste ausgemalt, ohne daß er oder ein Anderer an demselben, das bestmöglichst in einem Zimmer verschlossen war, nur mit einem Pinselstriche gearbeitet hatte.

Eben um jene Zeit der Verfertigung dieses Gnadenbildes, hatte Maria einen hochgebornen Edelmann von Grätz, welcher sich in der Türken Gefangenschaft befand, von Eisen, Band und Kerker, und aus dem Lande der Barbaren errettet, eben so wunderbar, wie der Engel den Apostel Petrus aus dem Kerker zu Jerusalem. Die Gottesmutter hatte dem Adelsmanne auf seine Anrufung geboten, er soll in der Vaterstadt Grätz bei jenem marianischen Bildnisse das Dankopfer erstätten, in dessen Gestalt sie ihm erschienen. Bei seiner Rückkehr nach Grätz zeigte man ihm die vielen marianischen Gnadenbilder, an welchen Steiermark so fruchtbar ist, als Mariazell, Fernitz, Straßgang und andere; allein keines aus diesen glich dem Gesichte der Erlöserin. Da er aber von dem Bildnisse hörte, welches der

Maler Pomis in Arbeit hatte, ging er in dessen Behausung. Er sah selbes kaum an, fiel er voll Erstaunen und mit Thränen im Auge auf die Knie nieder, und rief aus: „In solcher Gestalt hat Maria mir geholfen!“ Wie er denn auch allda fast der erste mit öffentlicher Andacht seine Dankbarkeit bezeiget, als dieses marianische Bild am 29. Mai 1611 von den Geistlichen des Klosters feierlich auf dem Hochaltare zur Verehrung aufgestellt worden ist — schon damals ein vollkommenes Wunder- und Gnadenbild.

66.

Die heilige Jungfrau in Nifian.

Beim Nachgraben im Schutte der stürmischen Passer fand man ein Marienbild aus Stein, und beschloß, demselben eine Kirche im eigentlichen Dorfe zu bauen. Aber der Bau wollte nicht vorwärts, die Arbeiter brachen sich einer nach dem andern Hals und Bein; was bei Tage zusammengesetzt war, rollte zur Nachtzeit wieder auseinander. Prophetische Vögel legten sich in's Mittel, und trugen die Holzspäne auf den benachbarten Hügel. Man erkannte den Wink der göttlichen Jungfrau, und baute daselbst ohne Gefährde eine Kapelle, später eine Kirche daneben, und das Bild wurde auf den Hochaltar der neuerbauten Kirche übersetzt, wo es noch immer von zahllosen Pilgern besucht wird. Die zwei größten Festtage der heiligen Jungfrau in Risian sind das Übersetzungsfest am Sonntage nach Martini, und Kreuzerfindung am 3. Mai. Besonders am letzteren Tage sieht man unermeßliches Volk aus Passeir hier versammelt.

67.

Maria vom Thale.

Das Kloster Thal liegt zwei Meilen von Preßburg. Allda ist ein hölzernes Bildniß unserer lieben Frau, sehr alt, einen Schuh und acht Zoll hoch. Das allgemeine Herkommen erzählt, es sey zu unterst an einem Berge bei einem Brunnen, den man den heiligen Brunnen nennt, gefunden worden; zu dem allenthalben aus Ungarn großer Zulauf ist, fürnehmlich an unserer lieben Frauen Geburtstage. Aus dem Brunnen trinken allerlei Kranke, und werden so viele davon gesund, daß man es schier für kein Wunder mehr hält. Man sagt, wenn ein großes Übel vorhanden, so schwitze das Angesicht dieses Bildes, wie es gethan vor dem Hintritt aus diesem Leben des Kaisers Ferdinand des Andern glorwürdigen Angedenkens.

68.

Das Frauenbild auf dem Berglein zu Olmütz.

Diese Kirche oder Kapelle ist nicht weit von Olmütz in Mähren, von dannen ein Kaufmann mit zwei Fuhrknechten nach Wien verreiset, und, ich weiß nicht in welchem Dorfe er den heiligen Weihnachtstag still gelegen, und die Andacht, wie sich gebührt, abgewartet. Wie er aus der Kirche geht, kommt ihn eine Begierde an, unserer lieben Frau eine Kirche zu bauen, wußte aber wohl, daß er zu dieser Zeit mit genugsamen Mitteln nicht versehen, erzählte doch den Fuhrknechten sein Verlangen, welche ihm alle Hülfe im Zuführen der Nothwendigkeiten versprachen. Bald darauf hatte er eine reiche Heirath gethan, und seines guten Vorsatzes vergessen; aber die Mutter Gottes ist dessen wohl eingedenk gewesen, und hat ihn durch einen Traum daran erinnert. Es gedunkte ihm im Schlafe, er sehe die Mutter Gottes in einem Walde, unter einem Baum, von Regen ganz naß, und mit weinenden Augen bitten, er solle sie vor dem Regen schützen. Er, als ein guter, andächtiger Mann, habe alsogleich mit höchstem Fleiße Stauden abgehauen, und daraus ein Hüttlein gemacht; deßwegen ihm die Mutter Gottes Dank gesagt, und zugleich sey er erwacht.

Nach etlichen Tagen ist er mit Rath eines Paters der Gesellschaft Jesu nach Radik geritten, und hat vor allen diesen lustigen und sehr tauglichen Bühel erkieset, allwo ihn ein ungewöhnlicher Schauer, der ihn zur innerlichen Andacht getrieben, angekommen. Dieses hat er für ein Zeichen gehalten des Willens Gottes, hat von den gebührenden Obrigkeiten Erlaubniß begehrt, und diese Kirche gebaut, zu der auch versprochener Maßen die zwei Fuhrleute treulich geholfen, mit höchstem ihrem Troste und sind auch reichlich von dem Kaufmanne belohnt worden. Ist jetzund diese Kirche sehr berühmt mit Zugang der Pilgrime, und durch die Menge der Gnaden.

69.

Die Mariensäule zu Ripa.

An den Gränzen Tirols ist ein Ort, den man Ripa nennt, weil er an dem See liegt, und wegen Wohlgelegenheit sehr fest, nicht leicht kann überwunden werden. Allda ist eine so künstlich-zierliche und köstliche Kirche der Mutter Gottes, daß sie auch eine königliche Stadt zieren könnte; deren Anfang und Ursprung war dieser. Johannes Brusaferrus, dieser Orten ein Inwohner, führte auf einem Wagen Getreide. Auf dem saß sein achtjähriges Knäblein, mit Namen Bartholomäus: ist kaum hundert Schritte weit gefahren, hat das eine Rad über einen großen, im Weg gelegenen Stein einen solchen Stoß gethan, daß es den Knaben vorn über hinausgestoßen, das Rad über den Knaben gegangen, und er für todt da gelegen. Während des Falles hat der Knabe aufgeschrien, und der Vater das Roß und den Karren wollen inne halten; aber umsonst, dann es schon geschehen war. Der betrübte Vater wußte keine Hülfe, als bei den Heiligen zu suchen, und insbesondere bei der Mutter Gottes, deren Bildniß er an der Säule, die kaum zwei Schritte von dem Karren war, ersehen, fällt vor derselben auf seine Knie nieder, und ruft mit weinenden Augen die Hülfe der Mutter Gottes an. Inzwischen steht der Knabe auf, und erzeigt sich dem Vater frisch und gesund.

Nach rechtmäßiger Erforschung dieses Wunders ist auch dieser Säule von dem zulaufenden Volke größere Ehre erwiesen worden, auch sogar aus der Stadt Venedig. Daher aus den Opfern und mit Beihülfe des Kardinals von Madruzz diese schöne Kirche gebaut worden. Die Säule steht an ihrem alten Orte, mitten auf dem zierlich von Marmor aufgerichteten Hochaltar; die Väter Sancti Hieronymi haben ein Kloster dabei.

70.

Unsere liebe Frau zu Weißwasser.

Vor undenkbaren Jahren her ist ein starker Zugang der Pilgrime gewesen zu unserer lieben Frauen Bildniß, wie sie Elisabeth heimsuchet, in der Kapelle oder Kirche des Dorfes Weißwasser in Schlesien. Der Anfang solcher Andacht aber ist nicht bekannt, weil die Ketzerei schier hundert Jahre selbes Land gleichsam überschwemmt. Letztlich ist die Kapelle zerfallen, öde gelassen und als ein Obstgewölbe gebraucht worden. Unter den zerfallenen Steinen sind Dornen und Bäume gewachsen, bis 1602 unter dem katholischen Herrn, Christoph Freiherrn von Maltitz, die Kirche vom Grund auf neu erbaut worden, dem sich die Mutter Gottes dankbar erzeigt und ihm den Tag und die Stunde seines Ablebens kund gethan. Als diese vorhanden, hat er sich zu Nacht um zwölf Uhr schwarz angekleidet und in den Sessel setzen lassen, mit heißen Liebesseufzern des Todes gewartet, und ist um halb Ein Uhr, wie er vorhergesagt, seliglich verschieden.

Wenige Tage vor seinem Hinscheiden ist ein unbekannter Pilger, so unterschiedliche, heilige Orte besucht, nach Neisse gekommen und hat nicht weit von des gemeldeten Freiherrn Behausung seine Einkehr genommen, dem oftmals der Freiherr Speisen von seiner Tafel zu Mittag und zu Nacht geschickt. Nach seinem Tode haben die Bedienten, der Gewohnheit nach, noch allezeit was zugetragen, unter denen der Page Heinrich Geißler der erste war. Als dieser zu dem Pilger hineinging, sprach der Pilger: „Es gehet wohl mit deinem Herren; heute Nacht habe ich gesehen, daß er vom Mund auf gegen Himmel gefahren und die Ursache gehört: weil er der Mutter Gottes eine neue Kirche erbaut.“ Solches hat Heinrich, als er mannbar geworden und in einem Ansehen war, öfter mit großer Anmuthigkeit erzählt.

Des verstorbenen Freiherrn Christoph Sohn Johannes, nachdem im Jahre 1620 die Ketzer bei Prag auf das Haupt geschlagen worden, hat die Kirche, damit die alte Andacht wieder erweckt werde, durch den Herrn Weihbischof von Breslau auf das herrlichste weihen lassen. Von derselben Zeit an ist nicht allein aus der Nachbarschaft, sondern auch aus ganz Böhmen großer Zulauf geworden.

71.

Maria von Grünberg bei den Franziskanern zu Wien.

Um das Jahr Christi 977 lebte in Böhmen ein Mann von großer Andacht und Frömmigkeit, Przimota mit Namen. Dieser, Gott vollkommener zu dienen, verfügte sich auf einen Berg, welcher in einem, zwölf Meilen von Prag und drei von der Stadt Pilsen entfernten Walde gelegen war. In diesem zimmerte und baute er sich neben seiner armen Wohnung ein kleines Kirchlein zu Ehren der Mutter der Barmherzigkeit Mariä, der ohne Erbsünde empfangenen Jungfrau.

Im Jahre 988, acht Tage nach Ostern, besuchte den frommen Einsiedler der heilige Adalbert, Bischof von Prag. Es waren aber damals schon sechs Jahre verflossen, in welchem der Himmel, als wäre er von hartem Erz gegossen, die Erde weder mit Regen noch mit Thau befeuchtet hatte; daher alle Wälder und Wiesen, Felder und Gärten ihrer grünen Zierde beraubt, gänzlich verwelkt und verdorrt waren. Von diesem großen Elende wurde das Innerste des heiligen Bischofs mit Mitleid und Schmerz erfüllt: er bestieg daher einen etwas erhobenen Felsen, in welchen er seine heiligen Fußstapfen eingedrückt, segnete mit dem Zeichen des heiligen Kreuzes das schon verschmachtende Erdreich und alsogleich zerschmolz der Himmel in einen stillen, reichen Regen. Zugleich wurden alle Felder und Wiesen, Gärten und Bäume mit Gras, Laub, Blumen und Blüten fröhlich geziert; vor allen aber prangte mit seinen plötzlich entsprossenen Kräutern und schattenreichen Bäumen der Berg, auf welchem sich der heilige Adalbert befand. Zum ewigen Gedächtnisse wurde auch dieser Berg, welcher bisher keinen eigenen Namen hatte, Zelena Hora, zu deutsch: Grünberg genannt.

Heinrich der Fromme, Herzog von Böhmen, erbaute später zwei Klöster, eines auf dem Grünberg, welches er den Klosterfrauen des heiligen Bernhard einräumte, und das andere nahe bei der kleinen Stadt Nepomuk, das er den Männern desselben Ordens übergab. Nun wurde in der Kirche der letzteren durch viele Jahre eine marianische Statue, die aus Lindenholz geschnitzt war, mit grosser Andacht von dem gläubigen Volke verehrt, und der Allmächtige ertheilte durch die Fürsprache Mariens den Bittenden viele besondere Gnaden. Von diesen sind besonders die frommen Ältern des heiligen Johannes von Nepomuk Zeugen.

Diese gottesfürchtigen Eheleute durchlebten wie Abraham und Sara viele Jahre in einer anhaltenden

Unfruchtbarkeit. Das christliche Vertrauen bewog sie zur Anrufung Mariens, um durch ihre Fürsprache einen jungen Isaak zu erhalten. Gott der Allmächtige erhörte ihr Flehen und segnete sie mit einem Sohne, welchem in der heiligen Taufe der Name Johannes beigelegt wurde.

So erfreuete der Herr diese frommen Ältern und erhielt auch ihren Liebling auf eine wunderbare Weise. Denn als Johannes in der zartesten Kindheit gleichsam abzudorren schien, gab ihm Gott, auf die wiederholte Bitte seiner Ältern, ein solches Gedeihen, daß er zu einem prächtigen Baume heranwuchs, welcher auf dem Acker der katholischen Kirche herrliche Früchte trug.

Indessen brach 1420 der Hussitensturm los. Wilde Rotten wütheten durch Böhmen, stürmten die Gotteshäuser, rissen die Bildnisse des Heilandes, seiner jungfräulichen Mutter und der Heiligen von den Altären, und verwandelten die Kirchen in traurige Schutthaufen. Unsere Statue wurde ihrer Wuth und Raserei nur durch die kluge Vorsicht der Cisterzienser Mönche entzogen, welche dieselbe in die nicht ganz abgebrannte Kirche zu Grünberg geflüchtet und so gerettet haben. Hier war sie abermahls der Gegenstand einer, obgleich nur geheimen Verehrung, bis Zdenko von Sternberg die Güter von Grünberg im Jahre 1464 rechtlich an sich brachte.

Dieser hatte kaum davon Besitz genommen, als er auch schon darauf bedacht war, das zerfallene Haus des Herrn und seiner Mutter herzustellen, auszuzieren und zu verherrlichen. In kurzer Zeit stand auf den entweihten Trümmern ein prachtvolles Gotteshaus. Doch die Lage der Dinge änderte sich bald wieder. Grünberg erhielt einen Herrn, welcher mit den Bilderstürmern gemeinschaftliche Sache machte. Er bildete sich thöricht ein, Gott einen Dienst zu erweisen, wenn er die Heiligen lästerte, ihre Bildnisse mißhandelte und so die Verehrung Mariens hinderte.

Er befahl, alle Bilder und Statuen, unter denen sich auch diese marianische befand, herbeizuschaffen, auf die angezündeten Scheiterhaufen oder in die glühenden Brauöfen zu werfen, und damit ja unsere Statue den verzehrenden Flammen nicht entgehen könnte, sie fest mit eisernen Stangen niederzuhalten. Doch der Allmächtige, welcher dem Feuer zu Babylon befahl, den drei hebräischen Knaben kein Haar zu sengen, erhielt auch in Böhmen diese Statue unverletzt, ungeachtet der Versuch, sie zu verbrennen, zwei und drei Mal mit größter Erbitterung vorgenommen wurde.

Da sie indessen durch Feuer nicht zerstört werden konnte, so wollte man sie mit Hacken zerhauen. Schon trat ein Verwegner hinzu, schwang seine schwere und geschärfte Axt, haut wacker darauf los — wie man denn noch in der Schulter der Statue die Merkmale davon sehen kann — aber wie theuer kam ihm dieser Muthwille, dieser Frevel zu stehen? Augenblicklich stürzte er zu Boden, alle seine Nerven wurden gelähmt und in wenigen Stunden gab er unter den heftigsten Schmerzen seinen Geist auf.

Freilich verheimlichten die Feinde Mariens diese auffallende Begebenheit; aber was vermag die menschliche Klugheit wider den Rath des Herrn? Daher geschah es auch: je mehr die Verfolger diese Wunder in Vergessenheit zu bringen trachteten, desto mehr verbreitete sich der Ruf davon. Sie brachten wohl die Statue nach Pleinitz und verbargen sie in einem alten Gewölbe des Schlosses; als aber im Jahre 1595 Ladislaus von Sternberg die Güter seiner verstorbenen Brüder antrat, sparte er keine Kosten, sie von neuem zu verherrlichen. Er wollte sie in seiner Schloßkapelle zu Pleinitz als seine Hausmutter geehrt wissen und verbreitete selbst in der ganzen Gegend die Nachricht von den wunderbaren Begebenheiten, welche sich mit dieser Statue zugetragen hatten.

Der Ruf von denselben ging von Mund zu Munde, und kam so zu den Ohren des Fürsten von Liechtenstein. Dieser Fürst trug ein sehnliches Verlangen, das marianische Bild an sich zu bringen; der Herr von Sternberg hielt es aber so hoch in Ehren, daß er es um keinen Preis veräusserte, gleich, als ob es ihm im Geiste vorgeschwebt, es würde eine Zeit kommen, da er zu diesem Bilde seine Zuflucht nehmen und in der Gefahr Hülfe finden sollte.

Seine Ahnung ging wirklich in Erfüllung. In dem großen Türkenkriege 1603 erhielt er als Reiteroberst den Befehl, nach Ungarn zu der Armee sich zu begeben. Eilfertig schickte er sich zur Reise an, packte seine Nothwendigkeiten, besonders die Statue, die er höher als Gold und Diamanten schätzte, zusammen, und verfügte sich nach Neuhaus; von da fuhr er in das Lager vor Pesth ab.

Als er ankam, schlug er ein eigenes Zelt für sein Bildniß auf: täglich mußte da die feierliche Messe gelesen werden, unter welcher er sich und seine Krieger dem marianischen Schutze empfahl. Sein Beispiel blieb nicht ohne gute Folgen. Die Soldaten, in deren Mitte die Statue, gleich der Arche aufgestellt war, gewannen ein so großes Vertrauen zu derselben, und frohlockten darüber, wie einst die Israeliten, als sie die Bundeslade in ihrem Lager ankommen sahen.

Diese Andacht wurde auch mit einem allgemeinen Siege gekrönt, den die christliche Armee über viele tausend Türken erfochten hat. Auf der Seite der Sieger erschallten Dank- und Loblieder, welche das ganze Kriegsheer Gott dem Allmächtigen und seiner jungfräulichen

Mutter anstimmte. Diese gänzliche Niederlage der Türken und der glänzende Sieg machte in den Herzen nicht nur der gemeinen Soldaten, sondern auch der ausgezeichnetsten Stabsoffiziere, als: Gerhards von Taxis, von Eichstätt, Peters von Turnowsky und mehrerer Andern einen so großen Eindruck, daß sie zu diesem Frauenbilde Vertrauen und zärtliche Liebe faßten; besonders zeichnete sich die Andacht des Herrn von Turnowsky aus. Er wünschte nichts sehnlicher, als diese Statue zu besitzen; und bald ereignete sich die Gelegenheit, daß er dieselbe auch wirklich erhielt.

Die ökonomischen Umstände des Ladislaus von Sternberg verschlimmerten sich sehr; eine große Schuldenlast drückte ihn darnieder. Herr von Turnowsky kannte seine mißliche Lage; er will ihm aus der Klemme helfen, aber nur unter der Bedingung, daß ihm die marianische Statue als Eigenthum übergeben werde. — Der Vertrag ward abgeschlossen, und Herr von Turnowsky voll Freude, gleich Einem, der eine reiche Beute macht, führte dasselbe 1603 nach Wien in seine Behausung ab. Hier, dachte er, wäre der schicklichste Ort, seiner Andacht und Inbrunst des Geistes nach Herzenswunsch zu pflegen. Er konnte es auch; aber nur auf eine kurze Zeit; denn er wurde von seiner Frau, einer gebornen von Buchheim, gestört. Diese hatte ganz andere und der christkatholischen Religion entgegengesetzte Grundsätze. Es gefiel ihr also die Verehrung Mariens keines Weges; sie verwarf sie schlechterdings, schlug darüber die schändlichsten Gespötte auf, und redete so unbesonnen, wie das Weib des geduldigen Job wider die Frömmigkeit ihres Mannes unverschämt loszog.

Diese Entehrung kränkte das fromme Herz des Herrn von Turnowsky auf das empfindlichste; er sann daher beständig darauf, wie er die Statue aus seinem Hause entfernen, und in eine öffentliche Kirche zur Verehrung übertragen könnte.

Um dieses Vorhaben auszuführen, unterredete er sich mit dem Pater Provinzial der Franziskaner, den er sehr gut kannte; eröffnete ihm seine Gesinnungen, daß er nämlich Willens sey, diese marianische Statue in die Klosterkirche übertragen zu lassen, um die Verehrung derselben bei dem gläubigen Volke zu verbreiten. Der Pater Provinzial nahm den Antrag wohlgefällig auf und bestimmte in dem Kreuzgange des Klosters einen Ort, wo die marianische Statue aufgestellt, und auch mit großer Andacht verehrt wurde.

Nun hatten beide Männer, Herr von Turnowsky und Pater Bonaventura — so hieß der Franziskaner Provinzial — noch einen Wunsch, daß sich nämlich Wohlthäter hervorthun möchten, welche zur Anbetung Gottes und zur Ehre Mariens einen prächtigen Altar erbauen ließen; denn dieses konnte aus Mangel an zureichenden Mitteln nicht sogleich bewerkstelligt werden.

Unterdessen lenkte der Allmächtige das Herz des Herrn Feldmarschalls, Christoph von Roßwurm, zur Wohlthätigkeit. Es war eben dieser Feldherr, welcher bei der Schlacht in Ungarn kommandirte, und Zeuge von der gänzlichen Niederlage der Türken war. Dieser, da ihm die Begebenheiten mit dem Frauenbilde genau bekannt waren, gab eine große Summe Geldes zur Bestreitung der Kosten her, welche zur Errichtung eines neuen Altars erforderlich waren.

Sein großmüthiges Beispiel wirkte auch auf andere marianische Verehrer, die nicht säumten, ihr Schärflein beizutragen. So erhob sich der Hochaltar 1607 in seiner ganzen Vollkommenheit, und die Statue wurde in diesem Jahre, wie sie jetzt zu sehen ist, in Gegenwart einer großen Volksmenge darauf gesetzt.

72.

Die Trösterin der Betrübten zu Lizzana in Tirol.

Es steht nicht weit von der Kirche in dem Dorfe Lizzana, tridentinischen Bisthums, eine Säule von Stein aufgebaut, in welcher ein nicht gar schlechtes Bildniß unserer lieben Frau gemalt gewesen. Weil man aber für diese Säule nicht viel Sorge getragen, ist sie schier ganz von Disteln und Dornen überwachsen worden. Zu dieser Säule hatte Einer, seines Namens Andreas Rossi, der, an beiden Füßen krumm, sich der Krücken bedienen mußte, eine besondere Andacht. Er gelobte, wenn er die Gesundheit erhalte, wolle er die Disteln und Dornen ausreuten, und das Bild auf seine Kosten mit Farben, weil sie abgegangen, wieder erneuern lassen. Darauf hat er alsobald die Gesundheit erlangt, und die Krücken zu der gemalten Säule aufgehängt, auch einen Maler, Namens Jonas von Roveredo, kommen lassen, welcher selbst auch an den Händen krumm, kaum den Pinsel führen konnte; aber sobald er angefangen zu malen, hat er empfunden, daß die krumme Hand recht und gerade worden. Als dieses alles Dominica Millana, eine adeliche Frau von Roveredo, die schon lange Zeit blind war, inne geworden, hat sie sich zu dieser Säule führen lassen, indrünstig davor gebetet, das Gesicht erhalten, und ist mit Freuden wieder nach Hause gekehrt.

Diese drei Wunder haben sich im Jahre 1602 begeben und großen Zulauf des Volkes verursacht, wie auch den tridentinischen Generalvikar, daß er den Erzpriester zu Lizzana, Herrn Alexius Thomasius, zu einem Kommissär über diese Säule bestellt, welcher am 1. Juni den Ort säubern und eine hölzerne Kapelle darüber bauen lassen. Er hat auch die Wunderwerke rechtmäßiger Weise examinirt und beschrieben Ihrer fürstlichen Gnaden, dem Herrn Bischofe zu Trient, Karl von Madruzz überschickt, welcher alles approbirt und gutgeheißen. Darauf ist bald statt der hölzernen eine gemauerte Kirche über den Ort gebaut und im Mai des Jahres 1626 geweihet worden. Die Säule steht mit ihrem heiligen Bilde auf dem Hochaltare, hat zwei zierlich vergoldete Flügeln, mit welchen man, wenn es vonnöthen, das heilige Bild zudecken und einschließen kann.

73.

Maria von der Säule.

Zu Trient auf dem Berge, so gegen Sonnenaufgang liegt, ist dieses Bild der Mutter Gottes an einer Säule gemalt gewesen, welches die von Civezan und andere, über den Berg Reisende mit einem englischen Gruße verehrt haben. Einmal hat ein Jude von Pergine solches Bild mit einem Dolche an der Stirne, an dem Schleier des Halses, unter dem linken Auge und an dem Kinne verwundet, dem Kindlein aber nur ober dem linken Auge einen Stich gegeben. Christoph Cestari, ein deutscher Maler, hat das Bild erneuert; aber die Wunden haben sich allezeit sehen und mit Farben nicht verbergen lassen; daher man das Bild für mirakulos gehalten. Man hat eine hölzerne Kapelle errichtet; hernach aber, da die Opfer immer zahlreicher wurden, von diesen eine Kirche an einem andern Orte gebaut und die steinerne Säule mit vierzig Tagwerkern zu dem Hochaltare getragen und zierlich in die Mauer gesetzt. Zwölf Jahre lang haben unterschiedliche Einsiedler diese Kirche versehen, bis sie zuletzt den ehrwürdigen Karmelitern übergeben worden, denen der kaiserliche General Gallas ein herrliches Kloster auferbaut.

74.

Maria de Victoria.

Als im Jahre Christi 1620 Friedrich V., Pfalzgraf und Churfürst wider den Kaiser rebellirt, sich zum König von Böhmen aufgeworfen, zu Prag die Huldigung eingenommen und schier ganz Böhmen zum kalvinischen Glauben gebracht hatte, so gar, daß diejenigen, die zuvor gut katholisch gewesen waren, durch diese falsche Lehre also verführet wurden, daß sie die Kirchen entweihten, die Altäre umrissen und die Bilder der Heiligen auf viele Wege verunehrten: da ward der römische Kaiser Ferdinandus der Andere genöthigt, sich wider diesen seinen Feind zu setzen, und die böhmische Krone, welche ihm rechtmäßig gebührte, dem Pfalzgrafen abzunehmen. Deßwegen versammelte er ein ziemliches Kriegsheer, verlangte von den katholischen Reichsfürsten Hülfe, und setzte den Herzog in Baiern, welcher damals noch nicht Churfürst war, zum Generalissimus über die kaiserliche und Reichsarmee. Dieser Baierfürst nahm den gottseligen Pater Dominicus von Jesu Maria, aus dem Orden der Discalceaten, mit sich, welcher zur selben Zeit mit vielen Wunderzeichen leuchtete und von Allen für einen heiligen Mann gehalten wurde.

[illegible] den beiden Armeen
[illegible] die Stadt Prag zu be-
[illegible] König daraus zu vertreiben.
[illegible] der andern, und endlich
[illegible] Strakonitz das
[illegible] wurde der fromme Pater Do-
[illegible] angetrieben, in
[illegible] zu besichtigen. Nach
[illegible] kam er in der
[illegible] allda einen Haufen
[illegible] Bilder und un-
[illegible] Schuhe hoch und einen
[illegible] voll Staub und Koth.
[illegible] der gute Pater mit
[illegible] als er sie rein ausge-
[illegible] anmuthiges und freund-
[illegible] Gottes, die mit gefalteten
[illegible] vor dem Christuskind-
[illegible] der Erde lag, demüthig
[illegible] neigte. Sankt Jo-
[illegible] Gottes mit einem Stocke
[illegible] in der linken Hand.
[illegible] Gottes, nahe bei dem
[illegible] zwei Hirten, welche das Kind-
[illegible], und einer von den-
[illegible] auf das liebe Kindlein.

Als indessen der fromme Pater dieses liebliche, mit schönen Farben gemalte Bild andächtiglich beschaute, wurde er gewahr, daß der lieben Mutter Gottes und dem heil. Joseph, wie auch den beiden Hirten die Augen ausgestochen waren: das Kindlein aber, so seine Äuglein noch hatte, seine blinde Mutter ganz beweglich ansah. Welches erbärmliche Spektakel dem gottseligen Pater so tief zu Herzen ging, daß er aus großem Mitleid bitterlich zu weinen anfing und die liebe Mutter Gottes ohne Unterlaß auf ihre ausgestochenen Augen küßte, sprechend: „Ach du liebe Mutter Gottes, wer hat dir doch deine freundlichen Augen ausgestochen; welches tyrannische Herz hat dich also mögen erblinden! Nun kann ich ja vor diesem, deinem lieben Bilde nicht sprechen: Eja unsere Fürsprecherin, kehre deine barmherzigen Augen zu uns; denn eine neidische Hand hat dir dieselben aus lauter Bosheit ausgestochen."

Während dieser gute Pater das verunehrte Bild auf solche Weise mit seinen Zähren benetzte, ward ihm von dem Engel des Herrn geoffenbart, daß diese Unbild der heiligen Mutter Gottes und Sankt Joseph's durch kalvinische und gotteslästerische Hand mit einem Dolche wüthend und tobend geschehen sey. Kein Dolch hätte dem mitleidigen Pater D o m i n i c u s tiefer können in's Herz gehen, als ihm diese himmlische Offenbarung in's Herz ging. Denn er hierdurch zu solchem

Mit diesem frommen Pater und den beiden Armeen zog der Herzog nach Böhmen, die Stadt Prag zu belagern und den unrechten König daraus zu vertreiben. Als er nun eine Stadt nach der andern, und endlich unweit von Prag in dem Schlosse Strakonitz das Hauptquartier hatte, wurde der fromme Pater Dominicus durch den Geist innerlich angetrieben, in das Schloß zu gehen und dasselbe zu besichtigen. Nach Besichtigung unterschiedlicher Zimmer kam er in der unteren Gewölber eines und fand allda einen Haufen allerlei zerbrochener und zertrümmerter Bilder und unter diesen eine Tafel, anderthalb Schuhe hoch und einen Schuh breit, ohne Rahmen und voll Staub und Koth.

Diese gemalte Tafel säuberte der gute Pater mit großem Fleiß und Andacht; und als er sie rein ausgeputzt hatte, sah er ein schönes, anmuthiges und freundliches Bildniß der Mutter Gottes, die mit gefalteten Händen und geneigtem Haupte vor dem Christuskindlein, das nackt vor ihr auf der Erde lag, demüthig kniete und sich freundlich zu demselben neigte. Sankt Joseph stand hinter der Mutter Gottes mit einem Stocke in der rechten, und einer Laterne in der linken Hand. Auf der linken Seite der Mutter Gottes, nahe bei dem Christuskindlein, standen zwei Hirten, welche das Kindlein zu besuchen gekommen waren, und einer von denselben zeigte mit einem Finger auf das liebe Kindlein.

Als indessen der fromme Pater dieses liebliche, mit schönen Farben gemalte Bild andächtiglich beschaute, wurde er gewahr, daß der lieben Mutter Gottes und dem heil. Joseph, wie auch den beiden Hirten die Augen ausgestochen waren: das Kindlein aber, so seine Äuglein noch hatte, seine blinde Mutter ganz beweglich ansah. Welches erbärmliche Spektakel dem gottseligen Pater so tief zu Herzen ging, daß er aus großem Mitleid bitterlich zu weinen anfing und die liebe Mutter Gottes ohne Unterlaß auf ihre ausgestochenen Augen küßte, sprechend: „Ach du liebe Mutter Gottes, wer hat dir doch deine freundlichen Augen ausgestochen; welches tyrannische Herz hat dich also mögen erblinden! Nun kann ich ja vor diesem, deinem lieben Bilde nicht sprechen: Eja unsere Fürsprecherin, kehre deine barmherzigen Augen zu uns; denn eine neidische Hand hat dir dieselben aus lauter Bosheit ausgestochen.“

Während dieser gute Pater das verunehrte Bild auf solche Weise mit seinen Zähren benetzte, ward ihm von dem Engel des Herrn geoffenbart, daß diese Unbild der heiligen Mutter Gottes und Sankt Joseph's durch kalvinische und gotteslästerische Hand mit einem Dolche wüthend und tobend geschehen sey. Kein Dolch hätte dem mitleidigen Pater Dominicus tiefer können in's Herz gehen, als ihm diese himmlische Offenbarung in's Herz ging. Denn er hierdurch zu solchem

Mitleid bewegt wurde, daß er mit vielen Seufzern und Zähren zu Gott schrie und seiner höchsten Majestät die große Unbild, so seinen allerheiligsten Ältern, ja ihm selbst in diesem Bildnisse geschehen war, inniglich beklagte. Er bat Gott auch inständig, er wolle sich würdigen, seine und seiner Mutter Feinde zu Schanden zu machen und zu deren größeren Schmach seiner heiligsten Mutter Ehre in diesem Bilde zu erhöhen und auszubreiten. Er that auch ein ernstes Gelübde, daß er, so viel an ihm wäre, diesem lieben Bilde, wie auch der Mutter Gottes, die darin so gröblich verunehrt worden, alle mögliche Ehre anthun und sich befleißen wolle, daß dasselbe von Andern möchte verehrt werden.

Gleich nach gethanem Gelübde offenbart ihm der allmächtige Gott, daß die katholische Armee die ketzerische auf das Haupt schlagen, und die Schmach, so die Kalvinisten diesem Bilde angethan hatten, wieder rächen würde. Ja, er wurde versichert, daß dieses Bild vor der ganzen Welt zu großem Ansehen kommen, mit vielen Zeichen und Mirakeln leuchten, und der höchste Gott sammt seiner werthen Mutter auf fürtreffliche Weise würde verehrt werden. Deßwegen gab er seinem Begleiter dasselbe Bild zu tragen, sprechend: „Pater, traget dieses Bild mit Ehrerbietung; denn ich weiß, daß es von der ganzen Welt wird verehrt werden, und der allmächtige Gott viele und große Wunderzeichen dadurch wirken werde."

Hierauf ging er mit seinen Genossen zu dem Herzoge von Baiern, wie auch nachgehends zu allen Generalen und Offizieren, zeigte ihnen das liebe Bildniß, erklärte ihnen mit weinenden Augen, was für eine große Unbild die Kalvinisten demselben angethan hätten, und bat sie durch die Liebe Jesu, Mariä und Josephs, sie möchten diese, der Mutter Gottes zugefügte Schmach rächen, und wider die gotteslästerischen Kalvinisten mit großem Muthe streiten, indem er sie der Hoffnung versicherte, das liebe Christuskindlein und seine gebenedeiteste Mutter und der heilige Joseph würden ihnen beistehen, und hingegen den Kalvinisten ihre Augen verblenden. Darnach wickelte er das heilige Bild in einen seidenen Überzug und trug es allezeit mit größter Ehrfurcht bei sich.

Als nun die Schlacht angehen und jeder Offizier aus dem Kriegsrath zu seiner Stelle gehen sollte, gab Pater D o m i n i c u s allen und jedem das liebe Marienbild um Küssen und vertröstete sie durch den Beistand Jesu und Mariä des Sieges. Eine halbe Stunde lang fochten beide Armeen stark miteinander, und konnte noch Niemand wissen, wohin der Sieg sich lenken würde. Aber bald darnach setzten die Kalvinisten so heftig auf den rechten Flügel der kaiserlichen, daß sie dieselden ganz zertrennten und schon Victoria riefen. Da ritt der bairische Fürst zu dem Pater Dominicus, welcher auf einem Berglein, wie ein anderer Moses, mit ausgespannten Armen betete, und schrie ihm mit weinenden Augen zu: „O mein lieber Pater, wie geht es so schlecht her! Die Unserigen verlieren, und fangen an zu fliehen; die Feinde aber gewinnen und rufen schon Victoria.“ Der Pater erwiederte: „Es ist nicht möglich, daß wir verlieren; denn der Gott der Heerscharen ist mit uns!“ Begehrte darauf ein Pferd, nahm in seine rechte Hand ein Krucifix, hing sein liebes Marienbild an den Hals, ritt also bewaffnet mit dem Herzog in das Lager, flog durch alle Regimenter wie ein Blitz und ermahnte alle Soldaten zum eifrigen Fechten.

Indessen Dominicus also focht, sahen sowohl die Feinde als auch die Unserigen, etliche himmlische, gewaffnete Männer vor ihm stehen, welche mit aller Macht in die Feinde setzten und mit zweischneidenden Schwertern unter sie hieben. Man sah und hörte auch deutlich, daß sowohl aus dem Krucifixe, wie aus dem Marienbilde helle Blitze und Strahlen ausgingen, und feurige Kugeln, gleichwie aus zwei Rohren hervorschossen und unter dem Feinde gewaltigen Schaden thaten. Ob welchem großen Wunderzeichen die Feinde dermaßen erschracken, daß sie zitternd und bebend davon flohen und alles, was sie hatten, im Stiche ließen. Also erwarben die Unserigen einen solchen herrlichen Sieg, daran der katholischen Kirche und dem römischen Reiche unsäglich viel gelegen war.

Durch dieses große Wunder entstand nicht allein bei dem Pater Dominicus, sondern auch bei den Offizieren und Soldaten eine solche Ehrerbietung und Andacht zu diesem Marienbilde, daß sie es mit großer Liebe und Andacht küßten und ihm den Namen Sancta Maria de Victoria gaben.

Der Baiernfürst erkannte ebenfalls die große Gnade, so ihm durch dieses heilige Bild widerfahren war; darum ließ er es hernach herrlich einfassen und zieren; der römische Kaiser ließ ihm eine überaus köstliche Krone machen und dieselbe gar kunstreich über das heilige Bild anheften. Es ward auch sowohl zu München als zu Wien von allen und jeden mit großer Ehrerbietung empfangen und mit sonderlicher Andacht verehrt. Ihre kaiserliche Majestät und der Fürst in Baiern schöpften solche Andacht und solches Vertrauen zu dem wunderthätigen Bilde, daß sie hernach in allen ihren gefährlichen Kriegen zu diesem heiligen Bilde sich verlobten und die Hülfe der Mutter Gottes inständig anriefen.

walt Gottes getroffen, zu Boden gefallen und hat angefangen zu brüllen wie ein Ochse. Er ist aus der Kirche getragen, mit eisernen Ketten gebunden und in die Keiche gelegt worden, in der er wieder zu sich gekommen und aufgeschrien, man soll ihm zu Hülfe kommen, der böse Feind wolle ihn hinwegführen. Er hat bekannt, daß er übel gethan, und andere ermahnt, sie sollen die Bilder in Frieden lassen, was auch der, so den Soldaten zu befehlen hatte, bei hoher Strafe geboten. Was sich weiter mit diesem Soldaten zugetragen, weiß man eigentlich nicht; ausgenommen, daß er plötzlich gescheidt und plötzlich unsinnig bis in den fünften oder sechsten Tag gewesen, alsdann vermeint man, sey er gestorben.

78.

Das Frauenbild zu Königssaal.

Königssaal ist der Name eines Cistercienser Klosters, entweder weil die Könige, da es nur eine Meile von Prag liegt, sich zuweilen hier eine Zeit lang aufgehalten, oder weil man aus dem ansehnlichen großen Gebäude diesen Namen geschöpft, oder etwa anderer Ursachen halber, die mir nicht bewußt.

Auch habe ich keinen andern Anfang des wunderthätigen Bildes, so allhier ist, überkommen, als das große Mirakel, welches ohne alle andere für sich selbst allein wohl diesem heiligen Bilde den wunderthätigen Titel schöpfen mag. Anno 1620, da es in Böheim fast zugegangen, wie es ein kleines vor dem jüngsten Tage gehen wird, und Jedermann glaubte, daß alles, was ihn gelüstet, auch erlaubt wäre, haben die taboritischen Prädikanten den Pöbel von Prag zusammen gerottet, das Kloster gezeigt, Hoffnung der Beute gemacht, und zu der gewaltigen That ermahnt und angeführt. Geschwinder als es zu sagen, ist alles, was einem jeden gefallen, entführt, und hernach das so namhafte, ja königliche Gebäude an so vielen Orten angesteckt worden, daß die große Kirche sammt dem großen Kloster und den angehängten Wohnungen gleichsam in einer Flamme stand. Hierauf ist der Pöbel ganz sieghaft und triumphirend wieder heimgezogen.

Nachdem die Flammen zergangen, das Feuer erloschen, und endlich auch die starke Glut abgegangen, hat sich alles so übel beschaffen befunden, daß in der Kirche und im Kloster nichts und aber nichts Ganzes zu finden gewesen, außer ein Krucifix, unter dem zweiten Ottokar gemalt, und dieses Marienbild, das nicht allein von keiner Hitze versengt, sondern auch sogar mitten unter so großen Flammen von keinem Rauche geschwärzt worden war. Dieses, wenn auch andere Wunderzeichen nicht wären, wäre genug, das heilige Bild für wunderthätig anzurufen, davon man billig noch mehr Gutthaten zu erwarten hat.

79.

Condino.

In diesem Dorfe des Bisthums Trient ist auf Tuch gemalt ein Mutter Gottes Bild, wie es das Kind auf dem Arme hält, nicht größer, als etwa ein halber Bogen Papier ist. Solches hat gehabt Stephanus Massoli, ein ehrlicher Mann. Im Jahre 1620 hat es geweint, und nachdem es von der geistlichen Obrigkeit wohl examinirt, die Zeugen rechtmäßiger Weise abgehört worden, und mit einem Eide bezeuget haben, hat man solches Bild in die Pfarrkirche getragen, zu dem das Volk voller Zuversicht und Vertrauen zugelaufen.

80.

Das Frauenbild zu Rosenthal.

In Böheim ist ein Dorf in einem lieblichen Thale, das man das Rosenthal nennt. In der Kirche dieses Dorfes wird ein gar altes Mutter Gottes Bild verehrt. Es soll vor diesem in einem Lindenbaume gefunden und in diese Kirche gebracht worden seyn, nachmals aber in das nächste Jungfrauenkloster, sey aber wieder an diesen Ort gekommen. Wenn etwas von Urkunden vorhanden gewesen, so ist es durch das Kriegswesen verloren gegangen; wie denn mit andern Kirchenzierden die Schweden auch dieses Bild hinweggeführt; aber nicht weit reisen konnten. Sie haben es daher dem nächsten Pfarrherrn eingeantwortet, auf daß er es an den gehörigen Ort liefere; dann haben sie ungehindert ihren Weg weiter fortsetzen können. Ein lutherischer Prädikant hat wider das Bild auf der Kanzel gedonnert: ist des gähen Todes niedergefallen. Georg Schnietz, ein von Geburt an blinder Knabe, hat bei diesem Bilde sein Gesicht erlangt. Einer ehrlichen Matrone sollte der Leibarzt die Hand abschneiden; sie hat aber auf Anrathen eines unbekannten alten Mannes solche in dem Rosenthalischen Brunnen gewaschen, und ist alsobald völlig geheilt worden. Ein Unkatholischer hat in der Kirche die brennende Kerze ausgelöscht und eingeschoben, ist unterwegs unsinnig geworden, also, daß man ihn hat an Ketten schmieden müssen, und ist nie mehr völlig zu sich gekommen.

81.

Das Frauenbild zu Attersee.

Zu Attersee im Lande ober der Enns befindet sich ein wunderthätiges, marianisches Bildniß unter der geistlichen

Obsorge des Herrn Pfarrers zu St. Georgen, der hochgräflichen Khevenhüller'schen Herrschaft Kogl, auf Holz gemalt. Dieses wurde 1622, den 25. August, von einem gottlosen Marienfeinde vor einen Hühnerstall gestellt; als aber die Hausfrau dazu gekommen und dieses Bildniß durch den Wind zur Erde geworfen fand, ergriff sie vor Zorn und Grimm eine Axt, und damit einen Hieb auf das Bildniß führend, sprach sie: „Du, Himmels Maria, willst du die Hühner nicht hüten?" Gleich nach gethanem Streiche hat sich an dem Bildnisse ein blutrother Streif gezeigt; als aber die vermessene Person dieses Malzeichen mit Wasser abwischen wollte, ist der Streif allezeit frischer geworden, und sind zeither bei diesem heiligen Bildnisse große Wunderthaten und Mirakel geschehen.

82.

Maria im Schatten.

Die Statue der Mutter Gottes, welche zu Laufen oberhalb Ischl verehrt wird, ist aus Gyps mit unbekannten Zusätzen gegossen — eine Kunst, welche im eilften Jahrhunderte blühte, nach der Zeit aber wieder verloren ging. Eine uralte Sage erzählt, daß diese Statue auf dem Berge gefunden worden, welcher hinter der Kirche liegt, noch gegenwärtig eine mit Bäumen und Gesträuchen verwachsene Wildniß ist, und die Kirche so überschattet, daß man sie in früheren Zeiten „ad St. Mariam in umbra (zur heiligen Maria im Schatten) zu nennen pflegte. Eine zweite Sage gibt als Ursache des Fundes den heiligen Thiemo, Erzbischof von Salzburg, an, der die Statue verfertigt und hier verborgen haben soll. In den Tagen des Zerwürfnisses, welches unter Kaiser Heinrich IV. in Deutschland herrschte, mußte der eifrige Oberhirt wiederholt sich flüchten, um in den Wildnissen der Gebirge Sicherheit vor den Verfolgern zu finden. So lebte er in einer Höhle bei Admont, so hier auf dem Laufnerberge, still und verborgen. In der Jugend aber mit der Kunst vertraut geworden, verfertigte er in solchen Stunden der Einsamkeit mehrere Statuen der seligsten Gottesmutter Maria, von denen noch in verschiedenen Orten, wie zu Niederaltaich in Baiern, zu St. Peter in Salzburg, zu Admont und Aussee in der Steiermark und zu Adelwang in Österreich ob der Enns, einige verehrt und sorgsam aufbewahrt werden.

Im siebenzehnten Jahrhunderte, nämlich im Jahre 1623, entstand zu Obertraun eine fürchterliche Seuche, wanderte in kurzer Zeit nach Laufen herab, und wüthete hier dergestalt, daß ganze Häuser ausstarben. Acht Jahre später erhob sich im Salzkammergute eine neue Krankheit, welche der Pest nicht unähnlich war. Doch die Gemeinde von Laufen rief Tag und

Nacht zur Barmherzigkeit Gottes, empfahl sich demuthvoll dem Schutze ihrer heiligen Kirchenpatronin, der liebreichen Gottesmutter, und brachte es durch ihre ungeheuchelte Andacht so weit, daß kein einziger Mensch zu Laufen von der Seuche ergriffen ward. Von dieser Zeit an pilgerten die Leute allmälig mehr und mehr zur gnadenreichen Mutter Gottes in Laufen, und riefen dort die Himmelskönigin „Maria im Schatten“ bei allen ihren Nöthen, um Hülfe und Trost und die vielvermögende Fürbitte an.

83.

Das Vesperbild zu Scharfenberg.

(Krain.)

Die Pfarrkirche zum heiligen Kreuz im Markte Scharfenberg hat fünf Altäre: zum heiligen Kreuz, unsere liebe Frau, Sankt Katharina, Sankt Nikolaus und Sankt Anna.

Zu der Zeit, als Herr Johannes Aricher dieser Kirche vorstand *), hat sich ein Dieb, Namens Kretschar, bei der Nacht durch ein Fenster hineingewagt, und alles zusammengefaßt, was seine diebischen Hände haben erlangen und mitnehmen können. Als er aber endlich zu dem Altare unserer lieben Frau kam, auf

*) 1624 — 1688.

welchem ein steinernes Vesperbild steht, und von demselben den Schleier hinwegstehlen wollte, erstarrte er dermaßen, daß er vor Angst alles andere in der Kirche ließ, und sich auf solche Weise wieder hinausmachte, wie er hineingekommen. Dieses hat gedachter Kretschar selbst bekannt, als er hernach zu Weichselburg in's Gefängniß und auf die Richtstatt kam, und gesagt, daß ihn das Gewissen nie hätte ruhen lassen, seitdem er das Vesperbild zu Scharfenberg bestehlen wollen.

84.

Das Marienbild auf dem Rathhause zu Swidnitz.

(Böhmen.)

An dem Rathhause zu Swidnitz gegen Niedergang der Sonne ist am Eck ein Thürmlein mit Kirchenfenstern auf den Markt zu. In diesem ist ein gar altes Mutter Gottes Bild, dessen Ursprung man nicht weiß; auch sind keine Urkunden der Wunder vorhanden, welche glaublich die Ketzerei vernichtet hat. Dieses allein findet man in etlichen Büchern, welche dem Feuer entronnen, daß Anno 1605, zu der Zeit, da die Ketzer an diesem Orte die Katholischen unterdrückt und den Meister gespielt, der ketzerische Rath befohlen, alle Nacht um drei Viertel auf neun Uhr eine Kerze anzuzünden, so die Nacht hindurch bis zur Anbrechung des Tages gebrannt;

was man noch auf den heutigen Tag im Gebrauche hat. Warum aber die Ketzer, zu der Zeit, da sie Meister und die Verfolgung der Bilder am stärksten gewesen, solches wider ihren Glauben befohlen, wird im gemeldeten Rathsbuche nicht beschrieben; die Muthmassung ist, es habe Herzog Wulko, so das Rathhaus erbaut, dieses Mutter Gottes Bild hineingesetzt und Kerzen angezündet. Glaublicher aber ist es, daß, nachdem die Ketzerei eingeführt, habe man das Bild zwar stehen lassen; aber der Gebrauch der Kerzen sey abgekommen; hernach jedoch nach den Feuersbrünsten und andern Ungelegenheiten und Gefahren, so dem Rathhause zugestanden, habe man im Rathe nachgeforscht, woher doch so viel Unglück entstanden, und was die Ursache seyn möchte, da habe etwa einer aus den Schriften oder altem Herkommen dargethan, daß, so oft man die Kerze nicht angezündet, sey allezeit ein Unglück über den Hals gekommen: wird also der Magistrat bewegt seyn worden, dem alten Gebrauche nachzukommen. Und dies alles macht noch glaublicher, daß im gemeldeten Buche, in dem der Magistrat so ernstlich befiehlt, in's künftige die Kerzen bei dem Mutter Gottes Bilde, so etliche Jahre verabsäumt worden, fleißig anzuzünden, er keine Ursache, nicht einmal eine politische, hinzusetzt. Daher denn nicht unglaublich, daß solche Kerze entweder aus einem Gelübde des Fürsten oder der Stadt gebrannt habe, welchen Gebrauch aus Furcht vor den Gefahren die Ketzerei nicht hat austilgen dürfen. Und obschon dieses alles nur glaublich und nicht gewiß ist, so hat es doch große Autorität aus dem, daß die Ketzer keine Ursache angegeben einer solchen besondern und ungewöhnlichen That.

Nachdem aber die Stadt wieder zu der katholischen Religion gekommen, und wegen vieler Gnaden, so sie von der Mutter Gottes empfangen, besonders, daß sie Anno 1639 erhalten worden, hält sie jährlich, um das Gelübde zu vollbringen, an unserer lieben Frauen Himmelfahrtfeste zur Danksagung aus der Pfarrkirche eine Prozession auf das Rathhaus, wo ein Tedeum gesungen wird. Im Jahre 1640 ist dieses Bild wieder mit Farben erneuert worden.

85.

Die Versöhnerin.

Der Pater Franciscus Benz schreibt in den Jahrschriften der Gesellschaft Jesu österreichischer Provinz, daß Jemand eine solche Feindschaft gegen einen Andern gehabt, daß er durchaus nichts von Versöhnung hören wollte. Zu diesem kam einer aus der Gesellschaft, der ihn gebeten, weil er denn also die Ohren verstopft, so soll er die Augen nicht zuschließen, sondern in der Societätkirche das Angesicht unserer lieben Frau wohl betrachten. Nachdem er es gethan, und solches eine kurze Zeit betrachtet, ist er also bewegt worden, daß er überlaut in die Worte ausgebrochen: „Verzeihe mir, ich vergesse williglich die mir angethane Unbild — o Gott, lasse mir meine Sünden nach!“ Hat darauf alsobald durch die heilige Beicht die Feindschaft abgelegt.

86.

Maria mit dem geneigten Haupte bei den Karmelitern zu Wien.

Bei den Karmelitern zu Wien wird ein Marienbild verehrt, das der gottselige Pater Dominicus in Rom unter einem Haufen Kehricht gefunden und mit großer Verehrung bis zu seinem Tode aufbewahrt hat. Dann ist es nach Deutschland und endlich nach Wien gebracht worden, wo es von Kaiser Ferdinand II. und der Kaiserin Eleonora mit sonderbarer Andacht verehrt und mit trefflichem Schmucke geziert wurde. Insbesondere hat Kaiser Ferdinand das Gnadenbild so hoch geschätzt, daß er es in seiner eigenen Betkammer auf den Altar zu stellen, in allen und jeden Reisen mitzunehmen und in allen Zuständen mit großer Frucht und Erhaltung vieler Gnaden anzurufen pflegte. Dessen Hülfe hat er ganz vorzüglich erfahren, als er auf der Donau herab nach Wien fahrend, nahe bei dem Wirbel, Paß des Todes genannt, in eine schwere Gefahr gerathen: nachdem aber Ihre Majestät dies Gnadenbild im Schiffe öffentlich ausstellen, zwei Kerzen davor anzünden und die Litanei einhellig davor beten lassen, sind sie aus aller Gefahr erledigt worden.

Im Jahre 1632, als eine vornehme Person zu der seligsten Jungfrau ihre Zuflucht nahm, und vor diesem Bilde eifrigst betend den römischen Kaiser und das katholische Wesen der Mutter der Gnaden andächtig befahl, wie auch ihre kräftige Hülfe wider den König in Schweden, welcher damals ganz Deutschland überfallen hatte, inständig begehrte: siehe, da mit deutlicher Stimme das Gnadenbild also zu sprechen begann: „Ich werde das Haus Österreich allezeit mit meiner Fürbitte beschützen, seine Macht erhalten und seine Majestät erheben, so lang, als es in Gottseligkeit und Andacht verharren wird.“ Und gleich darauf: „Siehe, der König in Schweden, des Kaisers und der Kaiserlichen ärgster Feind wird von den Kaiserlichen umgebracht.“ Dieses geschah im obgemeldeten Jahre 1632, am 16. Tage des Wintermonates, als eben der König in Schweden in der Schlacht bei Lützen todt geblieben und zu Wien noch Niemand davon wußte. Daß aber diese Offenbarung wahr gewesen, hat der Ausgang und die Erfahrung der Sachen gelehrt: als nämlich bald darnach die Post nach Wien gekommen, daß der König an demselben

Tage todt geblieben, da man zuvor nichts von einem Treffen, viel weniger von des Königs Tod wissen, noch hat vermuthen können.

Als hernach ein gewisser Fürst heimliche und äußerste Verrätherei wider Ihre kaiserliche Majestät anrichtete, und kein Mensch, außer den Consorten, davon wissen konnte, da hat dieses glorreiche Gnadenbild dieselbe entdeckt und den Kaiser vor der äußersten Gefahr behütet. Denn, wiewohl das Angesicht des Bildes wohl gefärbt und ziemlich voll war, so hat es doch damals angefangen, sich zu entfärben, abzunehmen, einzufallen, zu verwelken, und traurig auszusehen. Und zwar in solcher erbärmlicher Gestalt, daß beide kaiserliche Majestäten, Ferdinandus und Eleonora, sammt vielen andern am Hofe, so dieses trauernde Bild anschauten, sich sehr darüber verwunderten und betrübten. Der Kaiser argwohnte nichts Gutes, und sagte öffentlich: „Diese erbärmliche Gestalt bedeutet nichts Gutes.“ Darum forschte man fleißig nach, was es bedeuten möge und ob vielleicht dem Kaiser ein heimliches Unglück bevorstehe. Bei dieser Lage der Dinge war den Verräthern nicht sanft, sonderlich, weil sie sahen, daß die Mutter Gottes ihre Verrätherei wolle entdecken, und der Himmel ihre große Falschheit abstrafen. Des andern Tages wurde die Verrätherei entdeckt und das liebe Bild bekam seine vorige Gestalt wieder. Ihre Majestät erkannten die große Gnade und zeigten sich dankbar.

Nachdem so dieses gnadenreiche Bild viele Jahre an dem kaiserlichen Hofe, in dem kaiserlichen Oratorium in größter Ehrerbietung und Andacht gehalten worden, ist dasselbe nach dem Tode Ferdinand's II., mit einem kostbaren kaiserlichen Schmucke geziert, den unbeschuhten Karmelitern nach dem Willen des gemeldeten Kaisers verehrt worden. Welcher auch einen kostbaren Altar in deren Kirche zu Wien, außer der Stadt, hat aufrichten, das Gnadenbild darein fassen, und also gemeiner Verehrung und Andacht zu Theil werden lassen. Da wird es noch immer mit großer Andacht verehrt und die Gläubigen empfangen reichliche Gnaden.

87.

Maria von Castanovitz.

Es ist an einem lustig gelegenen Orte bei Görz eine gar alte Kapelle, welche die Bürger von Görz, wenn sie spaziren wollten, zu Zeiten heimsuchten. An der Wand ist die Mutter Gottes gemalt, wie sie das Kindlein mit der linken Hand hält. Diese Kapelle ist Anno 1630 mit himmlischem Lichte erleuchtet worden; so hat man auch Lichter in schöner Ordnung, wie eine Prozession, gesehen um die Kirche herumgehen. Ist nach und nach je länger je größer der Zulauf zu diesem Orte geworden und sind da viele Wunder geschehen. Im Jahre 1651 ist die neue Kirche sammt dem Karmeliterkloster vollendet worden.

88.

Der heilige Berg bei Olmütz.

Das Bildniß der großen Himmelskönigin, welches hier verehrt wird, ist im Jahre 1632 von den heiligen Engeln in Gestalt weißgekleideter Wallfahrer gebracht und auf den Altar der damals ganz neu erbauten Kapelle gesetzt worden. Es ist aus einem unbekannten Steine gebildet, 14 Finger hoch und 4 Finger breit. Es hat alsobald mit wundersamen Gnaden angefangen zu leuchten und zwar allezeit, ohne Aussetzung bis 1645. Als bei damals gefährlichen schwedischen Kriegszeiten ein schwedischer Offizier die Kapelle in Asche gelegt, ging das heilige Bildniß verloren. Die göttliche Rache hat aber nicht lang verzogen, sondern die vermessene That gar bald vergolten, indem dieser Bösewicht an eben demselben Tage bei seiner Zurückkunft nach Olmütz mit heftigen Leibesschmerzen überfallen, in allen Gliedern erstarrte, so daß er unter schrecklichen Weheklagen und Geschrei seinen Geist elendiglich aufgeben müssen.

Als hierauf die Kapelle auf's neue wieder erbaut

war, ist das wunderthätige Bildniß von einem Manne, welcher weder vorher noch nachher wieder gesehen worden, zurückgebracht, und an seinen vorigen Ort gesetzt worden, allwo es mit himmlischen Gnaden leuchtet, und von zahlreichen Wallfahrern, Pilgern und andächtigen Christen besucht wird.

89.

Maria Taferl.

Aus den Erzählungen der Vorfahren weiß man, daß mitten unter den Föhren, welche die Spitze des Berges zu Taferl umgränzen, ein großer Eichenbaum gestanden sey, der wie ein König seinen bekrönten Gipfel über alle übrigen Bäume erhoben habe. An demselben befand sich das Bildniß unsers gekreuzigten Heilandes und hierher ist alljährlich am Ostermontage die Pfarrgemeinde von Klein-Pechlarn gekommen, um Fruchtbarkeit der Felder zu erbitten, und ein gesungenes Evangelium anzuhören. Da aber diese Andacht von Morgen bis Abend gedauert, wurde auf einem runden Steine, den die Natur wie einen Tisch gebildet, das Mittagsmal gehalten. Zu dessen Gedächtniß ist dieser steinerne Tisch noch jetzt vor der Kirchenthür zu Maria Taferl eingemauert zu sehen, und pflegt alljährlich die genannte Prozession von Klein-Pechlarn am Ostermontage der Geistlichkeit darauf Geweihtes vorzusetzen. Von dieser steinernen Tafel hat auch nach aufgekommener Wallfahrt der Gnadenort den Namen Maria Taferl erhalten.

Nun hat sich im Jahre 1633 begeben, daß Thomas Pachmann, ein Viehhirt aus dem nahen Dorfe Krumnußbaum, diese Eiche, welche damals bis auf zwei kleine Ästlein abgedorrt war, umhauen und als Brennholz gebrauchen wollte. Allein siehe und bewundere die Vorsehung! Als dieser Mann den ersten Streich auf die Eiche geführt, ist die Hacke nur in die Rinde gegangen, und wieder zurück auf dessen Fuß gefallen, nicht ohne ihn schmerzlich zu verwunden. Da er aber die Schmerzen wenig geachtet, so führte er von neuem und mit verdoppelten Kräften seinen Streich; allein auch dieses Mal wendete sich die Hacke ab, und verletzte den andern Fuß. Nun erhob der gute Mann seine Augen und erblickte in der Mitte des Baumes das Bildniß des gekreuzigten Heilandes, erkannte zugleich seinen, obschon unwissend begangenen Fehler, und bat Gott um Verzeihung, daß er einen Baum habe vertilgen wollen, der durch ein so heiliges Bildniß geweiht sey. Da stillte sich nicht nur das Blut von selber, sondern auch die Wunde heilte, ohne alle ärztliche Hülfe. Die Eiche aber, die vorher bis auf zwei Äste abgedorrt war, fing wieder an zu grünen und Früchte zu tragen, und als beständiges Denkmal bewahrt man noch heute in der Schatzkammer eine in Perlen gefaßte Eichel.

Durch diese Begebenheit wurde allgemach die Eiche bekannt; der Urheber aller Gnaden aber hatte beschlossen, durch ein zweites Wunder die Heiligkeit des Ortes zu bestätigen. Alexander Schinnagel, Richter im Dorfe Krumnußbaum, litt seit sechs Jahren so heftig an einer schweren Gemüthskrankheit, daß fortan die höchste Lebensgefahr ihm nahe war. Da nun aller angewendete Fleiß und selbst der Rath der Arzneiverständigen nichts geholfen, ist er, nicht aus Ungefähr, sondern aus Schickung Gottes zu einem im Markte Klein-Pechlarn wohnenden Schulmeister und Maler, mit Namen Franz Meuß, gekommen, der ihm das Vesperbild Mariä, so er zu fassen eben unter der Hand hatte, angeboten, und auch durch Kauf überlassen hat: ein Bildniß, aus Lindenholz geschnitzt und einen Schuh hoch, vorstellend Mariam die schmerzhafte Mutter, auf dem Schooße ihren todesverblichenen, göttlichen Sohn tragend, mit der rechten Hand sein heiliges Haupt, mit der linken seine rechte Hand ergreifend und mit, über die Wangen herabrieselnden Zähren den Tod ihres geliebten Sohnes beweinend.

Eine Nacht nur hatte unser Schinnagel das Glück, ein Hüter so großen Schatzes zu seyn; denn als er dieselbe Nacht fast schlaflos zugebracht, hörte er eine Stimme, die so zu ihm sprach: „Nimm dieses Bild, und trag es in die Eiche zum Taferl hinauf, wenn du gesund werden willst.“ Bei anbrechendem Tage war auch dieser fromme Christ schon fertig, der himmlischen Ermahnung zu gehorsamen, eilte daher in Begleitung eines Zimmermannes den Berg hinauf, und setzte, nach geschehener Abnahme des alten, zerfallenen Krucifixes, das neugefaßte Vesperbild in die Eiche hinein.

Von dieser Zeit fing er auch wieder an, den Gebrauch seines Verstandes dergestalt zu erlangen, daß er hierauf noch eine geraume Zeit seinem Richteramte mit Lob vorgestanden und endlich gottselig verschieden ist.

Das heilige Vesperbild blieb bei sechzehn Jahren den ungestümen Winden und scharfen Gewittern ausgesetzt; doch allezeit unverletzt in der Eiche erhalten. In den Herzen der umliegenden Einwohner begann die Andacht zu wachsen; doch trug die hohe geistliche Obrigkeit noch immer Bedenken, den Ort als eine öffentliche Wallfahrt zu bestätigen, bis es endlich dem, für die Ehre seiner jungfräulichen Mutter allezeit eifernden Gott gefallen, dem Zutrauen auf Maria Taferl einen höheren Ursprung zu geben, und zu dem Ende seine heiligen Engel selbst als Wallfahrer zu diesem gebenedeiten Vesperbilde abzuordnen, auch dasselbe sichtbarlich sehr oft mit himmlischen Prozessionen besuchen zu lassen. Dabei insbesondere anzumerken, daß alle Zeugenschaften in dem übereinkommen, wie nämlich jederzeit die heiligen Engel weiß gekleidet, in Gestalt einer Prozession mit weißen und rothen Fahnen, darunter fast immer drei von besonderer Größe und Herrlichkeit, gleich wie Führer, vorangegangen, oberhalb des Weinberges, die Glassechsnen genannt, neben dem Walde hinauf, dem heiligen Vesperbilde zu gesehen worden. Daher denn auch bis auf den heutigen Tag dieser Weg den Namen des Engelweges führt. Und dauerten diese englischen Wallfahrten volle drei Jahre.

Unter den vielen Zeugen wurde auch ein Fräulein, die Tochter des Herrn Jung von Vehlerndorf, damaligen Besitzers der Herrschaft Krumnußbaum, verhört, welche, obschon sie in der lutherischen Lehre erzogen worden, doch aus Liebe zur Wahrheit alles, was ihr diesfalls zu Gesicht gekommen, frei ausgesagt hat: daß sie nämlich im Jahre 1659 an einem Sonntage bei Sonnenuntergang zwölf oder dreizehn schneeweiße Personen, eine nach der andern, mit einer weißen und rothen Fahne zu der Eiche und dem heiligen Bilde hinaufsteigen gesehen habe. Dem ihr Herr Vater, welcher bei der öffentlichen Aussage seiner Tochter anwesend war, dieses beigefügt hat, daß noch sieben Personen aus seinen Schloßbedienten eben diese Erscheinung gesehen zu haben erzählt, und auf seine wiederholte Befragung allezeit mit gleichen Umständen bestätigt hätten. Überdieß hat wohlgedachter Herr Jung selbst vor einer Commission bekannt, daß er um Pfingsten zwei Tage nacheinander dergleichen englische Prozessionen beobachtet, welche bei zwanzig Personen stark durch die Weingärten zu dem heiligen Bilde gegangen sind. Auch hat ein Anderer von seinen Dienstboten im Oktober desselben Jahres, zwischen eilf und zwölf Uhr Nachts, nicht weit von dem heiligen Vesperbilde ein hellbrennendes Licht, gleich einer großen Wachskerze über eine halbe Stunde, und acht Tage darauf wieder gegen Mitternacht drei kleinere Lichter auf diesem Wunderberge gesehen, wodurch endlich die obengenannte adeliche Tochter, sonder Zweifel auf die Fürbitte der allerseligsten Jungfrau, einen göttlichen Gnadenstrahl in ihrem Herzen empfunden, dem lutherischen Irrthume abgeschworen, und sich nachmals wieder zu der römisch-katholischen Kirche gewendet hat.

Als am 19. März 1660 auf Befehl des Bischofes zu Passau unter einem Zelte das erste heilige Meßopfer bei der Eiche gehalten worden, hat ein Mann zwischen sechs und sieben Uhr oberhalb Klein-Pechlarn im Walde zwei weiße Personen ganz deutlich gesehen, welche in der Luft schwebten, sich hernach in vier, endlich in zehn vermehrt, und zuletzt unter zwei Fahnen in eine ganze Schaar ausgedehnt haben.

Dadurch sind nun die andächtigen Christen bewegt worden, in großer Menge nach Maria Taferl zu kommen; hierauf aber haben sich die heiligen Engel nicht ferner mehr sehen lassen. Woraus sehr glaublich scheinet, der Allmächtige habe durch die bisherigen vielfältigen Erscheinungen der englischen Geister nichts anderes andeuten wollen, als daß nunmehr die Menschen selbst bei der hiesigen Wunderfrau ihre Stelle vertreten und folglich durch eine zärtliche Andacht nicht nur Mariam in ihrem schmerzhaften Bildnisse verehren, sondern auch in allen, ihnen aufstoßenden Bedrängnissen sich ihr kindlich anvertrauen und die Hülfe getröstet erwarten sollen.

90.

Maria Plain, nächst Salzburg.

Als im Jahre 1633 das bedrängte und verwirrte Deutschland in vollem, grausamen Kriegsfeuer entbrannte, also daß auch Ströme von Blut dasselbe nicht zu löschen vermochten, hat es sich begeben, daß den 17. Dezember des genannten Jahres ein feindlicher schwedischer Haufe den churbairischen Marktflecken Regen, unweit von der hochberühmten kaiserlichen Reichsstadt Regensburg entlegen, urplötzlich angefallen, geplündert, und das übrige vollends den unersättlichen Flammen aufgeopfert. Alles stand in hellem, erschrecklichem Brande, kein Haus war übrig, das nicht in Glut und Asche lag. Unter andern wohnte allhier ein ehrsamer Bürgersmann und Bäckermeister, Paulus Regner mit Namen; dieser hatte in seiner Behausung zur eigenen Andacht den göttlichen Gnadenschatz, dessen Wohlthaten nun in Plain so reichlich strömen, nämlich das Bildniß der allerseligsten Jungfrau und Mutter Gottes Mariä. Als nun des gemeldeten Bäckers Fach und Dach ebenfalls von den Flammen ergriffen worden und bis in den Grund abgebronnen, ist gedachtes, auf schlechte Leinwand gemaltes Frauenbild nicht anders als ein edles Gold inmitten des erschrecklichen Feuers unversehrt mit höchster Bewunderung erfunden worden. Alles umher war Glut und Asche; unser wunderthätiges Marienbild allein stand unverletzt. Darüber sind nicht wenige Herzen zur besonderen Andacht und Ehrerbietung entzündet worden. Vor Allen entbrannte aber in Liebe gegen diesen goldenen Gnadenschatz die Gemalin des Hannsen Ludwig Grimming von Niederrain, Pflegers zu Fürstenegg. Sie brachte das gebenedeite Frauenbild an sich, ließ es in ein schönes Altärlein zierlich einfassen, und in der Schloßkapelle zur häuslichen Andacht aussetzen. Von ihrem Sohne Rudolph wurde es nach Salzburg gebracht und am 8. Dezembe 632 zuerst auf dem Plain zur allgemeineren Verehrung in einem hölzernen Kasten aufgehangen. Als er aber später Salzburg verließ, nahm er das Gnadenbild mit, erbaute sich eine Einsiedlerkapelle im Augsburger Bisthum und lebte da dem heiligen Gebete und der eifrigen Verehrung Mariens. Erst im Jahre 1676 kam das Gnadenbild wieder nach Salzburg zurück, um in der inzwischen aufgebauten, herrlichen Kirche von Plain von neuem aufgestellt zu werden.

91.

Unsere Frau in Stadtberg.

(Krain.)

Im Jahre 1634 ist ein krummes und lahmes Weib von Karlstadt in Kroatien hieher gekommen, welches sich viele Jahre lang mit Krücken beholfen und auf solchen zwei hölzernen Nebenfüßen ihren elenden Gang steuern müssen. Als dieselbe ihre, hierher verlobte Andacht verrichtet, ist sie in einem Augenblicke frisch und gesund worden, und ohne Krücken hurtig und gerade ihres Weges heimgegangen.

92.

Das Frauenbild zu Libeschitz in Böhmen.

Dieses Bild ist auf Glas gemalt, ein Stück von einem alten Fenster. Im Jahre 1638 ist in des Pfarrherrn Stadel Feuer ausgekommen, hat die Kirche ergriffen und alles in die Asche gelegt. Das Blei an den Fenstern ist zerschmolzen, das Glaswerk zersprungen, das einzige Mutter Gottes Bild ist un r seh rt geblieben; da doch die größte Flamme zu demselben Fenster, weil es das nächste an dem Stadel war, hinein geschlagen. Darauf hat man das Bild öffentlich zu verehren angefangen.

93.

Mariahülf zu Pottendorf.

Ein kaiserlicher Hauptmann, Namens Rauch, welcher zu Pottendorf den sogenannten rothen Hof besaß, hinterließ seiner Familie, als er nach Ungarn gegen die Türken zog, ein Marienbild, das ihm von frühester Kindheit an lieb und theuer gewesen war. Er kehrte glücklich wieder vom Kampfplatze zurück, aber wie erstaunte er, als er sein Kleinod mit vielen Opfern erblickte, als er versichert wurde, daß auch fremde Leute Maria in diesem Bilde verehrten! Bei solchem Umstande war der gottesfürchtige Kriegsmann auf das heftigste beschäftigt, nicht mehr feindliche Plätze mit Gewalt zu erzwingen, sondern einen bequemen Platz auszusuchen und zü erhalten, auf welchem Maria, als die mächtigste Helferin der Christen, von Jedermann möchte verehrt und angerufen werden; er bemühte sich nicht mehr, feindliche Mauern und Festungswerke einzureissen, sondern einen Tempel aufzubauen, in welchem die Bedrängten, zur Zeit des feindlichen Anfalles, bei Maria die sicherste Brustwehre finden könnten. Im Jahre Christi 1638 hat er seine Begierde in das Werk gesetzt, die Kapelle erbaut, das gnadenreiche Bild dahin übertragen, und auf alle Mittwoche des ganzen Jahres ein heiliges, unblutiges Versöhnungsopfer gestiftet.

Und dieser Tempel ist zu verschiedenen Malen den geliebten Pottendorfern zur sichersten Vormauer wider die mächtigsten Feinde geworden. Maria hat allhier angefangen, für ihre Pflegekinder zu arbeiten, als der Feind selbe zur schwersten Dienstbarkeit an Ketten und Fesseln hinweg zu schleppen gedachte. Die türkische Macht hatte ringsherum sehr viele Plätze mit entsetzlicher Wuth überschwemmt; ihr gezücktes Mordschwert war bis über das Gefäß im Christenblute gefärbt; das Gerassel der Ketten erschütterte Mark und Gebein, und das Zettergeschrei der Gefangenen drang bis an die Wolken. Es mußten diejenigen erzittern, die zwar ihre

Freiheit noch genossen, doch aber wegen beständiger Gefahr, selbe augenblicklich zu verlieren, aus Furcht mehr dahin starben, als lebten.

Dazumal lag zwar Pottendorf in ungemeiner Gefahr; aber die nachfolgende war noch weit seltsamer. Die meineidigen Coruzzen verheerten alles, was ihnen in ihre gottesräuberischen Hände fiel. Man sah auf allen Seiten das helle Feuer auflodern und die feindlichen Flammen haben die finstere Nacht fast mehr, als die Sonne den Tag erleuchtet. Es wagte sich dieses aufrührerische Volk selbst bis an die geheiligte Kapelle. Das Schwert war schon gezückt, der feindliche Arm ausgestreckt, und die Insassen des Marktes hatten nur des Streiches zu gewarten, um das Schlachtopfer unmenschlicher Wuth zu werden. Pulver, Lunten und Feuer standen schon in Bereitschaft, auch diesen Ort sammt dem Markte und seinen Einwohnern in eigener Asche zu begraben. Allein Maria, die mächtigste Hülfe, hat in so äußerster Noth wider beide Feinde gestritten und für ihre Kinder unermüdet gearbeitet. Weder der Übermuth des türkischen Kriegsheeres, noch die Grausamkeit der zusammengerotteten Rebellen haben derjenigen widerstreben können, welche gleich einem wohlgeordneten Heerlager fürchterlich und erschrecklich ist. Es hat Maria ihren allhier erwählten Wohnsitz sammt allen Einwohnern weit nachdrücklicher geschützt, als einst die heldenmüthige Judith das bedrängte Bethulien vor den Streichen des Holofernes. Durch den Schutz Mariens ist weder die Gnadenkapelle, noch der herrliche Markt Pottendorf von der feindlichen Gewalt im mindesten verletzt worden.

94.

Das Frauenbild zu Rava.

(Böhmen.)

In dem Collegium der Gesellschaft Jesu zu Rava wird in der Kirche der unbefleckten Empfängniß Mariä auf dem Hochaltare ein Mutter Gottes Bild verehrt, welches auf dem Haupte eine schöne, vergoldete Krone trägt. Diese hat einem schwedischen Soldaten in die Augen gestochen, nimmt deßwegen eine Leiter, steigt hinauf, in Meinung die Krone herabzunehmen, thut einen Fehltritt, und fällt sich herunter zu todt. Sein Gespann vermeinte, es wäre ungefähr oder aus Unglück geschehen, traute doch der Leiter nicht, sondern ging auf den Chor, so nächst bei dem Altare war, wollte von da die Krone von der Mutter Gottes Haupt hinwegnehmen, aber, indem er sich zu weit hinaushebt, wird er überschwenkig, überwiegt und fällt auf das Pflaster oder den Boden hinunter, also, daß er bald hernach gestorben, welches die andern abgeschreckt, daß sie sich ferner nicht um die Krone angenommen.

95.

Marienkirchen.

Bei der Stadt Schärding in Oesterreich ob der Enns ist ein Dorf, so den Namen von unserer lieben Frau hat, und Marienkirchen genannt wird. Diese ist vor alten Zeiten sehr wunderthätig gewesen, aber die Wunder haben sich nach und nach nicht mehr begeben, dieweil ein gar zu witziger und unerfahrner Pfarrherr, da man die Kirche erneuert, den Altar und das Bild hinweggethan, als die ihm gar zu alt waren. Hat also dieses Gnadenbild kaum einen Winkel in der Kirche bekommen, die Gnaden innegehalten und den Zulauf der Pilgrime verloren; bis daß ein anderer Pfarrherr gekommen, welcher sich auf alle Weise bemühte, das heilige Bild wieder zu Ehren und die Kirchfahrt wiederum aufzubringen. Es fiel ein beständiges und langwieriges Regenwetter weit und breit ein, also, daß man besorgte, das liebe Getreide sey alles hin und der Schnitt umsonst, und auf das Jahr nichts anderes zu gewarten, als Hunger und Kummer. Der Pfarrherr tröstete seine betrübten Pfarrkinder, sprach ihnen zu, es sey das alte Marienbild vorhanden, welches, weil sie es nicht verehrt hätten, wie sie gesollt, die Gnaden und Gutthaten auch nicht mehr mitgetheilt; sie sollten den alten Eifer und die alte Andacht wieder an sich nehmen, so habe er keinen Zweifel, die Mutter Gottes werde ihnen in dieser allgemeinen Noth beistehen, sich ihrer erbarmen und gutes Wetter schicken. Er sey Willens, das Bild in Prozession um die Felder zu tragen; sie sollen dazu verhülflich seyn und sich fleißig einstellen. Man stellt die Prozession an, geht durch die Kirchenthür hinaus, und sobald das heilige Bild von vier Bauern getragen unter die Kirchenthür gekommen, hat gähling der Regen aufgehört, daß nicht ein Tröpflein mehr herunter gefallen, und darauf die ganze Schnittzeit das schönste Wetter gewesen. Und damit dieses Wunder klarer erschiene, hat das beständige Regenwetter in andern umliegenden Feldern schier alles verdorben. Ist also durch dieses Wunder die alte Andacht wieder eingeführt worden.

96.

Mariahülf zu Schwadorf.

Unter der Regierung der beiden glorwürdigsten Kaiser Ferdinand's III. und Leopold's I. lebte zu Wien am kaiserlichen Hofe ein vornehmer Musicus, mit Namen Fabrizius, gebürtig von Berlin, ein Mann, sowohl in seiner Kunst höchst berühmt, als wegen seines ehrlichen, frommen Lebenswandels bei Jedermann beliebt. Dieser hatte das nunmehr zu Schwadorf mit großen Wunderthaten leuchtende Gnadenbild Mariahülf mehr als 44 Jahre in seiner Behausung und verehrte selbes mit beständiger Andacht bis an sein Ende.

Damit aber auch nach seinem Tode diesem wunderschönen Mariahülfbilde an beständiger Verehrung nichts entginge, hat er selbes durch ein Testament seiner Tochter, Regina Susanna, so eine Person eines sehr frommen christlichen Wandels, absonderlich aber eine eifrige Dienerin und Liebhaberin Mariä war, verschafft und überlassen, auch selbe im Todtenbette väterlich also ermahnt, daß sie jederzeit eine große Andacht zu diesem Gnadenbilde tragen sollte, welchem sie mithin auch auf das fleißigste nachgekommen.

Nach einiger Zeit wurde diese tugendsame Jungfrau einem Reichsagenten, mit Namen Elias Seltenschlag von Friedenfeld, aus Sachsen gebürtig, sonst ein feiner, aufrichtiger Mann, aber der lutherischen Sekte zugethan, ehelich angetraut, jedoch mit dem Bedinge, daß er die wahre, katholische Religion annehmen sollte.

In dieses Begehren hat er, Elias Seltenschlag, zwar Anfangs gern, wie billig, eingewilligt; ist aber nach geschehener Heirath seinem Versprechen gar nicht nachgekommen, sondern, gleichwie sein ehrliches Weib andächtig und auferbaulich in dem katholischen, also entgegen hartnäckig und verstockt in seinem lutherischen Glauben gewesen. Nichts desto weniger erlaubte er ihr gleichwohl so viel, daß sie in ihrem Wohnzimmer, welches in dem damals Sattlerischen, nunmehr Baron Pilatischen Hause in der Wollzeile gewesen, das obgedachte Mariahülfbild ober der Thür auf einem etwas breiten Gesimse aufhängen und verehren durfte.

Eine geraume Zeit verging, wo indessen diese gottesfürchtige Frau auf solche Weise ihr liebes Bild in Ehren hatte. Sie ging weder in das Zimmer hinein, noch heraus, ohne daß sie nicht selbes jederzeit in ihrem Herzen andächtig grüßte; kein Anliegen, glaubte sie, könnte auch ihr Herz so groß beschweren, welchem nicht, wenn sie selbes allda vortrüge, würde abgeholfen werden.

Deßwegen bemühte sie sich absonderlich, von Maria zu erbitten, daß doch Gott durch ihre vielvermögende Fürbitte einmal seine Gnade ertheilen, Mittel und Gelegenheit an die Hand geben wollte, durch welche ihr verstockter Eheherr erleuchtet, seinen Irrthum erkennen und folglich auf bessere Gedanken kommen möchte.

Gott, der niemals seine Gnade denen, die ihn absonderlich durch Maria um selbe anrufen, pflegt abzuschlagen, wollte auch die Bitte seiner getreuen Dienerin nicht gänzlich versagen, sondern gibt Mittel und Wege an die Hand, wodurch ihr ketzerischer Eheherr seine Fehler genugsam erkennen, und wenn er nur wollte, von selben abstehen konnte.

Es geschah nämlich im Jahre 1666, daß ein junger Graf Esterhazi, Namens Nikolaus, mit seinem Herrn Hofmeister, welcher ein Priester und stattlicher Gottesgelehrter war, nebst den übrigen Bedienten, ihm in die Kost gegeben wurde. Bei dieser Gelegenheit wurden viele Glaubensstreitigkeiten, sowohl vom Herrn Hofmeister, als vom Herrn Seltenschlag selbst sehr oft angebracht, auch durch gründliche Lehrsätze also erörtert, daß es ungezweifelt schien, Herr Seltenschlag werde endlich, überwunden, der rufenden Gnade Gottes Gehör geben und sein Herz erweichen lassen.

Aber, wo der menschliche Wille hartnäckig und widerspenstig, da ist auch Gottes Gnade verloren. Alle, vielfältig auf die Bahn gebrachten und bewiesenen Glaubenswahrheiten wollten in dem verkehrten Herzen Herrn Seltenschlag's nicht allein nichts verfangen, sondern es schien noch überdies, daß er je länger, je verstockter wurde, wie es aus nachfolgenden Begebenheiten klar abzunehmen war.

Einst, im Jahre 1667, im Monate März, wurde unter andern diese Frage aufgestellt: Ob Maria die seligste Gottesmutter ohne Mackel der Erbsünde empfangen? Beiderseits wurde die Sache durch langes Disputiren heftig getristert, und weil die Lutheraner kurzum behaupten wollten, Maria sey eben wie andere Menschen in der Erbsünde empfangen, so haben doch die Katholischen das Widerspiel, aus Schulen und Schriften dergestalt erwiesen, daß Herr Seltenschlag nichts mehr einwenden konnte, und sich also völlig überwunden sah. Der Ursachen er auch aus bösem Eifer und nach Gewohnheit aller Sektirer, in diese nachfolgenden gottlosen Worte ausgebrochen; „Ei, ihr macht gar zu viel aus eurer Maria! Ich bin versichert, daß sie es von euch nicht verlangt, denn sie weiß gar zu wohl, daß sie ein Weib, wie andere Weiber.“

Diese Schmähworte drangen obgedachtem Herrn Hofmeister so sehr zu Herzen, daß er mit tiefem Seufzer Folgendes zur Antwort gab: „O, mein Herr Seltenschlag, wir sagen gar nicht zu viel von unserer lieben Frauen,“ wendete sich hierauf gegen das ober der Thür hängende Mariahülfbild und sprach mit dem Finger dahin deutend: „Wenn dieses Bild ein Zeichen geben wollte, so würde es das, was wir gesagt, selbst bekräftigen.“

Und siehe, kaum hatte der Herr Hofmeister diese Worte ausgesprochen, da ließ sich alsobald das Bild von der Mauer, an welcher es gehangen, so weit mit dem oberen Theile herab, daß alle Anwesenden dafür hielten, es werde herabfallen und sich zerschmettern. Deßwegen sie auch von der Tafel, bei welcher sie saßen, mit Eile aufgesprungen und mit ausgestreckten Händen zugelaufen, in der Meinung, selbes vor dem Falle und einigem Schaden zu bewahren; allein statt des vermutheten Herabfallens hat sich das Bild ohne alles Zuthun von selbst wieder wunderbarer Weise zurückgezogen, und an seine vorige Stelle begeben.

Weil aber sowohl die Katholischen, als auch die noch übrigen anwesenden Lutheraner sich sehr stark in ihrer angefangenen Disputation ereifert hatten, konnte diese That weder bei diesen, noch bei jenen so viel auswirken, daß sie solche etwas genauer in Obacht nahmen; setzten also untereinander ganz begierig ihre Disputation noch ferner fort, und wollte jeder das Recht erhalten.

Allein gar bald darauf ließ sich das Bild zum andern Male von dem Orte, wo es gestanden, wieder herab, und als eben, wie vorher, die Gegenwärtigen es auffangen wollten, hat es sich wieder, wie zuvor, von selbst zurückgezogen. Dieses ist also auch das dritte Mal geschehen, wie es die eigenhändige sehr alte Schrift des Herrn Georg Niederbüchler, der die ganze Sache auf das genaueste untersucht, und nachmaliger Besitzer dieses Gnadenbildes geworden ist, bezeugt und bekräftigt.

Über welche so wundersame Begebenheit die völlige Versammlung sich endlich ganz erschrocken von einander begeben, die Disputation aufgehoben und folglich den Katholischen das Recht überlassen, welche hierüber ohne Zweifel genügsamen Anlaß hatten, öffentlich auszurufen und frei zu bekennen: „Das sey wahr, daß Maria die allerseligste Jungfrau und Mutter Gottes ohne Makel empfangen sey.“

Diese Wunderthat konnte nicht so lange verschwiegen bleiben, daß sie nicht alsobald Vielen kundbar wurde. Eben noch in derselben Stunde, in welcher sich solches zugetragen, ging Herr Johann Michael Fabrizius, damals ein Student, nunmehr ein alter, vornehmer Kapuziner zu Wien bei St. Ulrich, mit Namen Aurelius, zu seiner Frau Schwester, der Gemalin des Herrn Seltenschlag, der Sache unwissend, sondern allein, um selbe heimzusuchen. Da nun diese mit besonders großer Freude ihren lieben Bruder empfangen und ihm alles, was und wie es geschehen, erzählt, auch mit untermischten Seufzern öfters die Worte wiederholt hatte: „Mein Bruder, nun will ich sehen, ob mein Mann an seinem lutherischen Irrthume nicht endlich einen Abscheu haben wird, weil er ein so großes Wunder vor Augen hat?“ wollte dieser nicht länger, nachdem er den ganzen Verlauf gehört, sich allda verweilen, sondern eilte voll Verwunderung in das Kollegium der Jesuiten und erzählte allda mit Freuden, was sich ereignet hatte.

Pater Ludovicus Wächtler, ein Mann sehr hoher Vernunft, und der Metaphysik damals Professor, ließ sich die Sache vor andern tief zu Herzen gehen und bestens angelegen seyn, verfügte sich deßwegen auch ganz begierig, die Wahrheit zu untersuchen, in das Haus des vorerwähnten Herrn Seltenschlag, und als er Vorerzähltes sowohl von der Frau Seltenschlag als von obgedachtem geistlichen Herrn Hofmeister und Andern, so zugegen waren, ausführlich mit allen Umständen vernommen, hat er den Ort, die Gelegenheit, die Mauer, an welcher das Bild gehangen, sowohl innerlich als äußerlich wohl zu untersuchen angefangen, ob nicht etwa eine natürliche Ursache seyn könnte, daß dieses Bildniß vielleicht von der Luft oder einer andern Bewegung also sey angesehen worden. Da er aber auf das genaueste alle Umstände erfahren, mit Augen gesehen und untersucht, dabei aber keine natürliche Ursache der Herabneigung gefunden, viel weniger, wie sich das Bild von selbst in die vorige Lage zurückgezogen hatte, hat er in größter Verwunderung dieses Bild öfters in seine Hand genommen, betrachtet, und andächtig geküßt, auch die Umstehenden also angeredet: „Ich bekenne es, daß ich keine natürliche Ursache finde; wenn daher dem also, wie man erzählt, soll dieses Bild nicht hier seyn, sondern in einen weit gebührenderen Ort versetzt werden."

Diese letzteren Worte verursachten der Frau Seltenschlag, so sehr sie auch vorhin erfreut war, eine so große Wunde in ihrem Herzen, daß der Schmerz durch lange Zeit nicht hat können gestillt werden; denn sie befürchtete, daß ihr liebes Bild durch höhere Gewalt anderwärts wohin übersetzt, sie aber eines so großen Schatzes beraubt werden müßte.

Wie dann in Wahrheit sehr viele, sowohl Geistliche als Weltliche, und insonderheit die Väter Jesuiten ganz eifrig um dasselbe angehalten haben, und würden vielleicht diese letzteren selbes auch von Herrn Seltenschlag erhalten haben, wenn nicht eben seine fromme und Mariam liebende Ehefrau so stark dagegen gewesen wäre. Diese hat auch den ganzen Vorfall dem Herrn Niederbüchler und seiner Frau erzählt, mit welcher sie nicht allein eine genaue Freundschaft gepflogen, sondern auch in geistlicher Sippschaft gestanden. Herr Niederbüchler aber und seine Frau haben das Gnadenbild sogleich besucht, eine große Andacht zu demselben gewonnen, nichts mehr wünschend, als eines solchen großen Gnadenschatzes selbst theilhaftig zu seyn; allein es war umsonst, denn lieber hätte Frau von Seltenschlag alles hergegeben, um dieses ihr Frauenbild nur erhalten zu können. Nichts destoweniger ist mittlerer Weile dieser marianische Schatz in die Niederbüchlerischen Hände gekommen, und von diesen im Jahre 1692 in die Pfarrkirche nach Schwadorf übertragen worden, wo er noch immer das Herz der Gläubigen erfreut und erquickt.

97.

Mariabründl.

(Kapuzinerkloster zwischen Krems und Stein.)

Es lebte im Jahre 1643 zu Krems ein Mann, Namens Veit Kopfmüllner, von Pfaffenhofen aus dem Lande Baiern gebürtig, seines Alters 36 Jahre. Diesem waren die Knie dermaßen gegen die Erde gebogen, daß er, nach dem Zeugnisse der drei Städte Krems, Stein und Mautern und vieler umliegender Orte, weder stehen noch gehen konnte. Und weil er sein Brot mit keiner Handarbeit gewinnen mochte, sich auch nicht ganz und gar, wie er zu sagen pflegte, auf's Betteln verlegen wollte, hat er sich aus Verwilligung der Stadt Krems auf dem Stadtthurme, wohin er mit großer Mühe gebracht worden, lange Zeit als einen Wächter gebrauchen lassen.

Es hat zwar dieser, von Jugend auf krumme und lahme Mensch nicht nur zu München in seiner Vaterstadt, sondern auch zu Wien in Oesterreich sorgfältigst nach Mitteln getrachtet; nirgends aber konnte ihm geholfen werden, wie ihm dann unterschiedliche Doctores und Wundärzte und andere der Sache Verständige Zeugniß gegeben, daß ihm natürlicher Weise nicht zu helfen sey. So hat sich auch dieser armselige Mensch durch andere Leute oft lassen aufheben, konnte aber niemals aufrecht stehen. In Ermanglung demnach der leiblichen Mittel hat gemeldeter Veit Kopfmüllner sein ganzes Vertrauen in Gott und seine wertheste Mutter Maria gesetzt, und diese um Erlangung seiner Gesundheit mehrmalen flehentlich angerufen.

Den 23. August genannten Jahres ließ sich früh Morgens ein schöner und übernatürlicher Glanz sehen, der aber nicht lange verblieben. Und nachdem er seinem Dienst gemäß das Primglöcklein geläutet, und sich wieder zur Ruhe begeben, da träumte ihm, als gehe er, doch nicht nach seiner krummen Art, mit Andern in einer Prozession, indem aber die Prozession wieder zurückgekehrt, schien ihm, als wenn er allen Andern mit seiner Krücke wäre vorgesprungen, und deßhalb von den Leuten verlacht worden.

Sobald er aus dem Schlafe und Traume erwacht, nahm er sich vor, sich in die Kirche der Jesuiten, die an den Thurm, an welchem er Wächter war, angebaut ist, zu begeben; da er aber mit Mühe herunter gekom=

men, und den schönen, trockenen Weg, wo man zu den Kapuzinern geht, gesehen, hat er sich anders besonnen und ist gedachtem Orte, so gut er gekonnt, zugegangen und erst ganz kriechend in die Kapelle Maria Bründl gekommen; nachgehends aber hatte er sich mit vieler Mühe in die Kirche gemacht und daselbst unter drei heiligen Messen drei Rosenkränze gebetet.

Nach Vollendung dieser seiner Andacht begibt er sich wieder in die Kapelle, und fängt allda noch einen Rosenkranz zu beten an. Ehe er aber diesen vollendet, greift ihn plötzlich eine Hitze an und es vergeht ihm in etwas auch das Gesicht, worauf er sich um und gegen die wendet, die neben ihm zur selben Zeit ihr Gebet in mehrgedachter Kapelle verrichteten, als: Frau Rosina Wengerin, Christoph Weiß und Christoph Kellner. Und weil ihm geschienen, als ob er zum Aufstehen ermahnt würde, ersuchte er erst gemeldeten Christoph Weiß, ihm aufzuhelfen, der ihm dann unter den rechten Arm gegriffen und ihn auf oder über sich gebracht. Worauf ihm, Veit Kopfmüllner, das Gesicht also vergangen, daß er bis zur Ankunft der Kapuziner keinen Menschen mehr gekannt, doch wahrgenommen, daß er aufrecht stehen konnte.

Als nun erstgemeldete Kapuziner dahin gekommen, hat er ihnen und andern Anwesenden umständlich und ausführlich erzählt, wie wunderbar ihm durch die Gnade Gottes und die Vorbitte Mariä der Himmelskönigin geholfen worden; massen er mit einem Stecken gleichwohl aufrecht der Stadt Krems zu und erstens in die St. Veitskirche gegangen, von dannen aber sich wieder in den Stadtthurm zu seinem Dienste begeben. Von dieser Zeit an aber hat es sich mit der Lähmung seiner Glieder von Tag zu Tag gebessert, so daß er forthin ohne Stecken und Geleitsmann gehen und wandeln konnte.

Diesem allen setzte gedachter Veit Kopfmüllner noch hinzu, daß es unter dem Aufstehen in seinen Füßen einen großen Knall gethan, den auch andere Anwesende deutlich vernommen und gehört. Und mit diesem hat er sein öffentliches Bekenntniß Gott und seiner jungfräulichen Mutter Maria zu Ehren und zur schuldigsten Dankbarkeit geendigt und beschlossen.

98.

Das Frauenbild der Societät Jesu zu Wien.

Ehe das Kollegium der Societät Jesu erbaut worden, war an demselben Orte eine Hauskapelle, in welcher von dem Gewölbe ein altes unser lieben Frauen Bild herabhing. Als man wegen des neuen Gebäudes die Kapelle niedergebrochen, hat man das

Bild von einem Orte zu dem andern hin und wieder ohne besondere Verehrung gestellt, bis der ehrwürdige Karl Mussart solches an das Licht gebracht und in die nächsten Zimmer bei der Pforte gethan.

Es begab sich in dem Jahre 1644, daß des Bürgermeisters von Olmütz Sohn, so die Jura oder Rechte studirt, schwer und nächst dem Herzen bei eitler Nacht verwundet worden, lauft also verwundet dem Kollegium zu, hat kaum vor Schwachheit anläuten können, und um einen Beichtvater gerufen, sinket also dahin. Pater Karl Mussart war schon vorhanden, ehe er berufen worden, ingleichen der Pförtner mit den Schlüsseln, so er vom Obern abgeholt, nimmt den Verwundeten in die Arme, und trägt ihn in das nächste Zimmer. Man beruft die Medicos und Leibärzte, welche dem Kranken die Todesgefahr ankünden. Dieweil der Kranke dem ehrwürdigen Pater Bernhard Geyer beichtet, hat Pater Mussart das Öhl geholt, und nach verrichteter Beicht ihm die heil. letzte Öhlung mitgetheilt. Inzwischen sieht der Kranke an der Wand obgemeldetes Mutter Gottes Bild und verlobt sich derselben, wenn er genesen würde. Kaum hat er das Gelübde gethan, da hat es sich angefangen zu bessern, also, daß die Ärzte alle erkannt, es sey keine Todesgefahr mehr vorhanden. Hernach, innerhalb weniger Tage, hat er völlige Gesundheit erreicht, und sich auch dankbar gegen die Mutter Gottes eingestellt. So oft er hernach in das Kollegium gekommen, hat er allezeit bei diesem Bilde seine Andacht verrichtet und frei bekannt, es habe ihm das Leben die Mutter Gottes durch dieses Bild erhalten und gegeben.

Gemeldetes Bild ist hierauf wieder an unterschiedliche Orte des Kollegiums gebührend versetzt worden, aber ohne besondere Verehrung, bis in die zehn Jahre, so lange nämlich, bis man eine andere Pforte in das Kollegium zugerichtet. Alsdann haben es die Patres auf ihren Achseln getragen, und damit es Jedermann verehren konnte, in die Mauer neben der Stiege gebührend gestellt, allwo es Anfangs haufenweise mit Blumen und Kränzen geziert, hernach mit Gold und Silber, auch gestickten Kleidern angethan worden. Das Bild ist mit einem schönen Gitter eingeschlossen, der Boden mit Marmor gepflastert, die Mauer mit Gyps geziert; es hängt auch eine schöne, zierliche Ampel davor, so alle Samstage und Feierabende brennt. An hohen Festtagen betet das ganze Kollegium die Litanei davor, und erzeigt sonst ein Jeder seine Andacht dabei, also, daß öfter das Kollegium von Feuers- und Pestgefahr errettet worden.

99.

Das Frauenbild zu Wilhelmsdorf.

In diesem Dorfe der Grafschaft Glatz war vor vielen Jahren ein Bauer, mit Namen Schneider, welcher ohne alle seine Schuld, und nur aus Unglück, schier von Haus und Hof gekommen. Alle Mühe und Arbeit, so er in dem Hauswesen angewendet, war umsonst: es wollte nichts ersprießen, Vieh und Pferd erkrankten ihm; der gute Mann kümmerte sich stark. Einmal kam ihm im Schlafe vor, es werde alles in seinem Hauswesen besser werden, wenn er ein Mutter Gottes Bild machen lasse und solches in der Dorfkirche auf den Altar stelle. Der Bauer hat dieses gethan, das Bildniß der schmerzhaften Mutter Gottes machen lassen und es auf den Altar gesetzt. Da hat alles sich in einen besseren Stand zu schicken angefangen: das Vieh ist wieder gesund worden und er selbst als ein armer Tropf zu einem ziemlichen Vermögen gekommen. Als die andern Bauern solches vernommen, haben auch sie mit großem Nutzen zu diesem Bilde ihre Zuflucht genommen. Im Jahre 1645 hat ein guter, frommer, aufrichtiger Bauer, Namens Georg, aus Furcht, von den Soldaten beraubt zu werden, seine wenigen Dukaten in Werg und Leinwand wohl eingemacht, bei einem hohen

Baume in die Erde vergraben. Nach etlichen Tagen wollte er zu dem Hauswesen etwas davon nehmen, war aber das Geld nicht mehr vorhanden. Der gute Georg fällt auf die Knie nieder, verlobt der Mutter Gottes zu Wilhelmsdorf, wenn er das vergrabene Geld wieder bekomme, ein Kleid oder einen Rock machen zu lassen. Siehe, da kommet daher geflogen ein Rabe, der bringt das Geld, wie es eingemacht war, in dem Schnabel, wirft es vor Georg's Füßen nieder, und fliegt wieder davon. Der Georg, voll Freuden, eilt dem Pfarrhofe zu, erzählte alles dem Herrn Pfarrer Ruprecht, und gibt ihm einen Dukaten zur Bekleidung des Bildes. Welches alles der Pfarrherr durch ein öffentliches, schriftliches Zeugniß authentisch bezeuget.

100.

Die Wegweiserin oder das Gnadenbild der Mutter Gottes aus Kandia.

Das gnadenreiche Bildniß der Mutter Gottes aus Kandia, welches sich schon beinahe zwei Jahrhunderte in der kaiserlichen Hofpfarrkirche zu St. Michael in Wien befindet, ist eigentlich eine wahre, uralte und unverfälschte Abschilderung jenes berühmten Urbildes, das unter den griechischen Kaisern zu Konstantinopel in einer weltbekannten Verehrung gestanden. Dieses Urbild ist Anfangs zu Jerusalem von dem heiligen Lukas auf einer Tafel mit Wachs und Farben entworfen, und gleich nach seiner Verfertigung der göttlichen Mutter gewiesen worden, die darüber ein ganz ausnehmendes Wohlgefallen blicken ließ und demselben ihre Gnade mit diesen merkwürdigen Worten einflößte: ʽΗ χάρις μου μετ’ ἀυτῆς d. i. Meine Gnade mit ihr!“

Es ist nicht auszudrücken, wie groß das Ansehen und die Verehrung dieses Gnadenbildes zu Konstantinopel gewesen; der Ruf verbreitete sich nach und nach durch ganz Griechenland, und bewog absonderlich die Einwohner des Eilandes Kandia, daß sie zu Konstantinopel um eine ähnliche Abbildung dieses so schätzbaren Urbildes anhielten. Ihre Wünsche wurden auch wirklich erfüllt, und sie überkamen eben jene wahre und unverfälschte Abschilderung desselben, die sich nunmehr zu St. Michael in Wien befindet.

Kaum war unser Gnadenbild in dem Eilande Kandia angelangt, so wurde es von den sämmtlichen Einwohnern mit der zärtlichsten Andacht empfangen, und sogleich in die Hauptstadt dieser Insel, die ebenfalls Kandia heißt, mit vieler Feierlichkeit übertragen. Man setzte es daselbst in der Kirche des heiligen Nikolaus, welche insgemein Ciangari oder die Kirche der Schuhmacher genannt wird, der öffentlichen Verehrung aus, und der Zulauf des eifrigen Volkes wuchs nach und nach in solcher Weise an, daß diese Kirche nicht nur am Tage, sondern auch zur Nachtzeit von einer großen Menge frommer Gläubiger besucht wurde, die ihre Zuflucht in verschiedenen Nöthen und Anliegenheiten zu diesem Gnadenbilde nahmen und bei demselben auch Trost und Hülfe fanden.

Kandia befand sich durch viele Jahre unter der Herrschaft des Freistaates Venedig in einem sehr blühenden Zustande, bis endlich im Jahre 1645 die Türken mit einer fürchterlichen Kriegsmacht in dasselbe einfielen und noch im selben Jahre die Festung Kanea eroberten. Dies war der Anfang des berühmten kandianischen Krieges, der sich mit zweifelhaftem Glücke bis 1666 hinauszog, in welchem Jahre die Türken so weit kamen, daß sie die Hauptstadt Kandia selbst zu belagern anfingen. Und da diese weltbekannte Belagerung drei volle Jahre dauerte, hielt indessen der Freistaat von Venedig bei allen christlichen Mächten um einen nachdrücklichen Beistand an. Ein Gleiches that der ruhmvolle Papst Clemens XI., welcher besonders den Kaiser Leopold I. aneiferte, das bedrängte Kandia als eine Vormauer der ganzen Christenheit aus allen Kräften zu unterstützen. Der kaiserliche Hof schickte auch wirklich im Jahre 1668 den Obersten Heinrich Ulrich Freiherrn von Kielmannseck mit 2400 Mann dahin. Nichts destoweniger setzten die Türken die angefangene Belagerung mit der äußersten Hartnäckigkeit fort, unter welcher sich mit unserm Gnadenbilde, das sich damals noch immer in der Stadt Kandia befand, eine ganz besonders merkwürdige Begebenheit zugetragen. Als eines Tages auf dem Altare, auf welchem es ausgesetzt war, ein Priester das heilige Meßopfer verrichtete, und nun eben zur heiligen Wandlung schreiten wollte, fiel das Bild ganz unversehens und aus freien Stücken von seinem Orte herab. Das Volk erschrack heftig und untersuchte gleich nach geendigter Messe die Ursache dieses unverhofften Zufalls. Da bemerkte man, wie unter der Erde stark gegraben werde und entdeckte endlich, daß die Türken die ganze Kirche zu untergraben und in die Luft zu sprengen bemüht wären, weil sie ausgekundschaftet hatten, daß sich in derselben das Volk bei dem allverehrten Gnadenbilde sehr häufig einfinde. Hierauf hat man den Feinden allsogleich entgegen gegraben und eine große Unzahl derselben durch eine angelegte Gegenmine zu Grunde gerichtet.

Indessen kam es doch mit der beängstigten Stadt auf das äußerste, so daß sich endlich der venetianische Generalkapitän gezwungen sah, den Platz unter gewissen Bedingungen im Jahre 1669 an die Türken zu übergeben. Bei diesen Umständen schickten sich die fremden Hülfsvölker zum Abzug an, und Oberst von Kielmanseck war eben mit den kaiserlichen Truppen zur

Abfahrt bereit, als sich bei ihm ein Priester melden ließ, der ihn auf das inständigste bat, er möchte ihn doch in sein Schiff, das den Namen der heiligen drei Könige führte, aufnehmen und nach Venedig bringen. Als solches der Herr Oberst bewilligte, so übergab ihm dieser Priester das Gnadenbild der Wegweiserin, welches er aus der Kirche des heiligen Nikolaus geflüchtet und den Entehrungen der Türken entzogen hatte. Der Herr Oberst erkannte es sogleich, und befahl seinem Adjutanten Balthasar Olivicciani, daß er es auf das sorgfältigste einpacken und zugleich einige Cypressenbäume abhauen und mitnehmen soll, indem er gesonnen wäre, in der Pfarrkirche zu St. Michael in Wien einen Altar von Cypressenholz errichten, und das Gnadenbild auf demselben der öffentlichen Verehrung aussetzen zu lassen. Oliviciani vollzog diesen Befehl auf das genaueste; das Gnadenbild wurde jedoch erst 1672 den Barnabiten zu St. Michael übergeben.

Kaum war es aber der öffentlichen Verehrung ausgesetzt, so fanden sich auch schon viele Gläubige ein, die bei ihm Hülfe und Beistand suchten und erhielten. Dieses war besonders der Fall, als im Jahee 1679 jene große Pestseuche über Wien kam, welche in kurzer Zeit viele Tausende der Einwohner hinwegraffte. Pater Don Kasimir Dembsky, ein geborner Schlesier, welcher damals zu St Michael den pfarrherrlichen Verrichtungen mit vielem Ruhme oblag, war nicht minder unermüdet in seinem christlichen Eifer, den Kranken zu dienen. Da geschah es, daß er endlich selbst von der Seuche ergriffen wurde und am sechsten Tage des Herbstmonats in das Lazareth gebracht werden mußte. Die Aerzte gaben sich alle mögliche Mühe, ihm mit den kräftigsten Heilmitteln beizuspringen; allein diese thaten nicht die geringste Wirkung, so daß man an seiner Wiederherstellung gänzlich verzweifelte und seinen Tod noch in derselben Nacht vermuthete. Bei solchen Umständen bereitete sich Pater Dembsky zum nahen Lebensende, und empfing mit großer Erbauung aller Anwesenden die heiligen Sakramente; empfahl sich zugleich mit kindlichem Vertrauen der Mutter Gottes aus Kandia und verfiel bald darauf in einen sanften Schlummer. Da kam es ihm gleichsam wie im Traume vor, als stände die gedachte Mutter Gottes aus Kandia sammt den beiden Heiligen, Rochus und Sebastianus, vor ihm gerade so, wie sie noch heut zu Tage auf dem Altare der seligsten Jungfrau bei St. Michael zu sehen sind. Hierauf erwachte er gegen Mitternacht, und fühlte sich so vollkommen hergestellt, daß er mit dem anbrechenden Tage aufstehen, sich selbst ankleiden und ohne die mindesten Merkmale einer überstandenen Krankheit davon gehen konnte.

Der damalige Leibarzt im Lazareth, Herr Johann Christoph Resch, erschrack nicht wenig, als er den Pater Dembsky so unverhofft und so verändert vor sich sah. Er besichtigte sogleich die Orte der Pestbeulen und fand nicht die geringste Spur davon; begleitete demnach den so plötzlich genesenen Pater in die Kapelle, wo derselbe das heilige Meßopfer abstattete, die Beicht verschiedener, mit der Pest behafteter Personen hörte, und ihnen das allerheiligste Sakrament des Altars reichte. Hierauf nahm er das Mittagsmal bei dem Herrn Leibarzte und verfügte sich endlich gesund und ohne den geringsten Anstoß nach Hause.

Diese Begebenheit ist von dem hiesigen hochfürstlich-bischöflichen Konsistorium gerichtlich und auf das genaueste untersucht, und von fünf glaubwürdigen Zeugen eidlich bestätigt worden.

101.

Das Frauenbild zu Baselga.

Dieses heilige Bild verehren besonders die Bauern in dem Gebirge und in den umliegenden Thälern des Bisthums Trient, besuchen es mit Kreuzgängen zur Erhaltung der Früchte auf dem Felde. Dann, wenn ein Donnerwetter, Regen und Hagel vorfällt, so hört man nicht früher auf zu läuten, bis daß man zwei oder drei scheinende Lichter auf dem Dache der Kirche, in welcher dieses heilige Bild steht, sieht, die ein Zeichen sind, daß das Wetter vergangen, und ohne Schaden abgegangen. Was man sonst nicht leicht liest, daß es geschieht, ausgenommen auf dem Meere.

102.

Unsere liebe Frau auf dem heiligen Berge *).

(Krain.)

Hierher geschehen an unserer lieben Frauen Tagen große Wallfahrten. Ehedessen pflegten die Geistlichen in einem Thurme allhier zu speisen; weil aber das Wetter jährlich in solchen Thurm schlug, und einst auch, als die Herren eben zur Tafel saßen, welche zwar allesammt niedergeschlagen, aber gleichwohl keiner beschädigt wurde, so hält man seit derselben Zeit und bei vierzig Jahren her die Malzeit nicht mehr in dem Thurme.

Vor etlichen und dreißig Jahren war ein Weib ganz erblindet, in welcher Stockblindheit sie auch etliche Jahre zugebracht. Als sie sich aber zu dieser Kirche verlobt und in Gesellschaft dreier Geistlichen dahin bringen lassen, auch nach gepflogener Andacht auf bloßen Knien dreimal um den Altar kriechen wollen, ist ihr, als sie bei dem dritten Male hinter den Altar gekommen, nicht anders gewesen, als ob sie von einem starken Winde, der ihr auch den Schleier vom Kopfe gerissen, angeblasen

*) Nach Valvasor. Vgl. Sage 56.

würde; worüber sie vor Schrecken einen lauten Schrei gethan, zugleich aber auch denselben Augenblick wieder sehend worden. Dieses hat sich in der Wahrheit also begeben, wie es viele Leute bezeugen können. Auch habe ich selber oft mit ihr geredet, als zu solcher Zeit ihr Ehewirth Amtmann zu Galleneck bei uns war, seines Namens, so viel ich mich erinnern kann, Johannes Pein, der auch bei dem Freiherrn von Witzenstein zu Lübeck etliche Jahre Amtmann gewesen ist.

103.

Maria zu den drei Eichen.

Mathias Weinberger, ein gottesfürchtiger Bürger von Horn, hatte in seinem Zimmer ein aus Wachs possirtes Bildniß der seligsten Jungfrau aufgestellt. Täglich versammelte er vor demselben seine Hausleute, zündete eine Lampe an, schüttete sein frommes Herz andächtig vor Gott aus, und hegte das volle Vertrauen zu der heiligen Mutter, daß sie ihm in Gefahr und Noth mächtige Hülfe erflehen werde. Im Jahre 1656 wurde er sehr schwer krank, seine Kräfte nahmen so gänzlich ab, daß man ihn heben und legen mußte. Der weise Gott, der diesen frommen Mann länger prüfen wollte, ließ ihn einige Jahre kränkelnd herumziehen. Sein Handwerk mußte die ganze Zeit hindurch ruhen, seine Noth wurde immer größer, und das liebe tägliche Brot für die Seinigen immer schmäler und schmäler. Aber sein Gebet vor dem Marienbilde war täglich heißer und feuriger. Nie unterblieb sein inbrünstiges Rufen zu Gott; nie sein Bitten um die Fürsprache der mitleidsvollen Mutter Jesu. Er hielt sich nicht für würdig, von Gott erhört zu werden, und nahm daher seine Zuflucht zu Maria, die bei ihrem Sohne, dem freundlichen Helfer der Elenden und Bedrängten, Beistand und Hülfe erbitten sollte. In dieser anhaltenden Andacht, in diesem großen Vertrauen auf das Vorwort der gebenedeiten Jungfrau schlief er eines Tages ein, und hatte folgenden Traum:

Das Bildniß der zärtlichen Mutter mit Jesus auf dem Schooße, stand lebhaft vor seiner Seele. Dieses Bildniß sollte er auf den Molderberg bringen, und daselbst an einem Eichenbaume, der von der Wurzel aus in drei Stämme getheilt, dort stehen wird zur öffentlichen Verehrung aufstellen.

Aber erst auf ernstliches Zureden seines Beichtvaters, der ihm wiederholt vorstellte, daß er dem innern Drange seines Gewissens wie dem Befehle Gottes gehorsamen soll, entschloß sich Mathias Weinberger, das ihm so theuer gewordene Bildniß, sobald er Kräfte genug dazu bekommen würde, von seinem Zimmer auf den bestimmten Ort zu übertragen. Gott, der diesen frommen Entschluß mit Wohlgefallen sah, erbarmte sich von nun an des gottesfürchtigen Mannes, ließ täglich mehr und mehr das Übel seiner Krankheit abnehmen, und schenkte ihm bald so viel Kräfte, daß er seinem Erwerbe wieder nachgehen konnte.

Stark genug, und von bitterer Noth getrieben, begab er sich nach der Stadt Eggenburg, um daselbst durch den Verkauf seiner Pelzwaaren sich und den Seinigen den nöthigen Unterhalt zu verschaffen. Über die Gedanken aber voll Kummer und Sorgen, hätte er beinahe seines gemachten Entschlusses vergessen. Gott ließ ihn daher auf dem Wege am genannten Molderberge von einer so großen Mattigkeit überfallen, daß er gezwungen war, unter einem schattigen Birnbaume sich niederzulassen, wo er aus Schwäche bald in einen sanften Schlummer verfiel.

Da schien ihm, als stände er vor einem Throne, welcher gleich der Sonne strahlte, und den Glanz feurig schimmernden Goldes um sich verbreitete. Plötzlich erklangen tausend liebliche Saitenspiele und jubelnde Stimmen, welche so entzückend in sein Herz drangen, daß er darüber freudig erwachte. Er blickte in froher Bewunderung um sich her, glaubte wirklich zu sehen und zu hören, und als er alles ringsum ruhig fand, schlief er zum zweiten Male ein. So angenehm aber und erhebend der erste Traum war, so schrecklich und niederschlagend war der zweite, den er jetzt hatte. Es erhob sich ein fürchterliches Donnergerassel und Hagelwetter; die herumsprühenden Blitze schienen auf ihn zu stürzen und ihn gänzlich zu verzehren. Da fuhr er vor Schrecken empor, zitterte am ganzen Körper, erwachte, und sprang mit Gewalt von der Erde auf.

Als er etwas zur Besinnung kam, war das erste, was ihm in die Augen fiel, ein mit drei Stämmen versehener Eichbaum, der ganz nahe an der Stelle stand, auf welcher er eingeschlafen war. Nun fiel ihm sogleich das frühere Traumbild ein, und er fühlte Scham und Reue, daß er seines Entschlusses beinahe vergessen hätte. Er überdachte seinen letzten Traum, und schloß daraus, Gott habe ihm gedroht, daß er ihn scharf züchtigen wolle, wenn er sein Gelübde nicht erfüllen werde. Er überdachte endlich auch den ersten Traum, und es war ihm klar, daß Gott wie auf einen glänzenden Thron die Mutter seines Sohnes hier auf diesen Baum setzen wolle, um sie vor der Welt zu verherrlichen, und den frommen Pilgern durch ihre Fürbitte, nach seiner großen Barmherzigkeit, Gnade und Trost zu verleihen.

Er kehrte daher auf der Stelle nach Hause zurück, nahm das ehrwürdige Marienbild aus seinem Zimmer, brachte es auf den Eichbaum und flehte da zuerst durch tiefe Verehrung der gebenedeiten Jungfrau um Wiedererlangung seiner Gesundheit. Er erhielt sie auch, und zwar so vollkommen, daß er bald darauf allen Arbeiten seines Gewerbes mit voller Kraft vorstehen konnte. Bei der damals zu Horn eingerissenen Pest stand er den Leidenden Tag und Nacht bei, half liebevoll die Todten in den Friedhof bringen, sammelte sich durch diese christliche Menschenliebe viele Verdienste vor Gott, und starb in einem hohen Alter den Tod des Edlen.

Der vielfältige Trost und die mächtige Hülfe, welche einzelne fromme Pilgrime bei dem Gnadenbilde zu den drei Eichen erhielten, zog bald darauf eine so große Menge wahrer Verehrer herbei, daß sich der Ruf davon weit nach Böhmen und Mähren verbreitete, und Wallfahrer tausendweise aus diesen Ländern herbeiströmten.

Zu dieser Zeit aber, als das ehrwürdige Bildniß noch immer unter freiem Himmel verehrt wurde, geschah es, entweder durch Unvorsichtigkeit der Hirten, oder sonst durch einen Zufall, daß die dreistämmige Eiche beinahe ganz ausbrannte, und das aus Wachs possirte Marienbild zerschmolz. Als jedoch die ausgebrannte Eiche bald darauf neue, frische Zweige hervortrieb, und wie verjüngt wieder zu grünen anfing, so schien dies ein Zeichen zu seyn, daß der Herr seine Verherrlichung durch

Maria an diesem Berge bestätige, und den frommen Andachtseifer der Gläubigen dort fortgesetzt wissen wolle.

Beseelt von diesem Eifer, und durch ein Gelübde dazu verpflichtet, ließ daher Sebastian Friedrich Förber, der damalige Bürgermeister zu Horn, das gegenwärtige Marienbild auf die frisch auflebende Eiche setzen; und als die Verehrung der Gottesmutter durch fromme Wallfahrer an diesem Orte täglich zunahm, wurden mehrere Gutthäter, um den ersten Zufall ferner zu verhüten, bewogen, die Eiche ringsherum mit Bankläden einfassen zu lassen, um zugleich dadurch anzuzeigen, daß hier eine Gott geheiligte Stelle sey, an welcher er die Verehrung der Mutter seines Sohnes mit Wohlgefallen sehe.

Und wirklich bewies Gott seine mächtige Gegenwart bei der Verherrlichung Mariens an diesem Orte so auffallend, seine Barmherzigkeit ergoß sich auf die Fürbitte Mariens über so viele hülfrufende und vertrauensvolle Pilger, daß der Abt Placidus von Altenburg und Graf Philipp Joseph von Hoyos sich entschlossen, von dem eingegangenen Opfergelde eine Kapelle von Steinen aufführen zu lassen. Im Jahre 1732 wurde der Bau der ersten kleinen Kirche vollendet, und nun wuchs die Zahl der Pilger so außerordentlich, daß man im Jahre 1738 nahe an 50,000 zählte, und schon 1744 der Grundstein zu der gegenwärtigen großen und schönen Kirche gelegt werden konnte.

104.

Das Frauenbild in Tramin.

Nicht weit von Tramin im Etschlande ist eine Kirche, zu der aus dem umliegenden Gebirge starker Zulauf, welche den Titel von der Säule hat; Andere nennen sie zu dem Kreuze; ich nenne sie unsere liebe Frau von Tramin, dieweil ein Bürger aus gemeldetem Flecken, Georg Fechtner, eilf Söhne gehabt, deren keiner erwachsen, sondern entweder im Mutterleibe gestorben, oder doch nach wenigen Monaten des gähen Todes verschieden. Der betrübte und sorgfältige Vater schrieb es seinen Sünden zu. Einmal hatte ihm, ich weiß nicht wer, den Rath gegeben, er solle auf offener Straße, allwo sich der Weg auf Egna, Munda und Caldarn scheidet, der Mutter Gottes eine Säule aufrichten lassen: es würde ihm auch Anderer Gebet, so dabei würde verrichtet werden, zu Nutzen kommen. Er läßt gemeldete Säule von Holz aufrichten, macht unserer lieben Frauen Bildniß hinein, und bekommt zwei frische, gesunde Söhne, die viele Jahre und den Vater überlebten. Es hat sich auch die Mutter Gottes gegen das andächtige und nothleidende Volk vielfältig freigebig und wunderthätig erzeigt, also, daß man aus schuldiger Dankbarkeit eine Kirche über die Säule gebaut.

105.

Die Frauenkirche zu Worreshek.

(Krain.)

Diese Kirche steht auf einem hohen Berge, welchen zur Winterszeit ein dicker Schnee bedeckt, weßwegen der Meßner bisweilen, nach der Kirche hinauf zu gehen, verdrossen gewesen, und also die Glocken ungeläutet gelassen. Worauf endlich die benachbarten Leute, von der Kirche herab, eine Stimme gehört, welche gerufen, man sollte dem Meßner den Weg bahnen; welche Bahn man auch hierauf gemacht hat.

Es scheint auch dieses wunderwürdig zu seyn, daß alle sieben Jahre, am Geburtstage unserer lieben Frauen, welcher diese Kirche gewidmet ist, eine große Menge Ameisen, mit ausgebreiteten Flügeln, sich allhier versammeln, und nachdem sie in dieser Kirche acht Tage lang verweilt, endlich wieder hinwegziehen. Ob man diese Ameisen gleich mit Füßen tritt, werden sie dennoch also nicht zertreten, noch zermalmt, wie mich nicht allein die Syndici dieser Kirche, sondern auch andere glaubwürdige Personen berichtet haben. (Syndici nennt man in Krain die Kirchenpröpste, deren bei jeder Kirche zwei, drei oder auch vier befindlich, und welche Achtung haben auf die Kirchengüter, obwohl sie nur gemeine Bauersleute sind.)

106.

Mariahülf auf dem heil. Berge zu Gutenstein.

Da Maria auch in diesem rauhen Gebirge von andächtigen Seelen verehrt zu werden verlangte, um ihnen den Schatzkasten göttlicher Gnaden zu eröffnen, hat sie 1661 zu einem Anfänger erkiesen Sebastian Schlager, einen aufrichtigen, gottseligen Mann, Bürger und Hauenschmied im Markte Gutenstein.

Denn bei nächtlicher Weile erschien ihm Maria, verlangte, er soll ihr Bildniß malen lassen und selbes auf dem Berge, Buchschach genannt, im Walde anheften. Der fromme Mann, dessen Demuth sich solcher Gnade unwürdig schätzte, hält es für eitlen Traum, und schlägt es sich aus dem Sinne. Maria erscheint das andere und dritte Mal, aber vergebens; bis endlich nach siebenmal geschehener Mahnung er die Sache besser bedenkt, und dem mütterlichen Befehle nachzukommen entschlossen ist.

Demnach begab er sich nach Mariazell, wo er nach abgelegter Beicht und empfangener Communion die Mutter der Barmherzigkeit um Erleuchtung angerufen; läßt auch daselbst auf einem aus Blech geschlagenen Blättlein das Bildniß Mariä malen, wie es ihm im Traume vorgekommen und noch jetzt zu sehen ist.

Dieses also trug er mit sich nach Hause, behielt es in seiner Kammer ein ganzes Jahr, stets des Willens, es in einem Walde, durch welchen die Wallfahrer nach Mariazell zu reisen pflegten, und also an einem anderen Orte, als ihm Maria befohlen, anzuheften, damit es nach seiner, obschon guten, doch unüberlegten Meinung von den Vorübergehenden mehr und öfter, denn in einem unbewohnten und von den Menschen selten betretenen Orte, möchte verehrt werden.

Allein, da er nachgehends große Unruhe in seinem Gewissen spürte, entschloß er sich, hierüber den Rath seines Beichtvaters einzuholen, und diesen gehorsamst zu vollziehen. Der vernünftige Gewissensleiter antwortete ihm weislichst: Zumal die Urtheile Gottes ein unerforschlicher Abgrund wären, gezieme es sich, blinden Gehorsam zu leisten: sey also das Bild ohne Widerrede dorthin zu bringen, wo Maria von neuem verlangt, verehrt zu werden; soll auch wegen der Verehrung ohne Sorge seyn, weil genug bekannt ist, daß sie in vielen rauhen Orten die Menschen häufig durch Ausspendung ihrer mütterlichen Gnaden an sich gezogen habe.

Dieser Rath wurde alsobald bewerkstelligt, indem er das Bildniß Mariä mit seinem Bruder auf den ihm angezeigten Berg getragen, in dem finstern Walde an eine Buche geheftet und sich nach Hause begeben, ohne Vermuthen, als sollte in diesem unbekannten Orte dem liebwerthen Marienbilde jemals eine besondere, viel weniger eine öffentliche Ehre erwiesen werden.

Im Jahre 1664 begaben sich am Palmsonntage, so der sechste April war, vier Mannspersonen des Marktes Gutenstein, nachdem sie alle selben Tages ihre österliche Beicht abgelegt hatten, auf den oft bemeldeten Berg Buchschach; weil dieser aber im Antritte sehr steil, wurden sie im Hinaufsteigen ermüdet, und legten sich also nicht weit von der Buche, an welcher das Bildniß angeheftet war, nieder.

Unter diesen vier Personen war Lorenz Klerian, Drechslermeister, mit seinem Gesellen, und Mathias Köfer, ein Nachbar im Hause bei dem Kreuz, wie auch ein Siebmacher. Da sie also ruheten, ersah gedachter Klerian eine schöne weiße Taube, die mit langsamem Fluge dreimal um die Buche herum flog. Er hatte eben eine Flinte bei sich, und stellte dieser Taube nach; aber umsonst; denn er vermochte nicht zum Schusse zu kommen, sondern die Taube entfernte sich allgemach aus seinen Augen, wie sie dann auch niemals wieder gesehen worden.

Nun wollte Klerian zu seinen Gefährten sich zurückbegeben; aber plötzlich wird er zu wiederholten Malen mit einem Lichtglanze, wie von einem Blitzstrahle, umgeben, worüber er nicht wenig erschrocken. Er wendete alsobald, vermeinend, es wäre ein Wetterblitz gewesen, seine Augen gegen den Himmel, konnte aber nirgends ein schwarzes Wölklein ersehen. Endlich erblickte er an der Buche das Bildniß Mariä, verwundert sich über solche Begebenheit, und ruft sogleich die drei Uebrigen, welche, nachdem sie verstanden, was sich zugetragen hatte, mit Ehrfurcht auf die Knie niederfielen, und ein andächtiges Gebet verrichteten.

Der Finder dieses kostbaren Schatzes steigt auf den Baum, löst das Bild von der Buche, und trägt es freudenvoll nach Hause; aber bei reiferem Bedenken, was sich in Findung desselben mit ihm begeben hatte, eröffnet er den ganzen Verlauf dem damaligen Seelsorger in Gutenstein, Herrn Georg Resch. Weil sich nun bei solchen Umständen dieser geistliche Herr ohne mehreren Rath nicht sogleich erklären konnte, was in der Sache am sichersten zu thun, wohl wissend die Satzung des Tridentinischen Kirchenrathes, welche nicht gestattet, ohne Erlaubniß des Bischofs ein Bildniß als gnadenreich zur öffentlichen Verehrung auszustellen, begehrte er das heilige Bild für sich, Willens, selbes indessen im Pfarrhofe aufzubewahren.

Er hatte es auch geraume Zeit in Verwahrung und großen Ehren, fand aber nachher eine in seinem Gemüthe bei Tag und Nacht zunehmende Unruhe, welche sich auch nicht endete, bis er sich entschlossen, das heilige Bild wieder auf den Berg zurückzubringen, wie er es auch mit Beihülfe des Klerian an die Buche, ohne Jemand etwas davon zu melden, wieder angeheftet hat, im Jahre 1665 am heiligen Frohnleichnamsabende.

Es war das Fest der heil. Maria Magdalena, im zuletzt gemeldeten Jahre, als sich Maria Wieserin, ein junges Bauernmägdlein, auf den Buchschach verfügte, ihres Herrn Mathias Köfer Schafe allda zu weiden. Ein einfallendes Regenwetter verursachte, daß sie sich gegen dasselbe zu schützen ungefähr unter jene Buche begab, an welcher das Gnadenbild angeheftet war. Bald darauf wurde in dem Pfarrthurme das Glockenzeichen zur Wandlung gegeben, da sich das fromme Kind auf die Knie niederließ, um im Freien ihren Gott anzubeten, dessen Dienste sie in der Kirche nicht beiwohnen konnte. Da sie also ihre Augen andächtig gegen den Himmel erhob, ersieht sie mit großer Freude das Bildniß Mariä, und als sie mit ihrer Herde nach Hause gekommen, hat sie solches ihrem Herrn trostvoll angekündet, daß das marianische Bildniß wieder an jenem Orte wäre, wo er es im vorigen Jahre abnehmen geholfen hätte.

Dieses war dem Mathias Köfer eine höchst angenehme Nachricht. Er zeigt solches seinem Bruder Georg an, der dann aus großer Begierde, obwohl seit einem Jahre am rechten Arme gelähmt, versprach und gelobte, vor diesem heiligen Bilde seine Andacht zu verrichten, hoffend, er werde seine Gesundheit wieder erlangen. Deßwegen hat er seinen Bruder gebeten, nächsten Sonntag mit ihm den Berg zu besteigen.

Es geschah: beide Brüder mit noch einigen frommen Bürgersfrauen bestiegen den Berg, verrichteten ihre Andacht bei dem gnadenreichen Bilde, und siehe, Georg Köfer hat alsobald eine Besserung an dem lahmen Arme vermerkt, und kurz hernach die völlige Gesundheit erhalten, worauf er diese, von Maria empfangene Gnade männiglich kund gemacht, und auch einiges Geld zu Erbauung einer kleinen Kapelle gewidmet hat. Von dieser Zeit an wurden bereits unterschiedliche Opfer von Wachs anhergebracht, und von Tag zu Tag vermehrten sich die Wallfahrer, also, daß am Feste Mariä Himmelfahrt genannten Jahres 1665 schon 52 Personen daselbst angekommen und öffentlich den heiligen Rosenkranz gebetet haben.

107.

Mariahülf bei St. Jakob in Innsbruck.

Erzherzog Leopold, Kaiser Ferdinand's II. leiblicher Bruder, als er den Churfürsten Georg aus Sachsen zu Dresden besucht, ist er von diesem auf das herrlichste empfangen und gehalten worden. Es hat ihn auch der Churfürst einesmals in seine Kunstkammer geführt und ihm alles gezeigt, letztlich sogar angeboten, etwas daraus zu nehmen, so ihm zum besten beliebe. Leopoldus warf die Augen auf ein sehr schön gemaltes Mutter Gottes Bild, welches ihm vorkam, als wenn es gleichsam begehrte, erledigt zu werden. Der Churfürst voll Verwunderung, daß er nicht etwas Köstlicheres begehrte, hat solches Leopold alsobald verehrt. Dieses Bild, so eine Tafel, etwa fünf Spannen hoch und vier breit, hat Leopoldus niemals, auch auf den Reisen nicht, von sich gelassen, und viele Wundersachen dadurch von der Mutter Gottes erhalten.

Als seine Gemalin, die Herzogin Claudia, mit ihrem anderen Prinzen Sigismund in der Hoffnung ging, und in großer Furcht und Gefahr der Geburt stand, ist sie, sobald man dieses heilige Bild in ihr Zimmer gebracht, wunderbarer Weise glücklich derselben entbunden worden, wie sie es öfter zu Ehren der Mutter Gottes zu erzählen pflegte. Nach dem seligen Ableben Leopoldi hat man für gut geachtet, diesem Bilde öffentliche Ehre anzuthun; daher viele Jahre hernach Erzherzog Ferdinand Karl, Leopold's ältester Sohn, selbes mit großem Pomp und großer Herrlichkeit in die Pfarrkirche St. Jakob hat stellen lassen, zu dem dann das Volk eine unbeschreibliche Andacht erzeigt. Diese ist gemehrt worden, nachdem der Pfarrprediger Wilhelm Gumppenberg Anno 1662 unterschiedliche Weisen, die Mutter Gottes zu verehren, vorgetragen, unter welchen auch Meidung des Karten- und Würfelspiels gewesen, also, daß man jene haufenweise zerrissen auf die Gasse oder in den Fluß Silar geworfen, wie auch die Würfel, deren man, so in den Fluß geworfen worden, zwei hundert und sieben und neunzig gezählt, und damit die Zahl der dreihundert erfüllt würde, sind fünf Jahre hernach von Rom sogar drei Würfel herausgebracht, und eben an diesem Orte, wo die andern, in die Silar geworfen worden.

Es ist nicht auszusprechen, wie viele und welche große Gnaden bei diesem Bilde von der Mutter Gottes mitgetheilt worden: die ersten dreißig Tage allein hat man dreihundert und etliche fünfzig schriftliche Zeugnisse der Gutthaten eingebracht, und allezeit hundert zusammengebunden, daß also die ersten drei Jahre, vom 23. März 1662 an, bis zum 17. März 1665 dreizehn dergleichen Bücher gebunden worden. Sogar von Rom hat man solche schriftliche Zeugnisse der empfangenen Gnaden nach Innsbruck geschickt und es werden hier wenig Bürgerhäuser seyn, in denen nicht eine Kopie von diesem gnadenreichen Bildnisse angemalt ist.

108.

Mariagrün.

(Steiermark.)

Ein Fremder, im Dienste des Malthefer-Ordens, wurde auf einer Reise durch Grätz von einer schweren Krankheit befallen. Die Tochter des Wirthes, bei dem er wohnte, pflegte ihn so sorgfältig, daß er ihr nach erfolgter Genesung die Hand zum ehelichen Bunde reichte. Er übernahm das Gasthaus seiner Schwiegerältern zum Hasen in der Schmidgasse, jetzt zum Strauß genannt, und lebte fünfzehn Jahre im ungestörten Frieden, bis ihm der Tod die Gattin raubte. Er verehelichte sich nun zum zweiten Male mit einer Bürgerstochter von Grätz. Als diese in die Wochen kam, und die Entbindung Gefahr drohte, gelobte der zärtliche Gatte: im Falle seine Frau genesen würde, zur Verherrlichung der Mutter Gottes eine Kirche zu bauen. Dieses geschah, und der junge Sprößling, ein munteres Knäblein, bestimmte darauf durch einen Steinwurf den Platz, wohin die Kirche zu stehen kam. Sie wurde im Jahre 1665 erbaut, im Hintergrunde eines engen Thales, das rings von bewaldeten Bergen eingeschlossen ist, und wo schon seit langem die Klause eines Eremiten stand.

109.

Der ungesunde Brunnen.

Im Jahre 1644, den 25. März, an unserer lieben Frauen Verkündigung, hat Michael von Iglau in Mähren, aus unkatholischen Ältern geboren, sich zur katholischen Religion begeben, und weil er höhere Gedanken geschöpft, und damit er sich zu solcher Religion besser gefaßt machte, hat er sich nach Salzburg begeben, und Erlaubniß erhalten, ein einsiedlerisches Leben zu führen. Er hat nicht weit von Nußdorf einen Ort gefunden, allwo ein Brunnen war, dessen Wasser gar ungesund denen, so davon getrunken. Michael sucht nach dem Ursprunge, macht eine Mauer darum, baut sich daneben ein Hüttlein und eine Kapelle zu Ehren unserer lieben Frauen, und das Wasser ist heilsam wider allerlei Krankheiten geworden. Damit aber den frommen Michael die eitle Ehre und Hoffart nicht stürze, hat ihn Gott, nachdem er mit allen heiligen Sakramenten versehen, den 18. Jänner im Jahre 1667 aus dieser Welt hinweggenommen, dem ein anderer, auch frommer Einsiedler nachgefolgt, welcher durch das gesammelte Almosen aus der hölzernen eine gemauerte Kapelle gemacht, und die Andacht gemehrt.

110.

Die Wunderstufe.

Auf dem Erzberge in Steiermark steht eine schöne, große, der heiligen Barbara geweihte Kapelle. Sie ist ganz von Stein im Jahre 1703 erbaut, und von drei Seiten mit großen eisernen Gittern geschlossen. In der Nähe befindet sich ein Predigtstuhl von Erzstufen und andern Steinen in groteske Form erbaut, und der Kapelle gegenüber steht ein geräumiger Chor. Hier wird am Sonntage nach Christi Himmelfahrt jährlich ein feierlicher Gottesdienst gehalten, bei welchem die gesammte Knappenschaft, angeführt von ihren Vorstehern und Oberbeamten, im festlichen Zuge erscheint, und die sogenannte Wunderstufe mit sich bringt. Die Geschichte dieser Wunderstufe aber ist folgende: Als sich im Jahre 1669 eine Kommission in Eisenerz befand, und nach genauer Prüfung aller Verhältnisse am 8. Oktober den Ausspruch machte, es sey kein anderes Mittel vorhanden, als die Hauptgewerkschaft zu trennen, den Gliedern derselben den Rest ihrer Einlage-Kapitalien hinaus zu zahlen, und unter sie zu theilen, und den weiteren Bau Jedem auf gut Glück zu überlassen, erschienen die Knappen Simon Weissenbacher und Balthasar Millauer, und brachten die Stufe, welche sie im Dorothea-Stollen eben gefunden hatten. Es war diese nämlich ein Stück Spatheisenstein, der, als sie ihn zufällig zerschlugen, auf seinen inneren Flächen durch die Schattirungen der Farben des Flinzes das Bild Mariens mit dem Jesukinde auf dem Arme darstellte. Die muthlos gewordenen Gewerken fanden hierin einen Beweis besonderen Schutzes für ihren Bergbau, und harrten aus in den trüben Stunden der Prüfung, im vertrauungsvollen Hinblicke auf Gottes Vorsehung.

Die eine Hälfte dieser Wunderstufe wurde nach Wien in die kaiserliche Schatzkammer gesendet; die andere ist in der Konsulationskanzlei zu Eisenerz aufbewahrt, wo sie Jedem gezeigt wird, der sie zu sehen wünscht.

111.

Unsere liebe Frau zu Dobrava.

(Krain.)

Dieses ist eine uralte Kirche, dahin auch fast tägliche Wallfahrten angestellt werden; zumal sie von Mirakeln berühmt ist. Denn als vor fünfzehn Jahren eine Gräfin von Kärnthen, deren Geschlecht und Namen hier mit Fleiß verschwiegen wird, ihr liebes Kind von sechs Jahren, welches ganz erblindet war, mit dem Gelübde einer köstlichen Krone auf das Haupt unserer lieben Frau, wenn das Kind sein Gesicht wieder erlangen würde, dahin versprochen: da hat es sich von Stund an mit dem Gesichte des Kindes gebessert, daß es völlig wieder sehend, daher auch das gelobte Kronopfer mit Freuden dahin überbracht worden.

Als ingleichen ein Kind zu Laibach aus einem hohen Fenster hinabgefallen, und die Mutter ihm nachgeschrien: „Helfe dir unsere liebe Frau zu Dobrava!" ist dem Kinde nicht nur kein Leid geschehen, sondern es ist auch alsobald zu männiglichs Verwunderung wieder hinauf in die Stube gekommen.

112.

Maria Heimsuchung zu Skotschitz.

(Böhmen.)

Man möge wissen, daß dieses Bild der heiligen Mutter Gottes und Beisteherin der zu ihr flüchtenden Christen sich früher auf dem Altare der Schloßkapelle in Elischau befunden habe, und daß viele andächtige Christen, besonders zur Zeit des schwedischen Krieges, welchen ein gewisser Banner leitete, dort Herzenserleichterung suchten und fanden. Als sich aber die schwedischen Krieger immer weiter und weiter in Böhmen ausbreiteten, geschah es, daß dieses Bild entweder durch sie, oder durch die, in diesem Kriege wieder aufgetretenen Ketzer, am Altare roher Weise mit dem Degen durchbohrt worden ist. Um es daher vor gänzlicher Zerstörung zu sichern, wurde es mir, Polixena Ludmilla Gräfin zu Sternberg, gebornen Gräfin Zdiar, von meinem geliebten Herrn Gemale, guten und dankbaren Andenkens, Seiner Gnaden dem hochgebornen Herrn Herrn Wenzel Ferdinand Schwihowsky von Riesenberg und Schwihew, Herrn zu Elischau, Neprachow, Czigkow und Kräteniz, Seiner königlichen Majestät Rathe und Landstande im Königreiche Böhmen, geschenkt. — Ich habe dieses Bild durch die ganze Zeit sorgfältig aufbewahrt, im Jahre 1666 in meine Burg nach Skotschitz übertragen, und dort, in Ermanglung einer Kapelle, in einem Zimmer, an einem hiezu vorgerichteten Platze aufstellen lassen, bei welchem dann, nach eingeholter Erlaubniß Seiner fürstlichen Gnaden, des Herrn Erzbischofes von Prag, heilige Messen gelesen zu werden pflegten.

Im Jahre 1672 wurde am 23. März durch ein unversehens ausgebrochenes, unglückliches Feuer sowohl die Skotschitzer Burg, als auch der ganze Maierhof in Asche und Staub verwandelt; das Bild aber blieb, ungeachtet der hölzerne Rohrboden des Zimmers gleich dem übrigen ganz niederbrannte, und viele andere Bilder, welche ebenfalls dort hingen, und sich in der Nähe dieses heiligen Bildes befanden, von den Flammen vernichtet wurden, zur namenlosen Verwunderung Aller, sammt dem Rahmen und den Vorhängen, die zum Andenken sich noch gegenwärtig in dieser Kapelle bei dem Bilde befinden, unversehrt an seiner Stelle. Bei der Wiederaufbauung der Burg und des Hofes zu Skotschitz ließ ich für dieses Bild eine kleine Kapelle in der Burg herstellen, und habe es dort bis zum 21. August des Jahres 1678 verwahrt.

Nachdem ich bei mir erwogen hatte, wie viele Gnaden und Wohlthaten mir und vielen Andern, welche dieses Bild in Ehren hielten und bei demselben Gott um Hülfe baten, zu Theil geworden, ließ ich, damit dasselbe allgemeiner verehrt und auf lange Zeiten in einem besseren und würdigeren Orte aufbewahrt würde, zur Ehre Gottes und des heiligen Bildes gegenwärtige Kapelle unter dem Namen „Mariä Heimsuchung“ erbauen, am 21. August des oben angeführten Jahres 1678, durch den hochwürdigen Herrn Johann Ignaz Dlauhowesky von Langendorf, Propst bei St. Veit zu Prag, weihen, und das ehrwürdige Bild aus der erwähnten Burgkapelle hieher in einer großen, feierlichen Prozession übertragen, an welcher nebst dem genannten Herrn Propste und vielen Geistlichen eine große Anzahl höherer Standespersonen unter dem Gefolge des eingepfarrten, und in sechs Prozessionen von anderen Orten herbeigeströmten Volkes, Antheil genommen hat.

Möge der allmächtige Gott die Bitten aller andächtigen Christen in seiner Barmherzigkeit erhören und um der Fürbitte der Mutter Gottes und aller seiner lieben Heiligen willen, uns eine gedeihliche Witterung, gesegnete Ernte, und die zeitliche, so wie nach überstandenen Sorgen des hierseitigen Lebens, die ewige Ruhe zukommen lassen — Amen!

113.
Kronburg.

(Tirol.)

Auf einer freundlichen Wiese, in der Nähe der Veste Kronburg, steht eine andächtige Kapelle, reinlich gebaut, mit allerlei Schmuck geziert, und seit uralter Zeit der Gottesmutter geweiht. Ein Tischler von Schönwies, Lechleitner geheißen, war im Dorfe Grins bei wohlhabenden Leuten auf Arbeit und wußte allerlei Gnadenerweise von der gebenedeiten Jungfrau auf Kronburg zu erzählen. Da stach sich ein Kind der Hausbesitzer mit einem Messer in's Auge, das Blut rann stromweis aus der Wunde, die Ältern weinten und wehklagten erbärmlich. Der Tischler wies auf Kronburg, die Ältern gelobten eine neue Kapelle der dort aufgestellten Jungfrau Maria, und siehe! das Kind wurde ganz wunderbar und augenblicklich geheilt. Die Kapelle erstand im Jahre 1673, das gewirkte augenfällige Wunder wurde allenthalben bekannt, zahlreiche Pilger strömten zum Heiligthume, und machten durch ihre Opfer die Bestellung eines ständigen Priesters möglich, welcher gegen das Jahr 1718 zu Stande kam.

114.

Das Marienbild bei den Jesuiten zu Brünn.

Als der heilige Franz Borgias der vorgesetzte General der Societät Jesu war, hat er von dem Papste erlangt, daß er das Gnadenbild in der Kirche Maria Major, welches ein unbezweifeltes Werk des heiligen Lukas ist, hat dürfen nach- und abmalen. So sind mehrere Kopien gemacht worden, von welchen er auch eine nach Brünn zum Troste der Novizen überschickt hat. Neben andern Gnaden, so die heiligste Jungfrau bei diesem Gnadenbilde den Frommen und andächtig Betenden verliehen, ist folgende die denkwürdigste. Als Thomas Lothring zu Brünn sein Noviziat hielt, ist ihm der eine Arm durch die Schwindsucht also verzehret worden, daß er in Gefahr stand, aus dem Noviziate wieder entlassen zu werden. In dieser Noth verfügte er sich zu diesem Gnadenbilde, und befahl der seligsten Jungfrau sein grosses Anliegen. O Wunder! die Krankheit, die für unheilsam gehalten worden, mußte alsobald weichen, und so ist er nicht nur in der Societät verblieben, sondern hat auch hernach bis an sein Ende ein sehr frommes, Gott und der Mutter Gottes gefälliges Leben geführt.

115.

Unsere liebe Frau auf der Alben.

Diese Kirche, unsere liebe Frau auf der Alben, liegt, gleich an der krainerischen und steirischen Gränze, also gebaut, daß der Kirchenthurm drei Spannen weit auf steirischem Grunde steht, und wird besagte Kirche wegen der allda geschehenen Wunderwerke in großen Ehren gehalten.

Als vor wenigen Jahren ein Bauer, mit Namen Valentin Jurchar, in der Tysserischen Pfarre nächst bei dieser Kirche wohnhaft, diesen Ort sammt der Kirche mit spöttlichen Worten schalt und schimpfte, bekam er in dem Augenblicke die fallende Sucht, also, daß sich alle Menschen, welche solches gesehen, zum höchsten verwunderten. In solchem elenden Zustande blieb er die ganze Nacht gleichsam halb todt liegen, und ward von seinem Bruder und seiner Schwester bewacht. Am

Morgen früh aber sah er mit einem tiefen Seufzer die Kirche an, und begehrte einen Geistlichen. Als nun solcher herzukam, klagte er gegen denselben mit Thränen über seinen begangenen Frevel, gelobte eine Wallfahrt nach dieser Kirche anzustellen, und sich öffentlich als einen solchen Menschen anzugeben, der sich mit seiner Zunge gegen diesen heiligen Ort und unsere liebe Frau versündigt hätte. Solches sein Versprechen hat er auch hernach in's Werk gesetzt, und ist allezeit frisch und gesund verblieben. Viele Kranke, die sich hierher verlobt haben, sind wieder zu ihrer Gesundheit gelangt.

116.

Die Bruderschaft Mariä Verkündigung zu Sagur in Krain.

Diese Bruderschaft ist im Jahre 1656 aufgerichtet worden. Als Thomas Dragar, ein Bauer, welcher unter die Herrschaft Gallenberg gehörte, lange Zeit seiner Vernunft beraubt war, verlobte ihn endlich sein Weib zu dieser Bruderschaft unserer lieben Frauen, und führte ihn an einem Sonnabende nach besagtem Orte. Nachdem sie nun ihre Andacht abgelegt, und die lauretanische Litanei gebetet worden, der Geistliche aber eben die Worte: Salus infirmorum sang, ließ der Närrische oder Vernunftlose ein solches entsetzliches Geschrei aus seinem Munde hören, als ob ein Leu brüllte; fiel darauf, als wenn er todt wäre, zur Erde nieder, und blieb eine kleine Weile in solchem Zustande liegen. Nachdem er also ein wenig geschlafen und geruht hatte, richtete er sich auf, und mit ihm zugleich seine verfallene Vernunft, so daß derjenige mit gutem Verstande nach Hause ging, welcher als ein Narr dasselbe kurz zuvor verlassen hatte. Diese Geschichte begab sich im Jahre 1681, den 7. August, und ist so gewiß, daß nicht allein andere Leute, sondern auch der noch lebende Selbstzeuge den Zweiflern alle ungleichen Gedanken benehmen kann.

117.

Das Marienbild von Királyfalva.

(Ungarn.)

In der Kapelle des Schlosses Királyfalva (Königshaide), im Preßburger Komitate, war ein zur Andacht erhebendes Bild der seligsten Jungfrau, welches damals, als die Türken im Jahre 1683 Wien belagerten, und als der zahlreiche Feind, mit den Tataren vereinigt, auch das Preßburger Komitat zu Boden treten, und das Schloß Preßburg in Besitz nehmen wollte, im Angesichte vieler ansehnlicher Herren dichte Thränen vergoß.

Das Bildniß wurde später nach Wiener-Neustadt in Oesterreich gebracht und auf dem Hochaltare der Jesuitenkirche aufgestellt; in Királyfalva blieb eine Kopie zurück, zu welcher noch immer, selbst aus der Insel Schütt, zahlreiche Pilgrime strömen.

118.

Das Gnadenbild in Klattau.

(Böhmen.)

Das Gnadenbild, das zu Klattau in der Kirche Mariä Geburt verehrt wird, befand sich bis zum Jahre 1685 in der Chaluppe des Glasermeisters Samuel Pruner. Am 8. Juli des genannten Jahres entstand unter den Bürgern der Ruf, daß es Blut schwitze. Der Dechant und der Magistrat schritten sogleich an eine genaue Untersuchung der Thatsache und schickten die Aussagen von 12 Personen an das erzbischöfliche Konsistorium nach Prag. Dieses sendete den Kanzler Franz Liepure und den Sekretär Ferdinand Czedik ab, um an Ort und Stelle Erkundigungen einzuziehen, und am 6. September wurde den Bürgern, die von ihrem frommen Begehren nicht abließen, die öffentliche Aussetzung des Gnadenbildes gestattet.

119.

Das Frauenbild zu Lourana.

(Krain.)

In der Pfarrkirche zu Lourana ist ein, aus Holz geschnittenes Bild der Mutter Gottes, so über vierhundert Jahre schon alt, und durch ein solches Alter, welches sonst gewöhnlich aller Zier nachtheilig, ja ganz verderblich fällt, dennoch den geringsten Abbruch noch nicht erlitten, sondern noch zur Zeit so schön und neu aussieht, als ob es erst heute verfertigt worden wäre; gleichwie auch das Holz noch ganz frisch scheint.

120.

Unsere liebe Frau zu Uscharye.

(Kärnthen.)

Unweit des Marktes Tarvis, auf einem hohen Schneeberge, liegt eine Kirche unserer lieben Frauen, zu Uscharye genannt, dahin nicht allein aus Kärnthen, sondern auch aus den benachbarten Landen, zuvörderst aus dem Herzogthume Krain, große Wallfahrten geschehen, und jährlich reiche Opfer gebracht werden. Diese Kirche bleibt von St. Michael bis Pfingsten ganz unbesucht, weil wegen des großen Schnees kein Mensch hinaufkommen mag. Ungeachtet der Altar unserer lieben Frauen mit Gold und Silber, Perlen und Edelgestein, zuvörderst wenn die gewöhnlichen Prozessionen jährlich hinauf geschehen, auf's allerschönste geschmückt und geziert ist, wird die Kirche gleichwohl niemals gesperrt, sondern bleibt immerfort Tag und Nacht offen; und so man sie unterweilen mit starken Thüren und eisernen Schlössern verwahrt und versperrt hat, ist sie nichts destoweniger den darauf folgenden Tag allezeit offen gefunden worden. Und gibt die Erfahrung, daß man aus dieser Kirche nichts stehlen oder heimlich hinwegtragen kann, und geschehen jährlich viele Mirakel allda.

121.

Lometz in Böhmen.

Dieses Gnadenbild unserer lieben Frau, aus Holz geschnitzt, und in der linken Hand das Jesukindlein tragend, in der rechten aber ein Zepter haltend, kommt aus dem Königreiche Spanien und ist sehr hoch zu schätzen. Denn es hat sich in demselben Königreiche ereignet, daß ein Bauer auf seinem Grunde einen Baum umgehauen, um daraus Brennholz zu machen, und sein krankes Weib damit zu erwärmen. Als er aber den Stamm von einander gespalten, hat er ein Marienbild, gleich dem in der Lometzer Kapelle gefunden, und zugleich mit dem Stammholze entzwei geschlagen. Nachdem er hierauf ein wenig Holz gemacht, nahm er die zwei Stücke des Marienbildes, brachte sie zu seinem kranken Weibe und sprach zu ihr: „Siehe, Weib, dieses Bild ist in unserm Baume, den ich umgehauen habe, um Holz zu machen, mitten in dem Stamme verwachsen gewesen; es thut mir leid, daß ich dasselbe entzwei geschlagen habe, und ich will nun Leim nehmen, und es wieder zusammenleimen."

Als er dieses gesprochen und mit den Händen angedeutet, wie er es machen wolle, sind die zwei Stücke von selbst in des Bauers Händen zusammengegangen, also, daß man das Bild gleich wieder ganz und nichts mehr daran gesehen hat, als ein Merkmal, wo es entzwei gewesen. Darauf ist sogleich das kranke Weib genesen und gesund aufgestanden und sind sofort bei diesem Gnadenbilde andere große Wunder geschehen, so zwar, daß es die Geistlichkeit übernommen und angeordnet hat, sogleich aus demselben Stammholze, worin das Wunderbild war gefunden worden, lauter ähnliche Bilder zu machen.

Von diesen Bildern ist das erste nach Indien gebracht worden, woselbst nach dessen Ankunft noch in selbem Jahre eine ungewöhnliche Fruchtbarkeit an allen Früchten erfolgt ist, und die Indianer faßten eine so große Andacht zu diesem Muttergottesbilde, daß sie um ein zweites angesucht haben. Auf diese Art sind zwei Abbildungen aus Spanien nach Indien gekommen, und es werden von dort bis auf den heutigen Tag noch reichliche Geschenke zu dem Originalbilde nach Spanien geschickt.

Als gegen das Ende des siebenzehnten Jahrhunderts der österreichische Gesandte Karl Friedrich Graf von Boucquoi auf einer Seereise von Rom nach Spanien begriffen war, gerieth er durch einen Sturm in große Lebensgefahr. Da gelobte er nun feierlich, auf seinem Gute Libiegitz in Böhmen der Mutter Gottes zu Ehren eine Kirche zu bauen, wenn er durch ihre Fürbitte der Gefahr entrinnen würde. Der Sturm ging vorüber und er landete glücklich in Spanien.

Hier bewarb er sich nun sogleich um eine Kopie des oberwähnten, hochberühmten Gnadenbildes, um sie in seine Heimat mitzunehmen und in der angelobten Kirche aufstellen zu können; allein erst auf dem Rückwege zu Brüssel erhielt er von seinem Schwager die wahre Abbildung, welche aus dem Stamme, worin sich das Original befunden hatte, genommen worden war. In Libiegitz angekommen, wurde einstweilen die Statue in der nahen Pfarrkirche Chellschitz aufgestellt, und der fromme Minister bestimmte im September 1690 selbst die Stelle auf der Höhe des Lometzer Waldes, wo die künftige Kirche stehen sollte. Da überraschte ihn aber nach drei Monaten der Tod, und er überließ seinen beiden Söhnen Philipp Emanuel und Albert die Ausführung des Werkes. Die Kirche wurde im Jahre 1702 vollendet, und sogleich mit dem Gnadenbilde geziert. Bald erschienen Gläubige aus nahen und fernen Gegenden, und nun finden sich am Tage des Namens Mariä oft mehr als 10,000 Wallfahrer ein.

122.

Kirchenthal.

Dieses kleine Thal des schönen Pinzgaus war früher ganz mit Holz bewachsen, das der umherliegenden Nachbarschaft gehörte. Da die Holzarbeiten auf hohen Bergen sehr gefährlich sind, erbaute ein Bauer von St. Martin, Johannes Schmuck, an der Stelle, wo jetzt unter drei hohen Linden ein großes Kruzifix steht, im Jahre 1670 eine hölzerne Kapelle, die jedoch bald wieder den Einsturz drohte. Da vereinigte sich die Nachbarschaft 1688, erbaute eine steinerne, und erhielt zugleich die Erlaubniß, das aus Holz geschnitzte, zu St. Martin schon über 200 Jahre aufbewahrte Marienbild dahin zu übersetzen, was auch am 29. Juni des genannten Jahres in einer feierlichen Prozession geschah. Nicht lange, so erscholl der Ruf von Wundern, bald strömten Einheimische und Fremde herzu, und die

Menge der Pilger wuchs endlich so sehr an, daß man das Kirchlein erweitern mußte, wozu eine Frau aus Tirol allein 100 Gulden beisteuerte. Nun ward auch der Wunsch nach einem Priester rege; ein Altar wurde aufgestellt und an demselben am 14. Mai 1691 die erste Messe gelesen. Die Lage der Kapelle war jedoch zu sehr den Lawinen ausgesetzt; der Erzbischof Johann Ernst faßte daher den Beschluß, eine neue Kirche auf einem minder gefährlichen Platze zu erbauen. Man erzählt, die seligste Jungfrau habe diesen selbst gewählt, indem sie sich öfter nach demselben gewendet, und daß mitten im Winter drei Kornhalme mit Ähren, von denen man noch einen in der Schatzkammer aufbewahrt, aus dem tiefen Schnee hervorgewachsen. Im Jahre 1694 begann der Bau; der Erzbischof legte den ersten Stein, und da die Opfergaben nicht hinreichten, indem die Kosten 40,000 Gulden überstiegen, ersetzte er den Abgang. Fromme Pilger schleppten viele tausend Ziegeln herbei; so wurde die prachtvolle Kirche bald vollendet, und am 8. September 1702 feierlich geweiht. Die Uebertragung des Gnadenbildes geschah am selben Tage, unter lautem Frohlocken der zahllosen Volksmenge, die von allen Bergen und Thälern herzugeströmt war.

123.

Das Marienbild zu Radna.

(Ungarn.)

Als im Jahre 1695 der türkische Sultan, Mustapha, nach Wiedereroberung der Festung Lippa die ganze Gegend an dem Flusse Marosch mit Feuer und Schwert verheert, ist auch die Kapelle in Radna ein Raub der Flammen geworden. Die Türken haben zuerst alles Geräthe von der Sakristei und von den Altären sammt dem Altarbilde in der Mitte der Kirche auf einen Haufen zusammengeschleppt und angezündet; dann verbrannten sie auch die ganze Kapelle. Allein das Marienbild, obwohl es nur auf Papier gemalt war, ist mitten unter den Flammen unversehrt geblieben, nur daß es von dem Rauche ein wenig braun geworden, wie man es noch heut zu Tage bemerkt. Bei dieser Gelegenheit sind zur allgemeinen Verwunderung von dem Dache der Kirche, bei einer vollkommenen Windstille, die brennenden Schindeln über die Marosch gegen Lippa geflogen, und haben dort unter den staunenden Türken eine jämmerliche Niederlage verursacht, so daß der türkische Befehlshaber die gottesräuberischen Mordbrenner zu verhaften und hinzurichten befahl.

Eben damals geschah es auch, daß, als ein Spahi

oder türkischer Reiter gegen die Kirche in der Absicht geritten, um dieselbe neuerdings anzuzünden, sein Pferd in einen Stein, der wie ein Wachs erweicht worden, versunken ist, und nicht weiter fortschreiten konnte. Dieser Stein mit den eingeprägten Hufeszeichen, ist annoch in der Kirchenmauer zu sehen.

Nicht lange darauf ward Radna durch den Frieden von Karlowitz vom türkischen Joche befreit und der Franziskaner, Pater Stephan Novoselich, beeiferte sich seit dem Jahre 1722 mit unermüdetem Fleiße um die äußere und innere Aufnahme der Kirche. Er ließ die Lage derselben ebnen, erweiterte das Gebäude, und sorgte für eine geziemende, innere Einrichtung. Auch haben ihn viele Augenzeugen versichert, daß sie oft nächtlicher Weile um das Gotteshaus eine solche Beleuchtung gesehen, als wäre die ganze Kirche in Flammen gestanden. Selbst die Türken von Lippa und die griechischen nichtunirten Bewohner der Umgegend haben diesen anhaltenden Glanz zu wiederholten Malen gesehen; woher die frommen Gläubigen Anlaß nahmen, ihnen die Würde der heiligen Mutter Jesu zu verkündigen. Hieraus entstand der Gebrauch, daß sich nach der Kirche von Radna nicht nur Katholiken und unirte Griechen und Walachen, sondern auch nichtunirte in großer Anzahl begaben. Auch wurden viele Beispiele in das Gedenkbuch eingetragen, daß vor diesem geheiligten Bilde mehrere nichtunirte Griechen, ja sogar einige Türken mit außerordentlichen Gnaden von Gott beschenkt worden sind, die dann darauf zu dem wahren Glauben bekehrt wurden.

124.

Maria von Pötsch bei St. Stephan in Wien.

Dieses Bildniß, welches auf einer hölzernen Tafel schlecht mit Farben entworfen, war in der Gespanschaft Szabolcs, wie man im Königreiche Ungarn gewisse Landesgebiete zu nennen pflegt, in einem Dorfe, Pötsch genannt, und hier in der griechischunirten Kirche sehr wenig in Acht genommen und verehrt, weil diese Kirche in den beschwerlichen Kriegsgefahren den Einwohnern mehr zum Aufenthalte ihrer Fahrnisse, als zur öfteren Andacht dienen mußte. Dessenungeachtet aber hielt man zu bestimmten Zeiten das hochheilige Meßopfer, bei welchem an einem Sonntage, der den 4. November 1696 eingefallen, unter dem anwesenden, andächtigen Pfarrvolke ein Bauersmann, Michael Cöry genannt, häufige Zähren aus beiden Augen der abgebildeten, jungfräulichen Mutter Gottes hell und klar ausfließen gesehen, und mit großer Verwunderung ob dieser ungewohnten Begebenheit auch

Andere ermahnt, aufzusehen und zu betrachten, ob nicht auch sie dessen Augenschein einnehmen, welche alle die Wahrheit der hell und klar abfließenden Zähren betheuert haben. Zur mehreren Beglaubigung hat gedachtes Bild fast durch 14 Tage ohne Unterlaß häufige Thränen aus den Gnadenaugen vergossen, welche mit hellem Augenscheine von dem oben erwähnten Bauersmanne vermerkt worden sind. Ungezweifelt aus göttlichem Antriebe hat sich dieser auch dasselbe ganze Monate, und forthin auch in dem Christmonate öfter in diesem Gotteshause eingefunden, und gefühlt, daß erwähntes Bildniß zwar die Zähren auf eine Zeit inne gehalten, doch aber wieder so reichlich ausgegossen habe, daß auch eine dem Bildnisse angefügte Leinwand häufig ist benetzt und angefeuchtet worden. In Erwägung dessen, und damit er sich von der Wahrheit dieses häufigen Weinens versicherte, hat er insbesondere die Beschaffenheit der Zähren erforschen wollen, und nach sattsamen Fleiß ersehen, daß sie sich gleich andern wahren Menschenzähren in dem Angesichte des Bildnisses weiß erzeigt, während des Herabträufelns aber über das ganze Bildniß hell und durchleuchtig die unterschiedlichen Farben desselben entworfen haben. Und dieses merkte der einfältige, und deßhalb ungezweifelt Gott und Mariä geliebte Bauersmann bis auf das hochheilige Fest der unbefleckten Empfängniß Mariä, als den 8. Tag des Christmonats im gedachten Jahre 1696, nach welchem er nichts mehr gespürt und gefühlt hat.

Der Ruf dieser so wunderseltsamen Begebenheit verbreitete sich bald in der ganzen Umgegend, so, daß nicht allein eine große Anzahl der Einwohner herzueilte, um mit eigenen Augen zu sehen, sondern auch Viele die wirklich abfließenden Thränen in seidene, leinwandene und andere Tücher auffingen, und ehrerbietig als einen, ja freilich köstlichen Schatz mit sich hinweggetragen haben. Unter diesen war auch Graf Johann Andreas von Corbelli, kaiserlicher General, mit einem großen Gefolge von Offizieren und Beamten, welcher bezeugt:

„Ich Johannes Andreas Graf von Corbelli, Seiner geheiligten k. k. Majestät Kämmerer, General-Feldmarschall-Lieutenant, Oberst eines Kürassier-Regiments und im Königreiche Ober-Ungarn dießseits und jenseits der Theiß General-Kommandant xc., mache Allen, denen daran gelegen ist, bei meiner christlichen Treue und bei dem Eide, mit welchem ich Sr. geheiligten kaiserlichen Majestät verpflichtet bin, kund und zu wissen, daß, nachdem ich vernommen, daß das Bild der seligsten Jungfrau Maria in der ruthenischen kleinen Kirche des Ortes Pötsch genannt, Thränen vergieße, auch ich Andacht halber dasselbe zu sehen, mit einer Menge sowohl von Militär-Offizieren als Civil-Beamten der Szabolcser Gespanschaft dahin gegangen bin. Da ich hingekommen, bekenne ich, daß ich mit meinen Augen das Bild der seligsten Jungfrau Maria weinend gesehen habe, und zwar, daß es unter der letzten Messe bei der Auswandlung häufige Thränen vergossen. Nach geendigter Messe habe ich mit eigenen Händen die herabtriefenden Thränen mit einem Tüchlein abgewischt, an welchem noch jetzt die Spuren der Thränen sich zeigen."

„Hernach aber habe ich, um allen Zweifel zu heben, das besagte Bild herabnehmen, und vor allen Gegenwärtigen, sowohl Katholiken als Nichtkatholiken, auf das genaueste untersuchen lassen, ob nicht ein Betrug verborgen. Nachdem diese Untersuchung gemacht und nicht der geringste Grund eines Zweifels gefunden worden, habe ich es ehrerbietig an seine Stelle zurückgesetzt und Alle, welche zugegen waren, haben es einstimmig als ein sehr großes Wunder Gottes anerkannt. Und dieses ist geschehen den 8. Dezember, am Feste der unbefleckten Empfängniß der seligsten Jungfrau Maria. Zu dessen Bestätigung ich dieses mein schriftliches Zeugniß gegeben habe. Tokai, am 1. Jänner, 1697."

Im Jahre 1697 wurde das Gnadenbild von Pötsch in die kaiserliche Favorita nach Wien überbracht, und von hier am 7. Juli in die Hofpfarrkirche der Augustiner übertragen, allwo es von Ihrer Majestät der römischen Kaiserin ganz kostbar mit Diamanten und Edelsteinen aufgeputzt worden. Hierauf wurde es in einer volkreichen Prozession in die Sankt Stephans Domkirche übersetzt. Dieser Prozession haben beide kaiserliche Majestäten sammt der jungen Herrschaft beigewohnt, und wurde das Gnadenbild bei St. Stephan auf dem zubereiteten Altare neben der Schatzkammer dem Volke zur öffentlichen Verehrung ausgestellt.

125.

Mariahülf zu Szegedin.

(Ungarn.)

Dieses Bildniß haben wahrscheinlich im Jahre **1552** die flüchtigen Gläubigen von Csanád nach Szegedin gebracht. Allein nicht lange darauf, als es mitten unter den Flammen ganz unversehrt geblieben, hat es in einem Sumpfe einen sicheren Zufluchtsort gefunden. Ein frommer Verehrer Mariens nämlich, hat sich mit dem Bilde, wie mit einem geheiligten Schatze geflüchtet, und da er, von den Türken verfolgt, in der Eile keinen sichern Ort finden konnte, hat er es zusammengerollt, und im Teiche Tsöpörke versenkt. Hier blieb das herrliche Kleinod beinahe 80 Jahre verborgen. Da ereignete es sich, daß ein türkischer Reiter, um sein Pferd zu tränken, dem Teiche zuritt, und als das Pferd auch angespornt nicht vorwärts wollte, endlich bemerkte, wie durch den vordern Huf des Pferdes eine Rolle aus dem Grunde des Wassers hervorgehoben worden. Der Türke steigt vom Pferde, reinigt die Rolle vom Schlamme, erstaunt über die Schönheit des Bildes, und eilt damit in das Kloster der Franziskaner, und übergibt es diesen mit den Worten: „Sehet da die Mutter und Frau der Christen, die ich im Wasser gefunden; nehmt sie zurück zu euch!“ Die Religiosen thaten dieses mit unaussprechlicher Freude; sie stellten das Gnadenbild auf dem Hochaltare auf, und die Bewohner Szegedins kamen mit Freudenthränen herbei, um ihre dankerfüllten Herzen vor demselben auszugießen.

Als hierauf im Jahre 1697 die Schlacht bei Zenta vorfiel, haben Viele den entscheidenden Sieg dieser Helferin des Königreiches Ungarn zugeschrieben, denn man hat erzählt, daß während der Schlacht die Gestalt des Szegediner Marienbildes in der Luft sichtbar gewesen, und diese Erscheinung die Türken mit Schrecken, die kämpfenden Christen aber mit standhaftem Muthe erfüllt habe. Dies bestätigten selbst viele Türken, welche nach der Schlacht als Flüchtlinge nach Szegedin kamen.

126.

Maria in Thränen.

(Raab in Ungarn.)

Als Olivier Cromwell mit einer eilfjährigen Verfolgung gegen die Katholiken in Großbritannien wüthete, haben einige Bischöfe, die von dort vertrieben worden waren, eine Zufluchtstätte in Deutschland gesucht und gefunden. Einen von ihnen, nämlich den Irländer Bischof von Clamford, Walter Lyncäus, hat der Bischof von Raab, Johann Pusky, kennen gelernt und zu sich berufen; ja, nachdem sein erbaulicher Lebenswandel, seine Gelehrsamkeit, seine Verdienste bekannter geworden, hat er ihn zum Domherrn von Raab ernannt, im Jahre 1655. Lyncäus lebte in Raab acht Jahre und war von Allen, die ihn kannten, sehr hoch geachtet; denn er war gottesfürchtig, andächtig, wohlthuend und gelehrt. Nach seinem Tode ist das schön gemalte Marienbild, welches er als seinen einzigen, zugleich aber geschätztesten Reichthum aus Irland mit sich gebracht hatte, und vor welchem er seine täglichen Gebete eifrig zu verrichten pflegte, in die Domkirche zu Raab in die Kapelle der heiligen Anna gebracht, und an einer Seitenwand aufgehängt worden, wo selbes von Vielen verehrt wurde bis zum Jahre 1697.

Damals geschah die außerordentliche, und nach den Regeln der Natur nicht erklärbare Erscheinung, daß eben am 17. März als am Festtage des heiligen Bischofs Patricius, des Apostels von Irland, um 6 Uhr Morgens, während sehr viele Andächtige die heilige Messe hörten, auf einmal dieses Marienbild weinte. Sogleich begab sich die Menge zu dem Bilde, und sah mit Verwunderung die Erscheinung. Viele weinten darüber und bejammerten ihre Sünden; andere zweifelten daran; aus der ganzen Stadt versammelten sich die Einwohner von jedem Stande, von jedem Religionsbekenntnisse. Die Domherren nahmen das Bild von der Wand herab, die Wand war trocken und das Bild weinte fort, ja es erschienen blutige Schweißtropfen auf demselben. Man trocknete die Thränen und die Schweißtropfen mit feiner, weißer Leinwand ab; allein das auf Leinwand gemalte Bild weinte neuerdings, und es rollten selbst einige Tropfen auf das Antlitz des Jesukindes, wie die Spuren davon bis jetzt sichtbar sind.

Die merkwürdige Erscheinung dauerte drei volle Stunden, während welcher Zeit die ganze Domkirche von dem eifrigen Gebete des dort versammelten Volkes widerhallte. Unter diesen war auch Graf Siegbert von Heister, damaliger Kommandant der Festung Raab, welcher, da er Augenzeuge des ganzen

Vorfalles gewesen, einen schönen Altar für das Wunderbild errichten ließ, und dazu noch 1715 eine besondere Stiftung machte.

127.

Maria, Heil der Kranken.

(Sümegh in Ungarn.)

Im Jahre 1699 ist die Gemalin des edlen Herrn Ferdinand von Feilheim, Maria Sophia, zu Wien, von einer Hüftenfäule dergestalt ergriffen worden, daß sie darüber lahm, und von den Ärzten verlassen, für unheilbar erklärt wurde. Da nahm sie ihre Zuflucht nächst Gott zu der heiligsten Jungfrau Maria, die ein Heil der Kranken ist, und siehe, nun geschah es, daß sie im Traume eine schöne Statue der schmerzhaften Mutter Gottes sah, die ihren vom Kreuze herabgenommenen Sohn auf ihrem Schooße beweinte. Sie glaubte zugleich eine Stimme zu hören, welche ihr befahl, diese Statue aufzusuchen. Sie suchte auch sogleich in der ganzen Umgegend, fand aber das im Traume gesehene Bildniß nicht. Als sie aber in ihrer Andacht verharrte, erschien ihr die nämliche Statue abermals, mit dem Bedeuten, sie solle zu Sümegh in Ungarn das Bild suchen. Hierauf ließ sie sich nach Sümegh führen, und erkannte beim ersten Anblick der dort aufgestellten Statue die Gestalt, welche ihr schon zweimal im Traume erschienen war. Sie erzählte nun vor vielen Anwesenden, was ihr angedeutet worden, und bat die ehrwürdigen Franziskaner, in deren Kirche sich die Statue befand, dieselbe an den Rand des Altares herabstellen zu wollen. Nachdem dieses geschehen war, betete sie mit heißer Inbrunst um Hülfe, und siehe, plötzlich hörte aller Schmerz auf, ihre Hüften genasen, ihre Füße wurden gestärkt und dieselbe Person, die man zum Altare führen mußte, stand auf im Beiseyn Aller, fiel auf ihre Knie nieder, verherrlichte Gott und dankte dem Allmächtigen und der heiligsten Jungfrau. Dieses geschah am 6. Februar 1699, welcher Tag noch jetzt in Sümegh gefeiert wird, und die Gnadenstatue erhielt den Namen: „Heil der Kranken."

128.

Das Klausenburger Gnadenbild.

(Siebenbürgen.)

Glaubwürdige Angaben versichern, daß dieses Marienbild Lukas, ein ruthenisch-unirter Maler, im Jahre 1681 gemalt hat. Er verkaufte es einem Edelmanne, Johann Kopcsa, und dieser schenkte es der griechisch-unirten Kirche des Dorfes Szent Miklós, wo es an der Vorthür des Sanctuariums aufgehangen, und mit den übrigen heiligen Bildern geziemend verehrt wurde. Am 15. Februar 1699 geschah es aber, daß einige in dem Dorfe Szent Miklós und in der Umgegend überwinternde Soldaten des Kürassier-Regiments Fürst Hohenzollern in diese Kirche gingen, und nach der Reihe die gemalten Bilder besichtigten. Da waren sie die ersten, welche bemerkt haben, daß das Bild der, Jesu auf ihrem Schooße tragenden, heiligsten Jungfrau Maria Thränen vergieße. Sie erstaunten und eilten zu dem Ortsgeistlichen, Mihály genannt, deuteten ihm das Gesehene an, und baten, er möchte eilend hingehen, und das Werk der mächtigen Hand Gottes mit betrachten. Der Priester Mihály eilte mit ihnen hin, und sah die wunderbare Thränenvergießung, obschon er weder die Art, noch die Ursache derselben einzusehen und zu begreifen im Stande war. Nun kamen alle Ortsbewohner herbei, und darauf alle Benachbarten; das Bild wurde herabgenommen und auf allen Seiten untersucht. Die herabrollenden Thränen wurden mit den Fingern und mit Tüchern von der Leinwand abgewischt, und diese Tücher in Ehren gehalten.

Der damalige Festungs-Kommandant von Deés mit seinem Offiziers-Corps, besonders aber der Graf Sigismund Kornis von Göncz-Ruszka forschten mit aller Genauigkeit nach, ob nicht irgend ein Betrug oder ein Blendwerk dahinter stecke. Sie fanden zwei Umstände bemerkenswerth, erstens, daß dieses Weinen des Bildes länger als drei Wochen dauerte; denn es hielt vom 15. Februar bis 12. März 1699 an, und zweitens, daß auf dem Bildnisse des Jesukindes nie eine herabrollende Thräne gesehen wurde. Man sah die Zähren größtentheils nur aus dem rechten Auge fließen, und dieses war dahin gedeutet, als wenn Maria, die Mutter des göttlichen Erbarmers, sich bei ihrem gütigsten Sohne für uns weinend um Erbarmung verwenden wollte. Und diese Auslegung hat damals in ganz Siebenbürgen auch die härtesten Herzen zur Aufmerksamkeit bewogen. Der ersterwähnte Graf Kornis wollte das heilige Bild auf einem ansehnlicheren Platze aufstellen, daher ließ er es mit großer Feierlichkeit am 12. März 1699 von Szent Miklós in sein Schloß Szent Benedek übertragen, und auf den Altar seiner Kapelle setzen. An diesem Tage sah man auf dem Antlitze der Gottesmutter nur noch eine Thräne; dann ab keine mehr.

Mittlerweile waren Abgeordnete der geistlichen sowohl, als der weltlichen Obrigkeit von Klausenburg angekommen. Diese haben gleich nach dem Verhöre vieler bewährter Zeugen, zu Szent Miklós und in Szent Benedek, das heilige Bild nach Klausenburg wegführen wollen; allein der Graf Kornis und die Gemeinde von Szent Miklós willigten nicht ein. Ja, mehrere wallachische Gemeinden erregten einen Aufstand, und brachten es dahin, daß am 24. März 1699 das heilige Bild wieder nach Szent Miklós übertragen wurde. Hier aber verhüllten es die Abgeordneten und versiegelten den Schleier; vor die Kirchenthür wurde eine Militärwache hingestellt, die Tag und Nacht darauf zu merken hatte, daß mit dem Bilde keine Veränderung geschehe. Man wartete auf einen Bescheid von Wien. Inzwischen haben es nicht nur mehrere Siebenbürger, sondern auch einige Moldauer versucht, des heiligen Bildes habhaft zu werden. Selbst der Woiwode der Moldau versprach demjenigen tausend Löwenthaler, der es auf was immer für eine Art wegnehmen und ihm zumitteln würde. Allein der Allerhöchste ließ es nicht zu, daß dieser Himmelsschatz in die Hände derjenigen gerathe, die sich von der wahren Kirche Gottes getrennt, und zwar Maria und ihre Bilder in Ehren halten, ja auch die Heiligen um ihre Fürbitte anrufen, aber nicht so, wie wir, den englischen Gruß wiederholt beten. Gott beschied diesem geheiligten Bildnisse einen anderen Ruheort, eine andere Besorgung. Nicht lange darauf langte von Wien die Anordnung an, vermög welcher die öffentliche Verehrung des Gnadenbildes gestattet, dieses aber den Klausenburger Jesuiten anvertraut wurde. Die Gemeinde von Szent Miklós und der Graf von Kornis gaben folgsam nach, und so wurde denn das Wunderbild noch in demselben Jahre, vor Pfingsten, in einer feierlichen Prozession nach Klausenburg übertragen, und auf dem Hochaltare der Jesuitenkirche aufgestellt. Die Klausenburger empfingen aber den Himmelsschatz mit unbeschreiblicher Freude und wetteiferten in Demuth und Andacht.

129.

Die drei Marienbilder der Servitinnen bei Arco in Tirol.

Zur dankbaren Erinnerung an die Siege über die Türken erbaute Kaiser Leopold I. dieses Frauenstift, und am 10. März 1689 zogen acht Dienerinnen Mariens in das eben fertig gewordene Gebäude ein. Es lag in der Absicht des Stifters, der das Glück seiner Waffen vorzüglich dem Beistande der Gottesmutter zuschrieb, daß die seligste Jungfrau ganz besonders in diesem neuen Kloster verehrt werden sollte; daher wurden auch in der Kirche desselben drei berühmte Marienbilder aufgestellt, welche bald von dem Volke mit großem Vertrauen besucht, und als wunderthätig erkannt wurden. Das erste war bei einer Feuersbrunst zu Venedig unversehrt geblieben; das zweite hatte die Umgegend vor der Pest bewahrt, und das dritte stammte von Korfu, wo es eine Matrone aus großer Gefahr befreit hatte. Die Türken waren in ihr Haus gedrungen; voll

Todesangst erfaßte sie das schöne Marienbild und hielt es zur Vertheidigung den Feinden entgegen. Diese, dadurch noch wüthender gemacht, hieben mit ihren Schwertern auf dasselbe los; als sie aber von dem gemalten Bilde Blut fließen sahen, ergriffen sie voll Angst die Flucht.

130.

Das Marienbild zu Tirnau.

(Ungarn.)

Es geschah im Jahre 1708, daß die ganze Stadt Tirnau, welche eben wegen der Pest und über die kriegerischen Unruhen des Vaterlandes in großer Angst und Furcht schwebte, auf einmal mit der Sage erfüllt wurde, daß in der Stadtpfarrkirche zu St. Nikolaus das dort befindliche, auf Holz gemalte Marienbild Thränen vergieße. Viele haben, wie das gewöhnlich ist, dieser Sage keinen Glauben beigemessen; allein der größere Theil der Einwohner eilte dahin, um sich von der Sache zu überzeugen. Weil aber die Schweißtropfen und die herabrollenden Thränen auf Anordnung des Stadtpfarrers durch einen Geistlichen bald darauf abgetrocknet worden, so hat man schon an demselben Tage, nämlich am 5. Juli, auf dem Bilde nichts mehr sehen können. Allein nach einem Monate, oder am 10. August Nachmittag, und am 11. August in der Frühe, verbreitete sich das Gerücht abermals, und nun haben mehrere Bürger der Stadt die Erscheinung gesehen. Ja, selbst der Stadtpfarrer, Georg von Mártonffy, Propst des heiligen Martin zu Orod und Domherr zu Gran, als er um 5 Uhr Morgens vor dem Bilde betete, und aus dem rechten Auge des Bildes eine Thräne herabrollen sah, streckte seinen Finger darnach, und überzeugte sowohl sich, als auch viele versammelte Christen von der Wirklichkeit der Sache.

Es erfolgte hierauf eine ungemeine Aufregung, und sehr Viele beweinten mit reumüthigem Herzen ihre Sünden, fest überzeugt, daß nur diese die Ursache so trauriger Ereignisse, über welche sogar die Mutter Gottes Thränen des Mitleids vergieße. Die geistliche Obrigkeit aber veranstaltete, ihrer Pflicht gemäß, eine strenge Untersuchung, bei welcher am 27. November 1708 dreißig glaubwürdige Zeugen verhört und beeidet wurden. Da kam es auch zum Vorschein, daß schon im Jahre 1663, vor der blutigen Párkányer Schlacht, fromme Tirnauer an dem Wunderbilde Thränen bemerkt hatten.

131.

Die Marienstatue zu Krapina.

(Kroatien.)

Pater Balágovich, ein Franziskaner aus der Provinz des heiligen Ladislaus, machte eine Reise nach Jerusalem, und als er nach Hause zurückkam, gab er seinem Bruder Nikolaus, einem Bürger von Krapina, diese Statue mit den Worten: „Sieh, ich kann dir als ein armer Franziskaner mit keinem schätzbareren Geschenke gefällig seyn; aber nimm von mir, lieber Bruder, dieses heilige Bild, ich habe es von Jerusalem mitgebracht; halte es in Ehren! Dieser lieben Frau verdanke ich die Rettung aus vielen schrecklichen Gefahren; du wirst sie ebenfalls als eine helfende Mutter kennen lernen.“

Der Bürger Nikolaus nahm das Bild als einen wahren Schatz, und verrichtete vor demselben sein tägliches Gebet. Allein nach einiger Zeit entstand in Krapina ein ungeheures Feuer und verheerte auch das Haus der Balágovich. Der fromme Hausvater suchte nach dem Brande kummervoll die Überreste seiner Statue, und siehe, da fand er mitten unter Asche und Kohlen das geheiligte Bildniß Mariens ganz unversehrt, ohne die geringste Beschädigung, zum Erstaunen aller

Anwesenden, zu seiner unbeschreiblichen Freude. Er stellte die Statue sogleich auf einem nahe stehenden Nußbaume zur allgemeinen Verehrung auf. Nachdem sie aber hier ein Unbekannter weggenommen und fast anderthalb Jahre verborgen gehalten, ist sie auf eine wunderbare Weise wieder entdeckt worden, und die Gemeinde des Marktes Krapina baute für das seltene Kleinod eine Kapelle, zu welcher bald ein großer Zulauf der Gläubigen Statt fand.

132.

Maria Treu, in der Josephstadt zu Wien.

Im Jahre 1713, als die Pest in Oesterreich schreckliche Verheerungen anrichtete, wurde auch Joseph Herz, ein armer Maler, welcher es in seiner Kunst nicht gar weit gebracht hatte, sammt seiner Gattin von dieser Seuche ergriffen. Er war schon seit Jahren her im Besitze einer papierenen Abbildung der heiligen Jungfrau, wie sie in der Kirche der frommen Schulen bei St. Pantaleon in Rom verehret wird. In diesem gefahrvollen Zustande setzte er sein ganzes Vertrauen auf die Hülfe des Allerhöchsten, und that das Gelübde, diese Abbildung in Oehl auszuführen, wenn er durch die Fürbitte der göttlichen Mutter von der Pest befreit werden würde. Seine Gattin starb noch in derselben Nacht, aber seine Pestbeulen brachen auf, und er entging der drohenden Gefahr und wurde wieder gesund. Aus freudiger Dankbarkeit für die augenscheinliche Rettung, womit Gott sein Vertrauen und seinen Glauben belohnen wollte, säumte er keinen Augenblick, das gemachte Gelübde gewissenhaft zu erfüllen. Die Freude über die wunderbare und schnelle Genesung bemeisterte das dankerfüllte Herz des sonst ruhmlosen Malers so sehr, daß er im eigentlichen Sinne des Wortes sich selbst übertraf; er verlieh dieser Nachbildung so viel Leben, Reiz und Milde, wie es ihm bei allen seinen Arbeiten zuvor und nachher nie gelungen war. Dieses Gelübde opferte er nun der Josephstädter-Kapelle, welche unter dem Namen Mariä Vermählung eingesegnet worden war. Oft wurde dieses Bild in jener Trauerzeit dem häufig zuströmenden Volke zur Verehrung aufgestellt, bis es im Jahre 1719, bei der feierlichen Einsegnung der neuen Kirche, auf den Hochaltar übertragen wurde. Von nun an hieß die Kirche zu Maria Treu, und für das jährliche Kirchenfest wurde der erste August angeordnet; aber auch das Bildniß wurde seit dieser Zeit unter eben diesem Namen von zahlreichen Gläubigen andächtig verehrt. Die vielen Weihgeschenke, welche aus frommer Dankbarkeit ununterbrochen dargebracht, und die häufigen Opfertafeln, welche daselbst aufgehangen wurden, beweisen hinlänglich, wie viele Kranke und Leidende Trost und Erquickung in der gläubigen Verehrung der göttlichen Mutter gefunden haben.

133.

Maria Schnee bei Peterwardein.

Zu den vorzüglichsten Merkwürdigkeiten der Umgegend von Peterwardein gehört das Kirchlein Maria Schnee, welches jährlich zwei Mal, vorzüglich aber am 5. August von vielen Gläubigen besucht wird, um bei dem wunderthätigen Bilde Rettung und Segen zu erflehen.

Schon im Jahre 1618, als die Türken zum ersten Male von Peterwardein vertrieben wurden, stand eine kleine Kapelle da. Hieher kamen die Türken aus der Festung, um sich bei zwei Quellen zu belustigen, von denen die eine nächst der Kapelle schon seit hundert Jahren versiegt ist, die andere aber dreißig Schritte tiefer, am Fuße des Berges, noch jetzt besteht. Sie gibt ein sehr schmackhaftes Wasser und verschafft den Wallfahrern einen erwünschten Labetrunk. Zwei türkische Einsiedler trugen zu jenen Zeiten darüber die Obsorge, und bedienten die aus der Festung kommenden Türken mit einem frischen Trunke Wassers, wofür sie jederzeit ein Almosen erhielten. Der Geiz trieb sie hierauf an, daß sie aus der kleinen Kapelle eine türkische Moschee erbauten, um dadurch ihre Glaubensgenossen häufiger hieher zu locken und das Almosen sich zu verdoppeln.

Nach dem Abzuge der Türken blieb diese Moschee verlassen und unbenützt, bis im Jahre 1693 auf Befehl Kaiser Leopold des Ersten zwei Jesuiten hieher kamen, und aus Mangel eines öffentlichen Gotteshauses in Peterwardein dieselbe in eine katholische Kirche umwandelten.

Als aber im Jahre 1716 Prinz Eugen unweit dieser Kapelle die Türken aufs Haupt geschlagen hatte, wurde zum ewigen Andenken die Erbauung einer neuen und größeren Kirche beschlossen, welche den Namen Maria Schnee von einem Bildnisse erhielt, das ein kaiserlicher Offizier im Schnee gefunden zu haben vorgab, und nach der Schlacht opferte. Allgemeiner jedoch ist die Sage, daß dieses Marienbild während der großen Schlacht sich zum Schutze der Oesterreicher an demselben Orte sehen ließ, und dann unter lautem Jubel in die Kapelle getragen wurde.

134.

Die Madonna des Caravaggio.

Die Gemeinde von Montanaga im südlichen Tirol erhielt erst im Jahre 1700 einen eigenen Seelsorger, welcher in einem uralten Kirchlein der heiligen Anna den Gottesdienst verrichten mußte. Wenige Jahre darauf, nämlich im Mai 1726, hatte eine arme Hirtin, mit Namen Domenica, eine Tochter des Nicolo Targa von Guardia, die unweit dem Annakirchlein ihre Herde weidete, eine wunderbare Erscheinung. Die gebenedeite Jungfrau Maria stellte sich im himmlischen Glanze ihren Augen dar, und trug ihr auf, die Madonna des Caravaggio zu besuchen. Darunter verstand man ein Liebfrauenbild des Meisters Caldara, genannt Caravaggio, eines Schülers des Raphael Sanzio, das im Mailändischen verehrt, mit vielen Gnadenerweisungen des Himmels leuchtete. Dahin wollte nun das Mädchen wallfahrten. Aber eine zweite Erscheinung der heiligen Jungfrau belehrte sie, daß mit diesem Namen das Frauenbild in dem Annakirchlein gemeint sey. Sie verfügte sich also am 26. Mai nach Montanaga in die Kirche vor das Bildniß der seligsten Jungfrau. Volk und Priester hielten eben Gottesdienst in der Kirche. Laute Gesänge tönten zur Ehre der reinen Gottesmutter Maria. Und siehe! mitten unter Gesang und Litanei trat Maria mit dem Jesukinde vor das betende Mädchen, und befahl demselben, laut vor allem Volke die Erscheinung zu verkünden, was sie auch mit jungfräulicher Blödigkeit sogleich that.

Das Jahr darauf sah sie an derselben Stelle zur nämlichen Zeit die Himmelskönigin in Blut und Thränen schwimmend, über den Undank des Volkes klagend, und ernstlich den Bau eines heiligen Tempels fordernd. Das Mädchen vertraute die Erscheinung dem Pfarrer. Das Gerücht davon faßte Wurzel im Volke, und im Jahre 1730 erstand der befohlene Tempel aus frommen Beiträgen von nah und fern. Er ist in Kreuzform gebaut, 63 Fuß lang und 53 breit, in dem schönsten Ebenmaße eines edlen Styls mit drei Altären. Der Hochaltar von weißem Marmor enthält ein meisterhaftes Gemälde von Unterberger. Die Seitenaltäre stehen in schönen Kapellen, einander gegenüber, beide aus Marmor, und mit guten Gemälden, wovon eines das Wunderbild, die Madonna des Caravaggio ist. Die fromme Domenica baute sich ein kleines Häuslein in der Nähe, und widmete sich ganz dem Dienste der heiligen Jungfrau, die ihr jährlich am 26. Mai zur nämlichen Stunde erschien, was sie aber vor der Welt mit Aengstlichkeit zu verbergen wußte, um das Heilige nicht Preis zu geben. Sie starb im Jahre 1764 und wurde in der neugebauten Kirche begraben. Das alljährliche Hauptfest fällt auf den 26. Mai, das Fest der Erscheinung der großen Gottesmutter genannt. Deutsche und wälsche Prediger treten auf, die andächtige Menge zu erbauen; zahllose Pilger aus deutschen und wälschen Gegenden erscheinen dabei; besonders solche, die mit seltsamen Krankheiten behaftet sind, und für Besessene gehalten werden. Sie kehren oft wunderbar geheilt in ihre Heimath zurück. Tirol hat keine interessantere Volksversammlung aufzuweisen als diese. Gewöhnlich heißt die Wallfahrt schlechtweg nur la Madonna di Piné, in der Nachbarschaft wohl gar nur la Madonna.

135.

Maria von Pálfalva.

(Ungarn.)

Graf Gabriel Erdödy, Bischof von Erlau, erhielt im Anfange des Jahres 1717 durch einen Brief des Johann Joseph Hodermárszky, General-Vikärs des Munkatscher Bischofs, die Nachricht, daß in der Kirche der unirten Griechen zu Pálfalva (Paulsdorf) ein zur Seite des Altars an der Wand hängendes Bild der seligsten Jungfrau sichtbar geschwitzt und geweint habe. Sogleich befahl der genannte Bischof, man solle dieses Marienbild nach Erlau befördern und dort mit mehreren dergleichen Bildern aufbewahren. Indessen hatte aber schon der General-Vikär eine strenge Untersuchung an Ort und Stelle veranstaltet, und 17 verläßliche Zeugen auf 11 Fragepunkte eidlich vernommen. Unter diesen war auch der kaiserliche Oberst, Graf Johann Karl von Trauthson und Falkenstein, welcher am 20. Februar 1707 zu Miskolcz ein Zeugniß ausfertigte, das mit den übrigen Urkunden der genannte General-Vikär nach Erlau nachschickte. Die Folge hievon war, daß der bischöfliche Stuhl von Erlau die öffentliche Verehrung des heiligen Bildes erlaubte.

Aus den Aussagen der 17 Zeugen erhellt, daß sie mit ihren Augen gesehen, wie das erwähnte Marienbild vom zweiten Tage der griechischen Weihnachten an bis zum 16. Februar, folglich durch vier Wochen, geschwitzt und geweint habe, das ist, daß an dem rechten und linken Auge der seligsten Jungfrau mehrere braune oder dunkelrothe Tropfen sichtbar gewesen, welche weder durch den strengsten Winterfrost zufroren, noch neben dem geheizten Ofen im Zimmer, wo man das Bild eine ganze Nacht behielt, vertrockneten.

Auch der untersuchende General-Vikär betheuert, daß er eine Thräne mit der Messerspitze herabgenommen, und als einen dunkelrothen, wahrhaften Thränentropfen befunden, daß er ferner, indem er mit einem Altartuche, Korporale genannt, von der Stirne der Mutter Gottes einen Schweißtropfen abwischen wollte, es nicht vermochte, denn der Schweißtropfen zeigte sich aufs neue bis zum 16. Februar.

136

Maria Heil der Kranken.

(Enzersdorf nächst Brunn am Gebirge.)

Im Jahre 1723 begleitete ein vornehmer Edelmann von Wien die damals noch gewöhnliche Prozession der Franziskaner zum heil. Hieronymus nach Mariazell, und als er dort nach empfangenem allerheiligsten Altarssakramente in der Kapelle der Gnadenmutter sein Gebet mit großem Eifer fortsetzte, geschah es, daß er in Betrachtung der Wunder, welche die Allmacht des Herrn bei jenem Bilde so reichlich ausspendete, gleichsam außer sich gerieth, und dabei die tröstlichsten Empfindungen, Anmuthungen und Rührungen in seinem Herzen fühlte, so sehr, daß er sich unmöglich entschließen konnte, eher davon zu gehen, bis er nicht wenigstens eine diesem Bildnisse ähnliche Kopie mit sich bekäme, um beständig die mächtige Fürsprecherin vor Augen zu haben, vor ihr sein tägliches Gebet zu verrichten und in allen Nöthen zu ihr seine Zuflucht zu nehmen.

Es glückte ihm auch, was damals nicht so leicht war, eine solche Statue von der dortigen Geistlichkeit zu erhalten. Voll des Vergnügens kehrte er mit derselben in seine Vaterstadt zurück und schon auf dieser Reise fand er mit seinen Gefährten bei einer plötzlichen Wassergefahr augenscheinliche Hülfe durch die Fürbitte der seligsten Jungfrau. Heimgekommen, stellte er das segensreiche Bildniß in seiner Hauskapelle auf, und verehrte hier mit seiner Umgebung die göttliche Mutter mit besonderer Andacht, und nicht selten fühlten sie alle bei ihren Angelegenheiten die erwünschten Wirkungen.

Auf solche Art wurde die allerseligste Jungfrau Maria in dieser Statue durch sechs Jahre verehret. Auf Ansuchen einiger Verehrer aber wurde 1729 das gnadenreiche Bildniß der Prozession der Franziskaner mitgegeben und zu Enzersdorf durch neun Tage, bis nämlich die Prozession von Mariazell wieder zurückkehrte, öffentlich zur Verehrung ausgesetzt. Während dieser Zeit hat die Andacht und das Vertrauen zur göttlichen Mutter in diesem Bildnisse bei den Einwohnern von Enzersdorf und den umliegenden Gegenden so sehr zugenommen, daß sie nichts sehnlicher wünschten, als dieselbe hier immerdar verehren zu können. Sie brachten es auch durch anhaltende Bitten dahin, daß der Eigenthümer im folgenden Jahre die gnadenreiche Statue mit vielen kostbaren Kleidungen dem Gotteshause schenkte, unter der Bedingung, daß solche unabläßlich in der Franziskaner Kirche zu Enzersdorf zur allgemeinen Verehrung ausgesetzt verbleibe, allwo sie auch am 8. Dezember 1730, unter dem Zulaufe einer großen Volksmenge, zum ersten Male verehrt worden. Den Titel:

„Maria Heil der Kranken“ erhielt sie von dem Erzbischofe zu Wien, dem Kardinal Kollonitsch, weil sich Gott gleich Anfangs bei diesem Bildnisse in Linderung, Abwendung und Heilung verschiedener Krankheiten besonders wohlthätig und gnädig erwiesen.

137.

Mariahülf zu Neunkirchen im Steinfeld.

Joseph Locatelli, auf der Insel Cypern als Türke geboren und zu Florenz getauft, ist vierzehn Monate lang mit der Wassersucht im höchsten Grade behaftet gewesen, so, daß ihm die Ärzte in den Spitälern, in welchen er sich auf seiner Reise aufgehalten, das Leben gänzlich abgesprochen haben.

Deßwegen ist er Willens geworden, sich von Wien nach Görz zu seinen Brüdern zu begeben, trat also die Reise, wiewohl elend und mühselig, an, und kam den 19. April 1737, als am Charfreitage, gegen Abend nach Neunkirchen. Hier wollte ihn Niemand in die Herberge aufnehmen, aus Furcht, der elend kranke Mensch möchte ihnen liegen bleiben und selbe Nacht zur Leiche werden; dennoch ist er beherbergt worden, ohne Zweifel aus besonderer Anordnung Gottes, welcher durch die Fürbitte seiner Mutter seine Allmacht an diesem armseligen Kranken zeigen wollte.

Des andern Tages, als am Charsamstage, hatte er sich entschlossen, entweder aus Schwachheit oder der heiligen Zeiten wegen, über den Ostertag in Neunkirchen zu bleiben; aus dieser Ursache ist er Nachmittags, zwischen 1 und 2 Uhr, zur Klosterpforte gekommen, um sich ein Almosen zu erbitten, womit er das Bettgeld für die künftige Nacht zahlen könnte. Die Geistlichen, deren etliche zusammen gekommen, betrachteten seinen Zustand, bedauerten sein Elend und gaben ihm etwas zu essen und zu trinken; allein er that nur einen Schluck, vorgebend, essen könne er nichts, und obwohl ihn über die Maßen dürste, so könne er dennoch nichts trinken, weil er ein so erschreckliches Brennen darauf bekomme, daß er glaube, es sey pur lauteres Feuer auf der Brust und im Magen. Darüber ertheilte ihm einer aus den Geistlichen, Pater Aurentius mit Namen, das Almosen, schenkte ihm einen Rosenkranz, und führte ihn in die Kirche zum heiligen Grabe, sprechend: „Siehe, hier ist der Brunnen des Heils! Dieser, der da ausgesetzt ist, kann dir allein helfen; bete fleißig!“ und damit hat er den Armseligen verlassen.

Dieser, nachdem er einige Zeit vor dem Hochwürdigen Gute gebetet, ging ganz abgemattet in die nicht weit davon entlegene, aber finstere Nikolauskapelle,

Willens, sich in einen Winkel zu setzen, auszuruhen und dann wieder etwas zu beten. Da erblickte er in einer Ecke den aufgerichteten Taufstein, und war der Meinung, sich dahin zu begeben; im Vorbeigehen aber fiel ihm auf einem kleinen schlechten Altare ein Muttergottesbild und zwar Mariahülf in die Augen, empfand eine absonderliche Andacht zu demselben, kniete davor nieder, und bat die allerseligste Jungfrau mit einem kindlichen Vertrauen, sie möchte ihm in seinem großen Elende helfen, und befahl sich in ihren mütterlichen Schutz.

Nach vollendeter Andacht setzte er sich beim Taufsteine nieder, legte den Kopf auf die Stufen desselben und schlief ein. Da erschien ihm die allerseligste Jungfrau und Gottesmutter Maria in derselben Gestalt, in welcher sie auf dem Altare abgemalt war, und fragte ihn, was er hier haben wolle? Darauf er geantwortet: „Frau, entweder meine Gesundheit oder einen glückseligen Tod;“ und alsobald nahm die Mutter Gottes ein weißes Geschirr aus ihrem Ärmel und gab ihm zu trinken. Und nachdem er getrunken, verspürte er sogleich im ganzen Leibe eine Bewegung, und schien ihm, als zöge es durch alle seine Glieder; worüber er aufgewacht und gemerkt, aller Schmerzen befreit zu seyn. Und als er aufgestanden, empfand er eine große Leichtigkeit; sein

Leib war nicht mehr geschwollen, sondern frisch und gesund.

Er kniete alsogleich bei dem genannten Altärlein nieder, dankte mit lauter Stimme der göttlichen Mutter für die erwiesene Gnade und geschenkte Gesundheit, und lief hernach in die Kirche, mit heller Stimme rufend: „Miraculum! O benedicta Virgula Maria!“ — Endlich eilte er in's Kloster und zeigte alles, was mit ihm vorgegangen, der hiesigen, geistlichen Obrigkeit an, die ihn öfter von zwei Vätern examiniren, und seine Aussage mit einem körperlichen Eide durch Berührung des Kruzifixes und Evangelienbuches bekräftigen ließ.

138.

Maria Kémend.

(Ungarn.)

In dem Dorfe Kémend befand sich schon seit uralten Zeiten eine Kirche, zu Ehren des heiligen Bischofs Nikolaus geweiht; allein sie ward während der vielen Unruhen, die Ungarn heimsuchten, vernachläßigt und fast vergessen. Da ereignete es sich, daß im April 1740 fünf junge Mädchen neben der Kirche graseten und plötzlich in der Nähe derselben einen ungewöhnlichen Glanz erblickten. Sie eilten hinzu und gewahrten in der Tiefe einer Kluft das Bild der seligsten Jungfrau mit dem Jesukinde auf dem linken Arme. Sie bemühten sich, das Bild aus der Erde zu ziehen, und da sie es nicht vermochten, meldeten sie den Ihrigen die Erscheinung. Als diese aber in größter Eile herzukamen, sahen sie nichts mehr. Nur eine Magd, die sogleich vom Acker dahin gelaufen war, griff nach dem Bilde und zog es mit allen Kräften hervor; allein jetzt verschwand sowohl das Bild als auch der Glanz, den man bisher um die Kluft beobachtet hatte. Auch das Bestreben des Dorfrichters, Franz Blumenthaler, der unter Mitwirkung der ganzen Kémender Gemeinde in der Erde nachgraben ließ, blieb ohne Erfolg. Demungeachtet machte die Begebenheit großes Aufsehen; bald kamen Wallfahrer aus der Nähe und Ferne, und als 1754 eine kirchliche Untersuchung die Wahrheit derselben verbürgte, wurde auch eine größere Sorgfalt auf den Gottesdienst verwendet. Im Jahre 1755 belief sich die Zahl der Kommunikanten auf 16,578, und im Jahre 1753, als man auf dem Hochaltare ein gemaltes Mariahülf-Bild aufstellte, wurden 19,851 gezählt. Inzwischen war auch Kémend zur Pfarre erhoben worden, und 1765 verwechselte man das gemalte Bildniß mit einer Statue der seligsten Jungfrau, zu welcher noch immer zahlreiche Wallfahrten geschehen.

139.

Die Marienstatue zu Dubnitz.

(Ungarn.)

Diese Statue, aus Holz niedlich geschnitzt, ist aus dem uralten Trentschiner Schlosse in die Kapelle des herrschaftlichen Wohnhauses in Dubnitz übertragen worden. Der Graf Niklas Illésházy, weiland ungarischer Hofkanzler, hat sie der Pfarrkirche geschenkt, um von mehreren Gläubigen verehrt werden zu können. Sein Sohn, Graf Joseph, oberster Landrichter, und dessen Gemalin Theresia, eine geborne Gräfin von Traun, als sie im Jahre 1742 diese Statue auf dem Seitenaltare gewahr wurden, fragten, welches Wunderbild Mariens sie vorstelle? Hierauf antwortete der damalige Pfarrer, Daniel Kolacsányi, daß sie vom Schlosse hieher gebracht worden, und daß sie jenem Bilde gleiche, welches auf den goldenen und silbernen Münzen Ungarns vorkommt. Denn sie stellt die seligste Jungfrau vor, mit gekröntem Haupte, in der rechten Hand das Reichsscepter haltend, und am linken Arme ihren göttlichen Sohn; unten ist das ungarische Reichswappen zu sehen. Da faßte die genannte Gräfin den Entschluß, statt dieser Marienstatue eine andere verfertigen zu lassen, in der Form eines als Wunderbild anerkannten Originales. Inzwischen ereignete es sich aber, daß drei Nächte nach einander diese Dubnitzer Marienstatue, von allen Verzierungen entblößt, der Gräfin erschien, so, daß sie auf diese Erscheinung immer schlaflos geblieben ist. Nun ließ sie von ihrem Entschlusse ab, und nahm sich im Gegentheile vor, diese Statue nicht nur zu erhalten, sondern auch auszuzeichnen. Sie schenkte derselben neue goldene Kronen, ein neues Scepter und ein neues Prachtgewand, so, daß von dieser Zeit an viele fromme Gläubige anfingen, dahin zu wallfahren, und Hülfe erbaten von denen, welche an dem Bilde vorgestellt werden, nämlich von dem Mensch gewordenen Gottesworte, und von seiner Gebärerin, der für immer erwählten großen Schutzfrau und Erbkönigin Ungarns.

140.

Das Bildniß der schmerzhaften Mutter zu Jedlersdorf.

Ein Bewohner von Jedlersdorf kaufte sich als frommer Pilger zu Mariataferl ein Bildniß der Schmerzensmutter — einen schlechten Kupferstich auf einem kleinen Oktavblatte — und verehrte es mit stiller Andacht in seinem Hause. Als nun im Jahre 1745 Feuer ausbrach, das trotz der angestrengtesten Bemühung, einen großen Theil des Ortes in kurzer Zeit in Asche legte, faßten mehrere Bewohner des Dorfes Vertrauen in die Fürbitte der Gottesmutter und kamen mit dem frommen Pilger auf den Gedanken, das genannte Bildniß in das Feuer zu werfen, um so, ihrer Meinung nach, den Flammen ein Ziel zu setzen.

Der Gedanke reifte zur That, und wirklich war das Feuer bei demselben Hause, wo man das Bild den verzehrenden Flammen Preis gab, glücklich erhalten. An das Wiederfinden des heiligen Bildes war menschlicher Weise nicht mehr zu denken; als man jedoch mit dem Hinwegräumen der Brände beschäftigt war, zeigte sich, mitten unter denselben, unversehrt das geopferte Kleinod, das erst bei dem Aufräumen der Brandstätte mit einem eisernen Zacken einen Stich erhielt, von dem man die Narbe bei einer näheren Besichtigung noch findet.

Durch diese wunderbare Begebenheit erhielt nun dieses Bild bei den Ortsbewohnern so großes Ansehen, daß es wie im Triumphe in die, nach dem Brande neu hergestellte Kapelle übertragen, und von nun an nicht nur von den hiesigen Einwohnern, sondern von allen, welche von diesem Ereignisse hörten, als ein Gnadenbild hoch verehrt wurde.

Einen besonderen Werth erhielt dasselbe noch im Jahre **1809**, als nach der feindlichen Invasion die Einwohner ihre Häuser und ihr Heiligthum ganz beraubt und zerstört fanden. Verloren für immer glaubten sie ihr theures, heiliges Erbgut; doch auch sie fanden jetzt, wie einst ihre Voraltern im Jahre 1745, das Gnadenbild unverletzt unter dem Schutte, während doch alles Uebrige verbrannt und verloren war. Weil aber die Kirche verwüstet und die Pfarrgemeinde verwaist war, indem ihr Seelenhirt aus Mangel einer Wohnung in dem benachbarten Pfarrhofe Jedlersee wohnte: so verwahrte man diesen wiedergefundenen Schatz bei einer, nächst der Kirche wohnenden Witwe, bei welcher die frommen und allmälig aus der Irre zurückkehrenden Ortsbewohner, nebst andern Pilgern von Wien, dasselbe besuchten und verehrten.

Unter solchen Umständen geschah es jedoch gar bald, daß sich Unordnung und Mißbräuche einschlichen, und diese veranlaßten den damaligen Fürst-Erzbischof, dieses Bild einstweilen nach Wien zu den Karmelitern in der Leopoldstadt zu übertragen. Als aber die Gemeinde ihre Kirche wieder hergestellt hatte, und diese nun mit einem selbständigen Seelsorger versehen war, bat sie um Wiedererlangung der nur einstweilen hinterlegten, heiligen Erbschaft. Ihre Bitte ward auch erhört und nun verehret sie seit dem 23. Dezember 1814 in ihrer Pfarrkirche wieder das Gnadenbild, mit Vertrauen und Andacht.

141.

Die Gnadenmutter zu Absam.

(Tirol.)

Absam, ungefähr eine halbe Stunde von Hall entfernt, und eines der ältesten Pfarrdörfer im Innthale, wurde am Ende des vorigen Jahrhunderts auf einmal als Wallfahrtort im ganzen Lande berühmt. Am 17. Jänner 1797 entdeckte eine Tochter des Bauers Johann Puecher daselbst plötzlich an einer Fensterscheibe ein Marienbild, einem schwarzen Kupferstiche ähnlich. Schnell verbreitete sich der Ruf durch die ganze Nachbarschaft, von allen Seiten strömten Neugierige herbei, allgemein galt es dem Volke für ein Wunder. Eine Untersuchung, veranstaltet vom Dechante in Innsbruck, dem Richter von Taur, und einem Glasermeister in Gegenwart einer großen Menschenmenge, stellte heraus, daß an einen Betrug von Seiten des Hausbesitzers nicht zu denken sey. Der Dechant hob den Fensterflügel aus, und brachte ihn nach Innsbruck zur weiteren Untersuchung, die auf Befehl des Landesguberniums von Sachverständigen vorgenommen wurde. Unter den letzteren befanden sich Franz von Zallinger, Professor, ein Jesuit, Martin Schöpfer, Professor der Chemie, und der bekannte Maler Joseph Schöpf. Das Resultat der Untersuchung war, daß auf der Fensterscheibe sich einst ein Glasgemälde befunden habe, das früher verbleicht, nun wieder zum Vorschein gekommen sey. Ungeachtet dieses Endurtheiles verbreiteten sich überall hin Kupferstiche vom Bilde, das auf der Scheibe erschienen, die ganze Bevölkerung der tirolischen Lande wurde aufgeregt, der Glaube an eine himmlische Erscheinung setzte sich unausrottbar in den Gemüthern fest. Es war eine Zeit allgemeiner Noth, eine fürchterliche Seuche raffte täglich eine Menge Menschen hinweg, das Hornvieh erkrankte und verkümmerte, General Joubert war mit seinen Scharen bis in die Gegend von Sterzing vorgedrungen. Alles zitterte im Gefühle der menschlichen Ohnmacht. Um so williger erkannte man an der Madonna auf der Fensterscheibe ein Rettungszeichen vom Himmel, man stellte sie auf einem Seitenaltare der Pfarrkirche zur öffentlichen Verehrung aus, zahllose Abdrücke der Kupferstiche verbreiteten sich immer allgemeiner, Alles hoffte auf die Gnadenmutter von Absam. Und in der That, der Feind verließ auf einmal Tirol, die Drangsale hörten auf, die Himmelshülfe schien unbezweifelt. Pilger kamen von allen Seiten; man sah sich genöthigt, geschehen zu lassen, was als Volksbegeisterung auf die bedrohlichen Franzosenkriege siegreich zurück wirkte. Die Wallfahrt besteht noch für die Gefühle ruhiger Andacht, die sich hier erhört und erleichtert um den Altar bemüht.

Anhang.

142.

Maria von Czenstochau *).

Maria, erzählen treuherzige und gewissenhafte Autoren, habe nach Jesu Christi Erlösungstode bei dem Evangelisten Johannes auf dem Berge Sion gewohnt, wo mehrere heilige Jungfrauen sie besuchten und vor ihrer Himmelfahrt ihr Bild zu besitzen wünschten. Als der heilige Evangelist Lukas mit dem Weltapostel Paulus nach Jerusalem kam, sey er als gewandter Maler ersucht worden, ein wohlgetroffenes Bild der göttlichen Mutter zu entwerfen. Maria's einfacher Hausrath bestand unter anderm aus einem Tische, den Jesu Chri-

*) Gehört nicht in unsern Cyklus; da aber mehrere Kopien dieses merkwürdigen Bildes in Wien, Klosterneuburg, in Ungarn und Schlesien als wunderthätig verehrt werden, glaubte ich, die schöne Legende zum Schlusse geben zu müssen. Ich thue dieses, indem ich wörtlich einer kleinen Broschüre folge, welche im Jahre 1832 zu Wien erschienen ist: »Kurze Geschichte des marianischen Gnadenbildes, Maria von Czenstochau, das in der neuerbauten Kirche der Mechitaristen-Congregation in Klosterneuburg zu St. Jakob andächtig verehrt wird. Wien, 1832. 8.

sti Nährvater, der heilige Joseph als Zimmermann, aus Cypressenholz verfertigt haben soll. Auf die Tafel dieses Tisches habe der heilige Evangelist Lukas das Porträt gemalt.

Bei der Zerstörung von Jerusalem, unter den Kaisern Vespasian und Titus, im Jahre des Heiles 72, sey nicht nur die Kanzel, auf welcher der Apostel Jacobus der Ältere gepredigt, sondern auch das Haus des Zebedäus, des Vaters der beiden Jünger Johannes und Jacobus, auf dem Berge Sion unversehrt geblieben, dasselbe Haus, wo Jesus Christus mit seinen Jüngern das Osterlamm aß, wo die Jünger aus Furcht vor den Juden am Pfingstfeste verschlossen beisammen waren, das Haus, wo der heilige Geist über sie ausgegossen ward, wo der auferstandene Heiland den Jüngern erschien, wo Thomas im Glauben gestärkt wurde, und Maria ihr heiliges Leben endete. Das Bild der göttlichen Mutter sey ebenfalls unversehrt geblieben, und nahe bei dem heiligen Kreuze, an welchem Christus gestorben war, verborgen gehalten worden. Als nun im Jahre Christi 326, zwei hundert vier und fünfzig Jahre nach Jerusalems Zerstörung, die hohe Mutter des großen Kaisers Konstantin, die heilige Helena, das wahre Kreuz Christi suchte, und auf wunderbare Weise fand, habe dieselbe auch das Bild der göttlichen Mutter mit aufgefunden, und dem ersten christlichen

Kaiser, ihrem Sohne Konstantin nach Konstantinopel gesendet, welche Stadt hierauf der göttlichen Mutter völlig geweiht, und Neuram oder Marienstadt genannt ward.

„Es ist dieses Bild," sagt der berühmte Canisius, „bei den Griechen in großen Ehren gehalten worden, und Gott bekräftigte durch Wunderzeichen, wie angenehm ihm die Andacht zu seiner jungfräulichen Mutter sey." Noch heute ist bekannt, daß Konstantinopels Einwohner Maria zur Kriegszeit anriefen: „Heilige Gottesgebärerin, die du so oft uns beschützt hast, mach' uns von den Feinden deines Sohnes frei, stürze sie in den Abgrund des Meeres!" — Zur Zeit, als die Arianer unter Anführung des furchtbaren Kainas katholische Kirchen vom Kaiser Arcadius zu ihrem abtrünnigen Kultus verlangten, zu dieser Zeit zeigte sich den Gerechten Mariä Schutz: der Aufruhr der Arianer fand durch sie Widerstand.

*

Als der römisch-deutsche Kaiser, Karl der Große, zu Anfang des neunten Jahrhunderts, in Verbindung mit russischer Heeresmacht, glücklich gegen die Sarazenen gefochten, und das heilige Land in Sicherheit gesetzt hatte, hielt er auf dem Rückwege an der griechischen Gränze Rast. Nicephorus, der seine fromme Gemalin Irene verwiesen hatte, fürchtete in Karl dem Großen einen Rächer der schuldlos Verwiesenen zu finden. Er eilte ihm entgegen, und lud ihn mit zuvorkommender Artigkeit und unter tausend Glückwünschen ein, durch Dalmatien die Rückreise zu machen, und Konstantinopel mit einem Besuche zu beehren. Karl der Große erblickte in Konstantinopels Schatzkammer das Bild der seligsten Jungfrau, läßt sich die Beschreibung des Ursprungs überreichen, verehrt die Gnadenmutter in diesem Bilde und — erhält es von dem im Gewissen verzagten Kaiser Nicephorus alsobald zum Geschenke. Auf dem Rückwege des Kaisers mit der russischen Heeresmacht, kommen ihm Boten mit der Nachricht entgegen, wie die Tataren Rußland mit Feuer und Schwert zu verheeren drohen. Der Anführer der Reußen, Fürst Leo, ritt in Eilmärschen nach dem bedrohten Vaterlande zurück. Karl verheißt ihm kaiserlichen Lohn für die erwiesene Hülfe und Leo verlangt das Marianische Gnadenbild zur Belohnung, das Karl sofort großherzig ihm übergibt, worauf es Leo auf sein Schloß Belz bringen läßt, unter Bedienung und Verehrung griechischer Priester. Damals sollen die Reußen sich scharenweise zum heiligen Glauben bekehrt, und Mariä andächtig gedient haben.

Polens König, Kasimir der Große, führte mit den Reußen Krieg, und besiegte sie so völlig, daß er den größten Theil ihres Landes seinem Königreiche einverleibte. Fünf befestigte Schlösser: Chelm, Grabow, Horadlo, Sewobosza und Belz sollten noch bezwungen werden. Nach Kasimir's Tode ward Ludwig, König von Ungarn, im Jahre 1310 zugleich König von Polen. Er war es, der die genannten fünf freien Schlösser einnahm, und die Regierung seinem Blutsverwandten, dem Fürsten von Oppeln Ladislaus als Vicekönig übergab. Gegen diesen Ladislaus entstand eine furchtbare Empörung. Ladislaus flüchtet nach dem Schlosse Belz, wo er dies Gnadenbild gewahrt, in die dortige Schloßkapelle übertragen läßt, und unter dem Schutze Mariens wohnend, in fester Hoffnung des Friedens, sein Kriegsheer entläßt, und mit geringer Mannschaft und einigen Hofbedienten sich ruhig hält. Da belagerten die Tataren das Belzische Schloß. Ladislaus soll sich zu den Füßen Mariens hingeworfen, und weinend um ihren Schutz gefleht haben, während seine wenigen Leute draußen ritterlich stritten — siehe, da sey ein feindlicher Pfeil durch das Fenster in die Kapelle gefahren, und habe das Gnadenbild dort, wo der Hals Mariä gemalt war, durchstochen. Da soll Ladislaus gerufen haben: „Räche, heiligste Jungfrau, räche diese sakrilegische That an deinen und meinen Feinden!" — worauf die Tataren bald von einem panischen Schreck ergriffen, vor den tapfern Reisigen des Vicekönigs flüchtig wurden. Ladislaus berichtet diesen Sieg nach Ungarn an den König, und bittet zugleich um Erlaubniß, das Gnadenbild persönlich nach Oppeln, seinem Fürstenthume, bringen zu dürfen. Er erhält die Erlaubniß, und will seine Reise nach Schlesien mit dem Bilde antreten, allein nach dem Berichte Lanskoronski's, sey das Bild nicht von der Stelle zu bewegen gewesen.

Da habe Ladislaus gebetet, den Willen Gottes zu erkennen, und ein wunderbares Traumgesicht habe ihm angezeigt, das Bild solle nach Czenstochau, unweit vom Olsteiner Schlosse übertragen werden. Die Reise ging ruhig vor sich; in einem eigenen wohlverhüllten Wagen sey nach den Berichten des polnischen Marianischen Geschichtschreibers das Gnadenbild sofort auf den Czenstochauer Klarenberg in Polen, nicht weit von Schlesiens Gränze, übertragen worden; man langte am 28. August des Jahres 1382 dort an, der Fürst selbst habe die Prozession begleitet, die das Bild in die dortige jetzige Pfarrkirche einführte. Es waren die Ordensbrüder des ersten heiligen Einsiedlers Paulus, denen er auf Anrathen Ludwig's, des Königs von Ungarn, damals Kirche und Kloster mit den nöthigen Einkünften einräumte, die noch in demselben Jahre 1382 dort angelangt, die Ehre der göttlichen Mutter weithin verbreiteten, so daß nach den Worten einer alten Chronik „vom Klarenberg (Jasna góra) in Czenstochau die Klarheit der wunderthätigen Mutter aller schönen Liebe, Furcht, Hoffnung und Erkenntniß, die Welt überglänzte und durchleuchtete."

Acht und vierzig Jahre nach Ueberbringung des Gnadenbildes auf den Klarenberg, im Jahre Christi 1430, als Johannes Huß sein Leben auf dem Scheiterhaufen schon geendet hatte, versammelte Ziska Rotten aus Böhmen, Mähren und Schlesien, seines Meisters und Freundes Tod zu rächen. Er verbreitete überall Schreck und Angst, und langte am heiligen Ostertage selbst in Czenstochau an. Was an Schmuck und Votiven vorräthig war, wurde nebst den wichtigsten, das Gnadenbild betreffenden Urkunden geraubt, zerstört und verbrannt. Ein Hussite soll das Gnadenbild selbst von der Wand herabgerissen, und auf einen Wagen geworfen haben, auf demselben der Gränze zueilend: — als an der Gränze abermals Roß und Wagen unbeweglich stehen blieben. Der Hussite habe hierauf das Bild fluchend vom Wagen herabgeworfen, so daß es in drei Stücke zersprang, ohne daß jedoch das Antlitz Mariens und jenes des Jesukindes verletzt worden wäre. Da habe der Hussite mit den Lästerworten: „verbrannt muß es werden, das papistische Götzenbild!" mit gezücktem Schwerte nach der rechten Wange der Marianischen Abbildung gestoßen, und es an dem genannten Orte zweimal verletzt, worauf er todt hinfiel. Als die ehrwürdigen Pauliner das Bild hierauf auf den Klarenberg zurückbrachten, wurde die zertrümmerte Tafel von polnischen Künstlern zwar wieder auf unkenntliche Weise zusammengefügt, doch konnte die verletzte Wange weder von polnischen noch griechischen Malern völlig übermalt werden, und so verordnete Ladislaus Jagiello, damals König von Polen, das Bild mit großem Pompe neu aufzustellen, und auf das kostbarste zu schmücken.

Es war im Jahre 1655, als Karl Gustav, König der Schweden, einiger Unterdrückungen wegen, die von verschiedenen Historiographen verschieden beurtheilt werden, mit dem Könige von Polen, Johannes Kasimir, Krieg anfing, und von dem, durch viele Kriege entkräfteten polnischen Lande das damalige Großpolen sammt Posen abriß; bei seinem Einfalle in das damalige Kleinpolen aber — Czenstochau zu belagern begann. Schon waren Krakau und Warschau von ihm erobert, als er 3000 Mann gegen Czenstochau sandte. Die Anführer dieser Heeresmacht, General Müller und der böhmische Graf Wrzesczewitz, verlangten unbedingte Unterwerfung unter den Scepter des Schwedenkönigs. Als diese verweigert wurde, soll sich das Heer der Schweden bis auf 16,500, nach Andern auf 20,000 Mann verstärkt, und den Klarenberg fünf Mal, doch immer ohne Erfolg bestürmt haben. Bei mehrmal wiederholten Aufforderungen zur Uebergabe, war die von den Priestern Bleszynski und Malachowski abgefaßte Erklärung immer dieselbe: „König Kasimir habe die Krone nicht abgelegt; die Reichsstände hätten ihm Treue geschworen. Es sey ferne von Czenstochau, rechtmäßig erwählten und gekrönten Häuptern nicht gehorchen zu wollen. Die Söhne des Landes, die vom König abtrünnig geworden, seyen wie ein befleckter Spiegel, den man sich nicht vorsetzen könne, um die wahre Gestalt der Dinge zu erkennen.“ Nach vielen fruchtlosen Versuchen, unter denen das Unterminiren des Klosters von Czenstochau der denkwürdigste ist, forderte General Müller am 25. Dezember 1655 die Summe von 60,000 Thalern von den Rittern und der Geistlichkeit zu Czenstochau. Am Stephanstage erklärten sich die Belagerten außer Stand, die geforderte Summe aufzubringen, und feierten mit vielem Gepränge und Salven das Namensfest der tapfern polnischen Helden, Zamoyski und seines Sohnes, was die Schweden für ein Freudenfest wegen angekommener Hülfstruppen hielten, und am 27. Dezember in der Nacht von der belagerten Festung abzogen. Natürlich war der Sieg der Hülfe der göttlichen Mutter zugeschrieben, und wir könnten den Leser mit vielen Sagen hierüber unterhalten. So bezeugte der tapfere Ritter Mathias Wengerski, die Schweden hätten ihn versichert: es sey bei der Belagerung eine hohe, in blaue Schleier gehüllte Frau auf den Mauern gesehen worden, die nebst einem Greise mit grauen Haaren die feindlichen Kugeln auffing, und ins Lager zurückwarf."

König Kasimir eilte nach erhaltenem Berichte von der Befreiung der Festung seinem Lande zu, und schlug im Jahre 1657 dort seine Residenz auf. Im Jahre 1702 brachen die Schweden, unter König Karl XII., auf's neue in Polen ein, daraus sie König Kasimir zum Theile vertrieben hatte. Den Spott: Czenstochovia extremus suecicae fortunac scopulus, „Czenstochau, die letzte Klippe des schwedischen Glückes," nicht ertragend, sollte Czenstochau nun vernichtet werden. General Guldenstern zog mit 8000 Mann Schweden nach dem Klarenberg, und berannte ihn zu drei verschiedenen Malen, doch immer ohne Erfolg, so daß er und sein Nachfolger, General Stromberg, ohne sogar die verlangte Contribution von 10,000 Thalern erhalten zu können, gegen das Ende des Jahres 1723 in größter Unordnung nach Krakau unverrichteter Sache abzuziehen genöthigt waren. Die, über diese zweite Belagerung noch in Czenstochau vorhandenen Urkunden beweisen klar, daß der glückliche Ausgang derselben abermals der seligsten Jungfrau zugeschrieben ward. Wie im Jahre 1655 Johannes Kasimir dem Papste Alexander VII., berichtete nun August II. den abgewiesenen Schwedensturm an Papst Clemens XI., welcher das Gnadenbild, nach hergestellter Ruhe, zur Danksagung feierlich zu krönen befahl. Diese Festlichkeit ging am 8. September 1717 vor sich, und die Zahl der Kommunikanten, während der Oktave derselben, soll sich auf 143,300 belaufen haben.

143.

Abschied von Maria *).

Ihrer Hochzeit hohes Fest
Gräfin Elsbeth still verläßt,
Geht mit reichgeschmücktem Haupt,
Wo die Waldkapell' erbaut.

Bringet Blumen, preiset laut,
Ach wie oft sie da erbaut,
Preist Maria Geberin
Ihres Glücks in frommem Sinn.

Was sie hält an dem Altar,
Ist es Angst? Sie fühlt es klar,

---

*) Dieses Lied, welches im Wunderhorn (I. 178) steht, habe ich wiederholt im österreichisch-steierischen Gebirge singen gehört — Grund genug, um es hier mitzutheilen.

Ihre Stunde geht vorbei,
Ihr Gebet strömt immer neu.

„O Maria, welches Leid,
„Letzte Blumen bring' ich heut,
„Daß ich reise, schmerzet mich,
„Ob ich wiedersehe dich?

„O Maria, jetzt ist Zeit,
„Daß ich wieder von dir scheid',
„Fort ich muß, auf lange fort!
„Ach, Ade du Gnadenort!

„Schau Maria, Mutter mein,
„Laß mich dir befohlen seyn;
„Ach, es muß geschieden seyn
„Von dir und deinem Kindelein.

„O du gnadenreiches Bild!
„O Maria, Mutter mild!
„O wie hart scheid' ich von dir,
„Wie so gern' blieb' ich allhier.

„Meine Zunge ist mir schwer,
„Meine Augen voller Zähr,
„Nicht mehr hell ist meine Stimm,
„Gute Nacht, ich Urlaub nimm.

„O Maria, neue Pein
„Spür ich in dem Herzen mein
„Daß ich jetzund scheiden soll,
„Darum bin ich trauervoll.

„O du mein lieb Herzelein,
„Muß es so geschieden seyn?
„Ade nun mit der Mutter dein,
„Gute Nacht, lieb Herzelein!

„O Maria, noch die Bitt,
„Mich im Tod verlasse nit,
„Sey gegrüßet tausendmal,
„Ach, Ade viel tausendmal!“

Also lange betet sie,
Und schon lange sahe sie
Über sich ein blankes Schwert;
Ihr Gebet doch ruhig währt.

Sie vergißt des Schwertes Tück,
In der Gnade schwebt ihr Blick,
Als der Räuber sie gehört,
Er sie im Gebet nicht stört.

Als er ihren Blick vernahm,
Schwere Reu' ihn überkam,
Legte ab sein Schwert, sein Spieß,
Auf die Knie sich niederließ.

„„Hoher Worte fromme Schar
„„Schützt den Schmuck in deinem Haar,
„„Schützt dein Leben gegen mich,
„„Edle Frau, ach bet' für mich.“ “

„O Maria, noch die Bitt,
„Diesen Sünder verlaße nit,
„Löse ihn von Schuld und Qual,
„Ach, Ade viel tausendmal.“

Und als sie nun von ihm ging,
Schien ihm alle Welt gering,
Büßt als frommer Bruder schwer —
Hört, sein Glöcklein schallet her.

144.

Das Marienbild zu Tuchow.

(Galizien.)

Die Holztafel, auf welcher sich dieses vielberühmte Bild befindet, ist auf beiden Seiten gemalt, woraus man ersieht, daß es einst nach altem Gebrauche bei den öffentlichen Bittgängen mit herumgetragen worden. Auf der einen Seite ist Jesus am Kreuze abgebildet und diese Seite ist gegen den Altar gewendet; auf der andern die seligste Jungfrau, welche mit mildem Blicke auf das Volk niederschaut, in der rechten Hand eine Rose hält, und in der linken den Weltheiland.

Niemand weiß, woher und durch wen dieses Bild nach Tuchow gekommen; aber die ganze Stadt erinnert sich daran, daß, so oft das heilige Bild von seinem Standorte gehoben worden, allezeit große Gefahren darauf folgten, als: Feuersbrünste, Pest und andere epidemische und ansteckende Krankheiten; daher es auch nie wieder von seiner Stelle gerückt worden ist. Nach alten Urkunden war es bereits im Jahre 1468 gemalt; aber erst 1597 hat es begonnen, als wunderbar anerkannt zu werden, und bald geschahen so häufige Wallfahrten zu demselben, daß am Festtage der Heimsuchung Mariens die Zahl der Gläubigen oft 15,000 überstieg. Zur Zeit der Türkenkriege war es besonders durch viele wundervolle Befreiungen gefangener Christen berühmt.

145.

Die Königin der Engel.

Zu Andocz in Ungarn wird seit uralten Zeiten eine Marienstatue verehrt, welche unter dem Namen Königin der Engel allgemein bekannt ist. Die seligste Jungfrau hält auf ihrem rechten Arme das Jesukindlein, und zu beiden Seiten stehen die jungfräulichen Märtyrerinnen, die heilige Agatha und die heilige Dorothea. Die alte Kapelle bildet das Sanktuarium der gegenwärtigen Kirche, welche im Jahre 1725 erbaut worden ist. Von jener wird erzählt, daß sie einst sammt dem heiligen Bilde, wie das Haus von Nazareth nach Tersatto, durch Engel hieher gebracht worden sey.

146.

Die Erzherzogin Anna Katharina.

Die Erzherzogin Anna Katharina, die Gemalin Ferdinand's von Tirol, welcher im Jahre 1595 aus diesem zeitlichen Leben schied, war eine große Verehrerin der seligsten Jungfrau Maria, und diese hat sich ihr mehrere Male geoffenbart. Als die gottselige Fürstin eines Tages zwölf arme Weibspersonen speisen wollte, (wie sie in ihrem Witwenstande allwochentlich zu thun pflegte), und sich bereits mit ihren zwei fürstlichen Töchtern in das Zimmer begeben hatte, allwo selbe zu Tische saßen, fing sie zu zählen an, ob nicht vielleicht eine von der bestimmten Zahl fehle. Da sie aber solches nicht allein, sondern mit ihr auch die zwei Prinzessinnen zum öfteren gethan, und genannte Arme abgezählt hatten, fanden sie jederzeit, daß ihrer dreizehn zu Tische saßen. Obwohl dieses der Fürstin fremd vorkam, gedachte sie doch, die dreizehnte werde sich vielleicht des Hungers wegen den andern zugesellt haben, schwieg deßhalb aus Mitleid dazu still, und dienete ihnen zu Tische mit solcher Inbrunst des Geistes und Andacht, als ob sie in der Person dieser Armen Gott und seiner heiligsten Mutter selbst solches verrichtete. Als sie aber nach vollendetem Essen das gewöhnliche Almosen austheilte, sah und fand sie nicht mehr, denn nur allein zwölf. Darüber entsetzte sie sich nicht wenig, sann der Sache nach, und stellte die Diener zur Rede, mit der Frage, wie viel sie Arme in das Zimmer hineingelassen hätten? Als aber solche geantwortet, daß nicht mehr hinein, und auch nicht mehr herausgegangen wären, denn nur allein zwölf, ließ die gottselige Fürstin alsobald ihren Beichtvater holen, welcher nach Anhörung dessen, was vorbeigegangen, Anfangs zweifelte, ob nicht vielleicht im Zählen bei Tische ein Fehler sich ereignet hätte? Nachdem jedoch sowohl von der Erzherzogin, als den zwei Prinzessinnen bestätiget worden, daß sie alle drei zum öfteren die an der Tafel sitzenden Frauen aufmerksam gezählt, und jederzeit dreizehn gefunden hätten, konnte auch er nichts anderes schließen, als daß die dreizehnte Person entweder die Mutter Gottes selbst, oder eine andere Heilige müsse gewesen seyn. Darin wurde er noch von der gottseligen Fürstin bekräftigt, welche betheuerte, daß sie, als die dreizehnte Person verloren gegangen, eine tägliche Andacht zu der heiligsten Jungfrau empfunden habe.

Denn, als die fromme Fürstin im Jahre 1606. am heiligen Osterabende, an welchem eben das Fest Mariä Verkündigung gefallen war, Morgens früh ihrer Andacht oblag und nach verrichteter Beicht und heiligen Kommunion in ihrer Kapelle verharrte, erschien ihr die seligste Himmelskönigin ganz sichtbar, und redete zu ihr die folgenden Worte: „Anna Katharina, jetzt ist es Zeit, daß du vollziehest, was du von Jugend auf begehrt und gewünscht; deßwegen will ich, daß du mir allhier in der Stadt Innsbruck ein Frauenkloster bauest, darin du mit etlichen andern, von mir Auserwählten mir dienen mögest. Fürchte dich nicht; sey standhaft, und ich werde mit dir seyn, und wohin dein Verstand und Vermögen nicht reichen, das will ich ersetzen.“ Hierauf verschwand das Gesicht und die gottselige Fürstin ward mit Furcht und Freude erfüllt.

Damit sie aber diesem Befehle auf das schleunigste nachkomme, hat sie alles und jedes Ihrer päpstlichen Heiligkeit, Paul V., geschrieben, ohne dessen Rath und Segen sie in einem so wichtigen Werke nichts anfangen wollte; und nachdem sie von diesem in ihrem Vorhaben gestärkt und zugleich noch mehr angeeifert worden, wollte sie solches Werk nicht länger verschieben, sondern machte sogleich für das neue Kloster selbst einen Riß, und zwar nicht ohne Wunder. Während sie nämlich eben in der Arbeit begriffen war, schien es ihr, als ob ihr die Mutter Gottes in Ziehung der Linien die Hand führte, und daß dem also gewesen, hat die glorwürdigste Jungfrau selbst durch ein seltsames Traumgesicht bestätigen wollen. Einem Diener der Fürstin, Johannes Hoff mit Namen, kam im Schlafe ganz deutlich vor, als sähe er seine durchlauchtigste Frau nebst den zwei Prinzessinnen am Tische lehnend, auf welchem sie mit einem Zirkel ein Kloster zeichnete, zu dem ihr aber die seligste Jungfrau Maria die Hand führte. Sobald er erwacht, machte er sogleich das im Traum gesehene Kloster nach, dann er dieser Kunst ein Erfahrener war; sagte jedoch niemand etwas davon. Mittlerweile kam aber die Erzherzogin von Ungefähr in dessen Zimmer, erblickte mit Verwunderung die Zeichnung, und fragte ihren Diener, warum, wie, wann und auf wessen Angeben er dieses gemacht habe? Da nun solcher alles ausführlich erzählt, ergriff sie eine unbeschreibliche Freude: sie nahm den Riß mit sich, und weil sie gesehen, daß sich die gebenedeite Himmelskönigin dieses Malers allergnädigst gebrauchen wollen, um Zeugniß zu geben, erwählte sie ihn auch zu dem vorhabenden Baue als Baumeister, und gab ihm den Befehl, alsobald alle nothwendigen Anstalten zu treffen, damit ehestens der Anfang könnte gemacht werden. Wie dann auch bald darauf, als am 2. Juli 1607, im Beiseyn vieler hoher Personen, der erste Grundstein mit großem Ehrengepränge gelegt, und der Bau angefangen worden ist.

Im Jahre 1612 trat die hohe Fürstin selbst in das Kloster, nannte sich als Dienerin Mariens Anna Juliana, und starb im Rufe hoher Heiligkeit am 3. August 1621.

147.

Die Schweden vor Nikolsburg *).

„Der Schwed ist da, der Schwed ist da," keuchte ein eilfertiger Wanderer, dem ein schwer Gebreste schier den Odem verlegte, indem er zum Wienerthore des Städtchens Niklasburg (jetzt Nikolsburg) in Mähren hereintos'te. „Der Schwed ist da, er sitzt mir dicht auf den Fersen," stöhnte er nochmal, und sank kraftlos darnieder.

Auf diesen Schreckensruf versammelte sich alsbald Jung und Alt um den Boten, die Rathsmänner eilten herbei, und jener berichtete: wie er auf freiem Felde, unfern des sogenannten Birnzipfs, seines Ackers gepflegt habe, als von ferne ein dumpfes Getöse in seine Ohren geklungen, und er gleich darnach unterschiedliche Leute

*) Bearbeitet und mitgetheilt von E. Straube in der österr. Zeitschrift für Geschichts- und Staatskunde, 1836. S. 153.

ansichtig geworden sey, die mit verstörten Mienen, und in absonderlicher Hast vorüberstoben, wehklagend, daß die Heerhaufen des Feindes plötzlich, wie die böse Sündfluth, über sie gekommen, ihre Häuser mit Feuer angestoßen, alles niedergemacht, selbst des Säuglings nicht geschont hätten, und wie sie nur mit genauer Noth eben das Leben gerettet, und zu fliehen gewillt seyen, so weit die Füße sie trügen; darauf hätten sie jammernd reißaus genommen, und er sey spornstreichs nach der Stadt zurück gelaufen, vermeinend, daß eine Warnung bei Zeiten Manchem zum Frommen gereichen möchte. Ihm wolle nun bedünken, als scheine es am gerathensten für jeden, sein Bündel zu schnüren, und sich von hinnen zu begeben, inmassen es männiglich bekannt sey, wie das Schwedenvolk aus argen Unholden bestände, die mit Mord und Brand sich die liebste Ergötzlichkeit bereiteten, und dabei nicht des Kindes im Mutterschooße sich erbarmten.

Gar entmuthigt lauschten die Bewohner des Städtleins dieser Kunde, mancher wollte bereits Anstalt treffen, Haus und Hof mit dem Rücken anzusehen, nur das eigene und seiner Angehörigen Heil in schneller Flucht gewinnend; rathlos standen die Väter der Stadt, und wußten den ängstlich Fragenden nicht Bescheid zu geben; horch, da dröhnte es, wie kriegerische Fanfaren, aus der Gegend vor dem Wienerthore her, und Cymbale und Heerpauken, und das Getöse klirrender Waffenrüstungen rasaunte durch die Luft, verkündend, wie das Gefürchtete bereits eingetroffen, und an kein Entrinnen mehr zu denken sey.

Ein Kreischen des tödtlichen Entsetzens lös'te sich von Aller Munde, und gleichzeitig schlug in wehmüthigen Tönen das Gämperlein (die Sturmglocke) an. Die Rottmeister boten alles, was Waffen zu tragen vermochte, auf, an ihrer Seite zu stehen, Kinder, Weiber und Greise stürzten jammernd auf die Straßen, um zu hören, was sich begebe, schreckensbleiche Gesichter wurden allenthalben sichtbar, und die Verwirrung war so groß, daß Keiner dem Andern Rede stehen wollte, Niemand sich zu berathen wußte, und nur die Gewißheit des drohenden Unglücks Aller Herzen erfüllte.

Draußen aber rückten die Geschwader der Feinde, von einem Ausfluge nach Oesterreich zurückkehrend, mit flatternden Fähnlein, und unter lustiger Kriegsmusik an, und wohl wässerte Manchem unter ihnen der Mund, als er der blühenden Marken des schönen Städtleins Acht nahm, das also gehäbig und reich da lag, daß man ob erklecklicher Beute nicht bangen mochte. Freudiglich hörten sie deßhalb des Feldobersten Ruf: „Drauf und dran;“ im Sturmschritte marschirten sie auf die Mauern los. Viele vermeinten schon, das Klimpern des edlen

Metalles zu verspüren, mit welchem sie die Säckel weidlich zu füllen gedachten.

Schon war die Vorhut des Heeres bis an den Birnzipf, nicht viel über eines Büchsenschusses Weite von dem mehrerwähnten Wienerthore fern; lärmender Jubelruf und einfallende Drommeten begrüßten die Stadt, der man sich mit lüsterner Hast im Sturmschritte näherte -- siehe, da legte sich dicker Nebel, wiewohl der Himmel noch eben erst rein gewesen, wie ein Spiegel über die Mauern hin, sich vor den Schweden wie eine feste Wand ausbreitend, daß sie stracklich ein Grauen befiel, und sie nicht wagten, einen Schritt fürbaß zu setzen. Zwar wollten es ein paar Tollköpfe versuchen, in das unheimliche Gewebe einzudringen; allein schwere Dämpfe drückten sie zu Boden, und mit zagendem Heulen krochen sie auf allen Vieren zu den Kriegsgefährten zurück.

Befremdet schauten die Befehlshaber dies bedrohliche Ereigniß, und pflogen Rathes, was nunmehr zu gebahren seye, denn solches war keinem von ihnen je begegnet: — da stellte sich ihnen ein Kriegsgeselle dar und vermeldete, wie er vor Jahren als fahrender Küffnergeselle durch Niklasburg gekommen, und gehört habe: es befinde sich in selbiger Stadt ein wunderthätiges Muttergottes Bild, Maria von Loretto genannt, inmitten der Stadt, aber etwas tiefer und gar stattlich gelegen;

dies habe schon mehrfältig Mirakel gewirkt, und die Städter wüßten sich baß mit dem Schutze dieses Bildleins, weßhalb er auch unfürgreiflich der Meinung sey, als wäre gegenwärtiges Bedrängniß nichts, denn ein Spuck jener Schirmherrin, den man am leichtesten würde wenden können, so man die Heilige durch eine fromme Spende zu sühnen bedächte.

Die Feldhauptleute lachten über den ihnen gegebenen Rath, und wiesen den Söldling barsch von dannen, sintemalen den Ketzern so gewaltiger Hort nur als ein Mährlein bedünkte; als aber auch am folgenden und am dritten Tage die Wolkenmassen nicht wichen, und den Scharen immer mehr der Muth entsank, dieweil sie vermeinten, an einem verzauberten Flecke haften zu müssen allerwege; da überlegten sie neuerdings mit einander, und es ward beschlossen, wiewohl mit weidlichem Ingrimme und sattsamem Widerstreben, nach des Küffners Rathe zu thun. — Da ward es schweigsam im Lager, als brütete der Tod ob demselben.

Mittlerweile wußten sich die Leute im Städtlein nicht zu deuten, was der Schwed im Schilde führe, als welcher mit so bedenklicher Eilfertigkeit herangerückt war, und nun müßig auf den Feldern lungerte, obwohl die Stadt beim ersten Sturme sein werden mußte, denn sie gewahrten nichts von dem Nebel, so eine Vormauer um ihren Ort gezogen hatte. — Der Himmel lag klar über ihnen, wie das milde Auge eines liebenden Mütterleins. Wohl sannen sie hin und her, wie dies Wunder zu erklären seye; doch niemanden schwante der rechte Zusammenhang, die Meisten erklärten das Saumsal des Feindes für ein Wahrzeichen der bittersten Prüfungen, oder einer absonderlichen Noth, so der Schwede über das Städtlein verhängen wollte.

Es war am Morgen des vierten Tages, als Bauern aus der Gegend einen Soldaten des Feindes, dem man die Augen verbunden hatte, zur Stadt brachten, den erstaunten Einwohnern berichtend: sie seyen von den Streifern der Schweden aufgefangen und genöthigt worden, jenen Gewappneten herein zu geleiten, welcher Kunde von den Kriegsobersten der Belagerer bringe; er habe begehrt, mit verschlossenem Blicke geführt zu werden, dieweil, wie er betheuerte, der herbe Nebel ihm die Augen beizte, und eben so hätten alle Schweden eines dicken Nebels gedacht, dessen jedoch ihnen selbst nirgendwo eine Spur vorgekommen sey.

Die Städter wußten abermals nicht, wie sie solches sich erklären sollten; doch schöpften sie gute Hoffnungen daraus, und fragten den Schweden um seinen Auftrag.

Alsbald brachte dieser zwei riesige Wachskerzen, schier jede von dem Umfange eines Mannsleibes, herfür, und bat im Namen seiner gestrengen Herrn, daß selbige unverweilt vor dem Altare der heiligen Frau von Loretto angezündet werden möchten, auf daß der böse Dunst sich verziehe, welcher weit und breit alles umnachte, giftige Krankheit in die Heerhaufen versendend; dafür wolle der Ober-General die Stadt mit sonderheitlicher Huld ansehen, und ohne alle Gefährde von dannen ziehen; es sey kein Zweifel, daß ein mächtiger Schirm ob diesen Mauern walte — diese Gabe solle ein Sühnopfer, und dem Städtlein eine Gewähr des Verheißenen seyn.

Nachdem der Bote vollendet hatte, wie ihm aufgegeben worden, fiel es einem weisen Rathe und gesammter Bürgerschaft gleich Schuppen von den Augen: sie bermerkten wohl, wem sie so hohe Gnade zu verdanken hatten, und in langer Prozession wahlfahreten alle nach der Kirche Maria Loretto, die gespendeten Kerzen im Triumphe vor sich hertragend. Alsogleich ward auch der Sakristan entboten, Leuchter aufgerichtet, das Opfer festgestellt, und der Meßner mit dem zündenden Stabe näherte sich den Dochten.

Seltsamlich anzuschauen war es aber, wie diese nicht brennen wollten, wie die Flamme verlosch, ehedem sie sich mittheilte, wie sie schlängelnd fast zurückwich, wenn man sie den Kerzen näherte, und wie man sich zuletzt, nach mehrmaligen Versuchen, schier überzeugt vermeinte, daß nichts zu hoffen, und vielleicht wohl gar die Spende eine frevelhafte, der Heiligsten mißfällig seye. Da erglühte der Meßner in Unmuth, stieß die Kerzen von den Leuchtern herab, daß sie auf dem harten Pflaster zerbarsten, und — o des Entsetzens! — sie waren mit Pulver gefüllt bis zum Rande.

Schaudernd flohen alle aus dem Kirchlein, und als sie auf den Platz heraustraten, rauschte und wetterte und schnob es in der Luft, als wäre das wilde Heer im Anzuge, die Erde bebte, gellendes Zetergeschrei quoll aus dem Lager der Schweden herüber, und gleich darauf brausten die feindlichen Geschwader, todtbleich und mit dem Rufe: „Flieht, flieht, ihre Donner zucken rings aus dem Boden" — in grauenhafter Hast durch die Straßen der Stadt zum Brünner Thore ohne Aufenthalt hinaus, so sinnesberaubt vom Grauen, daß einer der letzten, dem sein Eisenhelm entfiel, sich nicht so viel Zeit verstattete, um das Waffenstück vom Boden aufzuheben. Und die Gegend ward zur Stunde von den Schweden rein.

Also ist es geschehen im Jahre des Heils, als man schrieb 1645, und der Schwedenhelm ist noch heutigen Tages am unteren Stadtthore von Niklasburg zu schauen.

148.

Maria Pötsch bei St. Stephan in Wien.

(1697.)

Das Pötscher Gnadenbild laßt uns verehren,
Von dem ein großes Wunderwerk wir hören,
Ward von Vielen g'sehen,
Was zu Pötsch geschehen,
Ist ein Ort im Ungarland,
Der zuvor war unbekannt.

Dies Bildniß lichte Zähren hat vergossen,
Die sind aus beiden Augen hergeflossen,
Werden Viel benennet,
Welche dies bekennet;
Alles wäre wohl probirt,
Und wurd' kein Betrug verspürt.

Darum von diesen Thränen mußt' man schließen,
Daß sie nicht ohn' Mirakel konnten fließen,
Allen anzudeuten,
Daß auch dieser Zeiten

Wunderwerk Gott wirken kann,
Wie er's hat allda gethan.

Dies Wunderwerk hat sich so g'schwind nicht g'schlossen,
Denn etlich' Wochen sind die Zähren g'flossen,
Daß an vielen Orten
Dies bekannt ist worden,
Und je mehr es wurd' bekannt,
Desto mehr es Glauben fand.

Dies g'schahe, da die g'meine Jahrzahl ware
Sechzehen hundert, sechs und neunzig Jahre,
Anfangs im November,
Letztlich im Dezember,
Sey darum gebenedeit
Gott in alle Ewigkeit.

Als man dies Wunder hat zu Wien vernommen,
Das Wunderbild dahin man ließe kommen,
Hat es schön gezieret
Und herum geführet,
Wurd geehrt mit allem Fleiß,
Auf gar sonderbare Weis.

Weil dann Gott will, dies Bild soll hier verbleiben,
Aus Lieb' und Andacht sollten sich verschreiben
Alle frommen Wiener
Als Mariä Diener,
Kommt dann her und stimmt zusamm',
Lobt und ehrt Mariä Nahm'.

Kommt, laßt uns uns're liebe Frau da grüßen,
Da ist ein Brunn, aus dem viel Gnaden fließen,
Diese zu genießen,
Fallet ihr zu Füßen,
Betet: O Maria süß,
Deine Gnad' auf uns ergieß'.

Wir freuen uns, daß du zu diesen Zeiten
Wirst hochverehrt von frommen Christenleuten
Die, dich da zu ehren,
Häufig sich vermehren,
Und von deinem Gnadenthron
Tragen großen Nutz davon.

Was große Gnaden viele da erlangen,
Sind Zeug' die Opfertafel, die da hangen,
Und viel and're Gaben,
Die geopfert haben

Jene, die du durch dein Gnad'
Hast behüt vor Noth und Schad'.

Du hast erhalten vielen Gottessegen,
Dann durch dein Bitt' gar leicht kannst Gott bewegen,
Daß er uns woll' segnen,
Und woll' lassen regnen
Von dem Himmel seine Gnad',
Die uns b'hüt vor Sünd und Schad'.

Dann, daß allda gleichwie ein guter Regen
Vom Himmel reichlich fließe Gottes Segen,
Haben Viel' erfahren,
Die in Nöthen waren,
Aber sind darum erlöst,
Weil du ihnen gnädig g'west.

Darum dem Schwemmteich wird der Ort verglichen,
Von dem die Kranken nicht sind abgewichen,
Bis sie wahrgenommen,
Daß der Engel kommen,
Der das Wasser hat berührt,
Und erfüllet ihr Begierd.

Wie Viel, da sie in großen Nöthen waren,
In Feuer, Wasser, andern Lebensg'fahren,

Haben Hülf bekommen,
Weil sie vorgenommen,
Herzugeh'n an diesen Ort,
Als zu einem Gnadenport.

Da eure Zuflucht sucht, ihr armen Sünder,
Da eure Mutter grüßt, ihr frommen Kinder,
Aber fleißig höret,
Was sie euch da lehret:
Hüte dich vor aller Sünd';
Hast gesündigt, beicht geschwind.

Hüt dich, hüt dich, o Christ, vor allen Sünden,
Denn auf der Welt nichts üblers ist zu finden;
Willst Gott nicht betrüben,
Willst ihn herzlich lieben,
Von der Sünd' und Sündeng'fahr
Dich durch Gottes Gnad' bewahr.

Sieh' an die Zähren, welche da vergossen,
Aus beiden Augen dieses Bilds geflossen;
Auch laß' Zähren fließen,
Deine Sünd zu büßen,
Weine auch aus Lieb zu mir,
Wie ich wein' aus Lieb zu dir.

Dies Lied ist's, das Maria uns vorsinget,
Dies Lied gar wohl in Gottes Ohren klinget,
Laßt uns dann nachsingen,
Und im Werk vollbringen,
Was der liebe Herr und Gott
Uns befiehlt durch sein Gebot.

Damit wir alles dies im Werk vollbringen,
Was wir jetzt Gott versprechen da und singen,
Nichts mehr Unrechts treiben,
Fromm beständig bleiben,
Weil wir sind aus uns zu schwach;
Durch dein' Bitt, Maria, mach!

Darum wir dich andächtig da verehren,
Bitt Gott für uns, daß er uns woll' erhören,
Und die Gnade geben,
Daß wir also leben,
Wie er also von uns verlangt,
Weil an seiner Gnad all's hangt.

Auch bitte Gott, daß er uns woll' bewahren
Vor Feuer, Hunger, Pest und Kriegsgefahren,
Woll' uns allen geben,
Was uns in dem Leben

Nöthig oder nützlich ist,
Nehmen, was uns schädlich ist.

Weil dann den Ort Gott wollte zieren,
Ein Marianisch Gnadenhaus aufführen,
Wollen wir Gott preisen,
Lob' und Ehr' erweisen,
Sey darum gebenedeit
Gott der Herr in Ewigkeit.

Auch Jesus Christus sey gebenedeiet,
Der wegen seiner Mutter sich erfreuet,
Da sich ihre Ehren
Da so sehr vermehren,
Sey gelobt Herr Jesus Christ,
Der ein Sohn Mariä ist.

Maria, du sey auch gebenedeiet,
Weil dir so große Gnad' da Gott verleihet,
Laß all, die dich grüßen,
Deine Gnad genießen,
Sonders in der letzten Noth
Uns erhalt ein' guten Tod.

149.

Die liebe Frau vom hohen Bogen.

Die Bewohner des Böhmerwaldes, welche gern den Vers im Munde führen:

Ich hab' ein Vertrauen
Zu unser lieben Frauen,
Alle Tag' und alle Stund';
So geh' ich nicht zu Grund!

wallfahren auch häufig zur lieben Frau vom hohen Bogen. Dieses Gnadenbild stand einst am Fahrtwege auf dem Hochbogen, einer bedeutenden Bergwand des Böhmerwaldes, die aber schon zu Baiern gehört. Ein holzfahrender Bauer, dem das Gnadenbild im Weiterfahren etwas irrte, hieb mit einem Beile darnach, und spaltete der Mutter Gottes den halben Kopf. Augenblicklich erstarrte er und konnte mit seinem Fuhrwerke nicht mehr von der Stelle. Das Gnadenbild befindet sich jetzt in der Klosterkirche von Neukirchen, einem bairischen Marktflecken am Fuße des Hochbogen, und wird hoch verehrt.

150.

Der größte Schatz.

In den Karpathen um Käsmark sind zwei Felsengruppen, im Munde des Volkes nach ihrer Gestalt und Richtung benannt. Die eine heißt die sieben Thürme, die andere, gegen Polen hinschauend, der polnische Mönch.

Unter den sieben Thürmen liegt ein ungeheurer Schatz; der Mönch ist der Wächter desselben. In gewissen Nächten geht dieser herum, und bietet den Schlüssel dazu aus.

Der Schatz enthält alles, was in dem herrlichen Ungarn ist, vom Golde: Bäume, Früchte, Trauben, alle Gattungen Thiere, statt Wein trinkbar feuchtes Gold, goldene Hühner, gleiche Eier ausbrütend, goldene Steine u. s. w. Wer hinein gelangt, der mag nehmen, was, und so viel er will, bis eine Stunde nach Mitternacht. Da fällt mit erderschütterndem Schlage das Thor der sieben Thürme in das Schloß. Ist der Beglückte nicht heraus, muß er darin bleiben, bis die Jahre oder Jahrhunderte wieder Einen hinein führen, der ihn erlöst. — Die Gattung, von welcher er etwas herausträgt, bringt ihm sein ganzes Leben über Glück.

Des unermeßlichen Schatzes herrlichstes Kleinod

aber ist das goldene Bildniß der heiligen Jungfrau *). Wer dieses anrührt, um etwas davon zu nehmen, stirbt des gähen Todes; gelänge es aber, es ganz herauszubringen, so würde Ungarns ganzer Reichthum plötzlich aufhören, und das Land öd und wüste liegen.

*) Nach einer andern Version steht neben dem Marienbilde noch ein Kruzifix mit den zwölf Aposteln.

Literatur.

A. Allgemeine Werke.

Dudnik, Jodoci a, Mundus Marianus h. e. specificatio omnium mundi locorum, in quibus Beata Virgo Deipara miraculose colitur. Coloniae, 1643. 8.

Marianischer Atlaß, von Anfang vnd Vrsprung Zwölfhundert Wunderthätiger Maria-Bilder. Beschrieben in Latein von R. P. Guilielmo Gumppenberg. Anjetzo durch R. P. Maximilianum Wartenberg in das Teutsch versetzt, beede der Societet Jesu. 4 Thle. München, 1673. 8.

Marianischer Gnaden- und Wunder-Schatz, d. i. Vielfältige, auch durch scheinbahre Wunder-Werk von der Seligsten Jungfrau und Göttlichen Mutter Maria ihren Liebhaberern, wie auch großen Sündern ertheilte Gnaden- und Gunst-Bezeugungen. Anfänglich in welscher Sprach zu Rom, in der Kirchen al Giesu, in der dort gewöhnlichen Sambstägigen Andacht in hundert zehen, von R. P. Joanne Rho, der Gesellschafft Jesu Priestern, und der römischen Provinz Provinzialen; wie auch in zwei hundert Exempeln von R. P. Carolo Bovio, gedachter Gesellschafft Priester vorgetragen. Anjetzo aber getreulich und wohlmeynend in unsere teutsche gemeine Mutter-Sprach übersetzt, und herauß gegeben von **A. R. P. Octaviano Panzau, Can. Reg. S. Augustini et Decano ad S. Crucem Augustae.** Augsburg, 1737. Fol.

Marianischer Lust- und Blumen-Garten von Maria der Großmächtigsten Himmels- Königinn errichtet und fortgepflantzet d. i. Kurtze Lob- und Lebens-Verfassung der lieben heiligen, seeligen und frommen Dienern und Dienerinnen Gottes, welche im H. Orden der Diener unser lieben Frauen mit vollkommenem Wandel der Tugend und Heiligkeit geleuchtet haben. Von einem Ehrwürdigen Priester der Teutschen Provinz des bemelten Ordens zusammengetragen, vermehret und — das drittemal in Druck gegeben; 2 Theile, m. viel. Kupfern. Wien, 1753. 4.

Storia dei Santuari più celebri di Maria Santissima sparsi nel mondo cristiano del Proposto Antonio Riccardi. Tom 1 — 3. Milano, 1840. 8. (Am Schlusse des 3. Bandes erklärte der Verfasser: „Col presente Volume resta finita quest' opera, impeditane „per ora la continuazione da imprevedute circostanze *).“

*

Austria Mariana s. gratiosarum Virgineae Dei-Parentis iconum per Austriam origines, progressus ac beneficia singularia. Vindobonae, 1735. 8. Continuatio. Ib. 1736. 8.

---

*) Es versteht sich wohl von selbst, daß in dieser ersten Hälfte der allgemeinen Werke nur diejenigen aufgeführt werden konnten, die benützt worden sind. Die Zahl der Marienbücher ist außerordentlich groß; ich beschränkte mich auf wenige, um nicht von der Menge erdrückt zu werden.

Neueste Geschichten und Beschreibungen der merkwürdigsten Gotteshäuser, Stifte und Klöster, Wallfahrtskirchen, Gnadenörter, Calvarienberge, Grabmähler und Gottesäcker in der österreichischen Monarchie; 2 Bde. Brünn, 1821. 8. (Wenig brauchbar.)

Sacer Marianae Stiriae Zodiacus s. celebriores, gratiis et prodigiis clarae beatissimae Virginis, Deique matris Mariae in Stiria imagines. Graecii, 1709. 8.

Gutwirt, Melch., Tempe Bohemiae s. celebriores effigies B. Virginis, quae in regno Bohemiae clarent miraculis. Pragae, 1665. 8.

Via sancta Praga Vetero-Boleslaviam, c. 40 Mariae in Bohemia iconibus exornata. Pragae, 1690. 8.

Lustgarten Mariä mit den fürnembsten in Böheimb, Mähren und Schlesien befindl. Bildern. (39 Kupf.) Prag, 1736. 12.

Autočiště k wšelikým obrazům Marye Panny w kr. českém. W Přjbrami, 1789. 12.

Joz. Siffnera historické wypsánj obzwláštnjch mjst milostných w kr. českém, kteráž pro mnohé putowánj slawná gsau, z něm. přel. J. Rulјk. W. Praze, 1807. 8.

Esterházi, Pál Hertzeg, Palatinus. — Az egész világon lévő tsudálatos Boldogságos Szüz képeinek rövideden föl tett Eredeti, képekkel. N. Szombatban, 1690. 4.

„——" Mennyei Korona, az az: Az egész világon lévő csudálatos etc. ujonnan kibotsátotta. s. l. 1696. Fol.

Groeninger, Ernest, Granat-Apfel Marianischer

Zähr- und Gnaden-Körnlein, so erblühet im Röm. Apost. Kirchen-Garten des löblichen Königreichs Hungarien rc. Leutschau, 1691. 4.

Szentiványi, Martini e S. J., catalogus IX. Imag. mirac. B. V. continens. (Dissertatio paralipomenonica rerum memorabilium Hungariae. Tyrnaviae, 1697. 4.)

Marianischer Pilgram deren in Ungarn und Mähren sich befindenden Marianischen Oertern; m. Kpf. Skalitz. 12.

Fontes gratiarum Marianarum novi et veteres, seu historica relatio de imaginibus miraculosis per Hungariam et adjecta eidem Regna ac Provincias. Claudiopoli, 1739. 8.

Patrik, Joann., magna Hungariae eique adnexorum Regnorum et Provinciarum Domina. 1741.

Czerey, Wolfg. de, geographia Mariana regni Hungariae. Budae (?) 1780. 4.

Jordánszky, Alexius, kurze Beschreibung der Gnadenbilder der seligsten Jungfrau Mutter Gottes Maria, welche im Königreiche Hungarn und der zu demselben gehörigen Theile und Ländern öffentlich verehrt werden; m. K. Preßburg, 1836. 4.

B. Spezielle Werke.

Adelwang in Oesterreich ob der Enns.

Freid, Gotthard, Gnaden- und Wunderzeichen, so zu Adelwang in kurzer Zeit geschehen. Anno 1683. 8.

Bechin in Böhmen.

Labe, Henr., trias sacra, s. historica narratio de tribus devotiss. Imaginibus in ecclesia Bechinensi Fratr. minor. Pragae, 1685. 8.

Hystorye o třech swatých obrazých, totiž ukřižowaneho P. Gež. Krysta, a dwognásobného Panny Marye — kteřy w chrámu Bechyňském v Františkanů gsau wystaweny ꝛc. W Praze, 1746. 8.

Berg, der heilige, in Böhmen.

Swatohorská Panna Marya w Čechách nad Přjbrami autočiště. W Praze, 1655. 12.

Balbini, Bohusl., Diva montis sancti s. miracula matris Mariae, quae in s. monte regni Bohemiae colitur. Pragae, 1665. 4. (Dazu erschienen zwei Fortsetzungen.)

Přepodiwná matka swatohorská Marya w zázracých a milostech swých na Hoře swaté nad Přjbramj . . se stkwěgicy. W Litomyšli, 1666. 8.

Heiliger Berg, oder Ausführliche Beschreibung des Wunderthätigen Bildnuß Vnser Lieben Frawen ob dem Heiligen Berg im Königreich Böheimb. Von wem dasselbige seinen Vrsprung? Vnd mit was ansehlichen Wunderzeichen Es bishero geleuchtet habe? Gezogen aus dem lateinischen Vrsprungs- und Geschicht-Buch des Ehrwürdigen Patris Bohuslai Balbini der Soc. Jesu Priesters Prag, 1668. 8.

Leop. Swoiského, Regina saeculorum Králowna wěků stoletujm bleskem milosti a zázraků oslawená ... Marya Panna ... na sw. Hoře. W Praze, (1732) Fol.

Odražená záře z neyswětěgšj rodičky božj Marye Panny .. a gegj mnohegma zázraky oswjceneg obraz .. na sw. Hoře ... skrze wjtězné stawenj w společnosti kunstowných ohňůw .. w srdcy města a rynku 22. Čerwna 1732. W Přjbrami, 1732. Fol.

Aurora primae diei in seculo Mariano, inchoato per PP. S. J. anno 1647 in sac. monte stabilitos. Pragae, 1747. 4.

Historia Divae Virginis in S. Monte Bohemiae ab Ignatio Popp. Pragae, 1758. 4.

Swatá Hora, aneb hystorycké wypsáni swaté hory nad Přjbrami od J. Ruljka. W Praze, 1804. 8.

Berg, der heilige, (Monte santo) bei Görz.

Pasconi, Caspar., historia ecclesiae et conventus Montis sancti divae virginis gratiarum Comitatus Goritiensis. Venetiis, 1746. 4.

Cosani, Fr. Andr., il monte santo appresso Gorizia, poemetto. Milano, 1823. 4.

Berg, der heilige, oder Marienberg nächst Olmütz.

Mons praemonstratus d. i. außführliche Beschreibung deß — Mariä Bergs — unweit Ollmütz in Mähren. Ollmütz, 1679. 8.

Mons pietatis, to gest důwodné popsánj swaté a milostmi mnohými se stkwaucý Marye Hory. W Holomaucy, 1680. 8.

Mons praemonstratus neb předukázaná hora t. g. prawdiwé a dokonalé sepsánj sw. hory, kterau P. Marya .. w Markrabstwj Morawském, panstwj klástera prem. mjli od Holomauce sobě wywolila. W Holom. 1680. 8. W Hradcy Král. v. W. J. Tybély 1732. 8.

Continuatio gratiarum, oder Fortsetzung der Gnaden des Marienbildes rc. m. Kupfn. Olmütz, 1712. 4.

Mons praemonstratus d. i. Beschreibung des heil. Berg, ein Meil von Ollmütz. Königgrätz, 1726. 8.

Kayser, Atheuaeum s. Universitas Mariana statuae in sacro monte praemonstrato Moraviae ad Olomucium. Olomucii, 1730. Fol.

Krátké wypsáni o nalezenj a stoletni slawnosti a slawném korunowánj zázračného obrazu Marye P. na sw. premonstratenské hoře bljž Holomauc. W Hradcy král, 1733. 8.

Die große Feuersbrunst (1705) auf dem Heiligenberge bey Olmütz. (Moravia, 1815. S. 459 u. 467). Über diese Feuersbrunst ließ schon im Jahre 1706 Jacobus Franciscus Erbsmann, Canon. Regul. Congr. Lat. Ord. St. Augustini in Fulnek Prof., in Wien eine „heylsame Reflexion oder Gottesfürchtiges Nachdenken" auf 264 Oktavseiten drucken.

Bezdez (Pösig) in Böhmen.

Historische Beschreibung des Berges Bezdez (Pösig) in Böhmen von P. Veremund Proche. Prag, 1743. 4.

Růže stolistná, tagemstwj plná z Montserratu z Spaňhel do Čech přesazená na wrchu rozkošném Bezdez řečeném stěpowaná ꝛc. od Jarolima Čechnera kněze řádu sw. Benedikta w Emauzych w Praze českého kazatele 1766. w 4. listy 4.

Centifolia rosa mystica. Růže stolistná tagemstwj plná z Monserratu ze Spaňhel do Čech přesazená na wrchu Bezdez, ke cti a chwále P. Marye monserratské 1766. W Praze 1766. 4

Maria Bildstein in Vorarlberg.

Die Pfarre Bildstein bei Bregenz von Joseph Bergmann. (Kaltenbaeck's Oesterr. Zeitschrift, 1837. S. 343.)

Bistritz in Kroatien.

Die Geschichte dieses Gnadenbildes schrieb Peter Berke 1765 in kroatischer Sprache; eine zweite Auflage erschien zu Grätz 1775, und 1822 ließ Anton Mihály einen Auszug zu Warasdin drucken, und zwar in Versen und mit Anführung der 67 Prozessionen, die jährlich hieher geschehen. (Jordánzky.)

Brixen in Tirol.

Gustaghii, Caesaris, Corona B. Virginis gratiarum Brixiae, cum fundatione templi et primis miraculis ejusdem. Brixiae, 1604. 12.

Brünn.

Arca foederis, Archa Umluwy aneb Spráwa o obraze Matky Božj v sw. Tomáše w Brně. W Litomyšli, 1686. 8.

Mährisches Kleynod, Maria's wunderthätiges Gnadenbildniß des Klosterstifts St. Thomas nächst Brünn Ord. Erem. S. Augustini, dessen Ursprung, uraltes Herkommen, ertheilte Gnaden ꝛc. Brünn, 1731. 4.

(Czuppa, H.) Gemma Moraviae thaumaturga Brunensis; c. fig. Brunae, 1736. 4.

Libig, parthenia gloria Mariae Brunensium thaumaturgae; c. fig. Opaviae, 1732. 4.

Applausus Urbis Brunensis ... aneb Plesánj města Brněnského skrz obdržené od hlaw. Šwedského nepřjtele wjtězstwj. Od Patera Hugona Otmanského (1745.) Fol.

Recessus Martis Suecici. To gest Památka stoletá co Šwegda od panowánj, kterézto nad Brnem skrz těžké obleženj pohledáwal, r. 1645 odstaupiti a.. odtahnauti přinucen byl. Od Frant. Schuppleра. (1745.) Bez mjsta a tisk.

Maria virgo regiae urbis Brunensis a Sueco obsessae patrona. Ab Antonio Ferd. Dubravius (sic) 1747. Fol.

Maria Brunn bei Landstraß in Krain.

Historia Virginis Monasterii ad Fontes Marianos prope Landstrass ex archivio ejusdem Monasterii. (Marian, Austria sacra, V. 449.)

Maria Brunn bei Wien.

Fons gratiae coelestis. Deipara virgo Fontanensis a Sac. Caes. Majestatibus Leopoldo et Eleonora post terfelicia Hymenaei solemnia Passavii celebrata duodenis gratiarum titulis in reditu salutata in ecclesia Fontanensi PP. Erem. Discalc. S. Augustini, vulgo ad puteum beatae Virginis prope Viennam Austriae. Anno, quo

DeIpara fontanensIs prosperItateM a fILIo sVo neoConIVgatIs eXorat.

Viennae Austriae, 1677. 4.

Fons signatus d. i. Ein gezeichneter Brunn deren Göttlichen Gnaden und Wunderthatten, Nemblich der Ursprung und Fortsetzung bey den Gnadenvollen Bild Maria zu Brunn, Unweit der Kayserl. Residentz-Stadt Wienn in Unter-Oesterreich bey denen Ehrwürdigen PP. Augustinern Baarfüssern, im Druck gegeben von R. P. F. Bernardo a S. Theresia dessen Ordens 2c. Wienn, 1698. 8. Prag. 8.

Kurze Beschreibung oder Ursprung und Bericht des uralten Gnadenortes, der wunderthätigen Bildniß Mariabrunn bey den wohlehrwürdigen PP. Augustinern Baarfüssern. Wien. 8.

Maria Buch in der Steiermark.

Eine Beschreibung von Mariebuch in deutschen Versen erschien 1614. (**Sacer Marianae Stiriae zodiacus. Graecii, 1709. 8. Nr. VII.**)

Budweis in Böhmen.

Puteus aquarum viventium, Cant: 4. Cap. oder Ein Brunn deß lebendigen Wassers d. i. die Mirackel, Ursprung der Gnaden, so Gott der Allmächtige von dritthalb hundert vnd mehr Jahren lasset entspringen, durch den Lebendigen Brunn, nemblich durch die Verdienst der Allerseeligsten und Großmächtigsten Jungfrawen Gottes vnd der Menschen Mutter Mariä. Bey denen Predigern in der könig. befreyten Bergstatt Böhm. Budweiß, jezt dem offentlichen Liecht gegeben von P. F. Michaele Schichelio, der H. Schrifft Lectore, Pred: Ord: Prag, **1665. 8.**

Alt Bunzlau in Böhmen.

Casparus Arsenius, liber de icone B. Mariae V. Boleslav. (Dobner, monumenta, tom. V.)

Pobožná knjžka o blahoslawené Panně Maryi a o diwjch, kteréž se děgj před gegjm obrazem w staré Boleslawi. W Praze **1629. 8.**

Hodinky a některé pobožné modlitby k rodičce božjw gegjm neystaršjm obrazu Staroboleslawském. Rkp. weř. bibl. w Praze. (Bez roku.)

Swatá cesta z Prahy do Staré Boleslawy k Panně Maryi (latinská, česká a německá). 8. Nákladem děd. sw. Wácl. Česká **1679. 1692.**

Prut Gesſegſkŷ, aneb Marie Panny Staroboleslawské půwod a ſláwa, pracj pana Wáclawa Staidla ꝛc. W Praze 1718. 8.

Pomocnice křeſtanůw neyſw. rodička božj Marya P. w obraze Staroboleslawském zazráčnym rozhlášená. W Praze, 1733. 4.

Hiſtorické popſánj miloſtného obrazů a pautnického chrámu blahoſlawené Panny Marie w Staré Boleslawi ꝛc. Od Joſefa Horčice. W Praze, 1837. 8.

Burkersdorf in Oeſterreich unter der Enns.

Bericht von dem Anfang der Andacht bey der Bildniß Mariä zu Purkerſtorf. Wien, 1739. 12.

Czenſtochau in Polen.

Kordecki, Aug., nova gigantomachia contra imaginem virginis in monte Czenstochoviensi per Suecos excitata. Czenstochov. 1717. 4.

Rotter, Xav., wundervolle Broſamen vom Tiſch der Himmelsherrſcherin Maria von Czenſtochau; m. Kupfn. Breslau, 1750. 4.

S. Kloſterneuburg, Seite 360.

Dömölk in Ungarn, auch Klein=Zell genannt.

Compendium historicum von dem Urſprung und Merkwürdigkeiten des Gnaden= und Wunderreichen Orts Neu Maria=Zell bey Dömölk ꝛc. Oedenburg, 1749. 8.

Hiſtoriſche Nachricht von dem Urſprung, Merkwürdigkeiten, Wunder und Gnaden des alten und neuen Gna=

denorths zu Dömölk. (Ohne typogr. Angaben.) Ein halber Bogen in Fol.

Synopsis historica de situ, ortu, progressu S. Cellae Marianae in Hungaria, Dioecesi Jaurinensi, etc. s. l. et a. Fol.

Bekerle, Gottfried, Andachtbuch für fromme Pilger zum Gnadenbilde Maria von Klein-Zell. Preßburg, 1835. 8.

Dreieichen in Oesterreich unter der Enns.

Compendium historicum von dem Ursprung des Marianischen Wallfahrts-Ortes zu Dreieichen auf dem sogenannten Molder-Berg unweit Horn. In den, dem Uralt-Hochlöbl. Stift und Kloster Altenburg **Ord. SS. P. Benedicti** incorporirten Pfarr-District Riedenburg in Unterösterreich gelegen. Zweyte u. vermehrte Auflage. Rötz, 1770. 8..

Kurze geschichtliche Darlegung von dem Ursprunge der Wallfahrten zu dem heiligen Marienbilde zu drey Eichen, welches auf dem Molderberge nahe bey Horn zur öffentlichen Verehrung aufgestellt ist. Vierte, durchaus verbesserte Auflage; m. Abbild. Ohne O. u. J. 8.

Entstehungsgeschichte des Gnadenbildes Maria der schmerzvollen Mutter Jesu, welches in der Pfarrkirche zu den drei Eichen in Nieder-Oesterreich nächst der Stadt Horn auf dem Molderberge zur öffentlichen Verehrung aufgestellt ist. Wien, 1810. 12.

Ebersdorf nächst Wien.

Neue aufgehende Marianische Gnaden-Sonne in Eberstorf an der Donau. Das ist: Gründliche und ausführliche Nachricht von der Gnaden-vollen Bildnuß **Mariae** am Baum allda. Nebst verschiedenen Gebetter, Lob- und Bitt-Gesängen, Litaney ꝛc. Wienn, **1784**, **8**. (Verfasser: Franz Anton Marxer, Domherr zu St. Stephan, kais. Rath und Pfarrer zu Ebersdorf.)

Eisenstadt in Ungarn.

Zwey Tractätlein von Berg Calvari bey Eysenstatt, das Erste wird genannt: Myrrhen-Büschlein. Wie man diesen vorgestellten Berg Calvari des bittern Creutz-Weegs Jesu Christi in schöner Anordnung auff- und absteigen solle. Das Andere wird genannt: Gnaden-Baad Mariä Auff dem Berg Calvari, so mit Marianischen Gnaden-Geruch sich weit und breit ausgiessen thut; m. K. Wien, **1716**. **4**.

Persianisch Marianisches Gnaden-Brünnl oder Beschreibung der Wunderthaten der Mutter Gottes auf dem Calvari Berg zu Eisenstadt; m. K. Wien. Neust., **1732**. **8**.

Enzersdorf nächst Brunn am Gebirge.

Kurzer Bericht von dem Marianischen Gnadenbilde der WW. EE. PP. Franziskaner zu Enzersdorf nächst Brunn am Gebirge, Maria Heil der Kranken genannt. Bey Gelegenheit des ersten fünfzigjährigen Jubelfestes im Jahre **1781**. Wien, **1781**. **8**.

Bericht und Betrachtung vom Marianischen Gnadenbilde Maria Heil der Kranken, dessen hundertjähriges Jubelfest bei den WW. EE. PP. Franziskanern zu Enzersdorf bei Brunn am Gebirge, am 8. des Monats September 1830 durch acht Tage feierlich begangen wird; m. Abbild. Wien, 1830. 12.

Fernitz in der Steiermark.

Kollmann, Ign., das fünfte Jahrhundert der Kirche Maria zu Fernitz im Troste. Grätz, 1814. 8.

Frauenkirchen in Ungarn.

Rózsa Titkos értelmü — avagy a Förtö mellett levö Boldog Aszszony csudálatos érdeminek drága illattyáról és jó téteményinek etc. példáiról emlékezö könyvetske, melly meg iratott 1697-ben a Förtö melléki Franciscanusok által. Béczben, 1698. 4.

Fünfkirchen in Ungarn.

Sigg, Joh. Georg, Gründlicher und wahrhafter Bericht von dem wunderbarlichen Ursprunge und Verehrung des Marianischen Gnadenbildes unter dem Titel: Trösterinn der Betrübten in Wien und auch in Fünfkirchen, sammt Gebethern. Fünfkirchen, 1777. 8.

St. Georgenberg in Tirol (U. L. Frau zur Linde).

Ein Tafel des Anfangs des würdigen Closter vnd Aptie auf sant Görgenberg in Innthal vnd Brirner Bistum. (Ohne Druckort.) 1480. 4.

Gilau in Böhmen.

Iwana Knoblocha, Dům zlatý na horách zlatých t. g. Marya Panna na Horách Gilowských. W Praze 1730. 4.

Maria voll der Gnaden zu Hietzing d. i. Ausführlicher Bericht von dem uralten Gottes-Haus der Regulirten Chor-Herren des H. Aug. zu Hiezing ohnweit Wienn in Oesterreich, und daselbst sonderbahr verehrten Gnaden-Bildnus Mariä. Erstattet von Augustino Ristl ꝛc. Wienn, 1738. 8.

Augustissimae Domus Austriacae in sanctissimam Virginem Mariam, quae in Hietzing colitur, Augusta Pietas. Viennae, 1752. 8.

Kaltenbrunn in Tirol.

Gnaden-Brunnen Gottes vnd Mariä: Handlet vom Vrsprung der Marianischen schönen Wallfahrt zu Kaltenbrunn, Obern Yhnthals, Brixner Bischthumbs, Gerichts Landegg. — Durch den Ehrwürdigen Herrn Alexandrum Plattner Pfarrherrn der Zeit in Zambs — beschrieben. Ynßprugg, 1675. 12.

Greuter, Joh. Bapt., Wallfahrtsbüchlein zu Kaltenbrunn. Innsbruck, 1832. 8.

Kapuzinerkloster zwischen Krems und Stein.

Frauenbründlein zwischen Crembs und Stein. Crembs, 1684. 12.

Stäths-fliessendes Gnaden-Bründl. Das ist: Wunder und Gnaden, So bey Unser Lieben Frauen Bründl in dem zwischen Crembs und Stain in Unter-Oesterreich an der Donau gelegenen Closter derer PP. Capuziner von Anno 1638 bis auf das Jahr 1715 exclusive, durch Gottes Güte und Allmacht, und dann durch die Verdienst und Fürbitt der allerseeligsten Jungfrauen und Mutter Gottes unaufhörlich geschehen. Linz, 1716. 8.

Beständig-fliessender Gnaden-Brunn, das ist: Gnaden und Gutthaten, So bey Unser Lieben Frauen Maria-Bründl in dem zwischen Crems und Stein in Unterösterreich an der Donau gelegenen Kloster deren PP. Capuzinern von Anno 1715 bis auf das Jahr 1773 inclusive — unaufhörlich geschehen. Crems, 1775. 8.

Kirchenthal im Herzogthume Salzburg.

Kirchenthalischer immer hell- und heilsam fließender Gnadenbrunn, oder wahrhafte Beschreibung der Gnaden und Gutthaten :c. Salzburg, 1780. 8.

Kitzbühel in Tirol.

Marianischer Gnadenschatz, d. i. Beschreibung jener Gutthaten, welche die allmögende Hand des großen Gottes durch die barmherzige Königinn Himmels und der Erde in der gnadenvollen Mariahülfskapelle der Stadt Kitzbühel in Tyrol an verschiedenen — gewürket hat. Verfaßt von alldasigen Seelsorger (Conradus Prigel des Dominikanerordens zu Botzen.) Innsbr. 1744. 8.

Klattau in Böhmen.

Jana Ignac. Dlauhoweského, historye blahoslawené Panny Marye Klatowské, s pjsněmi. W Praze, 1690. 12.

Láska a milost Marye P. Klatowské krwj se potjcy k pánům obywatelům Klatowským, a srdečná důwěrnost pánů obywatelů Klatowských k Maryi panně při stoletnj slawnosti wygewenj krwawého potu Maryanského na swatém obrazu w Klatowech, prednešená w sprostné chwalořeci w témž kr. kragském městě Klatowech dne 12. Čerwence 1785. od kněze cýrk. Jozefa Bartol. Loketelly, wlastence klatowského a na žádost mnohých na swětlo wydaná. W Praze, 1786. 8.

Klausenburg in Siebenbürgen.

Elegiae supplices sive gemitus suspirantis animae ad Thaumaturgam V. M. Claudiopolitanam. Claudiop. 1734. 12.

Historia Thaumaturgae Virginis Claudiopolitanae. (Auctore Ladisl. Csapai.) Partes tres. Claudiop. 1737. 12.

Breckerfeld, P. Franz v., Marianischer Gnadenschatz des wunderthätigen Gnadenbildes zu Klausenburg. Klausenburg. 1740 8.

Wahre und ausführliche Beschreibung des Ursprungs deß Wunderbahr-Weynenden, und anjetzo in der Academischen Kirchen der Gesellschaft Jesu zu Clausenburg auf dem Hoch-Altar zierlichst vorgestellten Gnaden-Bildes Mariä. Clausenburg, 1770. 12.

Klosterneuburg.

Kurze Geschichte des Marianischen Gnadenbildes, Maria von Czenstochau, das in der neuerbauten Kirche der Mechitaristen-Congregation in Klosterneuburg zu St. Jacob andächtig verehrt wird. Wien, 1832. 8.

Königgrätz in Böhmen.

Bericht von dem Gnadenbilde Maria von Feya in Königgrätz. Königgrätz, 1747. 8.

Křtin in Mähren.

B. P. Maria Křtinská mezy horami w blesku nedessém wydaná. Jacob [illegible] ord. Praem. Zabrtovicensis. W [illegible], 17[illegible]. 4.

Maria Kulm in Böhmen.

Hwězda ranni aneb [illegible] [illegible] [illegible] né P. Marye na hoře Kulmu w Českém kraj., z něm. přeložená. W Praze, 167[illegible]. 12.

Thunckl. J. Fr., gloria Thaumaturgae Culmensis. Pragae. 1716. 8.

Dörffel, Fr., Geschichte des Wunderbildes und Kirche St. Maria Culm im Königreich Böhmen: m. K. Eger, 1739. 8.

Maria in der [illegible]: oder die Legende von Maria Kulm. Nach einer handschriftlichen Nachricht. (Curiositäten. Weimar, 1817. 8. Bd. VI. S. 41—49.)

Kurze Beschreibung des Gnadenortes und Gnadenbildes Maria Kulm im elbogner Kreise. Prag, 1812. 8.

Kurze Beschreibung des Wallfahrtsortes Maria Kulm, und des daselbst aufbewahrten Marienbildes, im elbogner Kreise in Böhmen. Eger, 1827. 8.

Kyritein in Mähren.

Kyriteiner Wallfahrt. Brünn, 1669. 8.

Langeck in Oesterreich unter der Enns.

Primordia conventus Langeggensis et Divae Virginis ibidem prodigia. (Romer, servitus Mariana auspiciis austriacis reparata. Viennae 1667. 4. p. 392.)

Oesterreichischer Gnadenberg auf dem Langegg. Wienn, 1704. 12.

Oesterreichischer Hilf- und Heilberg, d. i. kurze Verfassung der Gnaden, so Maria — auf dem sogenannten Berg Langegg — mitgetheilet. Crems, 1741. 8.

Lankowitz in Steiermark.

Panacea Mariana Lancovicensis o. Kurtze Relation von dem Vrsprung — deß Gnaden-Bilds vnser lieben Frauen — zu Lankowitz. Grätz, 1661. 12.

Hietling, Conrad, Marianisches Jahr-Buch, in welchem gehandelt wird was betrift das Wunder-Gnaden-Bildlein zu Lankowitz in Unter-Steyermark; 2 Theile. Wien, 1720. 4.

Kurz ursprünglicher Bericht von dem Gnadenbild unser lieben Frauen bey denen PP. Franziskanern zu Lankowitz. Grätz. 8.

Geschichte des Gnadenortes Maria Lankowitz in Steiermark. Herausgegeben aus Anlaß der vierten Säculumsfeyer daselbst. (Von 27. August bis 4. September 1837.) Grätz, 1837. 12.

Maria Lanzendorf in Oesterreich u. d. Enns.

Caccia, Franc., Mater dolorosa et gratiosa oder Beschreibung des Ursprungs der schmerzhaften Mutter zu Lanzendorf. Wien 1703 u. 1704. 4.

Marianischer Gnaden-Thau auf der Heyd zu Maria Lantzendorff bey denen PP. Franciscanern, d. i. die Wunderthätige Schmertzhaffte Mutter Gottes allda, als eine reichliche Ausspenderin unzahlbarer Gnaden 2c. Wien, 1744. 8.

Geschichte des Wallfahrtsortes Maria Lanzendorf

nächst Wien in Unter-Oesterreich; nebst Andachtsübungen ꝛc. Von Anton Hornstein. Wien, 1844. 18.

Lometz in Böhmen.

Liber Memorabilium ecclesiae Lomecensis, authenticis documentis instructus per Joannem Josephum Czarda. Anno 1802. Mss. in Fol.

Loretto in Ungarn.

Sacrae lauretanae domus in Hungaria cum conventu Servorum erectio ac profectus. (Romer, servitus Mariana etc. Viennae 1667. 4. p. 346—391.)

Immergrünender Lorbeer-Baum d. i. Beschreibung vom Anfang und Ursprung des Heil. Hauses Loretto in Hungarn, sammt den Gnadenfrüchten. Wien, 1704. 12.

Luggau in Kärnthen.

Origo et prosecutio conventus Lucaugiensis cum prodigiis Divae Virginis ibidem. (Romer, servitus Mariana etc. Viennae, 1667. 4. p. 184—217.)

Der vollkommene Waitzenacker, welchen die schmerzhafte Mutter Gottes anno 1513 in dem Thal Lessach an der Luggau selbst gesäet hat, und durch mehr dann 217 Jahre mit unverwelkten Früchten sowohl der Wunder als Gutthaten bereichert ꝛc. Raab, 1731. 8.

Ursprung, Wunder und Gutthaten des weitberühmten Gnaden-Bilds der Schmerzen-Mutter Mariä an der Luggau im Lessach einem Thal des durchläuchtigisten Erz-Herzogthumb Cärnthen, so in einem Waitzen-Acker wunderbarlich gefunden worden. München, 1760. 4.

Marburg in der Steiermark.

Gnadengeschichte des Marianischen Bildnuß zu Marburg in Untersteyer. Steyer, 1753. 8.

Maria de Viktoria. (Schlacht am weißen Berge.)

Constantini Peregrini, Relation alles dessen, was sich in Böhmen, sonderlich bei der Pragerischen Schlacht begeben. o. O. und J. 4.

Leben deß Gottseeligen durch den wunderthätigen Sig auf dem Weissen Berg bey Prag 1620 und andere Gnad- und Wunderwürckungen berühmtesten Diener Gottes Dominici von Jesu-Maria, deß Barfüsser Carmeliter-Ordens gewesenen General: So zu Wien in Oesterreich in seiner Ordens-Kirchen ruhet, mit vilen Gnaden leuchtend ꝛc. Regenspurg, 1729. 8.

Sylná krása totižto Marya Panna přemožitelkyně kacyřstwa nepřemozená a proto de Victoria ... při weyročnj památce z wjtězstwj nad kacyři l. 1620. W Prze, 1753. Fol.

Wjtězná Debbora nad Zyzarau t. Marya Panna ... wjtězytelkyně kacyřstwa ... nazwaná při weyročnj památce na wjtězstwj 1620 na Bjlé hoře, od Ant. Solnaře. W Praze, 1762. 4.

Mnischek, der kleine heilige Berg in Böhmen.

Půwod a začátek Maryanské kaple nad Mnjškem, od některých také Maryanský kopeček, pak též mala sw. hora nazwané. W Praze, 1819. 8.

Neunkirchen in Oesterreich unter der Enns.

Gründliche Beschreibung jener außerordentlichen Gnaden und Gutthaten, welche die allwürkende Hand des

Grund-gütigsten Gottes zu Neunkirchen am Steinfeld hinter der Wienerischen Neustadt, in der Closter- und Pfarr-Kirchen deren WW. EE. PP. Minoriten Conventualen bey Unser Lieben Frauen Maria-Hilff von 20. April anno 1737 bis anjetzo 1760 mildreichist erwiesen hat. Neustadt, 1760. 8.

Neustadt, Wiener-.

Wunderbare Erhaltung und Abbildung des aus Holz gehauenen Bildnisses der seligsten Maria in der Frauen- oder sogenannten Elendkapelle an der Hauptpfarrkirche zu Wiener Neustadt. Wr. Neustadt, 1826. 8.

Nikolsburg in Mähren.

Beschreibung der Wunderzeichen Gottes durch die h. Jungfrau in der Loretto-Capelle zu Nicolsburg. Nicolsb. 1639. 12.

Miracul oder Wunderzeichen, Welche Gott der Allmächtige durch Vorbitt seiner seeligsten Mutter vnd Jungfrawen Mariä, vermittels dero Wunderthätigen Bildnuß, welche in dem Lauretanischen Hauß in der fürstlichen Dietrichsteinischen Residentz-Statt Nicolspurg mit gröstem Zulauff deß Volcks verehret wird, gewürcket. Beschrieben von dem Wohl-Ehrwürdigen vnd Hochgelehrten Herrn Ignatio Wohlhaupter, der löblichen Collegiat-Kirchen St. Wenceslai zu Nicolspurg Canonico, vnd Lauretanischen Pönitentiario, jetzt zu Wienn bey vnser Lieben Frawen auff der Stiegen Rectore. Gedruckt zu Wienn, 1675. 4.

Ofen.

Bericht, Ausführlicher, des Ursprungs und Fortgangs deren Gnaden und Wohlthaten, welche die allmögende Hand Gottes durch seine übergebenedeyteste Jungfräuliche Mutter Mariam in ihrer gnadenreichen Bildnuß in Ofen zum H. Blut genannt, an verschiedenen Betrangten und Preßhaften bishero gewürcket hat ꝛc. Verfasset von R. P. Ambrosio a S. Spiritu Carmeliten. Ofen, 1750. 8.

Förderer, Berthold, Predigt bey der feyerlichen Uebertragung der Gnadenreichen Bildniß Mariä zum h. Blut in das neuerbaute Gotteshaus zu Ofen in der Christinastadt 1797. Ofen, 1797. 8.

Alt-Ofen.

Flores Mariani s. gratiae et beneficia B. V. M. Cellensis, quae in Ecclesia PP. Ord. SS. Trinit. de Redemt. Captiv in Hungaria ad Vetus Budam, colitur, studio P. Ladislai a S. Steph. Budae 1777. 8.

Ossiach in Kärnthen.

Wallner, Jos., annus millesimus antiquissimi monasterii Ossiacensis. Clagenfurti, 1766. 4.

Pelhřimow (Pilgram) in Böhmen.

Sylná obrana města Pelhřimowa Marya Panna bolestná, od Gir. Ferd. Smutného, děk Pelhř. W Praze, 1714. 4.

Maria Plain im Herzogthume Salzburg.

Gecrönter Marianischer Granat-Apfel, d. i. Auserlesene Gnaden-Geschichten der preßhafften Welt von Maria-Trost auff dem Plain nechst Saltzburg, mitgetheilet. Welche zusammengetragen und beschrieben P. Virgilius Faber, **Ordinis S. Benedicti, Monast. Garstensis etc.** m. K. Salzburg, **1679. 8.**

Pösig in Böhmen. s. **Bezdez.**

Pottendorf in Oesterreich unter der Enns.

Sittliche Lob- und Danck-Rede bey dem ersten Säculo, oder Jahr-Hundert der Gnaden-vollen Mutter Mariä-Hülff zu Pottendorff, unweit Ebenfurht in Unter-Oesterreich, welche an dem hohen Fest Mariä Geburt, als den 8. September im Jahr **1742** auffer benannten Marckt in der Mariä-Hülff Freythoff-Kirche, bey hochfeyerlichem, wegen so zahlreichen, schon in die Hundert vier Jahr denen Christglaubigen Marianischen Verehrern von Gott durch die Fürbitt seiner Jungfräulichen Hülffs-Mutter daselbst ertheilten Gnaden, auf das prächtigste gehaltenen Danck-Fest verfasset, und einer volckreichen Menge vorgetragen hat R. P. Liborius **a S. Barbara**, Augustiner Barfüsser-Ordens Priester und in der königl. Hof-Kirche bey Maria-Loretto in Wienn dermahlen gewöhnlichen Sonntags-Prediger. Wienn, **1742. 4.**

Prag.

Frant. Dan. Dolezala **Vera effigies**, Tetiz: Prawý kontrffekt králowné. . . **Item** zázrakowé při nesspornjm obrazu gegjm w kostele sw. Jakuba na Star. M. Prazském. W Praze, **1656. 8.**

Rachel w Rame oplakawagicý syny swé a nebo: Zázračný obraz bolestné P. Marye w chrámu neysw.

křjže wětšjho w. St. M. Pr. ku poctě předstawený. W Praze 1704. 8.

Gind. Labe, Háge swatý Milosti Božj a welikými dobrodinjmi P. Marye krásně se zelenagicý, aneb hystorye Lauretanská P. Marye w swatém lese dwě mjle od Prahy za Bjlau horau lěžjcým, sebraná a w dwogj djl vwedená. W Praze, 1690. 12.

Raab in Ungarn.

Somogyi, Leopold, Rede über den wunderbahren Blutschweiß des gnadenreichen Marienbildes, welches in der Raaber Domkirche verehret wird, bey der Feyerlichkeit des hundertjährigen Andenkens. Raab, 1797. 8.

Majláth, Antonii, saecularis memoria Sacrae imaginis Virginis Mariae, quae anno 1697. die 17a mensis Martii in Cathedrali Jaurinensi Ecclesia prodigiosis, mixtisque sanguini lachrymis immaduit. Oratio ab ipso Auctore ex Hungarico in Latinum conversa. Jaurini, 1800. 8.

Radna in Ungarn.

Opacitas nemorosa relucens s. genuina historia Sacratissimae Imaginis B. V. Matris gratiarum, quae in Sacra Radnensi aedicula Fratrum Minor. Obs. S. Franc. jam 88 annis colitur etc. Budae, 1756. 12.

Wunderscheinender Waldschatten o. ausführlicher Bericht des wunderthätigen Gnadenbildes der Jungfrauen Mariä zu Radna in Ungarn. Aus dem Latein. übersetzt; m. K. Ofen, 1763. 12.

Világos berkes Hegy, avagy Máriának az Isteni

Malaszt Annyának kegyelmes képe, mely Arad Vármegyében a' Radnai Hegyeken, Szeraf. Sz. Ferentz Szerzetbéli Kapisztrányi Sz. János Provintziának Templomában, naprúl napra Isteni Malasztokkal világoskodik etc. Temesváratt, 1773. 12. Budán, 1805. 12.

Conventus Radnensis; Matris Gratiar. (Recensio observantis Minorum Provinciae S. Joann. a Capistrano, per Hung. Austr. inf. et Slavon. extensae. Budae, 1830. 8. p. 521—543.)

Rankweil in Vorarlberg.

Marianischer Wallfahrter zu der Hülf- und freudenreichen Göttlichen Gnaden-Mutter Maria auf dem U. L. Frauenberg in dem kaiserl. Marktflecken zu Rankweil, unweit der Ober-Oestreichischen Stadt Feldkirch. Allen Marianischen Liebhabern, Pflegkindern und Wallfahrtenden zum Troste, Andacht und Unterricht zusammen getragen, vorgestellt in drey Theil ausgetheilt und in Druck gegeben durch Joannem Evangelistam Summer, SS. Theologiae Doctorem — und kayserl. Pfarrherrn auf U. L. Frauenberg zu Rankweil. Augsburg, 1728. 8.

Maria Rast in der Steiermark.

Seidl, J. G., Maria Rast, eine Monographie. (Steiermärk. Zeitschrift. Neue Folge.)

Remete in Slavonien.

Eggerer, Andr., pharmacopaea coelestis s. Maria Remetensis in Sclavoniae regno fama et miraculis clara; c. iconibus. Graecii 1672. 4.

Nočow in Böhmen.

Wzácnost a wážnost audolj Nočowského chrámem podiwně založeným obrazem blah. P. Marye milostiwým kamenem Hrobownjm rodu kolowratskýmu weystražným oslaweného. W Praze 1731. 8.

Rosenthal.

Ticini, historia Rosenthalensis Lusat. super. c. fig. Pragae, 1692. 8.

Ruschau in Böhmen.

Mater alterni luminis .. Matka swětla wěčného Marya na wýsosti wjtězůgicý cýrkwe .. w starožitném Rušanském obraže oslawená. W Hrad. Kral. 1737. Fol.

Prwnj wěk rodjčky Božj Rušanské neb kronyka spráwa o počátku ctěnj ꝛc. Rušanského obrazu Marye Matky Božj. W Praze, 1743. 4.

Maria Sal in Kärnthen.

Prunner, J. D., splendor antiquae urbis Salae d. i. eine ganz neu producirte ausführliche Beschreibung von dem Vrsprung vnd Situation der — Statt Sala u. s. w. Clagenfurth, 1690. 12. u. 1692. 8.

Marianischer Gnadenthron des Erzherzogthums Kärnthen d. i. Eine kurze Verfassung von dem uralten Gotteshause und dessen wunderthätigen Maria-Bildniß in Saal. In dreyen Theilen. Zweyte Auflage. Klagenfurt, 1764. 8. (Die erste Auflage erschien 1701. 4.)

Geschichte des Ursprungs und der weiteren Schicksale

der berühmten Kirche Maria Sal in Kärnten. Klagenfurt, 1831. 12.

Scharten in Oesterreich ob der Enns.

Mutschler, Conrad, Zufluchtsstatt des Landes Oesterreich ob der Enns d. i. die wunderthätige U. L. Frawen in der Schardten. Linz, 1640. 8.

Maria Schein in Böhmen.

Historia Mariascheinensis d. i. Außführlicher Bericht von dem uralten und Wunderthätigen Vesperbild der Schmerzhafften Mutter Gottes Maria, welches zu Maria-Schein unweit Graupen, im Königreich Böheim in der Kirchen Unser Lieben Frauen von etlichen hundert Jahren her zu offentlicher Verehrung vorgestellet und wegen vieler Wunder- und Gnaden-Wercken sehr berühmt ist. Verfertiget von P. Joannes Miller, der Gesellschaft Jesu Priester, im Jahr 1710. Prag. 4.

Schiltern in Ungarn.

Maria zu Schiltern in der Insul Schütt, die von Gott und von Menschen geliebte Mutter Christi Jesu rc. als den 15. August 1749 ihre holdselige uralte Bildnuß rc. auf den neuprächtig verfertigten Altar — übersetzet wurde — mit geringfähiger Lobrede verehret von P. Hilario a Conceptione, Trinitarier. Presburg, 1749. 4.

Maria Schnee in Ungarn.

Einige Denkwürdigkeiten der Umgegend von Maria-Schnee in Ungarn. (Maler. Taschenbuch, 1814. S. 90.)

Maria Schoßberg oder Sassin in Ungarn.

Venae poeticae e fonte gratiarum Virgine Dei Matre Sas-Variensi. Tyrnaviae, 1734. 8.

Neuer Stern des Königreichs Hungarn, oder Maria zu Schoßberg. Presburg, o. J. 8.

Sidus novum Hungariae s. SS. Dei et dolorum mater Maria in statua Sassinensi in fine saeculorum thaumaturga etc. Tyrnav. 1746. 4.

Magyar Országnak ujj Csillaga etc. az az: A Sasvári Sz. Maria etc. fordította Orosz Ferencz. Nagy Szombatban, 1751. 4.

Der Marianische Pilger. Glaubwürdig den Ursprung des Gnadenbildes zu Maria-Schoßberg o. Sassin in Ungarn darstellend und den frommen Verehrern Mariens gewidmet von Joseph Matejka. m. K. Tirnau, 1843. 8.

Schwadorf in Oesterreich unter der Enns.

Neu-eröfnete Zuflucht-Stadt, d. i. gründlich und wahrhafter Ursprung des wunder-würckenden Gnadenbilds Maria-Hülf zu Schwadorf unter der Schwechat in Unterösterreich, Passauerischen Bisthums, wie solches dahin gekommen, und was große Gnaden Gott bis auf diese Zeit denen Bedürftig, Preßhaft, und Nothleidenden, die dahin ihre Zuflucht genommen, von derselben mildreichest ertheilet hat; m. Abbild. Preßburg, 1725. 8.

Skotschitz in Böhmen.

Liber Memorabilium Skotschicensis ecclesiae et administraturae. Mss. in Fol.

Spital am Semering in der Steiermark.

Koptik, Oddonis, fons signatus seu historia Divae Hospitalensis in Styria non solum saluberrimo aquarum fonte, verum etiam signis gratiarum celeberrimae. Salisb. 1735. 4.

Erfreulicher Ursprung des über sechsthalbhundertjährigen Brunnen der wunderthätigen Gnadenbildnuß zu Spital. Neustadt, 1738. 8.

Wartinger, Jos., Ursprung von Spital am Semering. (Steierm. Zeitschr. Grätz, 1834. 8. I. 82.)

Straßengel in der Steiermark.

Geschichtsverfassung des berühmten und uralten Gnadenhauses auf dem sogenannten Straßengelberg in Steyermark; 2 Theile. Grätz, 1777. 8.

Trinum perfectum, oder dreyfaches Heiligthum auf dem Gnadenberg zu Maria Straßengel ober Grätz in Steyermark. Grätz, 1744. 12.

Straßgang in der Steiermark.

Denkwürdigkeiten der k. k. Haupt- und Dechantey-Pfarre Straßgang in Steyermark. Von Peter Leardi, k. k. Hauptpfarrer ꝛc. Grätz, 1816. 8.

Kumar, J. A., Maria Straßgang in Steyermark. Grätz, 1816. 8.

Sümegh in Ungarn.

Betegek gyógyitója Sümeghi Bold. Szüz Máriának Csuda tételi. Nagy Szombatban, 1703. 8.

Szegedin in Ungarn.

Ordinanß, Constantin, die unter dem Schnee von Libanon wohlriechende mystische Rose, oder: Beschreibung der Begebenheiten des in der Königskirche Maria-Schnee, in der königlichen Freistadt **Mezö Szeged**, seit uralten Zeiten eifrig verehrten Gnadenbildes, Maria unsere Hilfe genannt. Szegedin, **1831. 8.**

Maria Taferl in Oesterreich unter der Enns.

Sibenfache Wallfahrten d. i. auff siben Heilige Wallfahrten trostreich-eingerichtete Außgangs-Buß-Urlaub- und Dancks-Vermahnungen, absonderlich auff das Schmertzhaffte Gnaden-Orth Mariä zum Täfferl Benambset, gewidmet; So wohl allen Geistlichen Processionsführern nutzlich zu gebrauchen, als auch allen Wahlfarteren anmuthig zu lesen. Von der Löbl. Bruderschaft Jesu, Maria, Joseph, und deroselben unwürdigen Präside Johann Ernsten von Jamaigne, **SS. Theol. Doctore** — und Pfarrer zu Alten Pölla, vorgetragen und in Druck gegeben. Wildberg, **1703. 8.**

Oesterreichischer Myrrhenberg, auf welchem die jungfräuliche Mutter Gottes in ihrer schmerzhaften Bildniß die Zähren ihres mütterlichen Mitleidens, gleich bittern und wohlriechenden Myrrhen und den Geruch ihrer Gnaden in weitentlegene Landschaften ergießt. Das ist: Ursprung des weltberühmten Gnadenortes Maria-Täferl in Unterösterreich. (Von diesem Buche erschienen viele Auflagen. Sie sind alle mit zahlreichen Kupfern versehen; doch enthalten nur einige außer dem Verzeichnisse der „Gutthaten" ihres Zeitraums, auch die Geschichte des Gnadenortes. Die beste Ausgabe ist die siebente. Crems, 1777. 8.)

Radostná cesta w tomto plačtiwém audolj, to gest: každodennj pobožnost putugjcyho k zázračným obrazům, totižto do Marye Cell. k nerozdjlné trogicy božj na Sontagberk, a k bolestné Maryi Panně Taferlské, kterážto pobožnost w městě Ewančickém w Markrabstwj Morawském wýzdwjžena r. 1753, nyni pak zase wšem horliwým pautnjkům českým a Morawským na swětlo wydaná. S dowolenjm c. k. Censury. 8. Bez roku. (Na druhé straně gest Censura: Decretum in curia Episcopali Olomucii die 2. Apr. 1756.) W Litom. 1781, 8. W Brně, 1803. 1804. 8.

TransaCtI prIMI DeVotIo saeCLI, oder Beschreibung der Jubel-Andachten, wie selbe an dem weltberühmten unterösterreichischen Gnaden-Ort der schmerzhaften Mutter Mariä zum Täferl genannt, in dem hunderten Jahr des alldort ersten gehaltenen Gottesdienst mit höchster Genehmhaltung Seiner Hochfürstlichen Eminenz Josephi Dominici, der H. R. Kirche Tit. S. Petri in monte aureo Priester Cardinal, exempten Bischofen und des Heil. Röm. Reichs Fürsten zu Passau Grafens von Lamberg bemeldten Gnaden-Orts gnädigsten Ordinarii etc. etc. mit möglichster Feyerlichkeit in Beyseyn ungemeiner Volks-Menge gehalten worden. Passau, 1761. 4.

Der Pilger nach dem Sonntagberge und Mariataferl rc. Von Johann Hofmann. Wien, 1825. 12.

Tersatto.

Glavinich, Franc., historia Tersactana, veram relationem de translatione Domus Lauretanae usque Tersactum, et inde Lauretum complexa. Utini, 1648. 8.

Marotti, dissertatio historica pro Deipara Tersactana. Romae, 1710. 4.

Francetich, Petri a Flumine, Tersactum coronata Deipara Virgine insigne; s. Triumphus gloriosissimus B. Mariae Virginis Matris gratiarum etc. Venetiis, 1718. 4. (Auch deutsch.)

Pasconi, Clari, triumphus coronatae Reginae Tersactensis signis, prodigiis ubique nitentis. Venetiis, 1731. 4.

Historicus progressus Mariani triumphi etc. Ibid. 1741. 4.

Teinitz in Böhmen.

Jana Jgnac. Dlauhoweského O Panně Maryi Teynické. W Praze, 1678. 8.

Maria-Thal in Ungarn.

Grieskircher, Ferd. Ign., Magnae Ungariae Dominae Unici Dei Matris admirabilis Mirabilia, quae in Statua sua sacra super Posonium in Thal sub cura FF. PP. Paulinorum locata mirabiliter operatur, de cujus origine clara panditur notitia; c. icone. Viennae, 1661. 4.

Kollenitz, And., der in dem Acker verborgene Schatz, d. i. die wunder und gnadenreiche Thaler-Bildnuß Mariä unweit Preßburg in dem Kloster Mariä Thal Ordens des H. Pauli ersten Einsiedlers, Dero Ursprung, Begräbniß und Wiederfindung. Aus dem Lateinischen ins Teutsche übersetzt von Anselmus Klämpfl, Ord. S. Pauli. Wien. Neustadt, 1714. 12.

Kummer, Ladisl., Puteus aquarum viventium, d. i. Beschreibung der über 500 Jahr erfundenen wunderbahren Marianischen Statuen in Mariathall ober Presburg. Presburg, 1734. 8. Lateinisch: Tyrnaviae, 1742. 8. Ungarisch: Forditotta Orosz Ferencz. Nagy Szomb. 1743. 8.

Koptik, Ottonis Abbatis Dömölk., Thalleidos libri duo de ortu, progressu et flore S. aedis Thaumaturgae Thallensis sub cura Paulinorum, carmine heroico conscripti et in Paraphrases poeticas, Exegesibus Historiae decantatae veritatem edocentibus, distributi. Sopronii, 1744. 4.

Erneuerter Marianischer Gnaden-Brunn oder Maria Thal, in 3 Theile abgetheilt, deren I. den Ursprung, II. einen Unterricht von den Gnaden, III. aber die Gnaden selbst enthaltet, welche Gott durch die Himmelsköniginn Mariam in dem sogenannten Maria Thal ober Preßburg ertheilet hat. Beschrieben durch P. S. C. Prediger des Paul. Ord. m. K. Presburg, 1764. 8.

Třeban in Böhmen.

Čerwená sedmera Třebanská Maryanská růže Bratrstwa Panny Marye Bolestné. W Praze, 1667. 8.

Maria Trost in der Steiermark.

Beschreibung des wunderthätigen Marianischen Gnadenorts Maria Trost in Vnter-Steyermark ausser Grätz. Neustadt, 1725. 8.

Thonhauser, Xav., Deiparae ducatus Styriae

consolatrix in propinquo colle Graecensi sub cura RR. PP. FF. ordinis S. Pauli primi Eremitae. Graecii, 1735. 8.

Maister, Jos., narratio historico-poëtica thaumaturgae imaginis, vulgo Mariae consolatricis in colle Styriae metropoli vicino. Graecii, 1750. 8.

Maria Trost, ein Wallfahrtsort bey Grätz. (Der Aufmerksame, 1814. Nr. 145.)

Vom Ursprunge des Gnadenortes Maria Trost bey Grätz. Grätz, 1821. 8.

Tuchow in Galizien.

Szygilski, Stanisl., Pharus Benedictina. Cracoviae, 1669. 8.

Buchovski, Benigni, ortus miraculosus in occasu etc. Ib. 1718. 8.

Turas in Mähren.

Balbini, Bohusl., Diva Turzanensis s. historia originis et miraculorum Dei-Matris Mariae, cujus statua prope Brunam — in rupis inventa — honoratur. Olomuc. 1658. 12.

Marianische History von dem Uhralten Gnaden-Bild Mariä von Dörnern zu Turas im Marggrafftthumb Mähren: Mariä zu Lieb und Lob, denen Liebhabern Mariä zu Nutz und Trost. Fürgestellet von der Turaser Residentz Soc. Jesu. Brünn, 1719. 8.

Tyrnau.

Mártonfi, Georg, Denuo erumpens lachrymarum scaturigo i. e. Misericordiae Mater, Tyrnaviae in imagine sua prodigiose saepius lachrymata etc. Editio II. Tyrnav. 1738. 8. Ungarisch. Ebend. 1739. 8.

Waldrast in Tirol.

Waldrastensis ecclesiae origo et prodigia antiquiora. (Romer, servitus Mariana etc. Viennae, 1667. 4. p. 52.)

Serenissimorum Archiducum Leopoldi et Claudiae fundatio Waldrastensis et Beatissimae Virginis recentiora ibidem prodigia. (Romer, servitus Mariana etc. Viennae, 1667. 4. p. 116—119.)

Der in seiner wunderbarlichen Frucht höchstbeglückte Lerchenstock, d. i. kurze Beschreibung des aus einem dürren Lerchenstock auf himmlischen Befehl an 1392 erwachsenen — Gnadenbilds auf dem hohen Berg Waldrast in Tyrol, unter der Pfarr Matray und Landgericht Steinach liegend ꝛc. Von P. Marian Maria Moshamer. Augsburg, 1738. 4.

Schon zur Zeit des dreißigjährigen Krieges besang der Jesuit Jakob Balde Maria zu Waldrast in einer meisterhaften Ode. (Opera poetica. Coloniae, 1716. 12.)

Warta in Schlesien.

Balbini, Bohusl., Diva Wartensis s. origines et miracula matris Mariae, quae — Wartae in limitibus Silesiae colitur. Pragae, 1655. 4. (Auch deutsch.)

Weißenstein in Tirol.

Trost und freudenreicher Myrrhenberg, d. i. kurze Beschreibung des — Gnadenbilds zu Weißenstein in Tyrol. Brixen, 1738. 8.

Kurzer Auszug des wunderbahrlichen Ursprungs der

weitberühmten Wallfahrt zu Weißenstein in Tyrol. München, 1754. 12.

Ursprung der weitberühmten Wallfahrt Maria der schmerzhaften Mutter Gottes zu Weißenstein. (Ohne Druckort und Jahr.) 2 Bl. in 4.

Wien.

Brunst zu Wienn von Wasser d. i. Eine kurtze Sermon, welche zu Wienn, als solche Stadt sehr inbrünstig sich gezeiget gegen dem Gnaden-Bild Mariä, So vor einem Jahr zu Böötz in Ober-Hungarn den 4. November geweinet, gehalten worden in der Kayserl. Hoff-Kirchen der P. P. Augustinern Baarfüssern, dazumahl als obbenenntes Wunder-Bild daselbst von einem unbeschreiblichen Volck verehret worden, durch P. Fr. Abraham à St. Clara, Augustiner Baarfüsser Definitorem Provinciae und Kayserl. Predigern, den 8. Augusti 1697. Wien, 1697. 4.

Von dem wunderthätig-weinenden Heilbildniß Mariä zu Pöts in Ober-Ungarn und von Türken und Malcontenten krieg in d. J. 1697. (Zeit-Reimen. Wie es jetzt gehet eben in diesem Jahr. Durch Jürkel Potzknecht von Pommern. o. O. u. J. 4.)

Pentas quaestionum curiosarum. (I. Quaenam e duabus solennior processio, an ea, quae miraculosam Virginis Deiparae Pocsensem iconem die 5. Maii 1697. Cassoviam intulit? an vero ea, quae ad invisendam eam iconem die 19. Maii ejusdem anni Eperjessino Cassoviam deducta fuit? II. Lachrymantis in Icone sua Deiparae Virginis ad Hungariam querela etc.) Leutschoviae, 1697. 8.

Gnadenbrunnen in dem wunderthätigen Bild der weinenden Mutter Gottes von Pötsch, welches in Originali, in der Wienerischen Metropolitankirche verehret wird, d. i. Ursprung solches Herkommen dieses Gnadenbildes, dessen übernatürlicher Weise aus den Augen ausgeflossenen Zähren zu Pötsch in Hungarn. Wienn, 1703. 8.

Beszéd igaz a' második Pótsi Szüz Szent Mária képenék sirása és könyvezése felöl 1. 2. és 5dik August 1715ben. Kassan. s. a. 8.

Erneuert- und vermehrter Gnaden-Brunn in dem Wunderthätigen Bild der weinenden Mutter Gottes von Pötsch, welches in Original in der Wienerischen Metropolitan-Kirchen verehret wird. Das ist: Ursprüngliches Herkommen dieses Gnaden-Bilds, dessen übernatürlicher Weis aus denen Augen abgeflossene Zäher zu Pötsch in Hungarn; Ankunft desselben nach Wien, Einholung und beständige Verehrung allda; wie auch bey selben bis im Jahr 1739 erhaltenen Gnaden. Wien, 1739. 8.

Thränen der zu Pötsch in Hungarn weinenden Mutter Gottes, als das halbe Säculum von Ueberbringung des miraculosen Gnadenbilds in allhiesige Wienerische Domkirche, welches anno 1697 geschehen, den 7. Julii, anjetzt mit feyerlichsten Sollemnitäten am 2. Juli 1747 durch 8 Tage, in ermelter hohen Metropolitankirche bey St. Stephan begangen wurde, durch Franz Carl Prankel aufgesetzt. Wien, 1748. Fol.

Fünfzig-Jähriges Jubel-Fest des Wunderthätigen Gnaden-Bilds Mariä von Pötsch, welches in der hohen

Metropolitan-Kirchen bey St. Stephan von denen Wienerisch-Marianischen Verehrern durch 8 Täge mit abgelegten 15 Sinn- und Lehrreichen Trost-Predigten, Samt Hoch-Aemtern und Litaneyen vom 1sten bis 9ten Julii 1747 in ungemeiner Volcks-Menge auf das feyerlichste gehalten wurde. So in nachstehenden Predigten, Ursprung und Beschluß mit Herumtragung dieser Marianischen Bildnuß gehaltenen Procession klärlich zu ersehen. Wien, 1747. 4.

Thränen der zu Pötsch in Hungarn weinenden Mutter Gottes und sonderbahrer Himmlischen Patronin dieses v. H. König Stephano gestifteten Apostolischen Reichs in kurzen Reimzeilen beschrieben von einer patriotisch gekrönten Feder. Wien, 1747. 4.

Gründliche und ausführliche Beschreibung der wunderthätigen Bildniß der weinenden Mutter Gottes von Pötsch, welche vor 75 Jahren in die hiesige hohe Domkirche zu St. Stephan feyerlich übersetzet worden ꝛc. Wien, 1772. 8.

Achttägige Verehrung der gnadenreichen Bildniß der weinenden Mutter Gottes zu Pötsch ꝛc. nebst einer kurzen Beschreibung von dem Ursprung dieses Gnadenbildes. Wien, 1772. 8.

Gründlicher Bericht über die im Jahre 1696 geflossenen Thränen des Bildes der seligsten Jungfrau und Mutter Gottes Maria von Pötsch, das seit dem folgenden Jahre 1697 bey St. Stephan in Wien verehret wird. Herausgegeben bey Gelegenheit der hundertjährigen Feyer am 6. Nov. 1796. Wien, 1796. 8.

Marianisches Hausmutterfest d. i. neuntägige Verehrung der gnadenreichen Bildnuß Mariä, die Hausmutter genannt, so in dem hochfürstlichen Stift und Jungfrauen Kloster der regulirten Chorfrauen Ordens des heil. Augustini bey der Himmelporten aufbehalten, und jährlich von 7. bis 15. Augusti ausgesetzet wird. Wien. 8. (Oft gedruckt.)

Erstes Jahrhundert da die Bildniß Maria unter dem Titel der Hausmutter, in dem hochfürstlichen Stifte der WW. EE. regulirten Chorfrauen des h. Augustin zur Himmelspforte im gegenwärtigen 1780. Jahre zur öffentlichen Verehrung in diesem hochlöbl. Gotteshause dem Volke das hundertemal ausgesetzet ist, welche Feyerlichkeit vom 7. Aug. bis 15. fortgesetzt wird; m. K. Wien, 1780. 8.

Neuntägige Andacht zu Maria, die Haus-Mutter genannt, deren gnadenreiches Bildniß in der hohen Metropolitan-Kirche bey St. Stephan jährlich vom 7. August bis 8. September zur öffentlichen Verehrung ausgesetzet wird. Herausgegeben von P. P. Exner, Augustiner. Fünfte vermehrte Auflage. Wien, 1808. 8. Auch: 1822. 8.

Deiparae in templo Divi Hieronymi Viennae apud patres Franciscanos origo. Viennae, 1661. 8.

Eisner, Maxentius, Balsamus Marianus s. historia de gratiosa imagine B. V. Mariae apud PP. Franciscanos Viennae. Viennae, 1680. 9.

Gründlicher Ursprung der Gnadenreichen Bildnuß unser Glorwürdigsten Himmels-Königin Mariä, so in der Kirchen deß Heiligen Hieronymi zu Wienn bey denen

P. P. Franciscanern über dem Hochen-Altar zu sehen ist. Wien, 1715. 8.

Ausführlich- und gründlicher Ursprungs-Bericht des Marianischen Gnaden-Bilds, Welches in der Kirchen des Heil. Hieronymi zu Wien des Ordens des Heil. Francisci der strengen Observanz, oder bey denen P. P. Franciscanern verehret wird. Samt einer Beschreibung alles dessen, so sich mit denselben ereignet, und Gnaden, so die Glaubwürdigste Himmels-Königin, und ohne Mackel der Erb-Sünd empfangene Mutter Gottes Maria denen jenigen mitgetheilet, welche sie bey dieser ihrer gnadenreichen Bildnuß verehret und angeruffen haben. In zwey Theil unterschieden durch einen Priester desselben Ordens ꝛc. Wien, 1740. 8. M. viel. Kupfern.

Kurzer Auszug aus der Geschichte der marianischen Statue, von welcher in der Franziskaner Kirche zu Wien das zweyte Jahrhundert mit Erlaubniß sowohl geistlich als weltlicher Obrigkeit den 6., 7. und 8. September gefeyert wird. Aus Urkunden zusammengetragen von einem Franziskaner Priester der österr. Provinz; m. Abbild. Wien, 1807. 8.

Predigt von dem uralten Bildnisse der seligsten Gottesmutter, welches durch volle 200 Jahre in der Ordenskirche der WW. EE. Franziskaner zum heiligen Hieronymus in Wien verehret wird. Bey Gelegenheit der 200jährigen Jubelfeyer am 16. Sonntage nach Pfingsten im Jahre 1807 vorgetragen von Adrian Gretsch, Benediktiner des Stiftes U. L. Frauen zu den Schotten ꝛc. m. Abbild. Wien, 1807. 8.

Kurtze Geschicht-Erzählung von dem Würdigen Gottes-Haus und Löbl. Stift deren Regulirten Chor-Frauen des Heiligen Augustini zu Wienn in Oesterreich bey St. Lorenz. Und von der daselbst sonderlich verehrt-Wundervollen Bildnus Mariä; m. Abbild. Wien, 1740. 12. u. 1766. 12.

Schöne Andachtsübungen zu Gott dem Heiligen Geist, welche in sich begreiffen das Officium rc. Nebst beygefügter Beschreibung von dem Gnadenbild, und einigen Gebettern zu der wunderbarlichen Mutter Gottes Maria, so in dem königl. Stift bey St. Maria deren Engeln St. Claräordens verehret wird; m. K. Wien, 1737 und 1774. 12.

Reichlich-abfliessender Trost von der Gnaden-reichen Trösterin der Betrübten d. i. Gnaden und Gutthaten, so andächtige Verehrer und Marianische Liebhaber bey der Gnaden-reichen Bildnuß der saugenden Mutter Gottes Mariä (Trösterin der Betrübten genannt) bey denen WW. EE. PP. Capuzinern zu Wienn auf dem Neuen-Marckt in der allda sich befindlichen Kayser-Capelln von Anno 1737 bis 1747 empfangen und erhalten haben. Samt einer kurzen Beschreibung von deroselben wunderbarlichen Herkommen und Ursprung: auch auf was Weise solche Bildnuß nacher Wienn gebracht, und in gedachte Kayser-Capelln übersetzet worden; m. Abbild. Wien, 1748. 8.

Gründlicher und wahrhafter Bericht von dem wunderbarlichen Vrsprunge und der Verehrung des Marianischen Gnadenbilds unter dem Titel: Trösterin der Betrübten, auf was Weise solche Bildniß nach Wien gebracht, erstlich beym kaiserl. Hofe in der Kammerkapelle, alsdann in der Kirche und Kaiserkapelle der WW. EE. PP. Kapuziner auf dem neuen Markt zur öffentlichen Verehrung übersetzet worden. Wien, 1777. 8.

Decas litaniarum magnae Matri Deiparae Viennensi Lauretanae concinnata, in gratiam eandem S. sedem visitantium. Viennae 1630. 8.

Kurtzer Bericht von der Marianischen Statuen, die Schutz-Mutter genannt, welche an dem hohen Fest der Geburt Mariä in der Kirchen zu S. Jacob zur Verehrung ausgesetzet wird; m. Abbild. Wienn, bey Gregorio Kurzböck, 1742. 8.

Kurzer Bericht von der gnadenreichen Statue Mariä, — die Schutzmutter genannt; welche in der Kapitulkapellen des Klosters der regulirten Chorfrauen des heil. Augustini in Wien bey S. Jacob andächtig aufbehalten, und an dem Fest Mariä-Geburt und folgenden acht Tagen in der Kirche zur öffentlichen Verehrung ausgesetzet wird. Wien, 1751. 8.

Kurze Tagzeiten zu Ehren der großen Himmelsköniginn — bey der Marianischen Bildniß, die — bey S. Jacob in Wien ausgesetzet wird. Wien, 1757. 8. (Enthält im Eingange: „Kurzer Bericht von der Marianischen Statue, die Schutzmutter genannt.")

Wispauer, Heinrich, Probzeichen der Liebe, mit welcher Maria bey dero längst verehrten Gnadenbild zu den Schotten in Wien die gegen sich erwiesene Andacht — ersetzet. Das ist: Denkwürdige Begebenheiten, so sich mit Verehrern gedachter Marianischer Bildnuß — zugetragen — vorhin von Carolo Stengelio — in lateinischer Sprach beschrieben, und in sein Hodoeporicum Mariano-Benedictinum — eingetragen; nun aber in das Teutsche übersetzt, und — vermehrt. Wien, 1726. 8.

Gründlicher Bericht von dem berühmten Gnadenbilde der Mutter Gottes aus Candien, welches schon seit hundert Jahren in der k. k. Hofpfarrkirche zu S. Michael der WW. EE. PP. Barnabiten in Wien öffentlich verehret wird. Wien, 1773. 8.

Geistliches Hilfsmittel wider giftige Seuche und Pest; oder Andacht zu der gnadenreichen Bildnuß Mariä aus Candien in der St. Michaelis Pfarrkirche. Wien, 1738. 8.

Ursprung oder Eigenthümlicher Grund = Bericht des Marianischen Gnaden = Bilds, welches zu Wien in dem Gottes-Haus deren PP. Carmeliter-Barfüsser an vielen Gnaden herrlich leuchtet. Wien, 1735 u. 1737. 8.

Marianische Geschichts = Verfassung, oder eigentlicher Grund-Bericht der Gnadenreichen Bildnuß Mariä mit dem geneigten Haupt, welche allbereits gegen 100 Jahr in dem Gottes-Haus deren WW. EE. PP. Carmelitern Baarfüssern zu Wienn, andächtig verehret wird. Nebst beygefügten verschiedenen seltsamen Gnaden, und Bewunderungswürdigen Begebenheiten zu mehrerer Ehr-Beförderung dieser göttlichen Gnaden = Mutter. Von einem Priester dieses Ordens zusammen getragen und in zwei Theil unterschieden; m. Abbild. Wienn, 1717. 8.

Hundertjährige Jubelfeyer des Gnadenbildes, das in unsrer Mutterkirche zum heiligen Leopold unter dem Titel: Maria, die Trösterin der Betrübten, andächtig verehret wird; m. Abbild. Wien, 1827. 8.

Die hundertjährige Jubelfeyer der Pfarrkirche bey Maria Treu in der Josephstadt und des zur öffentlichen

Verehrung allda aufgestellten Gnadenbildes, welche den 18. Junius 1820 feyerlich begangen wird. Nebst der Entstehungsgeschichte dieser Pfarre und des Gnadenbildes, mit eigens zu dieser Feyerlichkeit verfaßten Andachtsübungen; m. Abbild. Wien, 1820. 8.

Ursprung des Gnadenbildes Maria Trost bey St. Ulrich; nebst Gebethern und Lobgesang zur seligsten Jungfrau Maria. Bey Gelegenheit des hundertjährigen Jubiläums, welches gehalten wird den 15. August und die drei folgenden Tage. Wien, 1799. 8.

Vinea electa, der außerwählte Wein-Garten, d. i. Kurtzer Begriff der Gnadenreichen Hilff Mariä in ihrer liebwerthesten Bildnuß unter dem schönen Ehren-Titul Maria-Hülff, welche in der Kirchen deren Wohl-Ehrwürdigen PP. Clericorum Regularium S. Pauli zu Wienn, in der Vorstatt vor dem Burck-Thor ober der Laim-Gruben, mit sonderbahrer Andacht verehret wird. Zu Ehren Mariä und Trost deren Seelen zusamb getragen von Don Carolo Josepho Jung — der Zeit Präposito bey Maria-Hülff. Wienn, 1723. 8.

Immerwährende Hilf Mariä d. i. kurzer Begriff der beständigen Gnaden, so Maria — bey ihrer Bildnuß in der Kirche der WW. EE. PP. Clericorum Regularium S. Pauli zu Wien, in der Vorstadt Maria Hilf genannt — ertheilet. Wien, 1754. 8.

Kurzer Bericht von dem Ursprung, Aufnahm und gegenwärtiger Auszierung der Gnadenreichen Bildnuß Maria-Hülf, welche bey denen WW. EE. Regulirten Priestern des heil. Apostels Pauli, insgemein genannten Barnabiten vor dem Burgthor in Wien andächtig verehret wird. Wien, 1758. 12.

Marianische Novenna, oder Neuntägige Andacht, samt Officium, Litaney und anderen Gebetern, zu der Göttlichen Genazzanischen Gnaden-Mutter Maria von guten Rath, dero wahre Abbildung bey denen WW. EE. PP. Augustinern auf der Landstrassen zu Wienn — zur Verehrung ausgesetzt ist. Wienn, 1760. 8.

Wilten in Tirol.

Uralter Gnadenthron vom neuen aufgerichtet der allzeit wunderthätigen Jungfrau und Mutter Maria unter den vier Säulen zu Wilthau. Vom Adalbert Tschaveller, aus dem Prämonstratenserstifte zu Wilthau. Kempten, 1783. 8.

Wolfsthal in Oesterreich unter der Enns.

Früchten des Marianischen Birnbaums zu Wolfsthal. Wien, 1749. 12.

Wranau in Mähren.

Telbert, Vranovium s. aula Virginis Vranov. Viennae, 1652. 8.

Aula Dominae Wranovii quingentis annis perpetuo portentis et gratiis celebris. Frauen-Hof, so fünfhundert Jahr zu Wranau gegen denen Preßhaftigen sich gnadenreich erzeiget. Brünn, 1740. 4.

Zderaz in Böhmen.

Phoenix redivivus . . od. Pat. Adalberta a S. Tobia Carmelit. W Praze, 1732. 4. (Gest kázanj při slawném přenešeni statue Marye P. do obnoweného kostela sw. Petra a Pawla na Zderaze.)

Maria Zell in der Steiermark *).

Fischer, Christophorus Andreas, historiae ecclesiae Cellensis liber unus. Vindobonnae, 1604. 4.

Diva Virgo Cellensis — opera P. F. Thomae Weiss in lucem producta. Viennae, 1637. 12.

Benedicta Virgo Cellensis; cum mult. fig. Graecii, 1645. 8.

Histori von vnser lieben Frawen zu Zell in Steyrmark. Durch den Ehrwürdigen vnd Hochgelehrten Herrn Johannem Vrbanum Pikelium, der H. Schrifft Doctorn, vorhero in Latein anjetzo auch in Teutsch beschrieben. Mit Kupfern. Grätz, 1647. 8.

Jolii, Barthol., Celleides-carmen. Aug. Trev. 1655.

Petri Lambecii Hamburgensis Diarium sacri itineris Cellensis, interrupti et repetiti, quod — Imp. Leopoldus I — anno 1665 primum quidem die 17. Junii suscepit irrito, postea autem feliciter peregit a die 11. Augusti usque ad diem ejusdem mensis vigesimum. Vindobonae, 1666. 4.

Petschacher, Gerhard, continuatio gratiarum,

---

*) Die älteste Geschichte von Mariazell schrieb Abt Heinrich II. um das Jahr 1430; sie ist jedoch verloren gegangen. Ihm folgte vierzig Jahre später Christoph Schleicher, dessen Poenitentiale Cellense sich erhalten hat. Johannes Manerstorfer, ein Rechtsgelehrter Wiens, der in Geschäften des Klosters St. Lambrecht viel verwendet wurde, schrieb 1487 eine Geschichte des Gnadenortes; aber auch von dieser sind nur einige Pergamentblätter auf uns gekommen.

oder fernere Beschreibung der Geschichten und Gnaden so — zu Zell in Steyrmarkt von anno 1645 bis 1666 — erwiesen worden. — Clagenfurt, 1666. 8. (Als Einleitung: „Von dem Vrsprung vnd Auffnembung deß Gotts Hauß Maria Zell. Wie auch von dem höchstgeneigten Willen vnd Eyffer zu diesem Orth des Hochlöblichisten Haus von Oesterreich.)

Gind. Wácl. Zywaldy Czellenská w Sstyrsku Zahrada, to gest: Neyswietěgssj Panna Maria Czellenská, Nemocným a w auzkostech postawenym gisté autocziětě. W Praze, 1667. 12.

Benedicta virgo Cellensis h. e. continuatio gratiarum a Deipara Cellensi in Styria ab anno 1666 usque ad annum 1678 factarum. Collecta a R. P. Gerardo Petschacher etc. Cui praemittitur synoptica rerum Cellensium, ab origine usque ad haec tempora narratio, conscripta a R. P. Christophoro Jäger etc. Graecii, 1678. 8.

Lusus epigrammaticus in epigraphes picturarum ecclesiae B. Mariae Virginis Cellensis in Styria gratias ejusdem exhibentium. Compositus a P. Christophoro Jäger, Ord. S. Ben. ad S. Lambertum Professo. Graecii, 1681. 8.

Braumiller, Marianische Zellerreiß durch 6 Jahre von Wien bis Maria Zell. Wien, 1697. 4.

Neu-eröffneter Gnaden-Schatz oder Beschreibung jener Gutthaten, welche die Wunder-würkende Hand deß allgütigsten Gottes durch die glorwürdigste Königin Himmels vnd der Erden Mariam, in zehen Jahren hero, als von Anfang deß 1700. bis Ende deß 1709. Jahrs in dem weitberühmten vnd dem befreyten Benedictiner Stifft S. Lambert einverleibten Gnaden-Hauß zu Zell in Ober-Steyermarkt an verschiedenen beträngt vnd preßhafften Persohnen mildreichist erwiesen hat. In Druck gegeben von R. P. Kiliano Werlein ꝛc. Grätz, 1713. 8.

Adalb. Eremiaše a) Blahoslawená P. Marya Cellenská w těch milostech, které ... od 1370 až do 1645, prokázati ráčila. Wyt. v Barbory Fr. Beryngrowy 8. (bez r.) b) Diwotwornice nebeská blahoslawená Panna Marya Cellenská, w milostech od l. 1645 až do l. 1666 prokázaných. W Praze 1715. 8. W Trnawě 1726. 4.

Annoch offenstehender Gnaden-Schatz, d. i. Fernere Beschreibung jener Gutthaten, welche die allmögende Hand grossen Gottes durch die barmhertzigste Königin des Himmels und der Erden Mariam Widerumb von zehen Jahren hero, Nemlichen von Anno 1710 biß Ende deß 1719. Jahres in dem weit berühmten und dem Frey-Exempten Stüfft St. Lambrecht Ordens deß Heiligen Ertz-Vaters Benedicti einverleibten Gnaden-Hauß zu Zell in Ober-Steyermarkt, an verschiedenen beträngt- preßhafft- und elenden Persohnen mildreichist gewürcket hat. Verfasset und beschrieben durch R. P. Kilianum Werlein, Ord. S. Benedicti ꝛc. Steyr. 8.

Élö — Vizeknek Kúttya, avagy a' Stair — Országi havasokban az ö kedves czéllájaban tsudákkal tündöklö Maria minden ügye — fogyottakra az ö anyai kegyességének forrásit böven árasztatván, a' mint nyilván ki tettszik é könyvetskében együgyü pennával le iratott száz Pélkákból etc. mellyek egy néminémü Sz. Benedek szerzetéböl való áldozó Pap.

(P. K. J. P. L.) magyar nyelven botseátott világossá-gra. Steyer, 1735. 8.

Cellerisches Salve Regina oder Beschreibung — Maria Zells. Cell, 1736. 8.

Unaufhörlicher Gnaden-Schatz, das ist: Fernere Fortsetzung jener Gutthaten, so der allgütige Gott durch Hülf und Fürbitt seiner liebreichsten Mutter und Jungfrauen Mariä zu Cell von Anno 1719 biß Ende 1729. Jahrs an verschiedenen leiblich- und geistlich- beträngt- preßhaft- und elenden Personen gewürkt hat. Verfasset durch weiland den Hochwürdigen — Herrn Kilianum, des — Stüfts Lambrecht und Maria Zell würdigsten Herrn Prälaten. Steyr, 1737, 8.

Gerarda Petschachera Blahoslawená Panna Cellenská nesčíslnými zázraky a newywažitedlnými Milostmi bez přestánj se stkwancý z lat. přel. od Norb. Matheidesa z Zawětic. W Praze 1738. 4.

Wahlfahrts-Büchel nacher Groß-Mariazell in Steiermark. Wien, 1740. 8.

Cellerisch-Marianischer Gnaden-Schatz. Steyr, 1755. 12.

Radostná cesta w tomto plačtiwém audolj, to gest: každodennj pobožnost putugicýho k zázračným obrazům, totižto do Marye Cell. k nerozdjlné trogicy boží na Sontagberk, a k bolestné Maryi Panně Taferlské, kterážto pobožnost w městě Ewančickém w Markrabstwj Morawském wyzdwjžena r. 1753, nyni pak zase wšem horliwým pautnjkům českým a Morawským na swětlo wydaná. S dowolenjm c. k. Censury. 8. bez roku. (Na druhé straně gest Censura: Decretum in curia Episcopali Olomucii die 2. Apr. 1756.) W Litom. 1781. 8. W Brně 1803. 1804. 8.

Sechstes Jahr-Hundert der zu Mariam nach Cell in Steyermark angefangenen Wallfahrt, mit dazu gehörigen Nachrichten. Herausgegeben von P. Bertholdo Sternegger des Heiligen Benedicti Orden im Stift St. Lambrecht Professen, und Schatzmeister alldort. Steyr, 1758. 8. (Erschien 1772 auch in lateinischer Sprache.)

Causa nostrae laetitiae, Maria die Ursach unsrer Fröhlichkeit, in geistlichen Liedern, und sittlichen Ermahnungen fürgetragen, da Eine Hochlöbl. Erzbruderschaft des zartesten Fronleichnam Jesu Christi in der Hauptkirche bei St. Stephan in Wien, nach dem Welt-berühmten Gnadenorte Maria-Zell in Ober-Steiermark ihre jährliche Wallfahrt anstellte. Den 11. Augusti im Jahre 1763. A. J. U. Wien, gedruckt mit v. Ghelischen Schriften. 8.

Cellerisch Marianischer Gnaden-Schatz des 1757. und 1758. Jahr; m. K. Steyr, 1769. 12.

Seculum sextum inchoatae ad Cels Marianalas in Styria sacrae peregrinationis, subjunctis relationibus, in lucem Anno 1758. sermone germanico editum a Reverendissimo ac amplissimo Domino Domino Bertholdo liberi et exemti monasterii ad S. Lambertum et Cellas Marianas Ord. S. Bededicti Abbate, tum thesaurario ibidem. Dein ab ejusdem Monasterii Professo latinitate donatum. Styrae, 1772. 8.

Arnold, Abbé, Reise nach Maria Zell in Steiermark. Wien, 1785. 4.

Cesta do Marye Celly. W Litomyšli (bez roku) 8. item w Brně 1803. 8. item 1804. 1805.

Kollmann, Ignatz, Meine Reise nach Maria Zell. (Aufmerksame, 1815. Nr. 110—121.)

Grundriß einer Geschichte der Entstehung und Vergrößerung der Kirche und des Ortes Maria-Zell. Von Marian Sterz rc. Wien, 1816. 8.

Der Pilger nach Maria-Zell. Von Joh. Hofmann. Zweite vermehrte Auflage. Wien, 1826. 12.

Schilderung des Brandes von Maria-Zell. Wien, 1827. 8.

Beschreibung des verhängnißvollen Brandes von Maria-Zell 1827. Bruck an der Mur 8.

Dankrede an die großmüthigen Wohlthäter der österreichischen Monarchie, für die dem in der Nacht vom 1. auf den 2. November 1827 durch Feuer verheerten Gnadenorte Maria-Zell gnädigst zugeflossenen Beiträge. Verfaßt und vorgetragen in Gegenwart der andächtigen Wiener-Prozession in der Gnadenkirche zu Maria-Zell am 2. July 1828 von P. Honorius Widerhofer rc. Wien, 1828, 8.

Weidmann, F. C., Reise von Wien nach Maria-Zell. Wien, 1830. 8.

Der Pilger nach Maria-Zell in Steiermark. Eine Beschreibung der Wallfahrtwege von Wien und Grätz nach diesem Gnadenorte, nebst ausführlicher Darstellung der Schicksale desselben, des gegenwärtigen Zustandes der Gnadenkirche und Kapelle, der Schatzkammer und anderer Merkwürdigkeiten. Abgedruckt aus Dr. Macher's historisch-topographischer Schilderung des Wallfahrtsortes Maria-Zell. Mit einer lithograph. Ansicht. Wien, 1832. 8.

Inhalts-Verzeichnisse.

I. Chronologischer Inhalt.

Seite

Seite

Anhang.

II. Alphabetischer Inhalt.

Seite

Seite

Gedruckt bei C. Ueberreuter in Wien.

Literarische Anzeige.

In Ignaz Klang's Verlag sind ganz neu erschienen

und durch alle Buchhandlungen zu beziehen:

Ausflug auf der Kaiser Ferdinands Nordbahn von Wien über Wagram, Gänsernborf und Lundenburg in die reizenden Gegenden von Feldsberg und Eisgrub; mit Schilderung aller dortigen Sehenswürdigkeiten und einer Abbildung des berühmten orientalischen Thurmes im Parke zu Eisgrub. gr. 12. 1839. Nett broschirt im Umschlag. 20 kr.

Austria, oder **österreichischer Universal-Kalender,** erster bis fünfter Jahrg. Wien 1840 — 1844. Mit 5 Kupfertafeln. Zusammen bei 2000 Seiten stark, in Umschlag steif gebunden 5 fl. Einzeln jeder Jahrgang 1 fl. 12 kr.

Baxter, Edw., englischer Dampftrichter, wodurch jedem die englische Sprache in drei Lectionen eingegossen wird. Mit beigesetzter Aussprache in deutschen Buchstaben, Accentuation und Bedeutung eines jeden englischen Wortes und 2 Anhängen, ein deutsch-engl. Vocabulär und die Hülfsmittel zum gründlichen Studium des Englischen enthaltend. 202 Seiten stark. gr. 8. Wien 1839. Broschirt im Umschlag 1 fl.

— — **neueste englische und deutsche Gespräche** mit gegenüberstehender vollständiger Aussprache. — Newest German and English Dialogues with the pronunciation of each word syllabe by syllable, after the best Ortoëpists, principally after Walker, Smart, Jameson, Worcester, Winkelmann, Williams, Glöckner, Hilport, Flügel and Voigtmann. 4 Hefte complet. Quer gr. 8. Wien 1839 — 40. In Umschl. brosch. 2 fl. 40 kr.

Blumauer, Karl, neueste Blätter des Befreundens und der Erinnerung. Lieben Bleibenden und Scheidenden gewidmet. Taschenformat. Wien 1840. Velinpap. Mit 1 Kupfer. In nettem Umschlag brosch. 40 kr.

— — **der Blume Wort, oder die Sprache des Gefühls.** Zur symbolisch-schönen Darstellung künstlerischer Ideen für Dichter, Maler, Bildhauer, Architekten, Festschmücker,

Sträuße-, Kränze- und Guirlanden-Binderinnen, Garnituristinnen, wie insbesondere zur stillen Verständigung liebender Herzen. 16. Wien 1840. Velinpap. In nettem Umschlag brosch. 1 fl.

Blumauer, Karl, kleines Lehrbuch der Sinnbildnerei für Künstler, Kunstjünger und Kunstfreunde, besonders für neue Real-, polytechnische und Gewerbschulen. Taschenform. Wien, 1840. Velinpap. in gefärbtem Umschlag. Brosch. 24 kr.

Darstellung des Physikatswesens in den österreichischen deutschen Erblanden, mit Beziehung auf die diesfalls erlassenen Gesetze, für Kreis-, Bezirks-, Stadt- und Wundärzte, dann Apotheker, öffentliche Sanitäts-Individuen und Behörden überhaupt. Von Ignaz Radherny. 8. Wien 1831. Brosch. in gefärbtem Umschl., ganz neu 48 kr.

Fénélon, les aventures de Télémaque. Begebenheiten Telemach's. Verbess. Abdruck aus der Pariser Polyglotten-Ausgabe bei Baudry: in 2 Sprachen, mit gegenüberstehender deutscher Übersetzung. Compl. in 2 Theilen. gr. 12. Wien 1840. Velinpapier. In gefärbtem Umschlag nett brosch. 2 fl. 30 kr.

— — **dasselbe. In franz. Sprache allein.** 2 Thle. in 1 Bd. Wien 1840. Auf schönem weißem Druckpap., in Umschlag. Brosch. 1 fl.

— — **dasselbe. In deutscher Sprache allein.** 2 Thle. in 1 Bd. Wien 1840. Auf schönem weißem Druckpap., in Umschlag Brosch. 1 fl.

Fröhlich, der kleine Illyrier, mali Ilir ili illirski, i nemacki razgovori sa slovnicom i shirkom recih ua Korist Nemacah i Ilirah, enthaltend: Illyrische und deutsche Gespräche, eine Sprachlehre und Wörtersammlung zum Gebrauche der Deutschen und Illyrier in Kroatien, Slavonien, Dalmatien, Bosnien, Serbien, Albanien, Ragusa, Montenegro, in der Herzogewina, im Banat und südlichen Ungarn. Klein-Breit-Oktav. Wien 1840. Im eleganten Umschlag. Brosch. 40 kr.

Geschäfts- und Schreibkalender für das Jahr 1845. Aus dem österreichischen Universal-Kalender »Austria« besonders abgedruckt, in nettem, gefärbten Umschlag, steif gebunden 20 kr.

Geschichte des österreichischen Kaiserstaates. Nach Quellen und den besten vaterländischen Hülfswerken dargestellt von Leopold Haßler, Doctor der Philosophie, ordentl. öffentl. Professor der Geschichte an der Universität zu Grätz.

gr. 8. Wien 1842, 524 Seiten stark. Nebst Einleitung, ausführlicher Literatur der österreichischen Geschichte und vollständigem Sach- und Namenregister. In Umschlag broschirt 2 fl. 30 kr.

Grimm, Jak., Bibliothekar, Irmenstraße und Irmensäule, eine archäologische Abhandlung. gr. 8. Wien 1815. Brosch. 45. kr.

— — **Sylva de romances viejos españoles.** 16. Wien 1831. Engl. Druckpapier, in Umschl. Brosch 1 fl. 30 kr.

— — **dasselbe** auf Velinpap., 2 fl. 30 kr.

Gruber, Mich., Darstellung der forstschädlichen Insecten. Nach ihren Kennzeichen, ihrer Lebens-Oekonomie und ihrer Schädlichkeit, dann praktische Anleitung zu ihrer Vertilgung. 2 Abtheilungen in 1 Bändchen compl. gr. 8. Wien 1842. In Umschl. Brosch. 36 kr.

Katechismus der neuesten Erdbeschreibung. Ein Leitfaden beim Unterrichte für Lehrer und Lernende. Von Fr. Joh. Jos. v. Reilly. Zweite verbesserte Auflage. Mit 2 Karten und 1 Kupfertafel. 8. Wien 1831. In gefärbtem Umschlag brosch. 1 fl.

Kuffner, Chr., Phantasmion. Neuere Erzählungen, Novellen, Sagen, Mährchen und Bilder. 8. Wien 1839. In Umschl. brosch. Statt 1 fl. um 30 kr.

— — **Saul's Tod.** Dramatisches Oratorium. In Musik gesetzt von Ignaz Aßmayr, k. k. Hof-Vice-Kapellmeister. 8. Wien 1841. Im Falz 10 kr.

Kunzek, leichtfaßliche Vorlesungen über Astronomie. Für Jene, denen es an mathematischen Vorkenntnissen fehlt. Mit 94 Abbildungen und 1 Sternkarte auf 5 lithographirten Tafeln. gr. 8. Wien 1842. Brosch. in Umschl. 2 fl.

Mendelsohn's, Moses, **sämmtliche Werke.** Original-Gesammt-Ausgabe in 1 Bande. Als National-Denkmal. Imperial-Oktav. Wien 1838. Mit dem Bildnisse und Facsimile des großen Weltweisen, dann Congreve-Titel, in Umschlag eleg. broschirt. Statt 6 fl. der Concurrenz wegen jetzt um 4 fl.

Mensch, der, und das Leben; eine Philosophie für die Welt in Aussprüchen der vorzüglichsten Denker und Dichter. 2 Bde. gr. 12. Wien 1817. In Umschlag brosch. Statt 3 fl. um 1 fl.

Morawek, Franz, **der Seidenraupen-Wärter in der** Brianza, oder praktische Anleitung zur Kultur der Seidenraupen. Ein Auszug aus den besten und neuesten Werken.

Aus dem Italien. mit Anmerkungen. gr. 8. Wien 1840. Brosch. in Umschlag 20 kr.

Roffek, Joh. Christ., kleines englisches Lesebuch für die ersten Anfänger, mit zweifachen Accenten, denen der Dehnung und Schärfung versehen, und mit einer vollständigen Erläuterung derselben. gr. 8. Wien. 1839. 100 Seiten stark, in Umschlag broschirt 36 kr.

Roffek, der englische Spaßvogel, eine Sammlung witziger, launiger, beißender, scherz- und ernsthafter Anekdoten. Englisch und Deutsch, mit der Aussprache jeden Wortes nach einer höchst genauen und leichtfaßlichen Bezeichnungsart durch Buchstaben, so wie mit erläuternden und sprachlehrigen Bemerkungen und vorzüglicher Hinweisung auf van den Berg's Schulgrammatik. kl. 8. Wien 1841. Brosch. 1 fl.

— — **Uebungen zum Uebersetzen aus dem Deutschen** in das Englische, enthaltend: Kurze Sätze, Fabeln, kleine Erzählungen, Parabeln, Briefe und Novellen, durchaus aus engl. Schriftstellern zusammengetragen, und mit untergesetzter reicher Phraseologie, so wie mit einem vollständigen Schlüssel zu den vorhergehenden Uebungen versehen. gr. 8. Wien 1839. Brosch. 1 fl.

Post-Reisebuch, neuestes, durch Europa, mit besonderer Rücksicht auf die Handelsplätze und Badeörter. Für Reisende von jedem größeren Orte nach allen Richtungen brauchbar, und nach den neuesten, richtigsten Post-Distanzen mit einer Uebersicht der in allen Ländern Europa's bestehenden Extrapost-, Ritt- und Trinkgeld-Gebühren. Bearbeitet von A. Bierthaler, k. k. Hofpostamts-Official. 12. Wien 1838 Auf Velinpapier, in Umschl. brosch. 45 kr.

Schletter, M., neueste Glückwünsche in deutscher und französischer Sprache, zum neuen Jahre, zu Geburts- und Namensfesten, in Versen und Prosa; nebst einem Anhange von Anreden vor und nach öffentlichen Schulprüfungen und Gelegenheits-Aufsätzen verschiedenen Inhalts gr. 16. Wien 1841. 208 Seiten stark. Auf feinstem Maschinen-Velinpapier mit besonderer Eleganz gedruckt, in nettem Umschlge broschirt 48 kr.

— — **systematisch-progressive Uebungsstücke zum** Uebersetzen in's Französische. Mit Hinweisnng auf die Regeln nach Machat's Grammaire. Nebst einem alaphabet. Verzeichnisse der gebräuchlichsten Sprichwörter und Redensarten in deutscher und französischer Sprache. gr. 8. Wien 1841 128 Seiten stark. Brosch. 30 kr.

— **60 Lektionen in deutscher und französische**

Sprache, zur Uebung im Uebersetzen grammatisch eingerichtet. Nebst einem eigens dazu bearbeiteten Wörterbuche für beide Sprachen. 8. Wien 1842. Brosch. in Umschl. 30. kr.

Schletzer, M., neue methodische Anleitung zur schnellen Erlernung der französischen Sprache. In 46 mäßigen Lectionen. gr. 8. Wien 1844. Velinpapier, in Umschlag elegant broschirt 1 fl 20 kr.

Schuster, J. T., (Professor), **A' magyar Urfi**, oder die Kunst, in 46 Stunden gut ungarisch lesen, verstehen, sprechen und schreiben zu lernen. gr. 12. Wien 1838. Broschirt in Umschlag 1 fl.

— — **új magyar-német Szótár**, neues ungarisch-deutsches Wörterbuch aller neugeformten, wieder grünenden oder umgestalteten Wörter aus dem Gebiete des Gesetzes, der Wissenschaften, der Technologie, der Kunst, Poesie und der Umgangssprache. Nebst Zusätzen: I. Allgemeine militärische Kunstwörter und Kunstausdrücke. II. Liste der am gebräuchlichsten Prozesse. III. Die Blutverwandtschaftsnamen u. s. w. Ein zu allen bisher erschienenen Wörterbüchern der ungar. Sprache vervollständigender Anhang mit ungar. und deutscher Worterklärung. kl. 8. Wien 1838. Broschirt im Umschlag. 1 fl.

Schmits, Franz, **das Stämpelgesetz vom 27. Jänner 1840**, alphabetisch abgefaßt, auch in Bezug auf die mit verschiedenen Stämpeln belegten Eingaben und Protokolle speciell behandelt, die gesetzlichen Bestimmungen bei jeder Abhandlung, besonders rücksichtlich der Vertrags-Urkunden, mit Hinblick auf praktische Fälle in gewählter Kürze complicirt enthaltend, und somit eingerichtet, das Stämpelerforderniß zu gerichtlichen, ämtlichen und privativen Ausfertigungen ohne Zeitverlust aufzufinden. 2te verm. vollst. Ausg. gr. 8. Grätz 1843. Velinpap. brosch. 1 fl. 40 kr.

Stämpel- und Taxgesetz, das, vom 27. Jänner 1840, im Auszuge. Klein-Plakat-Format, auf einer Seite des Bogens in einer Tabelle zusammengestellt, auf Schreibpap., mit großen deutlichem Drucke. Wien 1841. Unaufgezogen 6 kr. aufgezogen 15 kr.

Verzeichniß, vollständiges, aller Messen und Märkte, als: Jahr-, Monat-, Wochen-, Körner-, Pferde-, Vieh-, Flachs-, Garn-, Leinwand-, Pelz-, Woll-, Holz-, und anderer Märkte im Umfange des österreichischen Kaiserstaates. Zum Gebrauche für Großhändler, Kaufleute, Fabrikanten, Gewerbsleute, Kapitalisten, Spekulanten, Subarrendatoren, Lieferanten, Oekonomen, Getreide-, Pferde-, Vieh-, Woll-, und Leinwandhändler, Marktfieranten

Hausirer, Frachter; für alle Producenten und Consumenten überhaupt, und zwar nicht bloß des In-, sondern auch des Auslandes, besonders an den Kaiserstaat angrenzender Länder. gr. 8. Wien 1842. Broschirt 24 kr. steif gebunden 30 kr.

Wörterbuch, französisch-deutsches, zu Fenelon's Télémaque, mit kurzen geographisch-historisch- und mythologischen Erklärungen. Ein Hülfsbuch beim Uebersetzen dieses Werkes ins Deutsche von Leop. Chimani. 8. Wien 1814. Broschirt. Statt 1 fl. um 24 kr.

Zu außerordentlich herabgesetzten Preisen

sind daselbst zu haben:

Aszalay's (Karte) **topographisch-, statistisch-**, ethnogr. u. kirchliche General-Karte des Königreichs Ungarn mit den Nebenländern. 4 Blätter (sehr correct in Kupfer gestochen!) mit 2 Blättern administrativem Text in statistischer, politischer und kirchlicher Hinsicht und einem illuminirten Blatte der Dom-Capitular-Decorationen, nebst Scelet. Zusammen in 8 Blättern complet. Wien 1830—1840. Auf feinen Kupferdruck-Velinpap., scharf und warm gedruckt und richtig illum. St. 25 fl. um 10 fl. Auf Leinwand aufgezogen, in Schuber 12 fl. 48 kr.

Skarda (Dr. d. Rechte), **das österreichische Privilegienrecht**, in politischer, civilrechtlicher und technischer Beziehung erläutert durch Beispiele, Rechtsfälle und durch Formulare practisch dargestellt. Nebst einem Anhang über die bezüglich der Dampfschifffahrt, Dampfmaschinen und Eisenbahnen erlassenen gesetzlichen Vorschriften. 384 Seiten stark. gr. 8. Wien 1842. Auf Velinpap., mit großer Schrift elegant gedruckt, im farbigen Umschlag. Anstatt 3 fl. um 1 fl. 20 kr.

Naturhistorisches Bilder-Conversations Lexicon, neuestes vollständigstes österreichisches, in alphabetischer Ordnung. Ein unentbehrliches Handbuch zur Verbreitung gemeinnütziger Kenntnisse, und zur Unterhaltung für alle Stände, aus dem Thier-, Pflanzen- und Mineralreich der ganzen Erde. Nach den neuesten und zuverlässigsten Erfahrungen, und Beobachtungen in dem Gebiete der 3 Naturreiche, von einem Gelehrten-Vereine geordnet, vermehrt und bereichert, 9 Bände. A—Z. mit mehr als 3000 illum. Abbildungen, auf 219 großen Kupfertafeln, fein nach der Natur gemalt, nebst 3 sehr schönen

Titelkupfern, 2 Porträts und einem Hauptregister in deutscher uub lateinischer Sprache. compl. gr. Quart-Form. Wien 1835 — 1839. Eleg. im gef. Umschlag. br. ganz neu. Statt 75 fl. um 20 fl.

Kaußler's Atlas der merkwürdigsten Schlachten, Treffen und Belagerungen der alten, mittlern und neuern Zeit. In 213 Blättern nach den besten Quellen, unter Mithülfe der Abtheilung des topogr. Corps des k. Würtemb. G. Q. Stabes ausgearbeitet von Fr. v. Kaußler. 14 Lieferungen mit 244 Schlachtenplänen (auf 213 Blättern) in Groß-Folio, sammt französischer und deutscher Erklärung in Groß-Quart. Compl. Freiburg 1834 — 1838. broschirt ganz neu. Anstatt 148 fl. 30 kr. um 48 fl. 30 kr.

Spalart, Versuch über das Costüm der vorzüglichsten Völker des Alterthums, des Mittelalters und der neuern Zeit. Nebst Fortsetzung, Anmerkungen und Ergänzungen von Leopold Ziegelhauser. 2. Abtheilungen in 10 Bänden complet. Mit 422 illuminirten Kupfertafeln in Octav und 242 illuminirten Kupfertafeln in Quer-Folio. 8. Wien 1796—1837. In Umschlägen broschirt ganz neu. Anstatt 135 fl. 30 kr. um 44 fl.

☞ Davon ist separat zu haben: Erste Abtheilung 4. Band und zweite Abtheil. 6. Band, enthaltend: Ziegelhauser's Fortsetzung, Anmerkungen, Ergänzungen und Schluß des Alterthums und Mittelalters, oder in laufender Ordnung 9ter und 10ter Band, 2 Theile, mit 65 illuminirten Kupfertafeln in Octav und 18 illuminirten Kupfertafeln in Quer-Folio. Wien 1837. In Umschlägen broschirt, ganz neu. Anstatt 12 fl. um 4 fl. 48 kr.

Vietz, Abbildung aller medicinisch-ökonomisch-technologischen Gewächse mit der Beschreibung ihres Gebrauches und Nutzens. 10 Bände, nebst Supplement. In 11 Bden. mit 1188 illuminirten Kupfertafeln. Complet. 4. Wien 1800—1822. Schreibpapier, brosch. ganz neu. Anstatt 160 fl. um 50 fl.

☞ Davon ist separat zu haben: Der erste und zweite Band, enthaltend: Die officinellen Gewächse nach der letzten Ausgabe der Oesterreichischen Provinzial-Pharmacopöe. In 2 Bänden mit 222 illuminirten Kupfertafeln und lateinisch-deutschem Text, sammt Registern, complet. 4. Wien 1800—1803. brosch. ganz neu. Anstatt 40 fl. um 12 fl.

Frank, Joh. Peter. **Behandlung der Krankheiten** des Menschen. Aus dem Lateinischen übers. von Dr. J. F. Sobernheim. Mit einem Vorworte von C. W. Hufeland. Vollständige Original-Ausgabe. In 10 Bden. Complet. gr.

8. Berlin 1830—1834. brosch. in Umschlägen, ganz neu. Anstatt 13 fl. 30 kr. jetzt um 5 fl.

Shakespeare, Plays, accurately printed from the Thext of M. Steeven's, Last Edition, with a selection of the most important Notes. 20 Vol. compl. With 20 Engravings. 8. Vienna (Doll) 1814. Schreibpapier, broschirt, ganz neu. Anstatt 30 fl. für 4 fl.

Barthelemy's Reise des jüngern Anacharsis durch Griechenland, vierthalbhundert Jahre vor der gewöhnlichen Zeitrechnung. In 7 Bänden mit 31 schönen Kupfern und vielen Karten, nebst Register. Compl. gr. 8. Wien 1826—1832. In Umschlägen br., ganz neu. Anstatt 10 fl. 30 kr. jetzt um 4 fl.

Bibliothek d. Humanitäts-Wissenschaften zur Selbstbildung für Jünglinge von reiferem Alter. Redigirt und herausgegeben von Chr. Kuffner u. A. Historische Wissenschaften 13 Bände. Philosophische Wissenschaften 6 Bände. In 19 Bänden compl. gr. 8. Wien 1821—1825. Broschirt, ganz neu. Anst. 28 fl. 30 kr. jetzt um 6 fl. 30 kr.

Plautus, sämmtliche Lustspiele. Aus dem Lateinischen metrisch übersetzt und mit Anmerkungen begleitet, nebst einer Abhandlung über das römische Theater, von Chr. Kuffner. In 5 Bänden mit 1 Porträt und 1 Vignette compl. gr. 8. Wien 1806, broschirt in Umschlägen, ganz neu. Anstatt 10 fl. um 4 fl.

☞ Diese Uebersetzung wurde in allen Journalen des In- und Auslandes mit vielem Lobe erwähnt. Fuhrmann rühmt Kuffner's wackere Arbeit besonders in seinem Handbuche der classischen Literatur der Römer.

Schütz, (Professor) allgemeine Weltgeschichte für denkende und gebildete Leser. Nach Eichhorn's, Galetti's und Remer's Werken bearbeitet. 8. Bde. mit 8 Porträts und 5 Karten compl. Dritte verb. und vermehrte Aufl. 8. Wien 1811. In Umschl. br., ganz neu. Anstatt 12 fl. um 3 fl. 12 kr.

— — **neue historische und geographische Gemälde,** oder Charakteristiken merkwürdiger Personen und Darstellungen wichtiger Begebenheiten unserer Zeit, nebst Schilderungen der durch die neuesten Schicksale ausgezeichneten, neuentdeckten oder näher untersuchten Länder und Völker. 12 Bändchen. mit 12 Titelkupf., 6 Porträts, und 6 Landschaften compl. gr. 8. Wien (Doll) 1811, broschirt. Anstatt 8 fl. um 2 fl.

— — **interessante Länder- u. Völkergemälde, oder** Schilderung neu untersuchter Länder, Völker und Städte, anziehender Naturmerkwürdigkeiten, Ruinen und Kunstwerke.

[illegible]

Reichard's neuestes Gemälde von Persien, oder Schilderung dieses Reichs in Hinsicht seiner Lage, Producte und Cultur, seiner Einwohner, deren Lebensart, Charakter, Kleidung, Handel, Künste, Religion und Staatsverfassung dann seiner merkwürdigsten Städte und interessantesten Ruinen. Mit einer Einleitung, welche eine Geschichte dieses Landes von den ältesten bis auf die jetzige Zeit enthält. Nach den neuesten Quellen bearbeitet. Mit 1 Titelkupfer, 8. Wien 1810. br., ganz neu. Anstatt 1 fl. um 24 kr.

Reise, neue, durch Spanien und Portugall. Frei nach dem Französischen bearbeitet, mit Titelkupfer und 1 Karte. 8. Wien 1804, br., ganz neu. Anstatt 1 fl. um [illegible] kr.

Schwaldopler (Raphael), **Briefe aus dem letzten französischen Kriege.** 2 Theile mit 1 Titelkupfer und [illegible] Vignetten. 8. Wien 1808. br., ganz neu. Anstatt [illegible] fl. um [illegible] kr.

— — **Erstlinge.** Drei kleine Romane enthaltend. Mit Titelkupfer. 8. Wien 1800. Schreibpapier, br., neu. Anstatt 1 fl. um 20 kr.

— — **Tranquilla.** Ein Gemälde aus Rom. Mit Titelkupfer. 8. Wien 1808, br., ganz neu. Anstatt 1 fl. um 20 kr.

Etwas über die Schauspielkunst. Für Schauspieler und Liebhaber dieser Kunst. 12 Wien [illegible] br., ganz neu. Anstatt 48 kr. um 20 kr.

Gedichte von J. K. Winkler v. Mohrenfels. 8.

Wien 1789. Schreibpapier, br., ganz neu. Anstatt 1 fl. um 20 kr.

Schwerdling (Joh.), **Geschichte des uralten und seit** Jahrhunderten um Landesfürst und Vaterland höchst verdienten, theils fürstlichen, theils gräflichen Hauses Starhemberg. Mit Verzeichniß der verschwägerten Familien, und einer grosen Stammtafel. gr. 8. Linz 1839 (460 Seiten stark), br., ganz neu. Anstatt 4 fl. um 1 fl.

Die heilige Schrift des neuen Testamentes nach der Vulgata übersetzt und mit kurzen Anmerkungen für Nichtgelehrte versehen von H. Braun, der Theologie Doctor. 2te verb. Aufl. von Michael Feder, der Philosophie und Theologie Doctor. In 3 Theilen mit 3 schönen Titelkupfern compl. 8. Wien 1810. brosch. in Umschl., ganz neu. Anstatt 2 fl. um 48 kr.

Euripidis Alcestis graece. In lectionum usum, cum indice verborum, praemisso Hymno graeco in Graeciam, edidit A. Stein. 8 maj. Vindobon. 1818. broschirt neu. 24 kr.

Schweigl Ign., verbesserte Grundlehre der Violin. Zur Erleichterung der Lehrer und zum Vortheil der Schüler herausgegeben. Mit beigedr Noten. 4. Wien 1786. Broschirt 30 kr.

Sollen wir die Bell-Lancaster'sche Methode zu unterrichten in Deutschland einführen? gr. 8. Wien 1819. brosch. ganz neu. 12 kr.

Sophoclis Philoctetes ad Erfurditianae recensionis exemplar in publicarum lectionum usum. 8 maj. Vindob. 1821. brosch. neu. 24 kr.

Willburg, A. K v., Anleitung für das Landvolk in Absicht auf die Erkenntniß und Heilung der Krankheiten bei der Schafzucht. 8. Klagenfurt 1774. brosch. neu. 12 kr.

Wimmer Jos., Krankheits- und Heilungs-Geschichte einer merkwürdigen Speckgeschwulst am Halse. Mit 1 Kupfertafel. 8. Wien 1797. brosch. neu. 24 kr.

Wittmann, A., wohlthätig dringende auf Erfahrung sich gründende Ermahnungen an das Landvolk, wie die Viehseuchen auf die sicherste Weise hindangehalten, der Viehstand vermehrt und der Futterbau befördert werden könne. Mit 1 Titelvignette. 8. Wien 1797. brosch. 20 kr.

Winkelmanns (Joh.), **Geschichte der Kunst des Al**terthums. Nach dem Tode des Verfassers herausgegeben, und dem Fürsten Wenzel von Kaunitz-Rittberg gewidmet von der k. k. Akademie der bildenden Künste. 2 Bände mit vielen eingedruckten Kupfern und Vignetten. Compl. gr. 4. Wien

1776. Schreibpap., brosch., ganz neu. Anstatt 9 fl. 30 kr. um 4 fl. 48 kr.

Adelung (J. Chr.), **neues vollständiges Handwörterbuch** der deutschen Sprache, mit Hinzufügung der üblichsten Fremdwörter, die in der deutschen Schrift vorkommen, in welchem zugleich die richtige Betonung, Prosodie, Rechtschreibung und Ableitung nach den besten und neuesten Quellen, vorzüglich nach Heinsius, Petri, Schade, Vollbeding rc. angegeben ist. 4te mit 2509 Artikeln vermehrte Original-Auflage. In Einem Bande A — Z. compl. gr. 8. Wien 1839. Broschirt, ganz neu. Anstatt 2 fl. 24 kr. um 1 fl. 20 kr.

Schrevelii (Corn.), **Lexicon manuale graeco-latinum** una cum vocabulario latino-graeco, et collectione graecarum radicum atque gnomologia graecolatina, ad editionem Parisinam denuo recognitum et vulgatum ab A. V. Kritsch. 8. maj. Viennae 1822. Broschirt, ganz neu. Anstatt 4 fl. 30 kr. um 3 fl.

Forcellini, totius latinitatis Lexicon, consilio et cura Jacobi Facciolati. Secundum tertiam editionem, cujus curam gessit Jos. Furlanetto, correctum et auctum, labore variorum. Editio in Germania prima. 4 tomi in Folio compl. Lipsiae et Londini 1839. Velinpap. Statt 45 fl. um 28 fl., eleg. gebunden mit Goldtitel 30 fl.

Dictionnaire, Nouveau, français - allemand et allemand-français. Wörterbuch der Französisch-Deutschen und Deutsch-Französischen Sprache. Herausgeg. von Prof. Schmidt in Leipzig. Compl. in 2 starken Bänden (3680 Seiten enthaltend!) gr. 8. Leipzig 1839—1840. Velinpap., in Umschläg. brosch. Statt 6 fl. um 3 fl.

Klopstock's sämmtliche Werke. Compl. in 9 Bänden. Neueste vollständigste Original-Ausgabe, auf Velinpapier, Schiller-Format. Mit Porträt, in Umschlägen brosch. Leipzig 1839—1840. Statt 7 fl. 30 kr. um 4 fl.

Goethe's sämmtliche Werke. Compl. in 40 Bänden. Neueste, mit Zusätzen vermehrte, neu geordnete, vollständigste Original-Ausgabe, Velinpapier. Schiller-Format, Stuttgart (Cotta) 1840. Statt 31 fl. 30 kr. um 20 fl., elegant brosch. 21 fl.

Wieland's sämmtliche Werke. Compl. in 36 Bänden. Neueste vollständigste Original-Ausgabe, Velinp. Schiller-Format. Mit Portrait im Stahlstich. Leipzig 1836 — 1840, brosch. 16 fl.

Winkelmann's sämmtliche Werke. Einzige vollständige Ausgabe. Compl. in 12 Bänden, Text in Octav, mit 1 Band

Abbildungen und Denkmahle der Kunst des Alterthums in Folio auf 70 Kupfertafeln. Dabei Portrait, Facsimile und ausführliche Biographie des Autors, unter dem Texte die frühern und viele neue Citate und Noten, die allerwärts gesammelten Briefe nach der Zeitordnung, Fragmente, Abbildungen und vierfacher Inder von Joseph Eiselein. Donaueschingen 1825 —1833. Brosch. Statt 36 fl. um 12 fl.

Gemälde der merkwürdigsten Schiffbrüche unserer Zeit. 3 Bände complet. 8. Leipzig 1823. Brosch. Statt 5 fl. um 1 fl.

Wagner's Natur-Wunder u. Länder-Merkwürdigkeiten. Ein Beitrag zur Verdrängung unnützer und schädlicher Romane. 6 Bände mit 6 Kupfern complet. 8. Berlin 1811. Broschirt. Statt 13 fl. 30 kr. um 2 fl.

Haßler's Weltgeschichte, oder Grundriß der allgemeinen Geschichte von den ältesten Zeiten bis auf unsere Tage. 4 Abtheil. zusammen 787 Seiten stark, compl. Wien und Grätz 1822—1832. Brosch. Statt 3 fl. 20 kr. um 1 fl. 40 kr.

Heintl; die Landwirthschaft des Oesterreichischen Kaiserstaates. Compl. in 5 Theilen (an 2000 S. stark) mit Kupfert. gr. 8. Wien 1808—1835. Statt 12 fl. 30 kr. um 5 fl. 30 kr.

— — **Bemerkungen auf einer Reise von Wien nach** Paris. 4 Bände complet. gr. 8. Wien 1831—1834. Brosch. in Umschläg. Statt 8 fl. um 1 fl. 30 kr.

Oesterreich's Ehrenspiegel, oder Leben und Bildnisse vieler Regenten und berühmter Feldherren, Staatsmänner, Gelehrten und Künstler des Oesterreichischen Kaiserstaates. National-Prachtwerk auf Velinpap. Compl. in 12 Heften mit 48 sehr schönen Portraits, Titelkupfer u. Biographien von Tschischka. 4. Wien 1835—1838. Brosch. in Umschlag ganz neu. Statt 48 fl. um 4 fl.

Gottschalk's Ritterburgen und Bergschlösser Deutschland's. 9 Bde. mit vielen Kupf. compl. gr. 8. Halle 1815—1823. Broschirt Statt 21 fl. um 8 fl.

Niemeyer, Grundsätze der Erziehung und des Unterrichts, für Aeltern, Hauslehrer u. Schulmänner. 3 Theile compl. 9te (letzte) verbesserte u. vermehrte Original-Aufl. gr. 8. Halle 1834—1839. Brosch. Statt 9 fl. 12 kr. um 5 fl.

Bildergallerie zum Conversations - Lexicon. (Real-Encyclopädie!) Mit mehr als 4500 Abbildungen aus allen Zweigen des Wissens und der Kunst auf 226 lithogr. Tafeln sammt erklärendem Text und Inhalts-Verzeichniß. 4. Carlsruhe und Freiburg 1839. Velinpap. neu. steif gebund. Statt 18 fl. 45 kr. um 7 fl. 36 kr.

☞ Werke im beliebten Schiller-Formate,

kl. 8. auf feinstem Velinpapier mit großer deutscher Schrift und größter typographischer Eleganz correct gedruckt.

Bürger's sämmtliche Gedichte. Neueste vollständige und rechtmäßige Ausgabe, in 3 Bdn. complet. Mit Porträt und Facsimile des Dichters im Stahlstich. Velinpap. in Umschl. brosch. Wien 1844. Preis 1 fl. 20 kr.

Claudius, Mathias, Werke. Auch unter dem Titel: **Asmus omnia sua secum portans**, oder sämmtliche Werke des Wandsbecker Boten. Neue elegante rechtmäßige Ausgabe. 8. Theile in 7 Bdn. Mit vielen Abbildungen nach Chodowiecki, in Holz geschnitten. Wien 1844, Velinpap., in Umschlag. br. Pränumerationspreis 3 fl. 40 kr. Ladenpreis 5 fl.

Dya-Na-Sore oder die Wanderer. Von W. F. Meyern. 3te vollständige Original-Ausgabe 5 Bände. compl. Wien 1840. Velinpap., in Umschl. br. Pränumerationspreis 3 fl. 30 kr. Ladenpreis 4 fl. 30 kr.

Iffland's sämmtliche Theaterstücke. Erste ganz vollständige, rechtmäßige Ausgabe in 24 Bdn. Mit Biographie, Porträt und Facsimile des Verfassers im Stahlstich. Wien 1843. Velinpap., in Umschl. br. Pränum. Preis 6 fl. Ladenpreis 8 fl.

☞ Nur diese Ausgabe enthält alle, und auch jene 17 Iffland'schen Theaterstücke, welche in jeder andern Gesammt-Ausgabe gänzlich fehlen, und ist daher mit Recht die erste vollständigste Ausgabe zu nennen.

Kotzebue's sämmtliche Theaterstücke. Vollständigste Original-Ausgabe in 40 Bdn. Mit Biographie, Porträt und Facsimile des Verfassers im Stahlstich. Wien u. Leipzig 1840 bis 1841. Velinp. in Umschl. br. Pränum. Preis 12 fl. Ladenpreis 16 fl.

Kotzebue's prosaische Schriften, erzählender Gattung. (Romane, Erzählungen, Geschichten, Novellen, Satyren, Anecdoten und Miscellen.) Neueste vollständigste und rechtmäßige Ausgabe. In 45 Bänden. Wien 1842—1843. Velinp. in Umschl. br. Pränum. Preis 12 fl. Ladenpreis 16 fl.

Kuffner's sämmtliche erzählende Schriften, dramatische und lyrische Dichtunzen. Original-Ausgabe letzter Hand in 10 Bdn. Wien 1842—1843. Velinpap. in Umschl. br. Pränumerationspreis 5 fl. Ladenpreis 7 fl. 30 kr.

Lichtenberg's sämmtliche vermischte Schriften, humoristischen, satyrischen, witzigen und ernsten Inhalts. Neue rechtmäßige, höchst elegante, ganz vollständige Ausgabe in 9 Bden. Mit Biographie, Porträt und Facsimile des Verfassers, nebst vielen Abbild. in Holz geschnitten. Wien 1844. Velinp., in Umschl. br. Pränum. Preis 4 fl., Ladenpreis 6 fl.

(Daraus abgedruckt sind zu haben:)

Lichtenberg's humoristische und satyrische Schriften, witzigen und ernsten Inhalts. In 5 Bänden mit Biographie, Porträt und Facsimile, nebst vielen Abbildungen in Holz geschnitten. (Schiller-Format kl. 8). Wien 1845. Auf Velinpap. in Umschlgn. elegant brosch. ganz neu. 2 fl. 30 kr.

Mayrhofer's, Joh., **Gedichte**. Neue Sammlung. Aus dessen Nachlasse mit Biographie und Vorwort, herausgeg. von E. Freih. von Feuchtersleben. Wien 1843. Velinpap., in Umschl. brosch. 1 fl. 20 kr.

Meyern (Verfasser von Dya-Na-Sore), **hinterlassene kleine Schriften**. Mit Vorwort und Biographie Meyern's herausgegeben von E. Freih. v. Feuchtersleben. 3 Bde. Mit Facsimile des Verfassers. Wien 1842. Velinpap., in Umschl. br. Pränumer. Preis 2 fl. 30 kr. Ladenpreis 3 fl. 30.

Prechtler, Otto, **Gedichte**. Erste Gesammt-Ausg. Auf Velinpap. Wien 1844. in Umschl. brosch. 1 fl. 20 kr.

Stierle-Holzmeister's gesammelte humoristische Novellen, Erzählungen u. **Gedichte**. Erste Original-Gesammt-Ausgabe in 3 Bänden. Wien 1844. Velinpap., in Umschl. brosch. Pränumerationspreis 2 fl. 40 kr. Ladenpreis 3 fl. 40 kr.

☞ **Nur eine bestimmte Anzahl von Exemplaren wird noch (bis Ende dieses Jahres 1844!) zu den beigesetzten merkwürdig billigen Pränumerationspreisen abgelassen.**

Bürger, im beliebten Schiller-Formate, kl. 8.! nicht Nachdruck, sondern rechtmäßige Gemeingut-Ausgabe zu Folge des deutschen Bundesbeschlußes vom Jahre 1837.

☞ In demselben Verlage erscheinen auf Pränumeration:

G. A. Bürger's sämmtliche Werke.

Neueste rechtmäßige, höchst elegante wohlfeile Ausgabe in 9 Bänden, Schiller-Format, kl. 8.

Mit Biographie des Verfassers, dann Porträt und Facsimile im schönsten Stahlstiche.

Auf feinstem Maschinenpapier, mit großen deutlichen Lettern und größter typographischer Eleganz correct gedruckt, in Umschlägen broschirt.

☞ **Die Ausstattung dieser Ausgabe übertrifft an Sorgfalt und Schönheit jene aller andern Ausgaben.**

☞ **6 Bände sind schon erschienen und zu haben, und alle 3 Wochen wird ein Band ausgegeben. Jeder Band kostet im Pränumerationspreis nur 24 kr. C. M.!! Wer jedoch sogleich für das Ganze vorausbezahlt, erhält**

alle 9 Bände anstatt um 3 fl. 36 kr. CM.
für ☞ 3 fl. CM.

Ein Preis, der mehr als beispiellos wohlfeil ist, und jede Concurrenz aushält, aber nur im Pränumerationswege Statt findet! (Der spätere Ladenpreis ist 4 fl. 48 kr. C. M.)

CPSIA information can be obtained
at www.ICGtesting.com
Printed in the USA
LVHW040101230323
742312LV00002B/63

9 783382 600471